主编　阎纯德　吴志良

北京语言大学
列国汉学史书系
Sinological History Series

唐诗在法国的译介和研究

蒋向艳　著

学苑出版社

图书在版编目（CIP）数据

唐诗在法国的译介和研究 / 蒋向艳著. — 北京：学苑出版社，2016.7
（列国汉学史书系 / 阎纯德，吴志良主编）
ISBN 978-7-5077-5050-8

Ⅰ.①唐… Ⅱ.①蒋… Ⅲ.①唐诗－法语－文学翻译－研究 Ⅳ.①H325.9②I207.22

中国版本图书馆CIP数据核字(2016)第163769号

责任编辑：	杨　雷
封面设计：	徐道会
出版发行：	学苑出版社
社　　址：	北京市丰台区南方庄2号院1号楼
邮政编码：	100079
网　　址：	www.book001.com
电子信箱：	xueyuanpress@163.com
联系电话：	010-67601101（销售部）　67603091（总编室）
经　　销：	新华书店
印 刷 厂：	三河灵山红旗印厂
开本尺寸：	710×1000　　1/16
字　　数：	290千字
印　　张：	18.5
印　　数：	1500册
版　　次：	2016年7月第1版
印　　次：	2016年7月第1次印刷
定　　价：	50.00元

本书系出版获北京语言大学、
澳门霍英东基金会和澳门基金会资助

北京语言大学列国汉学史书系
编辑委员会

顾　问：	季羡林　李学勤　汤一介　王路江　李宇明
主　任：	崔希亮
副主任：	韩经太　曹志耘
主　编：	阎纯德　吴志良
编　委：	王晓平　乐黛云　安平秋　许光华　刘顺利
	吴志良　张国刚　严绍璗　李明滨　李海绩
	陈开科　侯且岸　柴剑虹　钱林森　耿　昇
	阎纯德　阎国栋　熊文华

序 一

经过近 30 年多位学者的辛劳努力,现在我们可以说,国际汉学研究确实已经成长为一门具有特色的学科了。

"汉学"一词本义是对中国语言、历史、文化等的研究,而在国内习惯上专指外国人的这种研究,所以特称"国际汉学",也有时作"世界汉学""国际中国学",以区别于中国人自己的研究。至于"国际汉学研究",则是对国际汉学的研究。中外都有学者从事国际汉学研究,但我们在这里讲的,是中国学术界的国际汉学研究。

自从改革开放以来,国际汉学研究改变了禁区的地位,逐渐开拓和发展。其进程我想不妨划分为三个阶段:一开始仅限于对国际汉学界状况的了解和介绍,中心工作是编纂有关的工具书,这是第一个阶段。到了 20 世纪 90 年代,出现国际汉学研究的专门机构,大量翻译和评述汉学论著,应作为第二个阶段。在这两个阶段里,学者们为深入研究国际汉学打好了基础,准备了条件。新世纪到来之后,进入全面系统地研究国际汉学的可能性应该说业已具备。

今后国际汉学研究应当如何发展,有待大家磋商讨论。以我个人的浅见,历史的研究与现实的考察应当并重。国际汉学研究不是和现实脱离的,认识国际汉学的现状,与外国汉学家交流沟通,对于我国学术文化的发展以至于多方面的工作都是必要的。我曾经提议,编写一部中等规模的《当代国际汉学手册》,便于我们的学者使用;如果有条件的话,还要组织出版《国际汉学年鉴》。这样,大家在接触外国汉学界时,就不会感到隔膜,阅读外国汉学作品,也就更容易体味了。必须指出的是,国际汉学有着长久的历史,因此现实和历史是分不开的,不了解各国汉学的历史传统,终究无法认识汉学的现状。

我们已经有了不少国际汉学史的著作及论文。实际上,公推为中国最早的汉学史专书,是 1949 年出版的莫东寅《汉学发达史》,尽管是通史体裁，也包含了分国的篇章。这本书最近已有经过校勘的新版，大家容易看到，尽管只是概述性的，却使读者能够看到各国汉学互相间的关系。由此可见，有组织、有系统地考察各国汉学的演进和成果，将之放在国际汉学整体的背景中来考察，实在是更为理想的。

这正是我在这里向大家推荐阎纯德教授、吴志良博士主编的这套"列国汉学史书系"的原因。

阎纯德教授在北京语言大学主持汉学研究所工作多年，是我在这方面的同行和老友，曾给我以许多帮助。他为推进国际汉学研究，可谓不遗余力，所做出的重要贡献是学术界周知的。在他的引导之下，《中国文化研究》季刊成为这一学科的园地，随之又主编了《汉学研究》，列为《中国文化研究汉学书系》，有非常广泛的影响。其锲而不舍的精神，我一直敬服无地。特别要说的是，阎纯德教授这几年为了编著这套"列国汉学史书系"所投入的心血精力，可称出人意想。

在《汉学研究》第八集的《卷前絮语》中，阎纯德教授慨叹："《汉学研究》很像同仁刊物，究其原因，是从事这个领域研究的学者太少，尤其是专门的研究者更是少之又少，所以每一集多是读者相熟的面孔。"现在看"列国汉学史书系"，作者已形成不小的专业队伍，这是学科进步的表现，更不必说这套书涉及的范围比以前大为扩充了。希望"列国汉学史书系"的问世成为国际汉学研究这个学科在新世纪蓬勃发展的一个界标，让我们在此对阎纯德教授、这套书的各位作者，还有出版社各位所做出的劳绩表示感谢。

李学勤

2007 年 4 月 8 日

于清华大学国际汉学研究所

序 二
汉学历史和学术形态

　　汉学历史和学术形态历史是既抽象又具体的存在,是浩瀚无边的过去、现在和未来。历史会让我们兴奋,也会使我们悲哀,有时会令人觉得它又仿佛是一个梦。但是,当我们梦醒而理智的时候,便会发现——自然史、时间史、太阳史、地球史、人类社会史,一切的一切,不管是曾经存在过的恐龙,还是至今还在生生不息的蚂蚁社群,天上的,地下的,看得见的,看不见的,一切都有自己的历史。一切都有过发生,一切都还在发展,一切都还会灭亡。

　　任何事物的发生都有一个有形或无形的孕育过程,"汉学"(Sinology)也是这样,其孕育和成长,就是中国文化与异质文化相互交媾浸淫的历史。这个历史,始于公元 1 世纪前后汉代所开通的丝绸之路,接下来是七八世纪的大唐帝国、十四五世纪的明代、清末的鸦片战争和"五四"新文化运动,这种文化的碰撞和交流之潮时起时伏直到今天,还会发展到永远。这是历史,是汉学的昨天、今天和未来,是其孕育、发生和成长的过程显现出的文化精神。但是,昨天有远有近,我们可以循着蛛丝马迹探讨找回其真;而今天,只是一个过渡,一俟走过,便成为昨天的陈迹。写作汉学史是一件艰难的劳作,尤其对象是遥远的昨天,尤其是"遗失"在异国他乡的昨天,更非一件易事。时至今日,朦胧面纱下的汉学还不为一些学人所认识,因此有必要取下面纱,让人们看个究竟。

　　从 20 世纪 70 年代中期之后,尤其 90 年代以降,"汉学"(Sinology)便逐渐成为学术界耳熟能详的学术名词。中国大陆重提"汉学"(Sinology)至今,汉学就像隐藏在深山里的小溪,经过 30 年的艰辛跋涉之后,才终于形成一条奔腾的水流,并成为中国文化水系不可或缺的组成部分。这个变化是时代和历史变迁带来的结果,也是文化自己发展的规律。

那么，究竟什么是汉学（Sinology）呢？首先，这里的汉学非指汉代研究经学注重名物、训诂——后世称"研究经、史、名物、训诂考据之学"的"汉学"，而是指外国人研究中国历史、语言、哲学、文学、艺术、宗教、考古及社会、经济、法律、科技等人文和社会科学领域的那种学问，这起码已是200多年来世界上的习惯学术称谓。李学勤教授多次说："汉学，英语是Sinology，意思是对中国历史文化和语言文学等方面的研究。在国内学术界，'汉学'一词主要是指外国人对中国历史文化等的研究。有的学者主张把它改译为'中国学'，不过'汉学'沿用已久，在国外普遍流行，谈外国人这方面的研究，用'汉学'比较方便。"① Sinology 一词来自外国，它不是汉代的"汉"，也不是汉族的"汉"，不指一代一族，其词根 sino 源于秦朝的"秦"（Sin），所指是中国。

在历史长河里，汉学由胚胎逐渐发育成长。当汉学走过少年时代，在西学东渐和中学西传互示友情后，中学开始影响西方而成为人类文明史上的伟大事件。中世纪以来，欧洲视中国为"修明政治之邦"，对中国充满了好奇与好感，当"中国热"蜂起欧洲，19世纪初期法国便成为西方汉学的中心，巴黎成为"汉学之都"。戴密微（Paul Demiéville）曾说汉学的先驱是葡萄牙、西班牙和意大利。但是，汉学作为学术研究和一种文化形态，举大旗的则是法国人。1814年12月11日，雷慕沙（Jean Pierre Abel Rémusat）在法兰西学院首开"汉语和鞑靼——满语语言与文学讲座"，启开了西方真正的汉学时代。但指代汉学的"Sinologie"（英文"Sinology"）一词则出现在18世纪末，应该早于雷慕沙主持第一个汉学讲座的时间，更不会晚于1838年。从此之后，"Sinology"便成为主导汉学世界的图腾、约定俗成的学术"域名"。在世界文化史和汉学史上，外国人把研究中国的学问称为"汉学"，研究中国学问的造诣深厚的学者称为"汉学家"。因此，我认为，我们不必要标新立异，根据西方大部分汉学家的习惯看法，"Sinology"发展到如今，这一历史已久的学术概念有着最丰富的内涵，绝不是什么"汉族文化之学"，更不是什么汉代独有的"汉学"，它涵盖中国的一切学问，既有以儒释道为核心的传统文化，也包含"敦煌学""满学""西夏学""突厥学"以及"藏学"和"蒙古学"等领域。但是一直以来人们对汉学的理解和解释相

---

① 李学勤《国际汉学漫步·序》，石家庄：河北教育出版社，1997。

左,因此便有了"中国学""海外汉学""海外中国学""域外汉学""国际汉学""世界汉学""国际中国文化"等不同的叫法;如果咬文嚼字,推演下来,一定还会有"国内汉学""国内中国学",甚至"北京汉学""河南汉学"等。由于汉学的发展、演进,以法国为首的"传统汉学"和以美国为首的"现代汉学",到了20世纪中叶之后,研究内容、理念和方法,已经出现相互兼容并包状态,就是说 Sinology 可以准确地包含 Chinese Studies 的内容和理念;从历史上看,尽管 Sinology 和 Chinese Studies 所负载的传统和内容有所不同,但现在却可以互为表达、"雌雄同体"同一个学术概念了。话再说回来,对于这样一个负载着深刻而丰富历史内涵的学术"域名",我以为还是叫它 Sinology 最好,因为,Sinology 不仅承继了汉学的传统,而且也容纳了 Chinese Studies 较为广阔的内容。另外,中国人对中国文化的研究应该称为国学,而外国学者研究中国文化的那种学问则称为汉学。汉学是国学的有血有灵魂的"影子",而汉学不是国学,是介于中学与西学两者之间,本质上更接近西学的一种文化形态。说它与国学同根而生,说它们是一条藤上的两个瓜,都不为过,然而瓜的形象与味道却不相同,一个是"东瓜",一个是"西瓜"。我认为这样认识汉学,既符合中国文化的学术规范,又符合世界上的历史认同与学术发展实际。

  汉学的历史是中国文化与异质文化交流的历史,是外国学者阅读、认识、理解、研究、阐释中国文明的结晶。汉学作为外国人认识中国及其文化的桥梁,是中国文化和外国文化撞击后派生出来的学问,实际上也是中国文化另一种形式的自然延伸。但是,汉学不是纯粹的中国文化,它与中国文化有着密不可分的血缘关系,既是中外文化的"混血儿",又是可以照见"中国文化"的镜子,是可以攻玉的"他山之石"。"'Sinology'是一门在国际文化中涉及双边或多边文化关系的近代边缘性的学术,它以'中国文化'作为研究的'客体',以研究者各自的'本土文化语境'作为观察'客体'的基点,在'跨文化'的层面上各自表述其研究的结果,它具有'泛比较文化研究'的性质。"[①]以上两种表述虽有不同,但学理一致,基本可以厘清我们对于 Sinology(汉学)的基本学术定位。

  法国汉学家马伯乐(Henri Maspero)说过:"中国是欧洲以外仅有的这

[①] 严绍璗《我对 Sinology 的理解和思考》,载《世界汉学》2006年第4期。

样的一个国家：自远古起，其古老的本土文化传统一直流传至今。"法国哲学家弗朗索瓦·于连（François Jullien）也说："中国文明是在与欧洲没有实际的借鉴或影响关系之下独自发展的、时间最长的文明……中国是从外部审视我们的思想——由此使之脱离传统成见——的理想形象。"①他在《为什么我们西方人研究哲学不能绕过中国》中提出："我们选择出发，也就是选择离开，以创造远景思维的空间。人们这样穿越中国也是为了更好地阅读希腊。"为了获得一个"外在的视点"，他才从遥远的视点出发，并借此视点去"解放"自己。这便是一个未曾断流、在世界上仅存的几种古老文化之一的中国文明的意义。中国文明是一道奔流不息的活水，活水流出去，以自己生命的光辉影响世界；流出的"活水"吸纳异国文化的智慧之后，形成既有中国文化的因子，又有外国文化思维的一种文化，这就是"汉学"。也就是说，汉学是以中国文化为原料，经过另一种文化精神的智慧加工而形成的一种文化。从某种意义上说，汉学既是外国化了的中国文化，又是中国化了的外国文化；抑或说是一种亦中亦西、不中不西有着独立个性的文化。汉学作为一门独立的具有跨文化性质的学科，是外国文化对中国文化借鉴的结果。汉学对外国人来说是他们的"中学"，对中国人来说又是西学，它的思想和理论体系仍属"西学"。

汉学研究是指对外国汉学家及其对中国文化研究成果的再研究，是中国学者对外国学者研究中国文化的反馈，也是对外国文化借鉴的一个方面。凡是对历史或异质文化进行研究，都有一个价值判断和公正褒贬的问题。因此，对于外国汉学家对我们中国文化的研究，必得有我们自己的判断，然后做出公正的褒贬。我们说汉学是可以攻玉的"他山之石"，但是这句箴言并非只是适用于中国人，对外国人也是一样。汉学也像外国的本体文化一样，对我们来说有借鉴作用，对西方来说有启迪作用——西方学者以汉学为媒介来了解中国，汲取中国文化的精华，完善自己的文明。人类由于文化背景差异和文化语境的不同，思维方向和方式也会不同，因而就会得出不同的结论，讲出不同的道理。"西方学者接受近现代科学方法的训练，又由于他们置身局外，在庐山以外看庐山，有些问题国内学者司空见惯，习而不察，外国学者往往探骊得珠。如语言学、民俗学、考古学、人类

---

① ［法］弗朗索瓦·于连著（François Jullien）《迂回与进入》，香港：三联书店，1998。

学、社会学诸多领域,时时迸发出耀眼的火花。"①汉学的学术价值往往不被国人重视,并利用汉学家对于中国文化的一些误读贬低汉学的价值。其实,这并不公平,有些汉学家对于中国文化确实有其独到的见解,能发中国人未发之音。法国汉学家马伯乐(Henri Maspero,1883—1945)对中国上古文化和上古宗教的研究就有独到的贡献,被称对中国宗教研究有"先河"之功。他研究中国宗教的宗教社会学的方法,促进和推动了中国学者采用宗教社会学来研究中国宗教,被称为"中国宗教社会学研究的真正创始人"。瑞典汉学家高本汉(Bernhard Karlgren,1889—1978),终生的最高成就是根据研究古代韵书、韵图和现代汉语方言、日朝越诸语言中汉语借词译音构拟汉语中古音和根据中古音和《诗经》用韵、谐声字构拟古音,写出了著名的学术专著《中国音韵学研究》《汉语中古音与古音概要》《古汉语字典重订本》《中日汉字形声论》《论汉语》《诗经注释》《尚书注释》和《汉朝以前文献中的假借字》等,他对汉语音韵训诂的研究是不少中国学者所不及的,并深刻影响了对于中国音韵训诂的研究。20 世纪著名的日本学者津田左右吉关于中国文化的研究著述甚丰,他认为中国文化是一种"人事本位文化",其核心是"帝王文化",其他认识上尽管有偏颇,但也有其独异性和深刻之处。这就是"他山之石"的意义和价值。当然,不可否认,汉学家对于中国文化的误读或歪曲也是常见的,诸如瑞典考古学家安特生(John Gunnar Andersson)于 1921 年 10 月对河南仰韶文化遗址发掘之后,便说中国彩陶制作技术源于西方,并在他的《甘肃考古记》和《黄土儿女》著作中反复强调他的这一错误观点。这一观点亦为"西方文化东移造成中国文化之说"提供了说辞。日本学者石田幹之助也推波助澜,闭门造车地推测出西方文化东渐的路线;甚至连我们的国学大师章太炎、刘师培也被"忽悠"得认可了"中国文化西来说"。② 美国现代汉学(中国学)的奠基人费正清对中国历史尤其近代史的研究独具风采,为美国人民认识中国搭建了一座桥梁;但他在研究上的所谓"冲击—回应"模式,却近乎荒谬,认为是西方给中国带来了文明,是西方的侵略拯救了中国。综上所述,对于汉

---

① 季羡林《汉学研究·序》第七集,北京:中华书局,2003。
② 《章太炎全集·〈訄书·序〉·〈种姓篇〉》,上海:上海古籍出版社,1985;刘师培《刘申叔先生遗书·〈思念祖国〉·〈华夏篇〉·〈国土原始论〉》。

学成果的研究,只有冷静、公正、客观、全面,才能在沙中淘得真金,拥抱"他山之石"。

在中国,汉学的接受与命运,诚实地说,在20世纪80年代初期之前,基本上是无视它的学术价值,更没人把它看作是中国文化的延伸。此外,由于民族心理上的历史"障碍",我们还曾视汉学为洪水猛兽,甚至觉得它是仇视中国、侮辱中国的一个境外的文化"孽种"。这种"观点",虽嫌偏颇,但也不是空穴来风。因为自19世纪"鸦片战争"前后,直至20世纪40年代,偌大的中国曾经惨遭蹂躏,整个历史写满了炮火压迫和宗教怀柔,其间也不乏为列强殖民政策服务的传教士、"旅行家"和"学者"深入中国腹地,以旅行、探险、考古之名而实行搜集社会情报、盗窃和骗取中国大批文物。

人类思想的飞翔,是受社会和历史禁锢的,山高水远的阻隔也使得人类互相寻找的岁月特别漫长。交流是人类文化选择的自然形态,汉学就发生在这种物质交流和文化交流之中。

公元前后,中国人被称为赛里斯(Seres),中国叫赛里加(Serice),这是陆路交往关于中国最初的叫法,时间较早;另一种叫法,把中国人称为秦尼(Sinai),中国叫秦(Sin),这是海路交往关于中国的叫法,时间较晚。由商人输往西方的中国丝绸绢绘是当时帝王贵族倾慕的奢侈珍品,Seres 和 Serice 两字系由阿尔泰语所转化,是希腊罗马称谓中国绢绘的 Serikon、Sericum 两字简化而来。西方人当时称中国为"秦"(Sin),称中国人为"秦尼"(Sinai),则是源于秦朝。①

人类在互相寻找的初级阶段,中国和西方试探性的商业交往还很原始,那时的人类,不同的国家、民族和族群处于相对落后和封闭的状态,人类各个角落的不同文化还处于相对不自觉或是相对蒙昧的历史时期。在人类最早的沟通中,中国人走在最前边。公元前139年,张骞奉汉武帝之命,越过葱岭,亲历大宛、康居、大月氏、大夏、乌孙、安息等地,直达地中海东岸,先后两次出使中亚各国,历时十多年,开创了古代和中世纪贯通欧亚非的陆路"丝绸之路",为人类交往开了先河,也为汉学的萌发洒下最初的雨露。

---

① 莫东寅《汉学发达史》,北京:北平文化出版社,1949,第3页。

序 二

在文化史上,以孔孟儒家学说为核心的中国文化最先影响朝鲜半岛,然后才是日本和越南等周边国家。这些周边国家与中国的关系复杂,甚至被说成同种同文,因此可以说它们的文化与中国文化有着很深的"血缘"关系。522年,中国佛教渡海东传日本,从那时开始,中国典籍便大量传入日本,但这只是一种"输入",只是日本创建自己文化的借鉴,并没有形成对于中国文化的深层研究。及至唐代,由于文化上承接了汉朝的开放潮流,那时与异质文化的交流相对更加频繁,商贸往来和文化沟通有了发展,西方和中国周边国家或地域的人士通过陆路和水路进入中国腹地,长安、洛阳、扬州、广州、泉州等城市,都是中外贸易和文化交汇的重要都会,尤其是前者,更是当时世界最大的商业文化之都;而后者,由于东南沿海经济崛起、人口增多、手工业发达、农田水利的改善,为海外贸易发展创造了条件,再由于唐代中期"安史之乱"切断了陆路"丝绸之路"的缘故,曾称为"鲤城""温陵""刺桐城"的泉州,便成为联结亚洲、欧洲和非洲的海上丝绸之路的"东方第一大港",是那时以丝绸、金银、铜器、铁器、瓷器为主的国际贸易之都。通过频繁的往来和交流,外国人对中国文化的认识越来越多、越来越深,汉学也便在这种交流中不知不觉慢慢衍生。

但是,源远流长的汉学,人们习惯地认为其洪流和网络在西方,西方是汉学的形象代表。这一看法一是源自近代以来西方强势文化和中国人的崇洋心理;二是西方汉学的某些特征也确实有别于朝鲜半岛、日本和越南的汉学。其实,如果我们从世界汉学历史发展的角度看,日本、朝鲜半岛和越南的汉学要早于西方的汉学,比如日本在十四五世纪已经初步形成了汉学,而那时西方的传教士还没有进入中国。因此,对于汉学的研究,无论是西方还是东方(朝鲜半岛、日本和越南),我们都不能顾此失彼,要以同样的关注和努力探讨其历史。当然,汉学的历史藏在文献里,而隐性源头却在文献之外。

文化往往伴随经济流动,其交流也会在不自觉或无意识状态下发生。到了明代初年,郑和率舰队出使西洋,前后七次,历经二十八年,到过三十多个国家,最远抵达非洲东岸和红海口,真正拓展了海上"丝绸之路"。

在公元八九世纪至十六七八世纪期间,关于中国,多见于西方商人、外交使节、旅行家、探险家、传教士、文化人所写的游记、日记、札记、通信、报告之中,这些文字包含着重要的汉学资源,因此有人把这些文献称为"旅游汉学"。这些来源于文艺复兴,因为思潮的开放影响了欧洲人的思想和生活,他们或通商,或传教,或猎奇,但了解和研究中国文化却是一致的,于是汉学便在葡萄牙、西班牙、意大利、法国、荷兰、英国、德国、俄罗斯等主要的西方国家逐步发展起来。

这类游记和著作较早的有约在851年成书的描述大唐帝国繁荣富强的阿拉伯佚名作者的《中国与印度游记》,吕布吕基斯的《远东游记》(1254),意大利的雅各·德安克纳的《光明城》,贝尔西奥的《中华王国的风俗与法律》(1554),《利玛窦中国札记》,亚历山大·德·罗德的《在中国的数次旅行》(1666),南怀仁的《中国皇帝出游西鞑靼行记》(1684),费尔南·门德斯·托平的《游记》,李明的《关于中国现状的新回忆录》(1696)和《中华帝国全志》(《中国通志》)等,以及罗明坚、金尼阁、汤若望、卫匡国等名士的著作,还有大量名不见经传的传教士、商人、旅行家、探险家的各种记述,都成为日后汉学兴旺发达的必然因素。这类著作主要涉及中国的物质文明,较多描述、介绍中国的山川、城池、气候以及生活起居、饮食、服饰、音乐、舞蹈,也涉及一些中国的观念文化。这些"旅游汉学"著作中,影响最大的是《马可·波罗行纪》(《东方见闻录》)。马可·波罗(Marco Polo)于1275年随父亲和叔父来中国,觐见过元世祖忽必烈,1295年回国后出版了这本书,它以美丽的语言和无穷的魅力翔实地记述了中国元朝的财富、人口、政治、物产、文化、社会与生活,第一次向西方细腻地展示了"唯一的文明国家"——"神秘中国"——的方方面面。

这些包罗万象的文献,不仅记录了不同时代的中国,还以自己的文化视角开始了中西文化最初的碰撞。作为文献,这些游记、日记、札记、通信和报告,有赞美,有误读,也有批评,但因为其中包含大量中国物质文化及政治、经济、历史、地理、宗教、科举等多方面的文化记载,而成为汉学的重要组成部分,在学术史上有重要价值。

汉学的发生、发展与经济、政治、交通以及资讯分不开。有学者把汉学的历史分为"萌芽""初创""成熟""发展""繁荣"几个时期,也有的分为"游记汉学时期""传教士汉学时期"和"专业汉学时期"三个阶段。但汉学的真正形成是在明末兴起的"西学东渐"和"中学西传"的互动之中。

从16世纪到十八九世纪,在数以千计的散布在中国各地的传教士中,有不少人成为名载史册的汉学先驱,他们为汉学的发展做出了重大贡献。

自 1540 年罗耀拉（S.Ignatins de Loyola）、圣方济各·沙勿略（Francisco Xavier）等人来华，开始了以意大利、西班牙传教士为主的第一时期的耶稣会的传教活动。接着，意大利的范礼安（Alexandre Valignani）、罗明坚（Michel Ruggieri）等著名传教士来华。1583 年，即明朝万历十一年，罗明坚将利玛窦神甫（Matteo Ricci）带到中国，从此，耶稣会士在中国的宗教活动无论是对于西方或是东方，都开始了一个新的历史时期。西班牙的胡安·冈萨雷斯·德·门多萨（Juan Gonzalez de Mendoza）的《中华大帝国史》于 1588 年问世，这部世界汉学史上的第一部汉学著作，名副其实地对中国的政治、历史、地理、文字、教育、科学、军事、矿产、物产、衣食住行、风俗习惯等做了百科全书式的介绍，具有相当的学术价值，以七种文字印行，风靡欧洲。以利玛窦为核心的耶稣会士的历史意义在于他们开始了对中国文化的全面"开垦"，不仅著书立说，还把《大学》《中庸》《论语》《孟子》等中国文化经典译成西文，不仅开西学东渐之先河，也推动了中学西传，使中国文化对西方科学与哲学产生重要影响，因此这位思想家当仁不让地被视为西方汉学的鼻祖。与其先后到达中国的著名的传教士都著书立说、传播中国文化，对推动西学东渐和中学西传做出了贡献。在世界汉学史上，除了以上提及的，还有许多汉学家的名字十分响亮，诸如曾德照、柏应理、卫匡国、殷铎泽、南怀仁、汤若望、龙华民、金尼阁、罗如望、熊三拔、李明、张诚、白晋、马若瑟、宋君荣、钱德明、翟理斯、安特生、雷慕沙、儒莲、德理文、安东尼·巴赞、蒙田、冯秉正、尼·雅、比丘林、巴拉第·卡法罗夫、瓦西里耶夫、沙畹、伯希和、马伯乐、葛兰言、斯文赫定、马礼逊、斯坦因、理雅各、翟理斯、李约瑟、韦利、霍克斯、卫礼贤、福兰阁、孔拉迪、高本汉、卫三畏、费正清、戴密微、石泰安、谢和耐、欧文等。他们和东方日本、朝鲜半岛的富有建树的汉学家以及当今散布在各国的汉学家，对中国文化的独特理解，铸造成汉学史上的思想学术之碑，开垦了汉学成长的沃土。

"西方的汉学是由法国人创立的。"但是，在欧洲全面研究中国文明的问题上，"法国的先驱是葡萄牙、西班牙和意大利"。① 戴密微把以上三个国家誉为汉学的先锋，"他们于 16 世纪末叶，为法国的汉学家开辟了道路，

---

① 戴密微《法国汉学研究史》，载耿昇译《法国当代中国学》，北京：中国社会科学出版社，1998。

而法国的汉学家稍后又在汉学中取代了他们",真正建立起作为学术的汉学传统。就传统汉学而言,法国是汉学家最多的国家之一,有许多汉学界的学术巨擘,不断为汉学的崇高而添砖加瓦。

中外文化交流的结果不仅意味着中国文化"外化"的传播,也意味着异质文化对中国文化"内化"的接受。汉学家作为中外文化交流的桥梁和使者,在异质文化的交流中,也是人类和谐与进步的推动者。

汉学诞生在与异质文化碰撞、交流和相互浸淫之中。这个结果无异于一枚果子的成熟,只有"风调雨顺"才生长得好。和谐、宽容、理解与尊重,是异质文化彼此借鉴的保证。作为文化形态的汉学,其成长和生存离不开良好的国际语境。就中国而言,历史上凡是开放的时代,文化交流多,汉学就发展;反之,汉学就停滞,这似乎成为一种规律。

作为学术公器的汉学,文化上有其自己的成长过程。汉学是发展的,这一植根于中国文化土壤,生存于异国他乡的文化,同样深受不同时代语境的极大影响。这里所说的语境,既包括中国的历史演变,也包括异国和世界的历史变化。也就是说,不同的历史时期,不同的社会、政治、经济、文化背景,在很大程度上左右着汉学的发展方向和内容;换句话说,汉学的形成和发展,不仅受制于中国历史的更迭,也受制于他者社会的变化。这就是以历史悠久的中国文化为研究对象的汉学发展的基本轨迹。

汉学作为一种学术形态,总体上可以分为"传统汉学"和"现代汉学"。传统汉学以法国为中心,而现代汉学兴显于美国,20世纪中期以来,在西方其他国家葆有传统汉学的同时,现代汉学也很繁荣。随着中国与世界政治关系的变化,随着中国文化与世界文化交流的拓展,现代汉学有了显著的发展。

虽然20世纪的后五十多年,中国文化与世界各国文化接触开始多了起来,但就整体而言,1949年后有三十多年是一个相对"闭关锁国"的时期。公正地讲,这道意识形态的"长城"也并非就是中国的政策,是那时期以美国为首的国家在政治、经济、军事、文化上对我国全面封锁的结果。这个时期的"汉学"涂满了政治色彩,以法国为代表的汉学较多地保持着传统汉学的学术精神,而美国的"中国学"却成了充满政治意识的现代汉学的代表。美国的"中国学"所关心的不是中国文化,更不是中国的传统文化,而是中国的政治、经济、军事、教育和社会生活各个层面的问题。这种政治特征,是那个时期美国汉学的基础,这一特征也影响了其他国家汉学的研究方向和内容。

由于中国与世界的隔离,由于西方与中国少有交流,因此汉学家不了解中国最新的文化进展(比如新的考古发现),致使汉学处于断炊或"无米之炊"的状态,没有中国文化的支持,西方汉学要想取得研究上的突破也很困难。陌生感和神秘感困扰着汉学家,这不仅是文化的尴尬,也是汉学家的难堪。

人类文化包含了物质文化和观念文化等。物质文化表现在衣食住行生活方面,是一种看得见、摸得着又极易变化的"具象"文化,如饮食、服饰、住房、音乐、舞蹈等;观念文化是一个民族的核心,表现在人的价值观、道德观、家庭观、宗教观等诸多方面,以及关于自由、平等、民主的理解,观念文化是一个民族的思维经过高度抽象后形成的思想、观念和精神,它通过文化灵魂——哲学、文学、语言、宗教、历史等来表达。① 观念文化,一俟进入外国汉学家的研究视野,他们的研究也就进入了对中国文化核心的深层研究。

汉学家从对中国物质文化到观念文化的研究,其领域越来越广越来越深。现在,汉学不仅包括对中国的哲学、文学、宗教、历史领域的研究,还包括社会学、政治学和自然科学。Sinology(汉学)和 Chinese Studies(中国学),它们已经发展到可以"异名共体"的地步。

时至今日,传统汉学和现代汉学这两种汉学形态不仅同时存在着、共荣着,而且还互相浸透着。

19世纪末至20世纪初,美国汉学悄然嬗变为中国学,并以自己独有的个性特点和极强的生命力出现在世人面前。美国汉学始自1830年东方学会(American Oriental Society)的建立,这个学会虽然代表了欧洲那种对东方学文学的兴趣,但这个学会"从一开始就有一种与众不同的使命感"——"为美国国家利益服务,为美国对东方的扩张政策服务"。② 这个特点也与"美国海外传教工作理事会"向中国派出基督教传教士的宗旨相

---

① 任继愈《汉学发展前景无限》,载《中华读书报》2001年9月19日。
② 侯且岸《费正清与中国学》,载李学勤主编《国际汉学漫步》(上),石家庄:河北教育出版社,1997。

一致。可见,美国汉学一开始就和美国的国际战略和对华政策联系在一起。卫三畏(Samuel Wells Williams)1848年出版的百科全书式的《中国总论:中华帝国的地理、政府、教育、社会、生活、艺术、宗教及其居民观》就带有较为浓厚的社会科学特点,与欧洲具有人文科学特征的汉学颇有差异,但它依然属于Sinology的范畴。

美国从南北战争后的统一中走向强大,加入强国之列。八国联军对中国的侵略行径,是列强联合的第一次尝试。从那时起,承担着相当"政治"角色的传教士进入中国。真正美国式的"汉学"——中国学,就从那时开始,而奠基人和开拓者是之后的费正清(John King Fairbank)。作为美国首席中国问题专家的费正清,他的中国学研究不仅影响了美国,也对其他国家的汉学研究或中国学研究有强烈的影响。

在西方,费正清的魅力在于,没有谁能像他那样以更清晰、更富于洞察力的笔触来表述中国。"在使美国人了解中国,了解中国的传统、中国纷扰不安的近代史,以及中国神秘莫测的现状等方面,谁的贡献也没有像他那样大。"费正清等一批知名的美国中国学家都参与过战时情报工作,在战后作为美国政府的智囊而直接为制定对华政策服务。费正清的研究虽然充满了实用和功利色彩,立场和观点也有偏见,但这并不妨碍他在历史上作为一个贡献巨大的汉学家和中国人民的朋友的光辉。美国学者从事研究的根本出发点是"使命感""学术个性"和"反唯理智论倾向","蔑视学问,更为强调实用性知识","更为明显同自己以外的社会,即政治家、实业家及其实践家始终保持紧密的联系"。① 这就是美国中国学家的基本心态,他们讲究功利和实用,不理会学术上的理智倾向,这与法国汉学家的学术心态、学术个性与学术传统几乎大相径庭。

传统汉学(Sinology)和现代汉学(Chinese Studies)的差异在于前者是以文献研究和古典研究为中心,它们包括哲学、宗教、历史、文学、语言等;而以美国为中心的现代汉学(中国学)则以现实为中心,以实用为原则,其兴趣根本不在那些负载着古典文化资源的"古典文献",而重视正在演进、发展着的信息资源。但是,汉学发展到21世纪,其研究内容和方式已经出现了融通这两种形态的特点。这种状况既出现在欧洲的汉学世界,也出现

---

① [美]赖肖尔《近代日本新观》,北京:生活·读书·新知三联书店,1992。

在美国的中国学研究之中,可以说世界各国汉学家的研究中,都兼有以上两种汉学形态。

汉学(Sinology)对中国研究者来说,被尘封得太久,所以它的空白很多,浩如烟海的资源还有待于深入开掘。这种开掘,不仅可以收获汉学,还可以无意中发现被历史"放逐"和"遗失"在异国他乡的中国文化。编撰"列国汉学史书系"的目的和宗旨,不仅是为了梳理已有的汉学资源,在世界范围内追踪中国文化的外传历史状况、经验及影响,同时探究汉学的产生、成长、发展与繁荣,还要尽可能厘清这块"他山之石"对于中国文化的作用。当然,"列国汉学史书系"还期望对推动中国文化与世界文化的交流有所裨益。

"列国汉学史书系"作为一个文化工程,其撰写的难度非一般学术著作所能比拟。严绍璗教授谈到 Sinology 的研究者的学识素养时提出四个"必须":①必须具有本国的文化素养(尤其是相关的历史、哲学素养);②必须具有特定对象国的文化素养(同样包括历史、哲学素养);③必须具有关于文化史学的基本学理素养(特别是关于"文化本体"理论的修养);④必须具有两种以上语文的素养(很好的中文素养和对象国的语文素养)。这几点确实都是汉学研究者必须具备的文化和语文素养,否则很难进入汉学研究的学术境界。

写作"列国汉学史"艰难,而出版可谓难上加难。人间的事好像天上的云、地上的风,飘忽不定没有根,铁板钉钉是没有的,因为钉子可以用"权力"拔出来,一切承诺和协议,都可以化为乌有。虽然"列国汉学史书系"一直受到经济的困扰,但它终没有自毙于摇篮之中,冬天之后是春天,接着便是收获的季节。这套富有创意和价值的书系,将对中外文化交流和汉学的发展及其比较研究产生深远影响。

有人认为"汉学史中国人写不了",当然这是一个很奇怪的"立论"。日本人石田干之助写了《欧人的中国研究》(1932)、莫东寅写了《汉学发达史》(1949),接下来又有严绍璗的《日本中国学史》(1991)、张国刚的《德国的汉学研究》(1994),张静河的《瑞典汉学史》(1995),何寅、许光华主编的《国外汉学史》(2002),刘正的《图说汉学史》(2005)和李庆的《日本汉学史》(2005)相继面世。在人类的文化长廊里,无论是中国还是外国,各种史书琳琅满目,这其中有外国人写中国的各类历史,也有中国人写外国的各类历史。历史,是往事,是记录,是选择,并有相对独立的评论和褒贬。但是,事实上任何一部历史都不是最后的历史,历史随着时光的流逝而演进,修史很难一步到位,它需要一代代学者"积跬步"才能"至千里",只有"积土成山,积水成渊",方能"风雨兴""蛟龙生"。学问之事非一夕之功,非得有前赴后继者敢于赴汤蹈火"流血牺牲",才会达至光明顶峰。

开拓者也许会在某个时候将自己的真诚劳作化为欢乐,因为在以后的岁月里,定会有人踏着自己的肩膀或是踩着自己的鼻子和头顶攀上高峰,以鸟瞰美丽风光。21世纪是经济的大空间,对汉学来说也是一个"大空间"。但是,要探索这个"大空间",需要有个和谐的"太空站",需要大家联袂共建;当然世界上需要多元文化和谐相处的历史语境,共同创造彼此接近、认识、理解、尊重、沟通、借鉴与融合的机会,这个机会,就是汉学研究发展的机会。

时间在行走,历史在行走。人类创造过历史,书写过历史,但是没有最后的历史。汉学有历史,而且还正在创造新的历史,汉学及其研究将以自己的品格和个性在人类文化的世界里放出异彩。

阎纯德
2006年12月5日
于北京半亩春

前　言

  我有一个假设：这就是，在人类语言的中心，有这么个地方，那里一切都是所有人的，一切都是说给所有人听的。这是心灵的语言，不再区分"你的"和"我的"。人们有时候会说，世界上所有的诗只有唯一的作者。
  ——克洛德·华（Claude Roy），《窃中国诗者》（*Le Voleur de Poèmes Chine*，1991）导言

  中国古典文学在西方世界的译介和研究，滥觞于16至18世纪欧洲传教士来华传教。但直到19世纪末，中国文学在法国的传播才真正发展起来。中国文学在法国的传播，就欧洲的语境而言，有着学术研究、文学创作以及政治发展等多方面背景的推动因素。

  首先，就学术研究的背景而言，19世纪末期是西方宗教教育普及化、东方学以及比较研究兴起的时期。在漫长的欧洲中世纪，神学位于学科金字塔的塔尖，凌驾于其他诸学科之上；经历16世纪的文艺复兴，特别是经历17至18世纪欧洲传教士在中国与中国文化的"相遇"，欧洲的学科分类开始分化，"宗教"逐渐成为科学研究的客体，与数学等学科成为并列的科学[①]。18世纪法国的启蒙运动加快了宗教世俗化的步伐。1879—1889年，吉美运动诞生，随着1880年法国巴黎吉美博物馆第一卷《吉美博物馆年鉴》（*Annales du Musée Guimet*, tome premier）的问世，这场旨在推广和普及全世界的思想、哲学和宗教的运动以蓬勃的态势展开，来自东方国家的

[①]　参见钟鸣旦著，洪力行译《传教中的"他者"：中国经验教我们的事》第六章，台北：辅大书坊，2014。

文化艺术在其中得以推广①。东方学和比较研究都在这一背景下应运而生。

19世纪以来,西方世界开始对印度、中国等东方国家产生兴趣,越来越多地将目光投向东方,开始自觉地在东方文化中寻找他们所需要的文化资源。1827年,歌德首先发现和赞美中国文学;1867年巴黎举办的第四届世界博览会设立了中国专区②。1914年,德国作家赫尔曼·黑塞(Hermann Hesse,1877—1962)认为有必要学习和认识远东民族,并对老庄哲学产生浓厚兴趣。相应地,"东方学"成为专门的学术研究类型。之后,"汉学"学科开始正式进入西方各大高校,成为欧洲各国高校专门的教学和科研系所。关于中国研究的各种专门研究机构也相继在西方高校以及社会上设立起来。

随着神学向宗教教育让步,与此同时,学术研究为比较研究打开了大门。如英国著名比较文学学者波斯奈特所言,比较是支撑人类思维的"原始的脚手架",尽管"用比较法来获得知识或者交流知识,在某种意义上说和思维本身的历史一样悠久",但"有意识的比较思维"是19世纪的重要贡献③。"比较研究的原则强有力地被历史的无限性所推动,致力于人、语言、宗教、社会、艺术的研究;同时,所有大洲的远古都与文化相融,精神上的所有等级制度都被打乱了。"④比较文学这门学科正是在19世纪有意识的比较研究开展以来逐渐兴起的。中外文学关系史等分支研究构架起了比较文学的学科整体。总之,比较研究的兴起是中国文学进入西方视野的一个重要学术背景。

在另一层面,在西方文学的创作上,自18世纪由欧洲耶稣会士"发现"唐诗,至1862年法国汉学家德理文出版第一部唐诗法译集,正是欧洲开始对东方、对中国文学发生兴趣的时期。中法文学关系史上最著名的一个例

---

① 法国吉美博物馆全称是吉美国立亚洲艺术博物馆(Musée national des arts asiatiques-Guimet),其创始人实业家兼收藏家吉美(Émile Guimet,1836—1918)于1879年开始在里昂展出其收藏的亚洲艺术品,正式成立于1889年,是世界上最大的亚洲艺术博物馆之一,主要收藏和展览印度、中国、韩国、日本、阿富汗、巴基斯坦、东南亚、中亚等亚洲国家和地区的艺术品。

② 中国专区的负责人是法国汉学家德理文。参见孟华"法国汉学家德理文的中国情结——对1867年巴黎世界博览会中国馆成败的文化思考",载《国际汉学》2012年第2期,第55—73页。

③ 转引自乐黛云、陈跃红、王宇根、张辉著《比较文学原理新编》,北京:北京大学出版社,2004,第39页。

④ Raymond Schwab, *La Renaissance orientale*, Paris: Payot, 1950, p.134.

子就是18世纪启蒙思想家伏尔泰根据法国在华耶稣会士马若瑟法译的纪君祥《赵氏孤儿》创作了戏剧《中国孤儿》(1755)。18世纪另一位法国启蒙思想家孟德斯鸠化身为一名波斯人郁斯贝克,以郁斯贝克的口吻创作了书信体小说《波斯人信札》(1721)。此后中国文学等东方文学更是源源不断地译介入法国等欧洲国家。到了19世纪末、20世纪初,在现代主义诗风的影响下,中国和其他东方国家成为西方诗人追寻创作灵感的来源,在他们的笔下,东方国家多展现唯美、神秘、奇异或雅致的情境,即所谓"异国情调""异国风情"。如朱迪特·戈蒂耶(Judith Gauthier,1845—1917)的中国风情小说,皮埃尔·洛蒂(Pierre Loti,1850—1923)的东方题材小说如《菊子夫人》、克洛岱尔(Paul Claudel,1868—1955)的散文集《认识东方》及其所拟写的"中国"小诗等等。另一方面,20世纪初欧洲文学革新,重新发现长篇小说、中短篇小说和诗歌,激发了一场对中国文学主题和风格的翻译、模仿和转置运动。欧洲作家开始关注中国文学,一个重要原因在于很多欧洲作家认为大部分欧洲小说都是迎合读者口味的关于冒险、风流或投机取巧的故事,虽然不乏艺术灵感,能供人娱乐消遣,但这种小说对人们尤其是年轻人来说十分危险,容易加倍败坏社会风俗。而中国的小说、故事一般具有较强的教育意义和教化功能,它们一般旨在革新风俗,并往往实践着某种道德。孟德斯鸠在《波斯人信札》中假借波斯人郁斯贝克之口对巴黎盛行的败坏风俗进行了强有力的讽刺和揭露,伏尔泰根据《赵氏孤儿》创作《中国孤儿》也有以中国风俗、中国道德唤起法国民众注意,借这股健实、理性的东风以移风易俗的旨意。1827年,歌德赞美他所读到的一部翻译中国小说(《好逑传》)里的中国人比西方人"更明朗,更纯洁,也更合乎道德"①;西方以想象的中国作为对他们本国一些弊端的抵制和抵抗。比如Octave Mirbeau 的《酷刑花园》(Le Jardin des supplices,1899),一反当时西方对东方所持的偏见,中国在其中被作者塑造为反西方的象征。可以说,对当时的西方诗人和作家来说,中国文学确实代表了一定的美学理想。这是西方作家转向东方寻求的一大动因。

　　进入20世纪以来,文学场域出现了"他者"(l'autre)的形象,关于"他者"的神话成为拒绝现代性、而将全部幻象转向远东的西方知识分子的避难所。建立在一个想象的"他者"和幻象之上的文学使得欧洲从创造"他

---

① 歌德著,朱光潜译《歌德谈话录》,北京:人民文学出版社,1982,第112页。

者"神话出发,重新对自我进行定义。关于中国的论谈就是关于"他者"的论谈。

与"他者"概念紧密联系的是"他者性"(l'altérité)或者说"相异性"这个概念。欧洲对中国的研究尤其落在文学"他者性"的层面上,这段时期欧洲文学中的中国也是一场关于相异性的对话,一场关于接近"他者"的对话。经列维纳斯、保尔·利科等学者对"他者性"理论的发展,法国当代哲学家、汉学家弗朗索瓦·于连(François Jullien,1951—)在《隐喻的价值》(*La valeur allusive*)一书中也强调了"他者性"(l'altérité)这一概念。西方对中国的历史和现实感兴趣的所在是中国相对于西方的"他者性"。

以诗歌为例,从艺术角度来看,中国古诗异于西方诗歌的突出特征是富含象征性的意象和通感手法的运用。这正是中国古典诗歌所给予西方诗歌最大的影响所在①。在20世纪上半叶,懂中文的西方汉学家和不懂或略懂中文的西方诗人对这一点尤为关注,尤其是后者。日本诗歌是从中国诗歌化生出来的,早期日本诗歌对西方诗歌的影响,从其源头考虑依然是中国古诗。庞德的《神州集》就是这样一部作品。兰波等法国象征派诗人所擅长的正是这两种手法——象征和通感。而这种手法,可以在中国古诗中找到源头:"诗人永远不直接说出他想说的东西,他从不用事物的名字称呼它们。"②弗朗索瓦·于连认为,李贺的诗对西方人来说具有完美的象征性,李商隐的诗也是如此(比如《锦瑟》一诗)。这种诗性写作的象征传统可以一直追溯到屈原的《楚辞》,其中充斥着对立的象征(香草或毒草,凤鸟和彩虹),可见隐喻和象征是中国文学的传统。弗朗索瓦·于连指出,一方面,在中国的诗歌传统中,所有的诗歌符号(鸟、风、明月等等)都在寻找一种更具有普遍性和哲学性的抽象含义,另一方面,这种传统讲究一种直觉的直接性。中文(诗的,审美的)的隐喻能力倾向于自发地实现一种相关联的结构③。这仅仅是西方文学转向中国古典文学所追寻的"他者性"的一个例子。

有一种观点认为,对转向中国的法国和德国作家来说,认识到中国的

---

① 关于中国古诗对美国现代诗坛的影响,最重要的研究成果是赵毅衡先生的《远游的诗神》,成都:四川人民出版社,1985;《诗神远游:中国如何改变了美国现代诗》,上海:上海译文出版社,2003。

② Jean Cohen, *Structure du langage poétique*, Paris: Flammarion, 1966, p.213.

③ François Jullien, *La valeur allusive*, Paris: Quadrige, 2003, pp.294-297.

智慧和文化实际上意味着对欧洲古代丰富文化遗产的怀念。比如克洛岱尔曾写道,"对过去的纠缠,对过去的激情,概括了所有艺术和文学形式的特征"①。俄罗斯汉学家阿列克谢耶夫 1926 年在巴黎说道,"古代是理想的,完美的"②。而谢阁兰认为他在中国所寻找的"既不是欧洲,也不是中国,而是对中国的一种幻想"③。

从政治角度而言,1890—1925 年这一时期是欧洲在中国进行政治扩张的时期,也是中国封建制度终结的时期。在这世纪之交,欧洲的思想开始延伸,超越了西方的地平线,转向遥远的远东。

自二次世界大战后,西方人开始更为自觉和主动、也似乎更为真诚地寻找"他者"的文明和生活方式。1950 年,"东西方道德和宗教经典著作"(Ethical and Religious Classics of East and West)书系编辑在该书系第三部、英国汉学家亚瑟·韦利所著《李白的诗歌和生平》一书的引言中写道:

> 两次世界大战摧毁了世界,结果之一是各地的人们都感到了一种双重的需要。我们既需要深入了解和欣赏其他民族和他们的文明,尤其是他们的道德和精神成就;同时我们也需要拥有更为广阔的全球视野,对道德和宗教的基本原则有更为清晰的洞见。
>
> 要带着学习的欲望阅读本书系并思考,它们会帮助人们找到"充实的生活",帮助不同民族的人们更加理解与和谐地生活在一起。今天,地球是美丽的,但人们却感到幻灭和害怕。但总有那么一天(或许这一天的到来并不遥远),人们的精神将会复兴:那时候,人们在世界之美中单纯地幸福着,他们会看到,自我中心主义和冲突是多么愚蠢,宇宙从根本上讲是一个精神世界,人是上帝之子。
>
> 他们不会伤害人也不搞破坏

---

① P.Claudel, *Journal* tome II. Paris: Gallimard, 1969, p.848. 转引自 Lucie Bernier, *La Chine littérarisée: Impressions-expressions allemandes et françaises au tournant du XIXème siècle*, Bruxelles: Peter Lang S.A., 2001.p.93.

② Basile Alexéiev, *La littérature chinoise, Six conferences au collège de France et au Musée Guimet*, Paris: Librairie orientaliste Paul Geuthner, 1937.p.18.

③ Victor Segalen, Lettre du 06 janvier 1911 à Debussy, *Segalen et Debussy*. Monaco: Ed. Du Rocher, 1962, pp.126-127.

在我的整座圣山之中：
因为整个地面将充满我主的知识
而水将覆盖大海。①

  20 世纪末表现出了和 19 世纪末相似的双重倾向：一方面，西方对中国激发起了一种积极和正面的兴趣，他们通过汉学家的研究了解并爱好中国的儒佛道三教，通过阅读译介的中国文学作品发现了一种十分活泼的艺术氛围。另一方面，经济、政治等复杂的因素也导致西方对中国和中国文化依旧存在着有意无意地误读，这往往导致将原本积极正面的对话局限在往昔的陈词滥调中。这一双重倾向证明，西方通过中国这一"他者"对自身的追寻可能始终归于一种模糊，一种隐约。然而无论是中国还是西方都在继续努力，通过文化、文学、艺术、历史、社会等各领域使西方和中国作为彼此的"他者"进行对话，试图消去追寻"他者"的那种模糊和隐约，而导向清晰，让人最终看见在自身实现"他者"的可能性。当我们在描述和呈现自身文化的时候，并不刻意隐瞒这种文化可能有的缺陷或者说局限性，同时亦向"他者"文化提出同样的诉求。重要的是不保持缄默，而始终在诉说，在对话，在找到对方的同时亦重新发现和塑造自身。

  中国学者对于中国古典文学西方传播的研究始于 20 世纪上半叶。1928 年，陈受颐以论文《18 世纪中国对于英国文化的影响》在美国芝加哥大学获得博士学位，回国任教后以论文向国人介绍《赵氏孤儿》《好逑传》等中国古典文学在欧洲的流传和影响。20 世纪上半叶对中国古典文学西方（主要是以英国为主的英语国家）传播研究做出贡献的主要还有方重、朱谦之、范存忠、潘家洵、钱钟书等学者。自 20 世纪 80 年代后这一领域的研究获得更兴和繁荣。这一时期比较重要的著作如王丽娜著《中国古典小说戏曲名著在国外》（学林出版社，1988），主要介绍中国古典小说和戏曲两类文学形式在国外的译介，未及诗歌。20 世纪 80 年代中国古典文学西方传播最为重要和有影响力的研究专著当推赵毅衡的名著《远游的诗神：中国古典诗歌对美国新诗运动的影响》（四川人民出版社，1985）。赵著认为中国古典诗歌通过庞德等美国诗人对美国的现代诗（新诗）运动产生了

---

① Arthur Waley, *the Poetry and Career of Li Po 701-762 A.D.*, London: George Allen and Unwin LTD; New York: the Macmillan Company. 1950. "General Introduction" by the Editors. p.vii; pp.ix-x.

影响,是中国新时代比较文学研究中具有相当影响力的专著,获中国比较文学协会颁发的比较文学研究一等奖。2003年,作者将原作扩充、重整为新著《诗神远游:中国如何改变了美国现代诗》(上海译文出版社),副标题由原来的"中国古典诗歌对美国新诗运动的影响"改为"中国如何改变了美国现代诗",进一步强调了中国古典诗歌对美国现代诗歌创作的影响。另外两部中国古典文学西方传播研究的重要著作有张弘的《中国文学在英国》(花城出版社,1992)和黄鸣奋的《英语世界中国古典文学之传播》(学林出版社,1997)。近期这一领域比较重要的新作有江岚的《唐诗西传史论——以唐诗在英美的传播为中心》(学苑出版社,2009)。唐诗英国传播主要介绍翟理斯、阿瑟·韦利的唐诗翻译,唐诗美国传播以庞德、艾米·洛维尔的《松花笺》为主,对唐诗在英美两国的传播以"史论"的形式作了梳理,资料翔实,分析允当,在唐诗英美传播对两国文学创作尤其是诗歌创作所产生的影响与作用,英美两国与中国之间通过唐诗所发生的文学关系,唐诗英美传播在思想、文学、文化各层面的意义,做了一定的探索。以上四部著作都是以中国古典诗歌为主的中国古典文学在英语国家的传播研究成果。

20世纪90年代以来,国内出版的中国文学世界传播研究著作主要有施建业的《中国文学在世界的传播与影响》(1993)、宋柏年主编的《中国古典文学在国外》(北京语言学院出版社,1994)和马祖毅、任荣珍著《汉籍外译史》(湖北教育出版社,2003)。《中国文学在世界的传播与影响》分别介绍了中国古代文学、现当代文学、少数民族文学、港台文学在日本、朝鲜、越南、俄罗斯、英国、法国和德国的传播情况,关于中国古典文学国外传播的介绍内容较少。《中国古典文学在国外》分述中国自先秦至清历代文学在日、法、德、英、美、苏、东欧等国家和地区的流传情况。第三编"唐代文学在国外"主要介绍唐诗在国外的传播,法国部分重点介绍了胡若诗的唐诗研究专著《唐诗中的镜与知》(胡若诗在巴黎十大的比较文学博士论文,1986)和以王维、李白、杜甫为主的唐代诗人及其诗歌在法国的翻译和研究。资料丰富、翔实,介绍与评议相结合,内容充实,较为全面。《汉籍外译史》主要述及中国哲学、社会科学以及自然科学著作在国外的翻译。其中第四章"中国哲学、社会科学著作翻译在国外"第九部分专门讲述文学作品的翻译,以国别分成二十八节,第一节为中国文学翻译在法国,在古代文学部分,分别介绍了古典戏剧的译介、古典小说的译介和古典诗歌的译介。

介绍了第一部被译介到欧洲的杂剧——元纪君祥的《赵氏孤儿》。关于中国古典诗歌在法国的译介,提到最早为法国读者所接触的中国古典诗歌是《诗经》。由法国耶稣会士马若瑟翻译的 8 首《诗经》中的诗被收入 1735 年杜赫德编的《中华帝国全志》。介绍了"欧洲最早对中国古典诗歌感兴趣的人之一"①埃尔韦·德·圣-德尼侯爵②。声称在德理文之前,中国诗歌对欧洲公众实际是"一片空白"③,因为耶稣会汉学界"完全忽略了中国诗歌"④。尽管欧洲耶稣会学者对《诗经》的译介确实是由于其为四书五经之一之故,但对中国诗歌确实并非"完全忽略"。然而德理文在西方汉学界的一大功绩确实为"把唐诗和楚辞引进了法国"⑤。对朱迪特·戈蒂耶的《玉书》,援引罗大冈的评论:"她用的偷梁换柱法,在翻译中国诗时,把诗的内容与外貌按照自己的主意加以改变……(她)完全是用当时法国最流行、最庸俗的诗歌调子写成法国诗,其实不是中国诗的译本。"⑥Bruno Belpaire,《李太白诗四十首》(*Quarante Poésies de Li Tai Pé*,1921)。书中还提到了图桑的《玉笛》、20 世纪 20—30 年代中国学者徐仲年、罗大冈等人的唐诗法译、法国诗人克洛岱尔对中国古诗的改写,以及 1962 年戴密微编选的《中国古诗选》。以上三部著作都是个别章节涉及中国古典文学(包括诗歌)在法国的传播。

国内对中国古典文学尤其是中国古诗在法国的传播研究甚力、成果最丰的当数南京大学中文系钱林森教授。1990 年,广州花城出版社出版了中国文学法国传播的一部专著,此即南京大学中文系钱林森教授的著作《中国文学在法国》。这是由北京大学乐黛云教授主编、北京大学、南京大学联合编写的"中国文学在国外丛书"的一种。除了中国文学在法国,还有中国文学在俄罗斯、日本、朝鲜、美国、英国、德国、越南、东南亚、东欧,共十部。作为国内研究中法文学关系的第一部专著,钱林森教授所著《中国文学在法国》从中西文化交流的大背景出发,以翔实的材料,考察了自 17、18 世纪至 20 世纪 80 年代中国文学在法国的流布和影响,详尽描述了中法

---

① 马祖毅、任荣珍《汉籍外译史》,武汉:湖北教育出版社,2003,第 191 页。
② Le Marquis d'Hervey de Saint Denys(1822—1892),中文名德理文。
③ 马祖毅、任荣珍《汉籍外译史》,武汉:湖北教育出版社,2003,第 191 页。
④ 同上,第 191 页。
⑤ 同上。
⑥ 同上,第 193 页。

文学交融的悠久传统和文化历程。在本书中，钱林森主要从媒介学、接受与影响的角度透视中法之间的文学交流。本书上编内容为中国古典文学（包括诗歌、戏剧和小说三种文体）在法国的传播，在第一章"导言"之后，以"中国古典诗歌在法国"为第二章，首先介绍诗歌这种文体在法国的流布。第一节首先对中国古典诗歌在法国的传播概况作了总体描述，第四节专门探讨了唐诗在法国的传播。从中国古典诗歌法国传播概况总述部分，可知《诗经》、汉魏六朝诗和唐诗为最受法国关注、最多得到译介和研究的中国古典诗歌。钱著不仅概述了这些中国古诗在法国的翻译情况，并且较为详细地叙述了该时期法国人对中国古诗语言特征和诗歌艺术的认识。同时，钱著不仅仅关注中国古诗被翻译成法语的情况，也关注接受中国古诗影响、翻译或者不如说重新创作法语诗的法国诗人的创作，如克洛岱尔及其对中国古诗的仿译。这是中法文学交流和"对话"果实的极佳例子。第四节重点介绍了现任法兰西学院院士程抱一（当时使用原名程纪贤）运用西方结构主义方法翻译和研究唐诗的重要成果——《唐代诗人张若虚作品的结构分析》和《中国诗语言研究》，认为程抱一成功展现了中国诗人对诗歌语言的巧妙运用，他的研究真正深入了唐诗的艺术堂奥，发掘出了唐诗的奥秘①。钱林森教授筚路蓝缕，在20世纪90年代为中法文学关系写出《中国文学在法国》，填补了之前中国古典文学法国传播的一项空白，意义重大。马祖毅、任荣珍所著《汉籍外译史》（2003）对钱林森这部专著中的资料多所引用。1990年，上海古籍出版社出版了钱林森编辑的论文集《牧女与蚕娘——法国汉学家论中国古诗》，收入了德理文、C.昂博尔·于阿里、戴密微、葛兰言、桀溺、侯思孟、程纪贤（后来改名为程抱一）、吴德明等九位法国汉学家的13篇中国古诗论文。2004年，钱林森的专著《光自东方来——法国作家与中国文化》由宁夏人民出版社出版；本书探讨自16世纪至当今法国作家与中国文化的关系，部分内容涉及唐诗这一媒介对中法文学文化关系的重要作用，如19世纪法国女诗人朱迪特·戈蒂耶以《玉书》对唐诗等中国古诗的改写所建立起的诗歌王国。2007年，钱林森编辑《法国汉学家论中国文学——古典诗词》由北京外语教学与研究出版社出版。本书为钱林森1990年编著《牧女与蚕娘——法国汉学家论中国古诗》的修订再版本，在原有文章的基础上新增了10篇，其中7篇文章以唐诗为

---

① 钱林森《中国文学在法国》，广州：花城出版社，1990，第69页。

论题。

此外，近期关于中国古典诗歌法国传播的重要研究成果还有阮洁卿的论文《中国古典诗歌在法国的传播史》，载《法国研究》2007年第1期。四川外语学院胡安江论文，《绝妙寒山道——寒山诗在法国的传布与接受》，《中国比较文学》2007年第4期；2011年，胡安江专著《寒山诗：文本旅行与经典建构》由清华大学出版社出版。

迄今，对唐诗法国传播整体情况的梳理和研究目前尚较欠缺，尚未有专著出版。

本书的研究内容主要是梳理自16世纪至20世纪末唐诗法国传播的历史，勾勒唐诗法国传播的整体线索，描绘这一主题的主体面貌；冀以透过唐诗在法国的传播去挖掘更深层次的文化含义，并揭示其对中法文学、文化交流的意义和启示。研究方法是在比较文学的视野下，对这段历史进行点、面结合的梳理，既呈现由古及今唐诗法国传播呈现的总体面貌，也注重对历史进程中比较突出的个案进行比较重点和详细的解析。

本书稿分为六章：第一章叙述18世纪唐诗法国传播的滥觞，第二章叙述19世纪唐诗法国传播的初步发展，第三章叙述20世纪上半叶唐诗法国传播的进一步发展，第四章叙述20世纪下半叶唐诗法国传播的繁荣。最后总结唐诗在法国传播所取得的主要成绩以及尚存的一些问题，并针对这些问题提一些具体的建议。第五章和第六章分别对唐诗法国传播的一些具体问题进行深入探讨，对李白、杜甫、白居易、寒山、王维、李商隐、李贺等唐代重要诗人在法国的传播情况及其背景原因进行细致和深入的分析，并结合法国现代诗人的诗歌创作探讨译介入法国的唐诗如何影响了法国现代诗歌创作，探讨20世纪以来中国古典诗与法国现代诗的相融相汇，法国现代诗中如何融入中国古典诗的血液，共同谱写人类性灵之诗的华章。

目　录

第一章　唐诗法国传播的滥觞:18世纪 …………………………（1）
第二章　唐诗法国传播的初步发展:19世纪 ……………………（18）
　第一节　第一部唐诗法译集:德理文《唐诗》 …………………（18）
　第二节　第二部中国古诗法译集:朱迪特·戈蒂耶《玉书》………（27）
　第三节　法国评论家论唐诗 ……………………………………（36）
第三章　唐诗法国传播的进一步发展:20世纪上半叶 …………（47）
　第一节　法国汉学家之作 ………………………………………（47）
　第二节　中国留法学者之作 ……………………………………（65）
　第三节　法国诗人之笔 …………………………………………（85）
　第四节　阶段小结 ………………………………………………（94）
第四章　唐诗法国传播的繁荣:20世纪下半叶 …………………（100）
　第一节　中国古诗选集和唐诗选集 ……………………………（100）
　第二节　唐诗研究论著 …………………………………………（125）
　第三节　个体唐代诗人的诗歌选集和研究论著 ………………（133）
　第四节　主题诗集 ………………………………………………（163）
　第五节　文学史、文学词典和世界诗集中的唐诗 ……………（178）
第五章　李杜诗歌在法国的译介和研究 …………………………（189）
　第一节　李白在法国 ……………………………………………（189）
　第二节　杜甫在法国 ……………………………………………（200）
　第三节　李白诗歌在法国译介和研究较多原因探析 …………（205）
第六章　其他唐代诗人在法国的译介和研究 ……………………（213）
　第一节　白居易、王维在法国 …………………………………（213）
　第二节　寒山在法国 ……………………………………………（216）
　第三节　李贺、李商隐在法国 …………………………………（226）

结语　译本与译者和读者——以唐诗法译为例 …………（241）
唐诗法译和研究书目 ………………………………………（248）
参考文献 ……………………………………………………（255）
后记 …………………………………………………………（260）

第一章
唐诗法国传播的滥觞：18 世纪

中国文学在西方的译介和传播远远落后于中国思想文化典籍在西方的移译和研究。中国文学和思想典籍在西方的移译始于 16 世纪欧洲传教士入华传教。"一个世纪的航海和商业，传教会的旅行和书信，地理学家的描述和天文学家的观察，向欧洲宣告发现了亚洲一个幅员辽阔、物产丰富、土地肥沃、文明开化、有着四千多年历史的帝国。"①16 世纪欧洲传教士开始到中国传教，这批最早期的耶稣会士为在中国开辟一片传教事业的天地，认为有必要先熟悉中国的主流思想，这就必须认真研读作为中国封建王朝统治思想的儒家典籍；研读之余，他们开始着手将这些典籍翻译成西文。因此，16 世纪西方传教士开始在中国传教的时代，就是儒家典籍四书五经的西文翻译开始的时代。意大利耶稣会士利玛窦（Matteo Ricci，1552—1610）是促成西方传教士移译儒家典籍的第一人。他于 1582 年来华，采取本土化政策，服儒服、冠儒冠，与明代官宦交友，俨然一派儒士风范。他知道熟习儒家经典是接近中国社会上层、为传教事业打开一片天地必不可少的条件，便于 1591 年着手翻译中国传统经籍，1594 年完成了四书的翻译，可惜这部拉丁文译稿没有出版，原译本亦亡佚。利玛窦还著有《天主实义》（1601），向中国人介绍和宣传天主教教义，其内容多征引四书五经。利玛窦之所以这么做，目的很明显：为了推动基督宗教在华传教事业。客观上，利玛窦对中国儒家经籍的研读和西文翻译推动了欧洲人的汉语学习和研究。他的四书拉丁文译本甚至成为初来华传教士学习汉语的教材。

---

① *Mémoires concernant l'histoire, les sciences, les arts, les mœurs, les usages, etc. des chinois par les missionnaires de Pékin*. A Paris, 16 volumes, 1776—1814. Tome Huitième, (Claud. Marius, "Essai sur la Langue et les Caracteres des Chinois" "论中国语言文字"), p.133.

初来华欧洲传教士首先接触的汉籍以四书五经等儒家典籍为主,这给了他们认识和了解儒家思想文化的契机,也为日后扩大四书五经的西译打下了扎实的基础。

17世纪,中国成为"耶稣会士的财产"①。他们颂扬中国的道德、习俗和非宗教性的自然智慧,认为这些是欧洲人应该引以为典范的优秀人类文化。这一时期,来华欧洲耶稣会士继续利玛窦的事业翻译中国古代经籍,至18世纪初,四书已被全部翻译成欧洲文字。法国耶稣会士金尼阁(Nicolas Trigaut,1577—1628)于1626年(明天启六年)在杭州刊印了拉丁文《中国五经》(*Pentabiblion Sinense*)一册;康熙年间法国耶稣会士白晋(Joachim Bouvet,1656—1730)、马若瑟(Joseph de Prémare,1666—1736)等翻译和研究五经,法国耶稣会士殷铎泽(Prospero Intorcetta,1626—1696)、奥地利耶稣会士恩理格(Christian Herdtrich,1624—1684)、两名弗拉芒耶稣会士柏应理(Philippe Couplet,1622—1693)和鲁日满(Francois de Rougemont,1624—1676)合著了《中国哲学家孔夫子》(1687),包括《论语》《大学》和《中庸》的拉丁文翻译②。法国耶稣会士孙璋(Alexandre De la Charme,1695—1767)法译《礼记》,从1733年开始将《诗经》翻译成拉丁文,1830年出版,是欧洲印行的第一个《诗经》西文全译本。当1720年康熙帝由于"礼仪之争"下令禁止欧洲传教士在中国传教时,四书五经的内容已经全部或部分地在欧洲得到了译介。直到此时,中国文学则尚未得到有效译介,依然对欧洲蒙着一层神秘的面纱。直到18世纪下半叶,在华耶稣会士所主要研读的依然是四书五经这些儒家经典。如一名耶稣会士在一封书信中提到自己所研读的书籍为《易经》《书经》《诗经》《礼记》《春秋》和四书③。他们将四书五经等儒家经典在古代中国的权威性视如《圣经》在西方世界的权威性。而由于对中国古典文学缺乏足够的了解,有的耶稣会士对中国诗歌做出了偏低的评价:"中国诗忽视神话,缺乏神话,它的主题达不到伟大和神圣、温柔和感人、优雅和

---

① Lucie Bernier,*La Chine littérarisée:Impressions-expressions allemandes et françaises au tournant du XIXème siècle*,Bruxelles:Peter Lang S.A.,2001,p.50.

② 参见梅谦立《〈论语〉在西方的第一个译本(1687年)》,载《中国哲学史》2011年第4期,第101—112页。

③ 钱德明等《北京耶稣会士杂记》,*Mémoires concernant l'histoire,les sciences,les arts,les moeurs,les usages,etc.des chinois par les missionnaires de Pékin.*A Paris,16 volumes,1776—1814.第一卷,第275—307页,"关于汉字的一封信"("Lettre sur les Caracteres Chinois",1764),第296页。

细腻的高度"①。尽管如此,在这一时期,已经开始有中国文学作品被耶稣会传教士零星地翻译成法语。根据笔者所搜集的资料,最早被翻译成法语的中国文学作品是元剧作家纪君祥的《赵氏孤儿》,由法国耶稣会传教士马若瑟神父(Joseph de Prémare,1666—1736)首次翻译成法语,并于1735年由法国学者、耶稣会神父杜赫德(J.B.Du Halde,1674—1743)收入其所编纂的《中华帝国全志》。

《中华帝国全志》针对大众口味,是一部关于中国和中国文化的普及性著作。杜赫德懂得调和基督教和儒家之间的矛盾,将耶稣会士的策略普及化了。这部著作自1735年出版直至19世纪末一直是关于中国的重要参考著作。18世纪的许多欧洲学者都借这部著作来了解中国和中国文化。儒家思想成为法国启蒙哲学家如伏尔泰、莱布尼兹的自然理性宗教的来源,中国成为智慧、道德与忍耐等美德的守卫者。在这四卷本的《中华帝国全志》第二卷,杜赫德专辟一章谈论"中国文学"(la Littérature Chinoise),但仅占不到三页的篇幅②。在这一章中,杜赫德指出,中国的科学浓缩为"六艺",即语言、哲学、数学(尤指天文学)、医学、历史和诗歌。杜赫德指出,在中国,文人比武器更受尊重,政府中的文职人员是地位最高的;在中国,钻研最深的学问是语言学、法学和道德哲学,因为人们可以借此获取高官厚爵;至于历史学只是为了满足人们的好奇心,诗歌则只宜于消遣娱乐。习史学和诗歌的人数相对较少,因为人们不能以这两门学问仕进或发财。杜赫德盛赞中国人对书籍的重视、读书人人数的众多("在南方各省,几乎没有一个不会读书写字的中国人")以及中国出版书籍题材和内容之广:就文学作品而言,有悲剧、喜剧、小说、骑士文学、辩论文学等,题材无穷无尽。论及中国诗歌时,杜赫德特别提到了几位诗人的名字。他说:"屈原的诗格外精致和柔美。在唐代,李太白和杜子美丝毫不逊于阿那

---

① 钱德明等《北京耶稣会士杂记》,Mémoires concernant l'histoire,les sciences,les arts,les moeurs,les usages,etc.des chinois par les missionnaires de Pékin.A Paris,16 volumes,1776—1814。第八卷,《论中国语言文字》(Claud.Marius,"Essai sur la Langue et les Caracteres des Chinois"),第170页:"La poésie chinoise, sans le secours de la mythologie,qu'elle ignore,n'en arrive pas moins au grand & au délicat,selon que son sujet l'y appelle.Elle supplée aux machines & aux décorations de la fable par l'élévation des pensées,l'impétuosité de l'enthousiasme,la pompe des expressions,l'harmonie de la cadence,la régularité des rimes,la vérité,l'eclat,& la continuité des images."

② Du Halde,J.-B.(Jean-Baptiste),Description géographique,historique,chronologique,politique,et physique de l'empire de la Chine et de la Tartarie chinoise,volume 2,Paris:chez P.G.Le Mercier,1735, pp.284-286.

克里翁和贺拉斯。在中国犹如古代欧洲,哲学家即诗人。"①阿那克里翁(Anacreon)是古希腊宫廷诗人,诗多醇酒与爱情。贺拉斯(Horace)是古罗马诗人兼诗论家,他继承古希腊诗学模仿说的传统,强调寓教于乐,论诗偏于理性,对后来古典主义很有影响。杜赫德虽然提到李杜两位诗人,但对他们的诗歌作品则丝毫没有翻译或介绍。本章对于李白和杜甫这两位中国古代最伟大诗人的认定,已表现出西方对李白、杜甫一个豪逸、一个谨严的风格差异的初步认识以及"醇酒与爱情"的李白观,后者曾在西方延续了很长时间,并在某种程度上成为李白较易为西方所接纳的一个原因,尤其在李白初传西方的阶段。也可见唐代诗歌从一开始进入法国读者的视野,便是李杜并举。

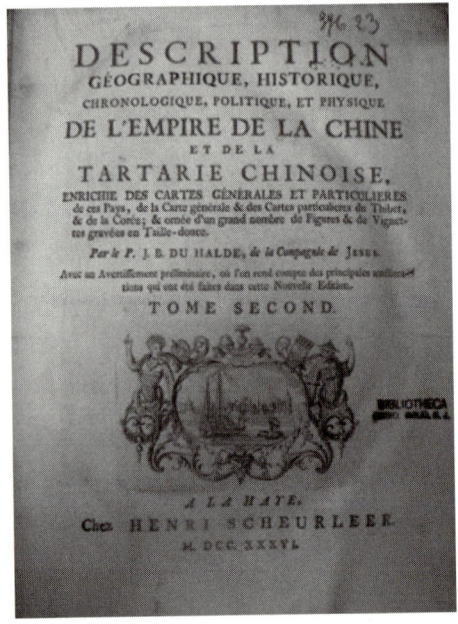

杜赫德《中华帝国全志》第二卷书影

---

① Du Halde,J.-B.(Jean-Baptiste), *Description géographique, historique, chronologique, politique, et physique de l'empire de la Chine et de la Tartarie chinoise*. Paris: chez P.G.Le Mercier,1735,volume 2. p.285:"Les poëmes de Kiu yuen font d'une délicatesse & d'une douceur extrême. Sous la Dynastie des Tang, Li tsao pé, & Tou te moëi, ne le cédent gueres aux Anacréons & aux Horaces."

杜赫德在《中华帝国全志》第二卷"中国文学"一章强调指出，五经是最受中国人尊奉的经典作品。他说，五经年代久远，书中的教义优秀卓绝，是"圣书"（Livres Sacrés）。正是在这个意义上它们最受尊重。其余最为权威的书籍也只不过是对它们的阐释罢了。同时作者又指出，在中国所有杰出的古代作者中，孔子是最出名的一位，是中国的第一位圣人、"博士"、立法者、权威者、皇帝和国王的老师（"至圣先师"）。在书中，杜赫德对五经：《易经》《书经》《诗经》《春秋》《礼记》和四书：《大学》《中庸》《论语》《孟子》，以及《孝经》和《小学》作了具体介绍。事实上，在《中华帝国全志》中，正如作者在前言中所指出的那样，杜赫德是将四书五经视为中国文学作品的①。同样是耶稣会神父的杜赫德并未到过中国，他根据在华耶稣会士寄回欧洲的资料编撰成此书。杜赫德耶稣会神父的身份以及材料由耶稣会士提供这两个因素基本上决定了他的观点不可能偏离传教士对中国儒家经典的尊奉这一基本立场。因此，这部著作虽然单独为"中国文学"立了一章，但作者介绍和论述的重点，显然仍然在于四书五经这些中国古代思想典籍，而非纯粹意义上的文学作品。这里需要指出的是，五经中的《诗经》是一部纯文学作品。杜赫德在《中华帝国全志》中对《诗经》给予了格外的重视，不仅专门撰文介绍，还收入了由马若瑟神父翻译的八首诗，分别是《周颂·敬之》《周颂·天作》《大雅·皇矣》《大雅·抑》《大雅·瞻卬》《小雅·正月》《大雅·板》和《大雅·荡》。这也表现了杜赫德对诗歌这种文学体裁的重视。他在《中华帝国全志》第二卷蜻蜓点水般地提到了屈原、李白和杜甫这三位中国最伟大的诗人，为在下一个世纪向法国读者展示光辉灿烂的中国古典诗歌之美做了基础的铺垫工作。

值得一提的是，杜赫德《中华帝国全志》第三卷收入了一部文学作品，这就是元杂剧家纪君祥的《赵氏孤儿》②。前已提及，这部杂剧首次由耶稣会士马若瑟神父翻译成法语。后人又根据马若瑟的译文将这部剧作翻译

---

① Du Halde,J.-B.(Jean-Baptiste), *Description géographique, historique, chronologique, politique, et physique de l'empire de la Chine et de la Tartarie chinoise*.Paris：chez P.G.Le Mercier,1735,volume 1. preface：XIX："la Littérature Chinoise, c'est-à-dire, à la connoissance de ces livres si anciens & si respectez des chinois,& qu'ils appellent *King* ."译文："中国文学，即这些如此古老、如此受中国人尊重、他们称为'经'的书籍。"

② Du Halde,J.-B.(Jean-Baptiste), *Description géographique, historique, chronologique, politique, et physique de l'empire de la Chine et de la Tartarie chinoise*.Paris：chez P.G.Le Mercier,1735,volume 3. pp.339-378;Tchao Chi Cou Ell,ou le petit Orphelin de la maison de Tchao.tragédie Chinoise.

成英语和德语。后来伏尔泰把它改编成了《中国孤儿》(1755),并把它搬上了戏剧舞台。歌德的《埃尔佩诺》(Elpenor, 1783)同样是根据此剧而来。歌德为这些翻译的中国戏剧作品所迷,认为中国人"跟我们一样思考、行动和感觉,我们很快发现,我们跟他们完全一样;只不过他们所做的更加清晰,更为纯净,也更有情趣"①。中国戏剧文学的第一位认真而专业的重要译者是19世纪的法国汉学大师儒莲(Stanislas Julien, 1797—1873)。他对翻译中国小说和戏剧怀有浓厚的兴趣,尤其对汉语口语和中国的风俗习惯感兴趣,试图借戏剧这一俗文学的窗口一探中国社会风貌之实。儒莲认为最重要的是要翻译那些能让欧洲人更好地理解和欣赏中国人风俗、历史和文学的作品,因为他相信这些作品真实地反映了中国人的生活现实。他说,与跟中国人生活在一起相比,通过阅读一部小说,欧洲读者能掌握更多关于中国人的信息②。儒莲在耶稣会士的丰富作品中寻找这些中国文学作品的版本来源。1834年,儒莲把《赵氏孤儿》全文重新翻译成了法语(1735年的马若瑟译本只译出了原剧的对话部分,而所有的唱词都被忽略了);1872年,他又翻译了《西厢记》,1997年这部译作再版了。

  从同样由杜赫德主持出版的《耶稣会士中国书简集》(1709—1743)③来看,在华欧洲耶稣会士传回欧洲的书信,或描绘欧洲罕见的奇珍异物、花草鸟兽,介绍中国人特有的风俗习惯、风土人情、甚至瓷器的制作,或叙述中国历史,或讲述在中国各地尤其是清朝廷的种种传教故事,语言生动鲜活,却极少提到中国文学;仅仅是在巴多明神父(Dominique Parrenin, 1665—1741)1730年8月11日致法国科学院院长德·梅朗(de Marian)的信中,针对后者通过阅读介绍中国的西文作品,误以为"五经"之一的《诗经》中被塞入了许多很坏的篇章这种看法,以清高祖顺治皇帝论《诗经》语,称许《诗经》"是一种思想的指导","展示了人的心,强调了理智与公正","它所赞成的一切,都会促使我们成为最优秀的人并在道德中前进;

---

① J. W. Gœthe, Gespräch mit Eckermann du 31 janvier 1827, Gedenkausgabe der Werke, Briefe und Gespräche, vol. 24. München: Ed. E. Beutler, 1948—1964, p. 227. 转引自 Lucie Bernier, La Chine littérarisée: Impressions-expressions allemandes et françaises au tournant du XIXème siècle, Bruxelles: Peter Lang S.A., 2001. p. 125.

② Mason, op. cit., p. 179. 转引自 Lucie Bernier, La Chine littérarisée: Impressions-expressions allemandes et françaises au tournant du XIXème siècle, Bruxelles: Peter Lang S.A., 2001. p. 125.

③ Lettres Édifiantes et Curieuses, Écrits des Missions Étrangères Mémoires de la Chine, 杜赫德编,郑德弟、吕一民、沈坚、朱静、耿昇译《耶稣会士中国书简集》(精装三卷本),郑州:大象出版社,2005。

它所抨击的一切,都会鼓励我们抑制傲慢者的思想";"其目的始终如一,并导向直率";"我们必须读《诗经》,以解决理论与风俗。正是它告诉我们,什么是强化人的思想与心,或者是把人领向正路之外的东西"。① 巴多明神父提及《诗经》主要是试图向德·梅朗解释和证明,作为中国正统文人尊奉的古典经籍"五经"之一的《诗经》,在历史上并未被讹传或篡改。这一方面反映了当时欧洲人对遥远中国的好奇心所在,同时也表明在早期传教比较艰难的客观条件和情境下,耶稣会士们对中国文学的关注是十分有限的。虽然对中国文学的关注"因人而异"(法国耶稣会士马若瑟是最早开始关注和翻译中国文学作品的耶稣会士之一),但一般情况下,以精通各种科学、博学为突出特征的欧洲耶稣会士并不将文学作为他们关注的重心。他们唯一的任务和目的是在中国实现自由传教的梦想。

另外,由风俗、历史进而关注中国文学——中国语言的结晶,也需要耶稣会士在对汉语的掌握上达到一定的程度和水平。最早开始关注和翻译中国文学作品的法国耶稣会士马若瑟在较短的时间内学会了汉语并大致能听懂中国人说话,用汉语表达自己的想法②。正是这位耶稣会士后来运用汉语撰写宣传天主教教义的书籍,法译元曲《赵氏孤儿》,甚至为欧洲人学习汉语之便用拉丁文编写了著名的《汉语札记》(*Notitia Lingae Sinicae*,1728,1831 年在马六甲出版)。

1776 至 1814 年,法国来华耶稣会士钱德明(Jean-Joseph-Marie Amiot,1718—1793)等编纂的《北京耶稣会士杂记》③在法国陆续出版,共 16 卷。这是继杜赫德《中华帝国全志》之后又一部对中国文化西传和欧洲汉学影响巨大的著作。该套书第五卷(出版于 1780 年)主要包括两大主题,第一大主题为"中国概况及其与欧洲最初的关系"(une idée générale de la Chine,& de ses premières relations avec l'Europe),第二大主题为"生命的流逝,或者说中国名人肖像,包括大臣、军人、皇帝、皇后、诗人等"(la fuite des Vies, ou Portraits des célèbres Chinois, Ministres, Guerriers, Empereurs,

---

① 杜赫德编,耿昇译《耶稣会士中国书简集》(精装三卷本中卷,平装六卷本之第四卷),郑州:大象出版社,2005,第49—50页。

② 马若瑟于 1698 年 11 月抵达广州,1700 年 11 月 1 日写信给郭弼恩神父如此承认。见杜赫德编,郑德弟、吕一民、沈坚译《耶稣会士中国书简集》(精装三卷本上卷,平装六卷本之第一卷),郑州:大象出版社,2005,第 150 页。

③ *Mémoires concernant l'histoire, les sciences, les arts, les moeurs, les usages, etc. des chinois par les missionnaires de Pékin*. Paris: Chez Nyon l'aîné, 16 volumes, 1776—1814.

Impératrices, Poïtes, etc.)。根据书籍内容,第二大主题题目中的"中国名人"实际上可以说是"唐代名人",这些名人包括唐代皇帝:唐太宗、唐玄宗、唐宪宗、唐宣宗以及南唐李后主;唐代女皇:则天皇后;大臣:房玄龄、杜如晦;书法家:颜真卿;将军:郭子仪以及杜甫、李白、白居易、柳宗元、韩愈、孟郊、贾岛七位诗人。

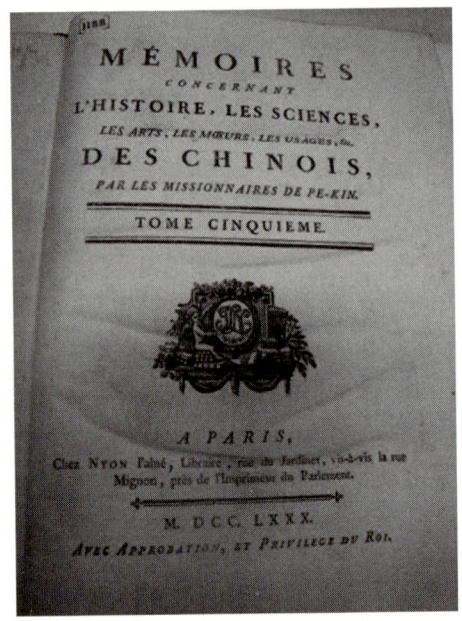

《北京耶稣会士杂记》第五卷书影

书中对杜甫和李白两位诗人的介绍是最为详细的:介绍杜甫的一节整整占了十页篇幅①,介绍李白的一节占了八页②。杜甫是第一位得到介绍的诗人。作者对杜甫的生平颇有一些传奇性的记录。所据本者主要是《新唐书》。《新唐书·杜甫传》记载:

---

① *Mémoires concernant l'histoire, les sciences, les arts, les moeurs, les usages, etc. des chinois par les missionnaires de Pékin*. Paris: Chez Nyon l'aîné, Volume 5, 1780, pp.386-396.

② 同上,pp.396-404.

天宝十三载，玄宗朝献太清宫，飨庙及郊，甫奏赋三篇。帝奇之，使待制集贤院，命宰相试文章，擢河西尉，不拜，改右卫率府胄曹参军。数上赋颂，因高自称道，且言："先臣恕、预以来，承儒守官十一世，迨审言，以文章显中宗时。臣赖绪业，自七岁属辞，且四十年，然衣不盖体，常寄食于人，窃恐转死沟壑，伏惟天子哀怜之。若令执先臣故事，拔泥涂之久辱，则臣之述作，虽不足鼓吹《六经》，至沉郁顿挫，随时敏给，扬雄、枚皋可企及也。有臣如此，陛下其忍弃之？"

《北京耶稣会士杂记》简述了杜甫求功名和从事诗歌创作的经历：杜甫为求功名曾几度参加科举考试，但均未考中进士，于是决心成为一名诗人；不久他发现诗歌是适合他的文学体裁，他注定能在诗歌创作上获得成就。杜甫开始在文人圈中出名，并受到一些权贵的保护。后来在玄宗朝廷，杜甫以《进三大礼赋表》，即《朝献太清宫赋》《朝享太庙赋》《有事于南郊赋》获玄宗赏识。作者的记叙相当详细，如叙述了安史之乱中杜甫被安禄山叛军俘虏之事，甚至栩栩如生地描绘了安禄山手下的军官与安禄山之间的一段对话：

"我们在大路上抓到了帝国最伟大的诗人；假如您想见他，我们就把他带到您这儿来；假如您想把他留下，他可以在您休息的时候为您带来娱乐。"

"诗人是什么动物？"安禄山回答道，"它会转几圈？"

"诗人，"军官回答道，"就是作诗的人，他使用经过选择的词语和有节奏的句子来表达我们其他人只会使用粗俗词语、以一般的方式来表达的东西。"

"这个诗人，"安禄山回答道，"比我们更懂打仗吗？如果他是个好兵士，我倒乐意见见他，给他个官当当；如果他只是个语言的修饰工，那我不需要他，他待在这儿只会连累我。"①

---

① *Mémoires concernant l'histoire, les sciences, les arts, les moeurs, les usages, etc. des chinois par les missionnaires de Pékin*, Paris: Chez Nyon l'aîné, Volume 5, 1780, p.389.

这里的记载应是作者根据某些野史记载撰成，记录了一段不乏传奇色彩的逸闻；故事中的舛误不少，比如称杜甫是当时"帝国最伟大的诗人"，显然是叙述者本人的判断和意见，事实上杜甫当时的诗名并非如此隆盛；安史之乱中，杜甫确实"为贼所得"（杜甫有诗《自鄜州羸服欲奔行在，为贼所得》为证），并被押送到长安（756年）。这里描述的安禄山与其部下的有趣对话表明安禄山之所以不见杜甫是因为他是个"无用"的诗人、"语言修饰工"，而事实上真正的原因是因为杜甫官小（杜甫当时任左拾遗，是八品官），不受重视，与他的诗人身份基本无关。不然怎么解释同样身陷安史之乱的王维却被安禄山收买呢（当时王维官至给事中，是五品官）？不管如何，这里的记载表明了当时在华耶稣会士们对中国诗歌所持的不加重视的基本态度。在加以介绍的这七位唐代诗人中，白居易和韩愈被视为"博学者"（savant），而非"诗人"，同时对他们的介绍以生平传记为主，而较少涉及其诗歌创作，至于具体的诗歌作品翻译则告阙如，也是一个旁证。

又如杜甫在成都期间受到世友严武的照顾，两人有诗作往还并彼此拜访和来往。著名的唐诗研究专家陈贻焮先生根据杜甫和严武往还的诗作将两人在成都的初期交往写成了如下生动的故事：

……头年十二月，严武来成都任成都尹。这年开春后，严武写了首诗给杜甫，邀请杜甫去他那儿玩：

"漫向江头把钓竿，懒眠沙草爱风湍。莫倚善题《鹦鹉赋》，何须不着鵔鸃冠。腹中书籍幽时晒，肘后医方静处看。兴发会能驰骏马，终当直到使君滩。"（《寄题杜二锦江野亭》）大意是说：你经常在江边钓鱼，还爱懒洋洋地躺在草地上欣赏流水。你切莫仗着自己有祢衡即席作《鹦鹉赋》那样敏捷的文才，就不去朝廷作官。《世说新语·排调》记载郝隆七月七日仰卧在正午的太阳下面，别人问他干什么，他答道："我晒（腹中）书。"你悠闲时大概也晒你那满腹的书籍吧？葛洪曾经抄过《肘后备急方》四卷，你一定常在僻静处看这些医方了。你要是一时兴起，能骑着飞快的骏马到我这儿来那才好呢。

老杜接到这首诗，当然高兴，就写了《奉酬严公寄题野亭之作》，一一酬答来诗之意，并转而邀请严武出城来草堂相聚：

"拾遗曾奏数行书，懒性从来水竹居。奉引滥骑沙苑马，幽栖真钓锦江鱼。谢安不倦登临费,阮籍焉知礼法疏。枉沐旌麾出城府,草茅无径欲教锄。"严武说:"何须不着骏骏冠",还是出来做官吧! 老杜答:我当拾遗时悉掌供奉,曾经骑着沙苑坊监良马奉引御驾,后因疏救房琯遭贬,从此甘心隐居于水竹之间,早已无复出仕之兴了。严武说:"漫把钓竿,懒眠沙草",你真不该就这样退隐啊! 老杜答:我生性从来疏懒,跟阮籍一样,为礼法之士所不容,如今幽栖草堂,真的是在钓那锦江里的鱼,这种生活已经过习惯了,安之若素了,我也就不想再有什么改变了。严武说:你一时兴起,就骑马到我衙门里来玩吧! 老杜答:你像谢安一样最爱登山临水,要是你能在旌麾仪仗的簇拥下从城中公府出来,枉驾草堂,那我马上就去教人在茅草丛生、无径可通的门前锄出条路,恭候您的到来。……

过不了几天,严武终于接受杜甫的邀请,带着小队随从,到草堂做客来了。当时情景,从老杜的《严中丞枉驾见过》中可见一斑:

"元戎小队出郊坰,问柳寻花到野亭。川合东西瞻使节,地分南北任流萍。扁舟不独如张翰,白帽还应似管宁。寂寞江天云雾里,何人道有少微星。"[1]

在北京法国耶稣会士的笔下,严武拜访杜甫草堂的故事是这样的:

"我是本地长官,您是杜甫。我来向您献上友谊或者仇恨,这由您选择;假如您想要我的友谊,就得将您的友谊与我一致,住到我家去;我们就像亲兄弟一样住在一起,特别注意不要为难对方。我们同桌进餐,特殊情况下,就随您所想;您想独处时,可以回到您的房间;我也一样。只要您高兴,就不用见我;就我来说,当事务需要我独处或者我没有心情交谈时,我也会告诉您让我安静。当您觉得合适时,就给我朗读您的诗;我喜欢这些诗就聆听你朗诵,觉得这些诗无聊就请求您停止朗诵。这就是我的条件,您接受吗?"

---

[1] 陈贻焮《杜甫评传》(中册),北京:北京大学出版社,2003,第663—664页。

"别说太远了,"杜甫打断他道,"您太斯文雅致,不会去恨一个从未对您施恶的人。我确定接受您如此慷慨地送给我的珍贵友谊;从这一刻起,我都听您的;我们这就相约去您的府邸,用一顿美餐来巩固我们的友谊;我好久没这样了。"①

《杜甫评传》和《北京耶稣会士杂记》都记叙了严武去拜访杜甫草堂的这段逸事,但两种记载的故事的重点显然有别:《杜甫评传》重点在于解读杜甫和严武之间相互酬酢的诗歌,杜甫答复严武之诗表明杜甫只想隐居、不想为官的心迹,同时他转而邀请严武到草堂一聚;收到杜甫的这番回复,严武便轻装下驾杜甫草堂。这里突出的是杜甫刚正、直率和高洁的精神——不愿意特意"逢迎"和"巴结"作为地方长官的严武,而只要求作为朋友平等相待。而《北京耶稣会士杂记》的作者,即北京的法国耶稣会士们记载的内容主要是两位朋友之间的一段对话,至于两人之间来往的诗歌创作则完全被忽略了。在对话中,严武以长官的身份首先向杜甫发出结交的提议,杜甫毫不犹豫地、欣然接受了这份"友情的馈赠"。严武向杜甫提出两人结为"朋友"的所谓"要求"或者"条件",其实体现了朋友之间的一条重要原则,即互相平等的地位和对彼此尊重的态度。作为朋友,就"像亲兄弟一样""住在一起",但是彼此保持独立,"注意不要为难对方",各自保留各自的个人空间,既能独处,又能在一起"共事":一个朗读诗歌,另一个聆听诗歌,做令双方都愉悦的事。作为朋友之间既相互平等、又彼此尊重,相谐相恰的轻松交友状态呼之欲出,如在眼前。

熟悉 16 至 18 世纪天主教远行中国这段历史的人们会自然地联想到利玛窦 1595 年刊刻于江西南昌的《交友论》。这是当时利玛窦应南昌建安王朱多㸅的要求辑译的西方格言集。在这部《交友论》中,利玛窦举出一条名言,认为"吾友非他,即我之半,乃第二我也,故当视友如己焉"②,朋友是自己的一半,所以爱朋友当如爱自己;还说"友相呼谓兄,而善于兄弟为友"③,与朋友的关系就像跟自己的关系,所以超过由血缘联结的兄弟关系。如果从中国传统的"五伦"而言,利玛窦显然把其中的朋友关系置于

---

① *Mémoires concernant l'histoire, les sciences, les arts, les moeurs, les usages, etc. des chinois par les missionnaires de Pékin*, Volume 5, Paris: Chez Nyon l'aîné, 1780, pp.392-393.
② 朱维铮主编《利玛窦中文著译集》,上海:复旦大学出版社,2007,第 107 页。
③ 同上,第 110 页。

五伦之首,或者是这五伦的基本形态。可以说,君臣、父子、夫妇、兄弟关系本质上都应该是朋友关系——这才能体现人与人之间最本质的关系。1780年北京耶稣会士对中国文人之间友谊的诠释从一个侧面体现了他们的友谊观,虽然不是如利玛窦所说的"视友如己""善于兄弟为友"这样的观点,而是说,"视友如兄弟",同时特别强调了朋友双方平等的地位和各自保持独立性的原则,同样也是涵容基督宗教在内的西方文化友谊观的体现。同时,对友谊的这种叙写也表明了传教士从"他者"视角对我国古代文人间友情的新式诠释,丰富了对这种友情的认识。

书中对杜甫等诗人从出生直至去世的生平经历介绍虽然十分详细,但舛误不少,如将杜甫的出生地误为"陕西荆州"(杜甫祖籍在陕西西安南郊),将房琯误拼为"Sang Koan",将杜甫中晚年一度的安定地成都误为"建安",将杜甫卒年记为772年(应为770年)等。但在西方人的著述中,对李杜两位诗人作如此长篇介绍,这是最早的。文中说,李白与杜甫的诗至今仍给文人读者带来阅读的愉悦(font encore aujourd'hui les délices des gens de Lettres),他们的诗涉及所有的主题,走进中国人的每家每户,被写在餐桌上,客厅里,甚至厨房和扇子上。李杜的诗"与其他有名的诗人相比,就像光焰万丈的火炬与一般的火把相比"①。唐代韩愈《调张籍》有云"李杜文章在,光焰万丈长",与钱德明同时的清代著名学者钱大昕《随园灯词》其七有云"寻常灯火休相比,李杜光芒万丈长",钱德明或取其意,但也表明了西方人对这一评价的认可。

与杜甫生平传记比起来,钱德明的李白生平传记相对显得单薄:称李白出生于四川益州,在完成经学的学习之后,致力于诗歌,他感到自己是为诗歌而生的:他在优雅以及崇高的诗歌体裁上同样成功;在李白的生平介绍中,突出了李白饮酒的形象,不仅介绍了包括李白、贺知章在内的"酒中八仙",在行文中一再强调李白"善饮",在玄宗朝廷醉酒、"半醉"等传说。对李白的关注度显然不及杜甫。但这是第一篇比较详细的法文李白生平资料,为后来的汉学家所阅读和借鉴。1829年,英国汉学家德庇时(Sir. John Francis Davis)发表论文《汉文诗解》(*The Poetry of the Chinese*),根据其修订本(1870年出版,此时此文已增订补充为书),该书第二部分谈中国

---

① *Mémoires concernant l'histoire, les sciences, les arts, les moeurs, les usages, etc. des chinois par les missionnaires de Pékin*, Volume 5, Paris:Chez Nyon l'aîné,1780.p.396.

《北京耶稣会士杂记》第五卷中的《杜甫传》书影

诗的风格时对李白生平作了简单介绍,并且推荐了钱德明的李白传。

钱德明对白居易、柳宗元、孟郊、贾岛等人也以对他们的生平介绍为主,对他们的诗歌艺术着墨甚少。他将白居易定位为一名"博学者"(savant),跟杜甫、李白不同的是,白居易科举成功,仕途顺利,仅有一次被贬(元和十年被贬为江州司马);作者认为,白居易以坚持原则为荣誉,以造福于公众为目的。晚年居住于香山后,费尽心思寻找朋友。而在众多主动接近他的人选中,他只选择了四名他认为可以托付的友人:香山寺僧如满、韦楚、刘禹锡(梦得)和皇甫朗之(钱德明误录为 Hoang-fou-ming-tché)(白居易《醉吟先生传》写道:"与嵩山僧如满为空门友,平泉客韦楚为山水友,彭城刘梦得为诗友,安定皇甫朗之为酒友。每一相见,欣然忘归。")。在对白居易生平的介绍中,行文十分关注白居易对个人生活包括灵性生活的安排:如他在香山为自己建造了一座山间小别墅,"按时所需",选择与不同的友人共度山间的悠闲时光。关于"香山九老"的故事显然引起了钱德明等欧洲读者的好奇心和兴趣,他列出了这九老的名字。白居易对佛教的近好是钱德明对其予以特别关注的重要原因。他认为白居易在外部行为和内心思想上表现出了双重倾向:他在公众场合表现出了行政长官高度的庄重和体面,在职务上表现得始终正直、坚持原则。晚年任刑部侍郎,手段铁腕,他说出的话即是正义和法律。对白居易的诗文则多赞赏之语:谓其书写令人愉悦(agréable),品味高雅,主题丰富而细腻。

对柳宗元生平的叙述同样关心诗人的仕途情况,尤其是其与朝廷、与皇帝的关系;对韩愈这名"博学者"同样如此:详细叙述其为官、因排佛得罪皇帝、贬官等中国封建社会官员阶层中司空见惯的经历,而对其诗歌及诗歌艺术则几乎无所着墨。作者关心的是柳宗元等中国封建官员在其政府职位上的作为,借以探视中国政府的管理和社会运营状况。介绍诗人孟郊时,对孟郊的诗歌艺术评价如下:"具有火焰般的才华,形象光明,风格纯净,表达明晰"。对其谥号"贞曜先生",翻译为"谦逊、更为出色的文人"[1]。钱德明所介绍的最后一位诗人是贾岛。作者说,贾岛与众不同的生活方式以及与韩愈的友谊使他出名。记录贾岛骑在驴背上吟诗"推敲"、与韩愈邂逅并结交的传奇逸事,对两者之间的对话作了详细记录。韩愈对贾岛话语恳切,语气慈祥:"您有什么忧愁的事,我能帮你分担的呢?坦白地告诉我吧。我视所有的人如同兄弟,我的快乐莫过于善待他人。"[2]。贾岛坦率地告诉韩愈他并没有什么忧愁的事,他只是为选用"僧敲月下门"还是"僧推月下门"诗句犹豫不定。韩愈建议他使用"敲",两人声气相投,自此结成莫逆之交。在这卷书中,对这七位唐代诗人的介绍总共占了 73 页(从第 386 页到第 458 页)的篇幅,这是 18 世纪法语著述中出现的最为专门和详细的对于唐代诗人的介绍文章。

除了第五卷,《北京耶稣会士杂记》最后两卷,即第十五卷和第十六卷,分别发表了由耶稣会士安托万·戈比(Antoine Gaubil,1688—1759)神父根据司马光《资治通鉴》等各家史书所撰写的《大唐史纲》(Abrégé de l'Histoire Chinoise de la Grande Dynastie Tang),对唐代的整体历史,做了比较详细的勾勒。

钱德明《北京耶稣会士杂记》对唐代的关注尤其是第五卷对唐代诗人

---

[1] *Mémoires concernant l'histoire, les sciences, les arts, les moeurs, les usages, etc. des chinois par les missionnaires de Pékin*, Volume 5, Paris: Chez Nyon l'aîné, 1780, p.452.

[2] 同上,p.455.

的介绍说明了以下几点：

第一，唐代的重要性及对唐代历史的重视；唐代是我国古代历史上空前繁荣的时代，在这个时代，诞生了光辉灿烂的唐代文明和文化。而文化的繁荣跟引领这个时代举足轻重的人物尤其国君是分不开的，繁荣富强的唐代堪与法国太阳王路易十四统治期（1643—1715）相比。这些都足以引起欧洲传教士对唐代的注意、兴趣和重视。

第二，在光辉璀璨的唐代文明中，除了皇帝、大臣、将领等对国家起着至关重要影响的人物，进入欧洲传教士视线的是创作了同样光辉璀璨一代诗歌的伟大诗人。唐诗是唐代文学的主要组成部分，是我国诗歌宝库里最大最亮的一颗明珠，可以说是繁荣的唐代文明最为光辉夺目的一部分。它的光芒在第一时间吸引了以钱德明为代表的欧洲传教士的目光，这一方面证明了唐诗在唐代文明中无可取代的独特地位，另一方面也反映了钱德明对以诗歌为代表的中国文学的关注。

第三，从1735年杜赫德《中华帝国全志》为"中国文学"独立一章，开始将中国古典诗歌和屈原、李白、杜甫三位诗人带入法国读者的视野，到1779年钱德明《北京耶稣会士杂记》第五卷对七位唐代诗人作专门介绍，中国文学在18世纪的法国开始零星而逐步地得到译介。在这中国文学法国译介和传播的起步阶段，继"五经"之一《诗经》之后，诗歌尤其是唐诗开始在由传教士中国传教事业奠基的汉学研究中占据一席之地。

第四，钱德明《北京耶稣会士杂记》第五卷对七位唐代诗人的介绍将白居易和韩愈的身份定为"博学者"而非"诗人"，表明当时欧洲耶稣会士对中国封建社会里"博学者"与"诗人"身份区别的认识。对柳宗元、韩愈最为关心的内容是其仕途沉浮，借以窥见中国封建王朝政治管理体制和运行状况；白居易作为一名佛教徒的宗教生活尤其受到关注。另外最突出的一点是，作者显然比较偏重对诗人与其友人之间友谊的描写。在对杜甫、白居易、贾岛三位诗人的介绍中表现尤其明显。古代诗人的交友状况成为钱德明等法国耶稣会士关注的一个重要内容，表明他们对中国文化的关注始终与在华传教事业的进展密切联系在一起。

第五，不管是在杜赫德的《中华帝国全志》还是钱德明的《北京耶稣会士杂记》中，除了对唐代诗歌和几位唐代诗人生平的介绍，都还没有出现完整的对唐代具体诗歌作品的译介。

在整个18世纪,严格意义上的"汉学"①尚未诞生,欧洲来华传教士传回欧洲的书信、对中国各方面的记录是"汉学"的前身,为后来的"汉学"奠定了基础。在这些作品中,法国传教士留下的《耶稣会士通信集》(1702—1776)、杜赫德的《中华帝国全志》和钱德明的《北京耶稣会士杂记》是18世纪欧洲"汉学"前身的三大名著,可以说囊括了自16世纪耶稣会士沙勿略到东方传教至19世纪欧洲耶稣会士留下的关于中国最主要和重要的记载。这三部著作表现了欧洲耶稣会士对中国文学由儒家经籍自然地转向对以唐诗为重点的中国古典诗歌的留意,显示了耶稣会士对中国精华文学遗产的注意和重视,也表明耶稣会士不仅精通天文、历法、算术等自然科学,同时还具备高度的文学修养,对宝贵的文学财富具有直觉的认知和认可。难怪他们(18世纪法国耶稣会士)被誉为"中法文化交流的重要桥梁"②。但同时,上述五点又表明,当时欧洲来华传教士关注唐代诗人主要是借以了解中国封建社会的政治结构、宗教文化以及人与人之间的精神联系,探究这些层面的中国文化,其真正的目的与其在华传教的使命不能完全分开来。他们对唐诗作为文学作品的兴趣并没有真正表现出来,也尚未通过翻译让欧洲读者欣赏到唐诗之美。这项工作有待19世纪的汉学家来真正开展。

---

① 学术界一般以1814年法国国家学术院(Collège de France)设立汉学讲座(全称为"汉语和鞑靼——满语语言和文学讲座")为法国汉学的正式起点。参见许光华《法国汉学史》,北京:学苑出版社,2009。

② 钱林森《中国文学在法国》,广州:花城出版社,1990,第8页。

第二章
唐诗法国传播的初步发展：19 世纪

第一节　第一部唐诗法译集：德理文《唐诗》

16 世纪欧洲入华传教士对中国的"发现"是 18 世纪欧洲"中国热"的主要和重大推动因素。继 18 世纪欧洲的"中国热"后，19 世纪，东方学①在西方获得重大进展，到 19 世纪中叶，东方学"已经成为一个几乎无所不包的巨大的学术宝库"②。这一方面是由于科学的进步，语言学、历史学、人类学都形成了新的研究方法和科学体系，尤其是比较语言学对东方学的推动最大。汉学作为东方学的分支之一也在这个时期正式拉开序幕。1814 年，法国国家学术院（Collège de France）设立汉语和鞑靼——满语语言和文学讲座，为法国汉学拉开了序幕。法国国家学术院被有的汉学家称为"汉学之父"（père de la sinologie③）。第一任主讲教授为汉学家雷慕沙（Jean Pierre Abel Rémusat，1788—1832）。1822 年，雷慕沙创立法国亚洲学会并担任学会刊物《亚洲学报》（Journal Asiatique）主编，主要刊发汉学研究成果。同年，雷慕沙在致《亚洲学报》编辑"关于中国文学在欧洲的状态和

---

①　东方学是 1312 年维也纳基督教公会决定在巴黎、牛津、波洛尼亚、阿维农等大学设立阿拉伯语、希腊语、希伯来语和古叙利亚语系列教席正式开始的。直到 18 世纪中叶，东方学研究者主要是圣经学者、闪语研究者、伊斯兰专家以及汉学家（耶稣会传教士开创了对中国的研究）。见萨义德著，王宇根译《东方学》，北京：生活·读书·新知三联书店，1999，第 61—63 页。

②　萨义德《东方学》，第 63 页。

③　Basile Alexéiev, *La littérature chinoise, Six conferences au collège de France et au Musée Guimet*, Paris: Librairie orientaliste Paul Geuthner, 1937. p.15.

进步的一封信"①中,鼓励和希望欧洲汉学家在打好中文语言基础的前提下,加强对中国文学的关注和研究。他本人则于1826年翻译了小说《玉娇梨》。1843年,巴黎东方语言学院设立了汉语讲座,开始了现代汉语在法国高等院校的教学,巴赞为第一任主讲教授。语言已经先行,对于中国文学的关注和译介同时在进行之中。法国国家学术院第二任汉学教授儒莲(Stanislas Julien,1797—1873)根据耶稣会士留下的文本翻译了《西厢记》。儒莲鼓励与他同时代的汉学家们"到中国古代作家中去寻找真正隐藏在做品中的东西"②。

在中国古典诗歌法国译介和传播的第一期,如前文所述,法国耶稣会士马若瑟(Joseph de Prémare,1666—1736)曾选译《诗经》八首诗,被杜赫德收入《中华帝国全志》(1735);另一位法国耶稣会士孙璋(Alxander de la Charme,1695—1767)从1733年开始用拉丁文翻译《诗经》,直到1830年才在德国出版,成为欧洲印行的第一种《诗经》全译本。该书附有毕欧所做的详细注释,约占全书的三分之一。毕欧(Biot Edouard Constant,1803—1850)是法国汉学家、法国国家学术院第二任汉学讲座教授儒莲的弟子,他对《诗经》所做的注释是法国汉学家中国古典文学研究的重要成果。

直到19世纪下半叶,专门的唐诗法译本才由法国汉学家翻译出版。这就是1862年出版于巴黎的《唐诗》③,译者是法国汉学家、法国国家学术院第三任汉学讲座教授德理文侯爵(Le Marquis d'Hervey de Saint Denys,1822—1892)。

法国汉学家德理文侯爵是个富有传奇和神秘色彩的人物,现存关于他生平的资料不多,只知道他原名叫 Marie Jean Léon Le Coq,Hervey de Saint Denys 是他的贵族头衔。他于1822年5月6日出生于巴黎一个富裕的家庭,其父亲为一名男爵,名叫 Pierre Marin Alexandre Le Coq d'Hervey,母亲为第一帝国的一名将军的女儿,名叫 Mélanie Louise Joséphine Juchereau de Saint Denys。1858年父亲去世,德理文被过继给了叔父 Louis-Amédée Vincent de Juchereau de Saint Denys 侯爵,并继承了"侯爵"的称号。德理文

---

① Jean Pierre Abel Rémusat,*Lettre sur l'État et les Progrès de la Littérature Chinoise en Europe*,Paris:Imprimerie de Dondey-Dupré,1822.pp.3-16.
② Stanislas Julien,*Le Livre de la voie et de la vertu*,Paris:s.n.,1842,p.XIII.
③ Le Marquis d'Hervey-Saint-Denys,*Poésies de L'époque des Thang*,*traduites du Chinois pour la première fois*,Paris:Amyot,1862.

自幼在家里接受来自家庭教师比较自由的教育,19岁时进入巴黎东方语言学院(l'école des Langues Orientales Vivantes)学习中文和满文,自此投身于中国研究,于1851年出版了《中国农业和园艺学研究》(*Recherches sur l'agriculture et l'horticulture des Chinois*),研究那些可能适应西方水土的中国植物和动物;1859年,出版了《欧洲面前的中国》(*La Chine devant l'Europe*),树立了人种学家的名声;在1867年巴黎世界博览会上,德理文侯爵是中国展区的专员;1874年,他继法国著名汉学家儒莲教授成为法国国家学术院第三任汉学主座教授,教授中文和满文;接着被授予法国荣誉军团(la légion d'honneur)骑士勋章;1878年,他被选为法国碑铭和美文学会(l'Académie des Inscriptions et Belles Lettres)的成员,1888年成为该学会的主席;1888年12月9日又成为法国历史—语言学部的通讯员。1892年11月2日德理文在其巴黎公寓逝世,葬蒙帕纳斯公墓。

德理文(Le Marquis d'Hervey de Saint Denys,1822—1892)

1862年,德理文在巴黎出版了《唐诗》,书名表明这是第一次将唐诗直接从中文翻译成法语(traduites du Chinois pour la première fois)。诗集的序言是一篇论述中国古典诗歌(至唐代以前)的长篇论文,题为《中国的诗歌艺术和韵律》。在这篇序言中,德理文表明了自己何以要选译唐诗的原因。他引用了法国汉学家毕欧(Biot Edouard Constant,1803—1850)1838 年发表于《北方杂志》(Revue du Nord)第二期上的一篇论及《诗经》论文中的一段文字:

> 当人们设法在历史研究中探明某一民族在某一特定历史时期内的风俗习惯、社会生活以及文明发展的程度时,一般很难在充斥着大小战争记实的正史里找到构成这个时期民俗画面的特征;相反,人们研究神话传说、传奇故事、诗歌、民谣,倒能有丰富得多的收获,因为这些艺术形式保存了该时代的特征。①

毕欧的这个观点与其所论述的《诗经》的内容和特征十分相契。我国自古就有采诗以观民风的习俗。《国语·周语》记载:"天子听政,使公卿至于列士献诗";《礼记·王制》则载:"天子五年一巡守……命大师陈诗以观民风";班固在《汉志·艺文志》中云:"古有采诗之官,王者所以观风俗、知得失、自考正也。"如果说,《诗经》正是本着这种"观风俗、知得失、自考正"的目的从各地收集编订而成的,那么其内容必然有对时代习俗和社会风貌的反映,而这正是《诗经》作品内容的基本特色之一。毕欧认为:

> 这部作品(指《诗经》)是东亚留给我们的最出色的风俗画之一,同时也是一部真实性最无可争议的作品……这部诗集以其古朴的风格,毫无修饰、毫不夸张地向我们展示了上古中国的民俗风情。②

---

① Recherches sur les moeurs des anciens Chinois d'après le Chi-king(《根据〈诗经〉探讨中国古代的民俗风情》),par M.E. Biot. Journal Asiatique(《亚洲学报》),1843 年 11 月。转引自 Le Marquis d'Hervey-Saint-Denys,Poésies de L'époque des Thang,traduites du Chinois pour la première fois,Paris:Amyot,1862,p.V.

② Recherches sur les moeurs des anciens Chinois d'après le Chi-king(《根据〈诗经〉探讨中国古代的民俗风情》),par M.E. Biot. Journal Asiatique(《亚洲学报》),1843 年 11 月。转引自 Le Marquis d'Hervey-Saint-Denys,Poésies de L'époque des Thang,traduites du Chinois pour la première fois,Paris:Amyot,1862,pp.X-XI.

德理文十分赞同毕欧对于《诗经》的这个观点,他说:"毕欧先生和我一样,也深信每个历史年代汇集的诗歌是反映一个民族风俗人情最忠实的镜子。"① 从文学作品中搜寻时代风貌和特征的痕迹,这正是德理文选译《唐诗》的宗旨。他说:"切近地研究中国社会,从其文学作品中寻找时代社会风貌最突出的特征,这不是一件很有意义的事吗?"② 至于选择哪个时代的诗来实现这个目的,德理文有着自己的考虑。《诗经》无疑是为实现这个目的的理想选择,但在德理文的时代,《诗经》已有西文选译本和全译本:在由毕欧作注的《诗经》拉丁文译本的启示下,德理文倾向于选择《诗经》之后直至他所生活的19世纪下半叶之间具有代表性的诗歌进行翻译,以实现以诗歌观民俗、由文学研究进而研究社会风俗的目的。虽然"搜寻时代特色、勾勒社会风貌"是德理文的兴趣和主旨所在,但他同时又想使自己的研究工作"具有文学价值"③,不想放弃其汉学研究的文学性;考虑到以上诸种因素,千家诗人争鸣、万首诗歌齐放的唐代自然而然地进入了德理文的视野,而直到当时,唐诗在欧洲尚无一个较为完整的西文译本,因此,德理文决意从唐诗这一丰富的文学宝库中进行选译。正是由于这个原因,德理文在书名中特意标明,此唐诗译集为"第一次从中文翻译而来"(traduites du chinois pour la première fois),显示了其首创的独特意义。

《唐诗》全书分四部分,分别为李白诗、杜甫诗、其他著名诗人的诗以及名气略逊诗人的诗,共收入了三十五位唐代诗人的九十七首诗。其中以李杜选诗最多,李白诗二十四首,杜甫诗二十三首(包括误为崔颢作的《前出塞》一首),两人的诗合计共四十七首,约占全书二分之一之强。李白和杜甫的诗在诗集中出现的顺序分别为第一和第二位,可见李杜两位诗人在本诗集中所占的分量和地位。译诗前附有诗人的生平和创作介绍,也以对于李杜的介绍最为详细。其他诗人包括王勃、杨炯、陈子昂、骆宾王、宋之问、高适、王维、孟浩然、常建、王昌龄、韦应物、白居易等,诗人的编排并无特定的顺序,所收的诗则从一至五首不等。若以清人彭定求等所编《全唐诗》所收的两千两百多名诗人的四万八千九百余首诗作计,德理文这部收入了区区九十七首唐诗的选集实在可说只是沧海一粟;然而,正是由于全

---

① Le Marquis d'Hervey-Saint-Denys, *Poésies de L'époque des Thang*, traduites du Chinois pour la première fois, Paris: Amyot, 1862, p.13.
② 同上,p.9.
③ 同上。

唐诗库过于浩瀚,普通读者无法穷尽每一首诗,因此,古代出现了众多唐诗选本,其中以清代蘅塘退士的《唐诗三百首》流传最广、影响最大,人们普遍认为这个选本典型地反映和体现了唐诗的风貌。

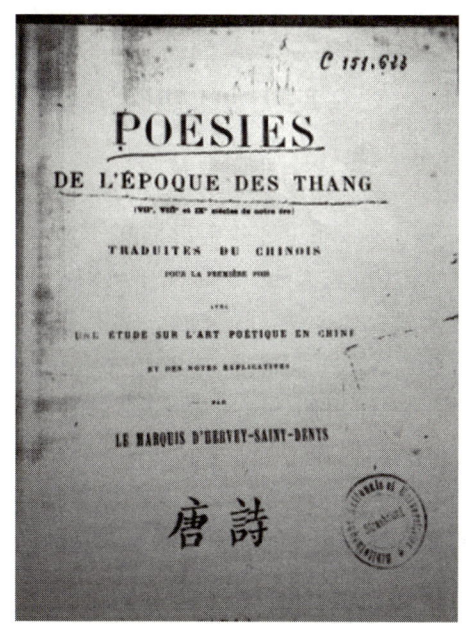

德理文《唐诗》书影(1862)

德理文的《唐诗》选译集具有以下几方面的特点:

首先是选诗的倾向性。德理文编译这部唐诗译集时,所参考的唐诗版本有四本,分别是清王尧衢的《唐诗合解》、清刘文蔚的《唐诗合选详解》,以及《李太白文集》和《杜甫全集详注》。德理文所选唐诗在内容上分别体现了他在本书序言中指出的中国古典诗歌在内容、情感等方面异于西方诗歌传统的特点,体现了写出这些诗歌的唐代人的思想情感特征,其中既有中国人延续几千年的普遍性的情感,也有唐朝人特别突出的情感特征:比如《诗经》体现了中国人热爱和平、普遍厌战的突出性格特征,唐代则一反这种反战情绪,涌现了大量抒发战士豪情的诗。与这种社会时代风貌的变迁相应,德理文在《唐诗》中既选译了杜甫八首表现厌战情绪的诗,同时又选入了抒发战争豪情、渴望建功立业的诗作,比如德理文认为,李白的《侠客行》的"侠客"兼有刺客和中世纪意大利雇佣兵的特征。李白的《行行游且猎》也是同类歌颂佩剑武士、贬抑文人的诗,杨炯的《从军行》也表达了类似的情感。此外,魏征的《述怀》和张巡的《闻笛》七首也都被德理文选译。在德理文看来,唐代中国人的思想感情之所以会发生这种变化,是跟该时代的政治形势直接相关的。唐代通过长期的战争,国土辽阔,疆域宽广,百姓的情感特征也随之发生了巨大的变化。德理文透过这类唐诗敏锐地洞察到了不同时代人们精神面貌的变迁和时代特征的变更。

德理文认识到中国男性文人之间所建立的特殊友情,收入了大量表达男性之间友情的诗,前者如杜甫的《梦李白》《赠卫八处士》、高适的《人日寄杜二拾遗》、孟浩然的《过故人庄》等、高适的《别董大》等。德理文也认识到由于古代中国男性文人经常外出游学、交友或求职,致使他们的家室——女性的活动受到一定的限制,往往被局限于室内,因此收入了一些思妇、怨妇题材的诗,如李白的《子夜吴歌·秋歌》《子夜吴歌·冬歌》《秋思》《乌夜啼》《白头吟》和钱起的《效古秋夜长》等。此外,德理文还认识到中国人对于家乡永远的眷恋之情,认为李白那首妇孺皆知的《静夜思》是对中国人这种情感最清晰和最简洁明了的写照。的确,德理文选译唐诗特别注意所选诗歌是否能生动地反映诗人所处时代的风貌,能否展现时代的风俗特色:比如他选译李白的诗时,除了注意选择其名作以外,还选择那些最能体现各种民风民俗的诗歌:如表现历史题材、吟咏历史人物的《金陵》《于阗采花》《乌栖曲》,表现边塞题材的《塞下曲》,表现民间风俗的《采莲曲》,体现唐代宫廷生活的《春日行》《清平调词》,表现宫女生活的《宫中行乐词》,表现李白对人生如梦的感慨、纵情饮酒寻欢的《江上吟》《对酒》《春日醉起言志》《下终南山过斛斯山人宿置酒》《将进酒》和《悲歌行》等,在诗歌选择上的这种倾向与译者在序言中提出的以诗歌观社会风俗的观点相呼应。

其次,就译诗的风格而言,汉学家德理文翻译唐诗重意译,非常重视如实、详尽地译出原诗的含义,而对于最终呈现出来的"法文诗"是否符合诗的规范,并不特别在意。由于德理文译诗时,重在译出诗的含义,从而导致译文的每个句子都比较长,远远超过中文原诗五言或七言的音步数。正如德理文在《唐诗》序言中所表明的,他翻译唐诗的目的是要为欧洲读者提供一个比较清晰的唐诗译本,让他们能通过阅读所译的唐诗,看到中国唐代社会风貌的一些基本情况,因此采用了这种"不厌其烦"的翻译方法。

再次,由于德理文重在让欧洲人读懂并理解他所译的唐诗,并通过阅读获得有关中国诗歌的一些知识,因此他为所译的诗作了详尽的注释,这正是他重意译的一个表现,也是这部唐诗选译集的一大特色。德理文认真研读《唐诗合解》《唐诗合选详解》《李太白文集》和《杜甫全集详注》的诗作原文,参考其中汗牛充栋的注释,并在译文中将所有跟所译诗有关的传说、历史典故和各种解释在注释中详细地一一注出。比如他译李白的《金陵》:"六代兴亡国,三杯为尔歌。苑方秦地少,山似洛阳多。古殿吴花草,深宫晋绮罗。并随人事灭,东逝与沧波",在译诗后做了六个注,分别解释"六朝"与"南京(金陵)"的关系、"秦地""洛阳""吴""晋"和"沧波",对这几个中国朝代名和地名的历史意义做了详细的解释,使欧洲读者阅读此诗能够对此诗所吟咏的对象——金陵城的历史背景有一个了解,以有助于读者理解这首诗。对李白《侠客行》第九句"闲过信陵饮"的"信陵"一词作了详细的注释,把魏国公子信陵君在看门人侯嬴和大力士朱亥的帮助下窃符救赵的故事原原本本讲述了一遍,使这一注释几乎占了整整两页的篇幅;这是因为德理文深知要让欧洲读者理解这首吟咏侠客豪情的《侠客行》,对这个历史典故进行这番详细的解释是必不可少的。又如,德理文对所选唐诗中出现的专有名词比如"五岳"(les cinq montagnes sacrées)、"镜湖""瑶台""鸳鸯""戈壁""昭君""夫差""西施"等也做了详细的解释和说明;在解释李白《子夜吴歌》之《春歌》所吟咏的"罗敷"时,则干脆把汉乐府《陌上桑》原诗的前半部分在注中引用出来,还将"罗敷"比拟于欧洲格林童话故事中的小红帽。有时候,德理文《唐诗》选译集所译诗歌后面的注释所占的篇幅远远超过译文本身,从篇幅上看,似乎注释是主体,译文反而成为次要的了。

最后,作为欧洲的第一部唐诗法译集,德理文的《唐诗》不可避免地存在着一些差错和缺陷。如在介绍诗人李白时,称李白是"李太白"的缩写(abréviation),这明显是一个误解。"太白"是李白的字,"白"才是他的名,不存在"李太白"缩写为"李白"的事。在这本《唐诗》里,有几首诗的作者被弄错了:柳宗元的《渔翁》被误为杨炯所作,杜甫《前出塞》之"挽弓当挽强"则被误为崔颢之作。另外,还存在一些跳译、漏译或译一半的情况。如李白的《将进酒》,德理文只翻译了从"黄河之水天上来"到"唯有饮者留其名"的十六句,而中间的"岑夫子,丹丘生,将进酒,杯莫停。与君歌一曲,请君为我侧耳听"以及最后部分的七句都没有翻译。可能是由于翻译这部分需要做许多注释、但对理解本诗劝酒的宗旨影响并不大的缘故。李白的《悲歌行》也只翻译了前面的十四句,对于原诗每部分开头的"悲来乎,悲来乎"没有在译文中翻译出来,但在对题目《悲歌行》的注解中注明了这两句作为原诗每部分标志的感叹,犹如欧洲诗歌里的副歌部分,并解释说他之所以没有在译文中将这两句译出,是由于在汉语中这三个字连用能产生犹如人呜咽的效果,而这种效果无法用法语表现出来。这首诗的后半部分,从"悲来乎,悲来乎!凤凰不至河无图"到最后"莫漫白首为儒生"也都未予以翻译。不过,总的来说,这种漏译、跳译的情况并不多见,可说是整部译诗集的白璧微瑕。

虽然存在一些纰漏和小误,在19世纪下半叶,德理文侯爵的这本《唐诗》仍然不失为一部难得优秀的中诗法译集,在中国古典诗歌西译史上具有无可替代的重要意义。首先,它是第一部在西方正式出版的唐诗法译集。相比于之前以欧洲传教士为中国古籍西译的主体力量,德理文以非传教士汉学家的身份从事唐诗的翻译,具有首创的独特意义;德理文在这部唐诗译集书名的副标题中特意标明,此为"首次从中文直接翻译而来",更说明德理文并非是在偶然间选择翻译唐诗,而是有意为之,有着明显而特定的倾向性,充分显示了德理文对中国古典文学在汉学研究领域重要意义的认识。其次,《唐诗》选译集的翻译忠实而准确,注释详尽,易于西方读者阅读和理解,对他们了解以唐诗为代表的中国古典诗歌的意趣和风貌有很大的帮助,同时还使他们熟悉诗歌中出现的大量典故故事。

整个19世纪是法国资产阶级逐渐取得政治统治地位、开始掌权,贵族日益走向没落的时代。19世纪初期,贵族和资产阶级疲于残酷的阶级斗争,开始在文学中寻找寄托和安慰。在卢梭标举感情、个性解放的文学作品和英、德浪漫主义文学思潮的影响下,法国浪漫主义文学逐渐形成和发展起来。到了19世纪50年代,唯美诗派帕纳斯派兴起,为法国诗坛带来了新景象。法国著名诗人泰奥菲尔·戈蒂埃(Theophile Gautier,1811—1872)提出"为艺术而艺术"的理论,是帕纳斯派的理论基础。帕纳斯派诗人的诗追求形式上的完美,在内容上反对诗歌反映现实,关注古代和异国题材,在感情上反对浪漫派的感情抒发,主张保持客观冷漠的态度。勒贡特·德·利尔的《古代诗集》(1852)和《异族诗集》(1862)正是帕纳斯派的代表作品。与帕纳斯派对异国题材的关注相应,德理文侯爵所翻译的唐诗为第二帝国文学沙龙里介于资产阶级和贵族之间的法国上层社会带来了东方诗歌的独特韵味，投合了当时法国上层阶级的口味，取得了成功，被"奉为脍炙人口的佳作"，"他的译文一直流传至今"；在法国当代汉学家皮埃尔·卡赛看来，"中国诗词曲在法国的风行，无疑应归功于法国汉学家最有争议的人物之一德理文侯爵"①。由于德理文的唐诗法译，"李白和杜甫的名字逐渐为对中国诗歌感兴趣的（欧洲）人所熟悉"②。德理文的《唐诗》首次以一部完整诗集的形式向欧洲读者介绍和传播唐诗的魅力，在这一领域具有首创之功。从翻译的角度出发，《唐诗》是一部高质量的唐诗译本，本身具有极高的学术价值，受到海外汉学家和我国学者的一致肯定。美国汉学家薛爱华（Edward. H. Schafer）称："他（指德理文）百年前的这些译作，与当今美国学者的唐诗佳译相比，也毫无逊色，甚至要好过许多译本"③。我国学者罗大冈说，德理文的《唐诗》"不仅是同类作品中出版时间最早的一部，同时也是最认真的作品之一"④。《唐诗》译本珍贵，1977年，法国"自由地"（Champ Libre）出版社再版了德理文的《唐诗》。

第二节　第二部中国古诗法译集：
朱迪特·戈蒂耶《玉书》

继德理文《唐诗》出版后5年，即1867年，巴黎又出版了一部中国古诗法译集：《玉书》（*Le Livre de Jade*，1867），作者是朱迪特·戈蒂耶（Judith Gautier，1845—1917，1867年出版时署以笔名 Judith Walter）。朱迪特·戈蒂耶是法国女作家、翻译家、评论家，对东方文化特别是中国古代文化情有独钟，可以说是一个中国迷。朱迪特·戈蒂耶有着传奇般非同寻常的人生，她之所以走上跟汉学有关的道路，跟中国结缘，跟她特殊的家庭背景和成长环境有着直接的关系。

---

① 皮埃尔·卡赛《中国古典文学在法国》，载《法国汉学》第四辑，北京：中华书局，1999，第283页。

② Lo Ta-kang, *La Double inspiration du poète Po Kiu-Yi* (772—846), Paris: Éditions Pierre Bossuet, 1939. Introduction, p.7.

③ 江岚《中国古典诗论在西方》，中国社会科学院文学研究所网站：http://www.cass.net.cn/chinese/s15_wxs/hanxue/03.htm

④ Lo Ta-kang, *La Double inspiration du poète Po Kiu-Yi* (772—846), Paris: Éditions Pierre Bossuet, 1939. Introduction, p.7.

朱迪特·戈蒂耶 1845 年 8 月 24 日出生在法国巴黎一个文化气氛很浓的家庭,父亲是法国著名诗人、作家、戏剧文艺评论家特奥菲尔·戈蒂耶(Theophile Gautier,1811—1872),法国唯美主义诗派帕纳斯诗派(L'école parnassienne)"为艺术而艺术"(l'art pour l'art)主张的首倡者,被波德莱尔尊为"最亲密最尊敬的导师和朋友"(《恶之花》(1857)献言)。特奥菲尔·戈蒂耶关注中国文学,《当代帕纳斯》(Parnasse Contemporain)第一期(1866)刊登了他的一首十四行诗《玛格丽特》(La Marguerite),这首诗隐喻中国习俗,体现了李白对戈蒂耶的影响。

朱迪特在乡下度过童年。回到巴黎家里后,朱迪特在父亲的社交圈子里结识了许多法国著名文人和作家:福楼拜、贡古尔、波德莱尔等,他们都是她父亲家里的常客。在这样浓郁的文化氛围中,小朱迪特的文学才智很早就开始显山露水:19 岁时,她写了一篇评论由波德莱尔翻译的艾德加·爱伦·坡《尤里卡》的文章,发表在《辅导员》刊物上,被称为诗人。这是她发表的第一篇文章。

由于父亲与帕纳斯诗人保持着密切的关系,朱迪特·戈蒂耶得以经常与他们来往,经历了帕纳斯诗派活动最为活跃的时期,即 1865—1867 年。1865 年,朱迪特与帕纳斯诗人孟戴斯(Catulle Mendès,1841—1909)相恋,并于次年结婚;她也是帕纳斯派主要诗人勒孔特·德·利尔(Charles Leconte de Lisle,1818—1894)每星期六在荣军院大街的沙龙上颇受欢迎的座上客。在沙龙上,她还遇到了特奥道尔·德·邦维尔(Théodore de Banville,1823—1891)、马拉美(Stéphane Mallarmé)、阿谢利诺(Charles Asselineau),他们都是波德莱尔的密友,此外还有《玉书》首版的编辑阿尔芳丝·乐美尔(Alphonse Lemerre,1838—1912)。阿尔芳丝·乐美尔同时也是特奥道尔·德·邦维尔和勒孔特·德·利尔的编辑,在同一时期出版了《伊利亚特》(l'Iliade)(1867)和《奥德赛》(l'Odyssée)(1868)的法文译本。帕纳斯诗人颂扬古代民族的文学,拒绝现代性。勒孔特·德·利尔在 1855 年写道:

> 我转过眼睛凝望过去,却只能看见浓密如同乌云的煤烟堆积在空中;我伸长了双耳,想倾听人类最初的诗歌,那是唯一值得听的声音;却只能听见工业群魔发出的野蛮的嘈杂声。

与帕纳斯诗派诗人保持着如此密切的联系,朱迪特·戈蒂耶深受帕纳斯诗派的影响,对文明进步同样持反感的态度。她经常强调中国文明和文化的持久性,它们为她提供了一个反对那无孔不入的文明发展的避难所。与勒孔特·德·利尔一样,她亲近中国古典诗歌是为了回到诗的源泉,她认为这一源泉远远早于古代西方。她在《玉书》的序言中写道:

  在奥尔菲(Orphée)之前12个世纪,大卫之前15个世纪,在荷马以前,中国诗人们一边弹琴,一边吟诗;在整个世界上,只有他们,用几乎是相同的语言和同样的曲调,又唱开了!

帕纳斯诗派主张描写古代的、异国的题材,将诗歌与社会现实分离。与帕纳斯诗派的这一主张相应,《玉书》对现实采取了一种超然的姿态。在《玉书》中,朱迪特选译的很多诗表现了诗人与世界的间离,与现实的漠不关心;诗人往往姿态高雅,远离世俗和人群,漫步于云雾蒸腾的山间。与世俗生活的隔离、与大自然的亲近,正是中国古代山水诗的一大特征。朱迪特·戈蒂耶敏锐地捕捉到了帕纳斯派与中国古典诗在内容上的这一不谋而合之处。

Judith Gautier(1845—1917)

1863年,朱迪特18岁,由于当时年轻的东方学家、后来成为法国研究院研究员的夏尔·克莱蒙·戈诺(Charles Clermont-Ganneau)的介绍,特奥菲尔·戈蒂耶接纳了一个名叫丁敦龄(Tin-Tun-Ling)的中国流亡者,让他教两个女儿朱迪特和埃斯代尔汉语和中国文化。在19世纪中期的欧洲,对普通的欧洲人来说,亲眼见到一个来自东方遥远而神秘国度的人是一件非常新奇的事。许多年后,朱迪特这样描写当时姐妹俩得知这个消息后的激动心情:"能见到一个来自天朝帝国居民的消息使我们狂喜;与屏风和扇子上的象牙色头像或灯草纸的轮廓不同,这样的机会似乎是不可能有的……"①

关于这名叫丁敦龄的中国人的生平,有几种说法:其中一个说法说丁敦龄出生于1830年,作为传教士约瑟夫·马里·加勒里(Joseph Marie Callery)(后来成为法国外事翻译官)的助手来到法国,帮助他编写法汉词典。1862年6月,约瑟夫·马里·加勒里去世,丁敦龄失去了依靠;之后不久,他就被特奥菲尔·戈蒂耶迎到了家里。根据另一个富有传奇色彩的说法,丁敦龄是由拿破仑三世召到法国的,是为了给法兰西研究院中文教授儒莲当助手……②关于戈蒂耶家的这位中国人的这些奇闻很难考证真确与否;有据可考的事实是,这位名叫丁敦龄的中国人在戈蒂耶家待了约十年,并当了十年朱迪特的汉语老师。

在父亲的鼓励下,朱迪特热情高涨,将兴趣投到了远东,开始向丁敦龄学习中文。她热情地学习中国古代文学的书面语——文言文。"……我艰难地、结结巴巴地开始说汉语,从事最困难、最不可能、令经验最丰富的汉学家望而却步的工作,就是从事不可翻译的中国诗的翻译。丁敦龄这个中国文人在巴黎陷入困境,无路可走,被我父亲接到家里,成了我的老师。当我学习汉语并翻译中国诗的主意已决,这个可怜中国人的宁静生活一下子就被打乱了。他不再懒洋洋地躺在躺椅里睡午觉,也不再在花园的走廊里闲逛和胡思乱想,而是忙于搜集中文词典的214个部首,每天都忙得不亦乐乎。"③

在丁敦龄的指导下,朱迪特·戈蒂耶翻译、抄写、再抄写、改编书籍和

---

① Judith Gautier, *Le Livre de Jade*(《玉书》), Paris: Édition d'Yvan Daniel, 2004, pp.9-10。
② 同上, p.10。
③ 同上, p.11。

手稿。她专门研究中国文学和文明,并把研究方向扩大到日本和整个远东。她的著作涵盖了各种文学体裁①。

在家庭教师的指导下,朱迪特开始了翻译中国诗歌的工作。她几乎每天都跟丁敦龄在黎世留路图书馆一起查询和抄写那些可用的诗集。1864年1月,朱迪特以朱迪特·沃尔特(Judith Walter)的笔名在《艺术家杂志》(Revue l'Artiste)上发表了9首散文式的小诗,题为"根据李太白、杜甫、张若虚、王昌龄、王绩的诗改写而成"("Variations sur des thèmes chinois d'après les poesies de Li-taï-pé, Thou fou, Than-jo-su, Houan tchan-lin, Haon-ti");1865年6月,她又在同一杂志上发表了8首诗,根据Su-Tchou(在1902年版的《玉书》中改为"无名氏")、苏东坡、李太白和王昌龄的诗改写而成。1867年,朱迪特·戈蒂耶以朱迪特·沃尔特的笔名在阿尔芳斯·乐美尔出版社(Alphonse Lemerre)出版了《玉书》(Le Livre de Jade),收入了发表在《艺术家》杂志上的16首诗(只有一首未收),另增加了55首,总共收入了24名中国诗人的71首诗,包括李白诗13首,杜甫诗14首。在这个最初的版本中,有朱迪特献给"中国诗人丁敦龄"的献辞,表达朱迪特对自己的汉语老师、"汉学领路人"的尊敬与感激之情。此书出版后不久,便相继被翻译成德语、意大利语、葡萄牙语、英语、丹麦语等多种语言出版。

1902年,经"修改"和"增订",共计110首诗的第二版《玉书》出版了。这一版的书名多了个副标题——"由朱迪特·戈蒂耶译自中文(traduits du chinois)"。"译自中文"而非初版中"根据"(selon)中文诗而作,并且译者终于署上了自己的真名,显示了朱迪特·戈蒂耶对于此版翻译水平的信心。首版中朱迪特献给"中国诗人丁敦龄"的献辞在第二版中消失了。在此期间,丁敦龄在朱迪特父亲特奥菲尔·戈蒂耶去世后离开了戈蒂耶家,

---

① 朱迪特·戈蒂耶的作品包括诗集:中国诗译集《玉书》,以朱迪特·沃尔特的笔名出版;日本诗译集《蜻蜓之诗》;小说《路西娜》(1877)、《依梭里娜》(1882),异国情调的小说《中国龙》(1869),以朱迪特·蒙戴斯的名字出版;《篡位者》(1875)、《依思肯德尔》(一个波斯故事,1894),《山之物》(1893),《恋爱中的公主》(1900);短篇小说《爱情的残酷》(1879),《菩提发的女人》(1884),《东方之花》(1893),东方和远东文明研究及旅行见闻《外国人民》(1879),《在中国》(1911),《杜伯莱》(1912),《倾倒的印度》(1913),回忆录《日子链》(1904)。朱迪特·戈蒂耶还写过理论著作《爱情与死亡的游戏》和《微笑的商人》(1888)(和皮埃尔·洛蒂合作)。她还是一个音乐学者,为1900年世界博览会撰写了《奇异的音乐》(中国音乐,爪哇,印度—中国、日本、埃及和马达加斯加音乐)以及《理查德·瓦格纳和他的诗性作品》(1882)。

失去了生活来源,变得潦倒不堪,但仍不时受到朱迪特的接济。1886 年,丁敦龄去世,朱迪特·戈蒂耶为这位《玉书》的合作者举行了葬礼。《玉书》第二版取得了比首版更大的成功:出版后 31 年里,仅在法国便连续再版了 4 次(1908,1923,1928,1933),而首版出版 35 年后在法国仅再版过一次。

  1902 年第二版《玉书》较初版增加了 39 首诗,共计 110 首,诗人、词家有名字者 27 人(无钱起之名),无名氏 8 人,《诗经》5 首。时间跨度从周朝到清朝,按内容分为 8 类:(1)爱情诗 42 首;(2)咏月诗 9 首;(3)行旅诗 7 首;(4)宫廷诗 6 首;(5)战争诗 8 首;(6)饮酒诗 8 首;(7)秋诗 16 首;(8)诗人 14 首。入选作品较多的诗人为:李白诗 19 首,杜甫诗 17 首,苏东坡诗 8 首,张若虚诗 6 首(包括节译的《春江花月夜》片段五首)以及李清照诗 6 首。

  《玉书》中有的译诗在意义和意境上比较忠实于原诗,对于一名熟悉中国古诗的中国读者来说,较易识别其原诗来源。如李白的四行七言诗《陌上赠美人》,朱迪特将诗题译成《道路艳遇》("Une bonne fortune sur le chemin"),并将每行诗都演绎成几个句子,整体上构成了一首散文诗:

  Je montais un cheval superbe, à l'alllure fière et gracieuse. Il marchait dans les fleurs, dont les arbres printaniers jonchaient la route.(我骑着一匹骏马,马骄傲而优雅地迈着步子,在撒满了春树落花的路上踏行。)(原文"骏马骄行踏落花")

  Voici que je vis venir vers moi un char fermé, un de ceux dont le nom est: cinq nuages... Quand il passa à mon côté, je chatouillai légèrement ses roues, du bout de mon fouet.(这时我看到一辆五云马车迎面而来……马车经过我身边时,我用马鞭末端轻轻地擦过马车轮子。)(原文"垂鞭直拂五云车")

  Alors, écartant le rideau de perles, une femme ravissante m'éblouit de son sourire.(这时,一位迷人的美妇掀起了珠帘,冲我甜甜地微笑)(原文"美人一笑褰珠箔")

  Puis, avant de disparaître, d'un geste furtif, elle m'indiqua, au loin, une haute maison aux toitures rouges...Et ce fut comme si elle me disait:"Votre petite servante habite là…"（然后，她用一个漫不经心的手势，指着远处一座红色屋顶的房子……仿佛在对我说："我就住在那儿……"）（原文"遥指红楼是妾家"）

这首译诗虽然在词汇和容量上大大超过了中文原诗，但跟《玉书》中的大多数译诗比起来，它还是比较忠实于原诗的，除了运用了一些描写性的形容词或副词（如"printanier"，春天的；"fermé"，关着的；"légèrement"，轻轻地；"furtif"，悄悄的），基本上没有超出或者歪曲中文原诗的内容。类似这样的比较忠实于中文原诗的译诗在《玉书》中是不多见的，其中更多的是对原诗进行的节译或编译，很多诗是选取原诗一个片段、一幅场景甚至某个词进行创造性的发挥，这样"译"出来的诗面貌全新，以至于很难找到与之对应的中诗原文。例如，将张籍的《节妇吟》："君知妾有夫，赠妾双明珠。感君缠绵意，系在红罗襦。妾家高楼连苑起，良人执戟明光里。知君用心如日月，事夫誓拟同生死。还君明珠双泪垂，恨不相逢未嫁时"译成《贞节的妻子》（"L'épouse vertueuse"）：

  Tu m'offres deux perles brillantes; bien que je détourne la tête, mon cœur pâlit et s'émeut malgré moi.（你送给我两颗明珠，我尽管扭过头，但仍然心慌意乱。）

  Un instant je les pose sur ma robe, ces deux perles claires; la soie rougeleur donne des reflets rosés.（我马上把这两颗明珠挂在我的衣袍上，红色的绸面映得它们发出玫瑰色的光芒。）

  Que ne t'ai-je connu avant d'être mariée! Mais éloigne-toi de moi, car j'appartiens à un époux.（为什么不在我结婚前认识我！你还是离开我吧，因为我已经有了丈夫。）

  Au bord de mes cils, voici deux larmes tremblantes; ce sont tes perles que je te rends.（在我的睫毛边颤动着两颗泪珠，这就是我送给你的双珠。）

这首诗虽然保持了原诗的基本含义，但在结构和情节上都做了重大改动。"妾家高楼连苑起，良人执戟明光里"和"知君用心如日月，事夫誓拟同生死"四句都没有直接翻译。送还的不是两颗明珠，而是两滴泪珠，也有违原诗含义。

《玉书》中不仅随意增删个别诗句,而且也有译一半,删一半的,例如钱起《效古秋夜长》:"秋汉飞玉霜,北风雪荷香。含情纺织孤灯尽,拭泪相思寒漏长。檐前碧云净如水,月吊栖乌啼雁起。谁家少妇事鸳机,锦幕云屏深掩扉。白玉窗中闻落叶,应怜寒女独无依。"全诗十句,朱迪特·戈蒂耶只译了前四句,题为"Le soir d'automne"(秋夜):

Le vapeur bleue de l'automne, s'étend sur le fleuve; les petites herbes sont couvertes de gelée blanche, (秋天的蓝雾弥漫在江上;小草上白霜覆盖。)

Comme si un sculpteur avait laissé tomber sur elles de la poussière de jade. (就像雕刻家将玉粉撒在上面)

Les fleurs n'ont déjà plus de parfums; le vent du nord va les faire tomber, et bientôt les nénuphars navigueront sur le fleuve. (花儿的香气已经消退;北风即将把它们吹落,荷花不久将在江上顺水漂流。)

Ma lampe s'est éteinte d'elle-même, la soirée est finie, je vais aller me coucher. (灯已灭,夜已深,我要上床休息了。)

L'automne est bien long dans mon cœur, et les larmes, que j'essuie sur mon visage, se renouvelleront toujours. (秋天在我心里真是漫长,我日日以泪洗面)

Quand donc le soleil du mariage viendra-t-il s'écher mes larmes? (我们结合的阳光什么时候才能照干我的泪水呢?)

译诗展现了一幅一名等待结婚的女子在秋夜因思念和期待而夜不能寐的画面。译者首先将秋天的夜景层层铺染,展现河上如梦似幻的景色,原诗"秋汉飞玉霜,北风雪荷香"十个字的写景被译者最大限度地细致化和描摹化了;"秋汉"被翻译成"秋天的蓝雾弥漫在江上",但"秋汉"在原诗中实指秋夜的银河,这是一个美丽的误译。"含情纺织孤灯尽"一句,译文中只译出了"孤灯尽",而未译出主人公"纺织"的动作;原诗第四句"拭泪相思寒漏长"点明了女主人公是因为相思而在深夜一边纺织一边流泪;译文中则直截了当、公然大胆地表明女主人公日日流泪的原因是期待爱人早日与她成婚,与原诗心事难以言明、含蓄忧伤的表达大相径庭。后面六句则未译。

《玉书》书影(2004)

《玉书》受到当时许多法国作家的热情评价。后人,包括外交官出身的法国汉学家苏利耶(George Soulié de Morant,1878—1955),在其1912年的《论中国文学》中论及诗歌翻译时,认为翻译始终是一种"背叛"(Les traductions,toujours traîtresses),诗歌的翻译尤其如此。以另一种文字"再现"一种诗的较好的方式是以新的形式"再现",对于译者的要求则是一位像原作者一样的诗人和文学家。在这个意义上,苏利耶赞赏朱迪特·戈蒂耶的《玉书》,认为其译文"既注意忠实于原诗,又融入了诗歌的感情,再现了诗歌所独具的美丽和细腻"①。苏利耶甚至声称,朱迪特·戈蒂耶的《玉书》是"唯一为法国人所认识的真正美丽的中国诗翻译"(nous ne connaissons qu'une traduction réellement belle des poèmes chinois)。法国诗

---

① Georges Soulié, *Essai sur la Littérature Chinoise*, Paris:Mercvre de France,1912.

人、作家、汉学家克洛德·华(Claude Roy,1915—1997)虽然将朱迪特·戈蒂耶称为"平庸的作家"(médiocre écrivain),称她对中国古诗的"柔和改写"(les molles paraphrases)并不比19世纪末法国远东学院的汉学更为可信,但认为她的中国诗作品激发谢阁兰和保尔·克洛岱尔创作出了真正的诗歌①。

从对唐诗的选择方面,朱迪特·戈蒂耶很可能借鉴和参考了德理文的《唐诗》;但德理文翻译的《唐诗》出版后,反响没有《玉书》那么热烈。《玉书》则频频受到后来者的眷顾和欢迎。1905年,德国作家汉斯·海尔曼(Hans Heilmann)将《玉书》中的诗译成德文,在德国出版了《中国抒情诗》(Chinesische Lyrik);1907年,德国汉学家汉斯·贝特格(Hans Bethge,1876—1946)又根据《中国抒情诗》和《玉书》仿译了《中国之笛》(Die Chinesische Flöte)。1908年,奥地利作曲家、指挥家古斯塔夫·马勒(Gustav Mahler,1860—1911)根据汉斯·贝特格《中国之笛》中的唐诗歌词谱写成交响曲《大地之歌》,成为他的代表作品,流传至今。1998年5月,一支由德国艺术家组成的交响乐团访华演出时,演奏了古斯塔夫·马勒的《大地之歌》。此次演出在中国掀起了一场不小的风波,中国学者纷纷对该乐曲的创作基础——唐诗展开了一系列破译和查证工作。根据唐诗灵感而作的西方音乐在历经一百多年后重返其灵感的来源地、唐诗的母国——中国,并引起中国学者做追根溯源的考证工作,书写了中西文化交流史上的一段佳话。马勒《大地之歌》第二乐章《寒秋孤影》源于唐诗人钱起的《效古秋夜长》,但是在《玉书》中朱迪特把诗人钱起误认为是张籍,以致后来根据《玉书》转译的德译本,一错再错。当时,德理文的《唐诗》早已出版,不可能不为海尔曼和贝特格所知,但他们仍然迷信朱迪特·戈蒂耶的《玉书》,可见《玉书》在当时的传播之广和影响力之大。

第三节　法国评论家论唐诗

19世纪是东方学获得重大发展的时期,1814年法国国家学术院设立汉学讲座,正式拉开了法国汉学的序幕;1843年巴黎东方语言文化学院设

---

① Claude Roy, *Le Voleur de Poèmes Chine*, Paris:Mercure de France,1991,Introduction,p.38.

立汉语讲座。在法国第一代汉学家雷慕沙、儒莲、巴赞等学者的推动和努力下，汉学作为一门独立的学科受到法国学界的认可和关注，关于中国和中国语言文学的知识初步为法国读者所知。《两个世界杂志》(*Revue des Deux Mondes*)正是在东方学在欧洲获得发展这一学术背景下创刊的。自1829年创刊以来，《两个世界杂志》始终关注法国与外国、与异文化之间的互动和关系，主要将注意力集中于对不同文明的观察，努力构建不同文明之间进行沟通和对话的桥梁。创刊初期该杂志着重于旅行和外国事务，后来旨在在法国和美国，即"旧世界"和"新世界"之间建立起一座文化、经济和政治的桥梁。今天该杂志着重关注不同民族、学科和文化之间主要社会问题的辩论和对话。《两个世界杂志》每月出版一期，是欧洲至今仍在出版的最为古老的杂志。

在第一部唐诗法译集《唐诗》出版后第二年，即1863年，《两个世界杂志》发表了法国散文家、文学评论家蒙太古(Jean-Baptiste Joseph Émile Montégut, 1825—1895)撰写的《唐诗》书评"论一个古老文明的诗歌(La Poésie d'une Vieille Civilisation)"，将《唐诗》这一来自中国的优秀纯文学作品更为广泛地推荐给了法国读者。蒙太古本人并不懂中文，他之所以把目光转向东方国家，转向中国，是因为厌倦于西方、欧洲、法国文化和文学的叙述方式：而在东方国家、在中国，他却能找到或许具有相同文化内核、但形式却不一样的文化。通过细致的观察和研究，蒙太古发现各个不同的东方民族和欧洲人之间存在着惊人的相似性：

> 需要经历很长的时间和足够突出的注意力，才能认识到将各个不同的东方民族和欧洲各族联合起来的相似天性，例如在波斯发现法国，或在阿拉伯发现意大利和西班牙，或是在印度发现德国。此外，这些相似并非有限，但人们可以说，我们拜访了另一种人性，这是完全真实的。欧洲读者在印度人、波斯人或阿拉伯人中确实感到自己是外国人。我们所遇到的总是同样的智慧、同样的人性，却被包裹在如此新颖、奇特和出色的形式中，以至于我们

认不出它们来。①

蒙太古在匈奴、中国、土耳其、印度等东方国家或者说"异域"所刻意寻找的正是这些国家或地区与西方相同或相似文化内核之外的不同或者新的东西。比如蒙太古指出,阿提拉的故事使西方读者认识到,匈奴人与西方人具有相同的阴暗灵魂、相同的不宽容的性格、相同的政治天分,以及相同的对独特公正精神的梦想;不同的是前者表现了全新的题材②。同样,他们在中国文化中所找到的、中国文化所最吸引他们注意力也正是这种"形式"的不同。在蒙太古看来,古老而遥远的中国似乎是最为神秘的,故对它有着特别的期待:

> 第一眼看来,在所有这些遥远的国家中,中国似乎是那个应该向您展现最为古怪的反常事物和最为有趣的怪物之国。③

然而,蒙太古就当时(19世纪中叶)传入欧洲的中国文化事物(包括青铜制品、屏风、瓷器、雕刻品、绘画、刺绣等珍奇物品)和他所了解的中国风俗习惯(如葬礼的隆重、对棺材的重视等),将这些事物与当时传入欧洲的其他东方民族文化相比较,并作了独立和深入的思考,得出了中国人本性"格外积极正面和理性"的结论。关于中国文学,蒙太古主要通过雷慕沙、儒莲、巴赞等19世纪法国汉学家法译的中国文学作品来认识和了解。蒙太古说,他在《玉娇梨》《平山冷燕》等法译中国文学作品中发现了中国文学与欧洲文学之间的许多相似之处。他说:

> (当我阅读中国文学作品时)我从未被其与众不同的欧洲特征所震惊,这种欧洲特征同时体现在思想的内容和涵盖思想内容的形式上。如果在这些作品与我们的作品之间只有首要的道德内容是共同的,人们可能不会太惊讶;然而这种内容被加以秩序化和成形的方式,正是我们的作家和诗人的方式,除了极少数的

---

① Émile Montégut, *Livres et Âmes des Pays d'Orient*, Paris: Librairie Hachette et Cie, 1885. pp. 95-96.
② 同上, p.88.
③ 同上, p.98.

例外。它们极为相似……很容易给人一种幻象,认为中央帝国的国界也是我们的国界。

这些小说向我们展示了一个类似我们欧洲现代民主社会的社会形象……它们向我们表现,社会人挣脱了所有的表面联系,由千万种隐形的联系相牵系。

这与歌德阅读翻译的中国小说后的感想十分一致。歌德说:"那里的人们几乎和我们完全一样地思想、行动和感知着,我们很快就觉得自己和他们是同类,只是那里的一切来得更加明朗、纯净和合乎道德。那里一切都是明智的,市民化的,没有过分的激情和诗意的奔放……"①

蒙太古认为,戏剧、小说、寓言和俗语等文学类型只表达生活中最物质、最平淡和最表层的部分,而生存的平淡现实在每个国家都是非常相似的;在各种文学体裁中,只有抒情诗是表达"诗性、内心和主观灵魂生活"的。蒙太古认为,抒情诗这种具有创造力的文学形式更多地证明了中国人与欧洲人天性的相似。比如,他写道:

他们读到李太白的一首小诗,即《静夜思》,就大声叫起来:"这多么像一首德国的浪漫曲!这首小诗完全像是海涅写的!"杜甫的《春夜喜雨》有理由被当作罗伯特·彭斯的同胞或者德国诗人如 Hébel 的作品,《白头吟》可被视为爱尔兰的一首流行曲,没有人会有异议。②

这的确使人认为,译者是想欺骗我们,人们几乎想对他说:您肯定这些诗人是中国人吗?不,他们是乔装打扮的欧洲人,我知道他们的名字,我认识他们本人;这是贺拉斯,这是罗伯特·彭斯,这是海涅,这是贝朗吉,他们在每个国家都被称为'抒情小诗人'(petits lyriques),因为他们的灵感简朴而随意;他们由于完美地表达出那些瞬间即逝的想法而被列入伟大诗人之列。对诗性主题的选择、诗节的朴实和观察的细致都是相同的。他们那由单

---

① 转引自博拉赫著,范劲译《歌德的世界文学构想》,载《中文自学指导》2005 年第 4 期,第 33 页。

② Émile Montégut, *Livres et Âmes des Pays d'Orient*, Paris: Librairie Hachette et Cie, 1885. p. 110.

音节组成的名字对我能意味着什么呢？我知道李太白就叫贺拉斯，杜甫就叫罗伯特·彭斯或者贝朗吉。我告诉您，他们是乔装打扮的欧洲人……①

  蒙太古在法译唐诗这一异于欧洲文学的文学作品中探寻着中西文学之"同"。阅读这些诗并不使蒙太古以为自己身置遥远的东方，而是仍然在欧洲。他甚至认为这些唐代诗人是他的同时代人。因为他们的情感是如此的相似。蒙太古认为，唐诗跟欧洲诗歌一样，都表现了对于人生虚无、无意义的认识；"不幸是唯一和永久的真实，最有幸的事情也会有危险的突变。压迫之后的解救从不完整也不确定，幸福不会持续，光明闪亮之后会暗淡下去，和平悄悄地孕育着战争"。② 蒙太古想象唐代诗人生活在偶然和诗情画意之中，对身边发生的事情漠不关心，惯于"白日做梦"，"精神迷失在最高的理性沉思中"。

  蒙太古揭示了唐代诗人精神和情感的实质为"忧郁"。这种"忧郁"来自一个悠久文明的道德疲倦。"灵魂由于斗争和忍受的压力而逐渐衰弱，心灵由于欲望和失望而疲倦。""这就是这些中国诗人以一种特有的细腻向我们透露的情感。他们那忧郁的脸上永远挂着一丝苍白、温和、文雅的微笑，和善的光芒照亮了他们的视线，他们所有的话语都带有微妙而纯净的人性精神；然而这种柔和只不过是厌倦，怀疑占据了他们的深心。"蒙太古这些诗人的忧郁是"真正的忧郁"。他说，"真正的忧郁，并非产生绝望和愤怒之情的忧郁，而是顺从的忧郁，是这些诗人的忧郁；最痛苦的生活并非被不幸压倒和与不幸做斗争的人的生活，而是只剩下回忆的人的生活，这正是这些诗人的生活"。这些忧郁的诗人带给读者的道德教训，就是事物的不稳定性。在蒙太古看来，由于看透事物的不稳定性，诗人们一般不展望未来，而是沉浸在回忆中，"对他们来说，过去的空间比未来的空间更无边无际"，"他们那漫长的过去对他们形成一种无限，如果他们想要，可以后退至于永恒"。蒙太古引用了一些怀古诗（如李白的《金陵》三首之三）、李白的酒主题诗（《悲歌行》《对酒》《将进酒》），认为这些诗都是这种忧郁情感的表达。

---

① Émile Montégut, *Livres et Âmes des Pays d'Orient*, Paris: Librairie Hachette et Cie, 1885. p.111.
② 同上，p.116.

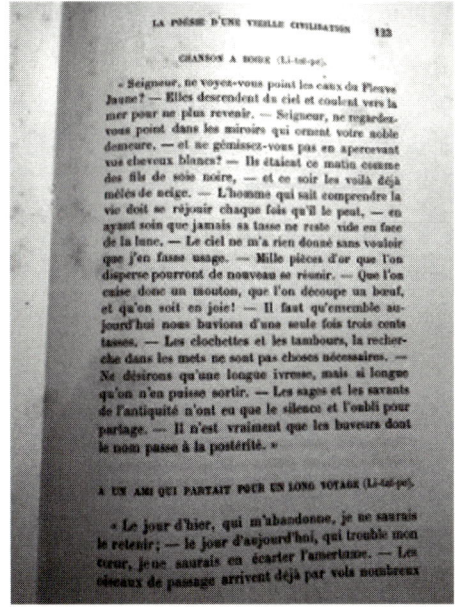

蒙太古《论一个古老文明的诗歌》书影

蒙太古进一步指出,这种忧郁在唐代的不同诗人中有着不同的表现,在李白那里表现为"不受束缚的伊壁鸠鲁主义和无动于衷的享乐"。在蒙太古看来,李白是一位与古罗马诗人贺拉斯相仿的诗人。他写道:

> 有一位诗人表现出了与拉丁抒情诗确切而明显的相似性,这就是李白的诗。李白跟贺拉斯一样是个饮者、凡夫俗子、廷臣和享乐主义者;使李白跟美第奇的朋友区分开来的唯一不同,是李白带些许恼怒、辛辣,言行引人注目,这是为《颂歌》的作者所陌生的。李白的声音在醉酒之国扬起,当一时迷失了理性,他不像拉丁诗人那样小心地躲在蒂沃利(Tibur)的小房子里,而是完全不顾礼仪,躺在王宫的列柱之下,在这里他是皇帝的朋友和客人。他比拉丁诗人更加衣冠不整、更加自由散漫;除了这些细微差别,可以很容易地比较两者。社会和人类生活的场景赋予罗马人和中国人相同的情感,教给他们相同的道德。及时行乐(Carpe diem)是他们给自己和所爱之人的忠告。"活着的人啊,请享受生

活,因为你很快就会死去,谁知道你会变成什么?"然而,这种对于享乐和无忧无虑的呼吁在李太白诗中比在贺拉斯坦率得多,它从来只有一种方式。李太白劝人们喝酒、喝醉酒;醉酒是他知道的唯一享乐。对李太白来说,没有莉迪亚,没有皮拉(Pyrrha),没有珂洛艾依(Chloé),没有格雷西(Glycère);女人在他的诗中从来不出现,爱情从来不占据地位,只是充满了醉酒的火热气息,而缺少春天清新的微风和秋天温热的阳光。相反,醉酒使人遗忘一切的确得到了宣扬!其中有一种狂躁的热情,绝望的冲劲和饮者的猛烈,揭露了生活的苦难和无聊,将颂诗 *Ad Sodales* 作者的伊壁鸠鲁哲学发展得更远。

认为李白本质上是一位"享乐主义者和饮者"是对李白认识不全面的偏见,同时又说李白描写武士的诗(如《行行游且猎篇》)是他嫉妒那些以武功留名青史的行动者的表现,是"伪装的羡慕和崇拜",都体现了蒙太古这位不懂汉语但热心异国文学的法国读者对德理文李白诗选译不可避免的片面"误读和误解"。

与李白的忧郁比起来,蒙太古认为杜甫的忧郁更为"高尚"。杜甫的忧郁表现为爱国主义。蒙太古写道:

  一般而言,所有的唐代诗人偏专于抒情:感情越内在、微妙、细腻,他们就越赞成。杜甫更加非个人化,他喜欢赋予他的诗以一种戏剧式的表达方式。他懂得从自身出发,表达他所亲身体会的中国社会的所有不幸。他讲述出身贵族的姑娘承受家族衰败的重负,她的痛苦是高贵的;他和老人一起悲叹战争带来的破坏,描写战争使帝国的花园变成了一片荒漠;他描述疲倦的老兵在对君主的抱怨和咒骂中死去。在这部诗集的所有诗中,杜甫的诗是题材最广、内容最丰富的。甚至在他所擅长的纯粹抒情诗中,他将思想完整地铺陈表达出来,而不是像李太白和其他诗人一样浓缩思想;我认为,杜甫最富创造性的作品是那些以戏剧的方式叙述中国社会苦难的小诗。欣赏一下一种真实而真诚情感的力量:杜甫所表达的情感力量是如此强大,尽管隔着翻译,尽管我们对那些已经消失这么久、在一个如此遥远的国家生活过的人应该会相对漠然,而就在这种距离之中,我们身上的人性情感却与他发生共鸣。

尽管由于翻译的障碍,包含在原诗中的感情保存了足够的力量,能激起我们身上至纯人性的情感。这种中国的爱国主义找到了能够打动所有国家所有人心灵的表达方式,唤醒了人们对他们所感受的社会痛楚的记忆。杜甫的爱国主义,如同李太白的伊壁鸠鲁主义,具有一种独立于所有时空环境的人性意义;而来自这些环境的第二个意义具有真实的价值⋯⋯杜甫通过诗歌所表达的爱国主义使我们眼前出现了理想文明(中国社会据此造就)的道德范式,并向我们揭示了维系和平与事业两者平衡的代价。

蒙太古认为,除了李白、杜甫这两位最突出的诗人,大多数唐代诗人则不关心社会痛楚,而只是保持一颗敏感的心体会人类最基本的感情。他写道:

> 这些诗人的情感十分活泼,贴近自然,是擅长描绘艺术的能手;但他们活泼和恰当的情感只向熟悉各种才能智谋的文人展示。中国人似乎害怕斩钉截铁的语调,害怕鲜艳的色彩和饱满有力的形式;他们认为这会使他们显得太一般、太粗俗。他们喜爱温柔、纤细的色彩,平淡、轻柔、忧郁的语调,他们所描绘的大自然总是很纤弱,稍微带点儿病态。他们特别喜欢两个季节:春天和秋天;他们几乎从不描绘夏天;因为夏天过于繁茂,过于酷热,有太多外露和快乐的生命,太多鲜艳夺目的色彩,这些对于他们那考究的毛笔和略带忧伤的想象力都是不合适的。春天和秋天在他们看来更为理想。四月微微的颤抖和十月略微的病态,嫩枝的柔和色调,阳光在变得炙热之前沁人心脾的气息,年初大自然的浅淡以及年底的绛红色,就是他们所能最好地理解和把握的。他们对于大自然的描写是我所见过最为灵敏的⋯⋯人们说中国人对大自然有着孩子般的情感;应该说,这是一种父亲般的情感。他们在大自然之美中只选择那些拥有孩子的优雅或能够激发温情的事物,称赞、讽刺它们,对它们说温柔的话语,就像对孩子说话。[①]

---

① Émile Montégut, *Livres et Âmes des Pays d'Orient*, Paris:Librairie Hachette et Cie,1885.pp.141-142.

蒙太古还通过他所阅读的法译唐诗表达了对中国诗人在友情、爱情和宗教方面的见解，这些见解与德理文在《唐诗》前言所表达的基本一致。蒙太古认为友情是"在对家庭的尊重之下中国人最为熟知、在传统中实践得最多的人性情感"。友情"这种联系变成了一种对文学艺术感性而忧郁的爱好"。至于爱情，在中国诗人的诗中"没有地位，这种激情太热烈、活跃、内容太沉重、性质太动荡，难以取悦这些虚弱的雅士"；一般来说，"女性在这些诗中如同一种装饰，在某种意义上只是作为风景的点缀"。此外，严格意义上的宗教诗在德理文的诗集里非常少，但有的诗流露出宗教情感和神秘虔敬，如韦应物的《幽居》。

　　总之，蒙太古声称在中国"找到了于人类幸福最有益的道德"，被西方视为"完善人种最佳工具的相同人性精神"，以及被西方视为"文明人之真正宗教的相同理性主义"。他问当时的人种志学家："那些灵魂上是我们父母的民族，犹太人、中国人……怎么恰恰来自异于我们的陌生种族？"他又对宣扬现代欧洲民主的哲学家们说道："这种我们费了九牛二虎之力建立起来的民主政治在我们这里只有八十年的历史，在中国则已经存在了几个世纪，其起源是在遥远的古代。这种民主既非不完全，也不原始；它最巧妙，也最复杂，与你们制定和吹嘘的民主政治最为相似。我们的什么政治机构是中国人没有的？他们有我们的中央集权和等级管理制，他们知道我们民主哲学的所有样式。"

　　总之，蒙太古通过阅读法国汉学家所译介的唐诗及其他中国文学作品对中国和中国文学、文化做出的基本结论为：其一，从蒙太古对中国政治、文化、文学等各方面情况的评论来看，他将中国视为一个有着悠久历史和优秀传统的文明古国，这个文明古国过早地成熟，显露出了疲惫文明社会的特征；其二，中国的政治制度是民主的政治制度，这正是19世纪法国鼓吹民主政体的政治家们的理想政治制度；其三，与其他东方国家的文学主要以形式奇特取胜比起来，中国的文学形式则与西方文学极其相似，表明中国具有与西方相同的人性精神、理性和道德主义；其四，"忧郁"是中国诗人的精神疾病，抒情诗是他们宣泄这种文明病的方式和渠道。中国诗人将这种文学形式发展为对雅致感受和精微描绘的追求，其中不乏沉思至高真理、流露神秘虔敬的宗教情感的诗歌作品；其五，李白和杜甫分别以个人主义和集体主义的方式表达了唐代诗人共同的"忧郁"，前者的享乐主义与后者的爱国主义在中国文化语境中分量之重不相上下，但后者更为高尚。

　　蒙太古这篇文章原本是为德理文法译《唐诗》所做的书评。它既表明刊登这篇论文的《两个世界杂志》着意于介绍和推广异国文化,同时也显示了德理文《唐诗》在当时法国文学、文化界受到推广和重视的程度,更表明蒙太古对以唐诗为主的中国古诗、中国文学、文化乃至政治制度的深刻理解。这对更好地推广德理文的译作和中国文化无疑起到了积极的作用。20 世纪上半叶留学法国的曾仲鸣、徐仲年和罗大冈等中国学者都对蒙太古的这篇论文给予了重视,尤其是曾仲鸣十分赞同蒙太古对中西文化相通相融之处的强调,对中西不同民族共同人性在文学尤其是在诗歌中的反映。他欣赏蒙太古强调异族文化的相融而不是相斥,将中西诗歌相联系、沟通而不是对立起来的做法。

　　蒙太古这篇论唐诗论文最大的问题在于,尽管他并非没有认识到唐代在中国历史上的特殊地位——唐代是中国封建社会高度发展和文明的时代,唐诗在该时代将中国古典诗歌发展到了高峰——蒙太古偏偏着重于这一高度文明产生的"疲倦"。不如说,这一预设正是作者对 19 世纪中叶法国的社会政治、文化状况的基本认定,是作者从当时法国社会的实际状况出发而言的。从根本上说,19 世纪初以来欧洲学界的"东方转向"源于对自身文化的厌倦。蒙太古在《两个世界杂志》所发表多篇书评均为介绍东方国家、文明的书籍而写,非常明显地体现出这一点①。蒙太古在这篇论中国古诗的文章中对中国文明"弊病"的揭示,毋宁说正是对 19 世纪中叶法国社会弊端的揭露和批评。作者借中国这面他者之

---

① 1885 年,蒙太古著作《东方国家的书籍和灵魂》出版,这部著作收录了作者评论 19 世纪五六十年代法国和英国出版的关于东方国家的著作的七篇长篇书评,相当于一部推广关于东方国家书籍的著作。"一个古老文明的诗歌"一文也被收入本书,列为第四章。蒙太古在书中介绍的其他六部书分别是作者相传为古希腊作家朗戈斯(Longus)的《达芙妮与克罗埃》(*Daphnis et Chloé*)法文版(Amyot 译,1863)、《圣经·诗篇》(*Psaumes*)法译版(原文为西伯来文)、《阿提拉及其后继者的故事》(*Histoire d'Attila et de ses successeurs*)(作者为法国历史学家提里 Amédée Thierry,巴黎,1856)、《一位东方国王的私人生活》(*The private Life of an eastern King*, by a member of the household of his late majesty Nussir-u-deen, king of Oude,伦敦,1855)、《伊斯兰教徒绅士卢特夫拉自传》(*Autobiography of Lutfullah*(1802—1874):*A Mohamedan Gentleman*,伦敦,1857)和《一名黑奴贩子的冒险记录》(*Théodore Canot*(1804—1860),*Les Aventures d'un Negrier*,1854),加上第四部即德理文的唐诗法译集,这七部关于东方国家的著作顺序呈现为自古希腊至西伯来、匈奴、中国、土耳其、印度斯坦、印度、非洲。将"非洲"视如"东方国家"显然有些"文不对题",然而却显示了出版于 19 世纪下半叶的此书鲜明的东方主义(l'Orientalisme)倾向。

镜,看到的却正是本国文化的欠缺之处。以他国之镜,映照出我之不足。或许这正是蒙太古等19世纪法国有识之士关注中国文学的真正出发点和目的。

第三章
唐诗法国传播的进一步发展：20世纪上半叶

第一节 法国汉学家之作

19世纪50年代至20世纪初，法国大部分汉学家的身份是传教士和外交官，他们的汉学研究也具有与其身份相应的特点。20世纪初的巴黎是欧洲汉学研究的中心。20世纪上半叶，法国汉学取得了较大的发展，职业汉学家的队伍成长起来。继德理文之后，沙畹、马伯乐、戴密微等法国大汉学家相继担任法国国家学术院的汉学教席。汉学研究作为整个西方学术的一部分，在观念、研究领域和研究方法上都有很大的开拓。如被誉为"欧洲汉学泰斗"的沙畹翻译、注释《史记》、研究西域，马伯乐研究中国历史和语言，葛兰言以社会学方法研究汉学，伯希和研究敦煌学等等。

在中国古代文学尤其是诗歌领域，这一时期也有相当大的进展。首先，由中法双方学者共同来从事唐诗的翻译和研究。这是20世纪上半叶唐诗法国传播的突出特点。从1862年第一部唐诗法译集——德理文《唐诗》的出现直到19世纪末，从事唐诗法国翻译和研究的学者主要是法国汉学家、学者或诗人、作家，中国人只是以家庭教师或者说合作者的身份在个别作品中扮演了一定的角色，如第二部中国古诗译集——朱迪特·戈蒂耶的《玉书》。到了20世纪上半叶，这种情况随着中国赴法留学生潮流的出现而发生了巨大的变化，在这一时期，一批旅法中国留学生涌现并迅速加入到唐诗法国翻译和传播的队伍中来，甚至成为这一时期唐诗法译的主力军。中国古典诗歌在法国传播另一重大进展的突出表现，是20世纪上半叶的一些法国诗人,开始在其诗歌创作中融入来自中国的影响。在这方面,有代表性的诗人包括克洛岱尔、谢阁兰、圣-琼·佩斯和亨利·米肖等。来自中国诗歌的营养逐渐开始渗入法国诗歌的血脉。

这一时期从事唐诗法译和研究的法国汉学家主要有路易·拉卢瓦(Louis Laloy,1874—1944)、苏利耶(George Soulié de Morant,1878—1955)、弗朗兹·图桑(Franz Toussaint,1879—1955)以及曾经在巴黎讲学的俄罗斯汉学家巴西尔·阿列克谢耶夫(Basile Alexéiev,1881—1951)。这里所称的"汉学家"是从广义而言,因为若细究起来,路易·拉卢瓦只能说是"业余汉学家",其研究领域主要是音乐,由于研究音乐而涉及中国;苏利耶是一名外交官出身的汉学家;弗朗兹·图桑则主要是一位东方学家,对汉语可能并不精通;只有巴西尔·阿列克谢耶夫是一名职业汉学家,但他是俄罗斯人,师从法国汉学大师沙畹,20世纪20年代曾在法国国家学术院作汉学讲座,并以法文出版中国古诗研究论著,因此把他放在这里讲述。由此亦可见,当时专门研究唐诗的法国职业汉学家并不多,或者说,在当时的法国汉学研究中,对中国古典文学、中国古诗、唐诗的研究绝非一个主要部分,而只是被极少数并非职业汉学家的法国学者(以及诗人)所关注的、极不起眼的一个角落,或者是一些法国学者由其自身的研究专业以及兴趣出发扩展而至的一个边缘性关注点。

一、苏利耶(George Soulié de Morant,1878—1955)

20世纪初第一部包括唐诗在内的中国古典文学法译集的译者是一位曾向耶稣会士学习汉语的外交官汉学家苏利耶(George Soulié de Morant,1878—1955)。苏利耶1878年出生于巴黎,自小向一名耶稣会士学习中文。二十岁进入一家银行工作,后于1901年跟随银行来到中国。在中国,苏利耶学习中国医学以及中国文学、哲学和历史。后来他进入法国外交部,先是担任法国驻上海副领事,接着被任命为昆明领事。1918年回法国之前,苏利耶在上海的法租界担任法官,兼有医学专家的头衔。回到法国后,苏利耶开始向法国医生传授针灸并招收学生。苏利耶并不是第一个向法国介绍针灸的人,但他是第一个成为医生并开始招收学生的。苏利耶以其向西方介绍和传播针灸疗法闻名于西方,其主要专著《针灸法》出版于

1939年(卷一)、1941年(卷二)和1957年(两卷合成一卷),1972年再版①,1994年被译成英语在美国出版②。他对中国的研究面十分广泛,涉及中国文学、艺术和历史等各领域,成果颇丰:《中国音乐》(*La Musique en Chine*, Paris:Leroux, 1911)、《论中国文学》(*Essai sur la Littérature Chinoise*, Paris:Mercvre de France, 1912)、《中国现代戏剧和音乐》(*Théatre et Musique Modernes en Chine*, Paris:Geuthner, 1926)、《中国艺术史》(*Histoire de l'Art Chinois*, Paris:Payot, 1928)、《在华法国耶稣会士史》(*L'Epopée des Jésuites Français en Chine*, Paris:Grasset, 1928)、《孔子的生平》(*La Vie de Confucius*, Paris:Piazza, 1929)、《中国历史:从古代至1929年》(*Histoire de la Chine de l'Antiquité jusqu'en 1929*. Paris:Payot, 1929)和《孙逸仙》(*Soun-Iat-Senn*, Paris:N.R.F.Gallimard, 1932)等。

1912年,苏利耶在巴黎出版了《论中国文学》③,这是第一部由法国人撰写的法语中国文学论著。全书分十二章,分别为:史前中国、中国文字、自上古时代至公元前六世纪、哲学、哲学的定局、历史、早期的故事、诗歌:7—10世纪的诗歌、哲学的复兴、戏剧与小说、编辑业和出版业,对所涉及的领域做了比较简略的介绍。在第八章"7—10世纪的诗歌"中,苏利耶介绍了唐诗。他说,唐朝富有才情的诗人是如此之多,根本无法在这一小小的章节中逐一介绍,只能选取最著名、最有代表性的几位诗人及其诗歌。在苏利耶看来,杜甫在唐朝诗人中位居第一。他认为杜甫好思、敏感、朴素,诗歌形象富有力度,在唐代诗人的一片灿烂星光中格外引人注目。他选译了杜甫的两首诗:《水槛》:

苍江多风飙,云雨昼夜飞。茅轩驾巨浪,焉得不低垂。
游子久在外,门户无人持。高岸尚如谷,何伤浮柱攲。
扶颠有劝诫,恐贻识者嗤。既殊大厦倾,可以一木支。
临川视万里,何必阑槛为。人生感故物,慷慨有余悲。

---

① George Soulié de Morant, *L'acuponcture chinoise*, Paris:Mercure de France; 1939(volume 1:l'énergie-points, méridiens, circulation-) et 1941(volume 2: le maniement de l'énergie); *L'Acupuncture chinoise...la tradition chinoise classifiée, précisée*, J Lafitte, 1957.l'Acuponcture chinoise, Maloine 1972.

② George Soulié de Morant, *Chinese Acupuncture*, Taos New Mexico:Paradigm Publications, 1994.

③ George Soulié de Morant, *Essai sur la Littérature Chinoise*, Paris:Mercvre de France, Rve de Condé, 1912.

和《遣闷戏呈路十九曹长》：

  江浦雷声喧昨夜,春城雨色动微寒。黄鹂并坐交愁湿,白鹭群飞太剧乾。
  晚节渐于诗律细,谁家数去酒杯宽。惟君最爱清狂客,百遍相过意未阑。

这两首诗虽非杜甫的代表作,却颇能体现杜甫诗歌"沉郁顿挫"的基本风格特征。

苏利耶认为李白"跟杜甫一样是最有名的诗人",他根据史书记载的有关李白生平的奇闻逸事,讲述了唐明皇对于醉酒李白的特殊礼遇,以及李白捞月坠江而亡的传说。然后介绍了李白的两首诗:《咏洞庭湖》：

  洞庭湖西秋月辉,潇湘江北早鸿飞。
  醉客满船歌白苎,不知霜露入秋衣。

和《夜坐吟》：

  冬夜夜寒觉夜长,沉吟久坐坐北堂。
  冰合井泉月入闺,金缸青凝照悲啼。
  金缸灭,啼转多。掩妾泪,听君歌。
  歌有声,妾有情。情声合,两无违。
  一语不入意,从君万曲梁尘飞。

就我国国内学界对李白诗歌的研究和一般认识来看,这两首诗既不能算是李白的代表作,也不能充分体现李白诗作重夸张、想象力极其丰富的突出特征。

苏利耶所介绍的第三位唐代诗人是白居易,他选译了白居易的《松声》(修行里张家宅南亭作)一诗:

  月好好独坐,双松在前轩。西南微风来,潜入枝叶间。
  萧寥发为声,半夜明月前。寒山飒飒雨,秋琴泠泠弦。

一闻涤炎暑,再听破昏烦。竟夕遂不寐,心体俱翛然。
南陌车马动,西邻歌吹繁。谁知兹檐下,满耳不为喧。

苏利耶对这首诗的翻译比较有特色,将全诗译文录于下:

Le murmure des Sapins

Quand la lune est dans toute sa beauté,

j'aime à demeurer seul

Étendu sous les deux sapins qui s'élèvent devant l'étang…

Un vent léger souffle du sud-ouest;

Il pénètre entre les aiguilles touffues

Et murmure mélodieusement comme une flûte aux sons indistincts.

La moitié de la nuit est passé;à la clarté lunaire,

J'aperçois les montagnes glacées enveloppées de brumes.

Les harpes de l'automne vibrent dans l'air avec mélancolie.

J'entends les adieux de la chaleur brûlante de l'été.

Je distingue encore les regrets de l'obscurité qui va se dissiper.

Ainsi,chaque soir,je viens écouter,

Le corps et l'esprit alanguis d'une étrange rêverie…

Mais voici qu'au sud,le bruit d'un char retentit:

Chez mes voisins de l'ouest,un chant s'élève et s'interrompt.

Le jour commence…

将这首诗回译成中文如下:

《松树的呢喃》
月华如水倾泻,
我爱独自一人
躺在池边的两棵松树下……
一阵微风自西南吹来;
进入茂密的针林
动听地呢喃,如笛子轻轻吹响。

半夜过去了；月光明媚，
我看见山上云雾弥漫。
秋天的竖琴在空气中幽幽震颤。
我听到炎炎夏日的告别。
我还发现昏暗的遗憾即将消散。
我每晚来此倾听，
疲惫的身心陷入奇幻的梦境……
这时，从南面传来车辆的声音：
从我的西边传来了歌声，随即消逝。
天，亮了……

若不看原诗，根据法文翻译回译的同样是一首很美的散文诗。原诗最后两句："谁知兹檐下，满耳不为喧"，译者非但未予以翻译，反而自行添加了一句"Le jour commence…"（天亮了）作为全诗的结束，使译诗本身成为一首完整的"新诗"。

苏利耶所选的白居易的另一首诗也比较独特：

《题海图屏风》
海水无风时，波涛安悠悠。鳞介无小大，遂性各沉浮。
突兀海底鳌，首冠三神丘。钩网不能制，其来非一秋。
或者不量力，谓兹鳌可求。赑屃牵不动，纶绝沉其钩。
一鳌既顿颔，诸鳌齐掉头。白涛与黑浪，呼吸绕咽喉。
喷风激飞廉，鼓波怒阳侯。鲸鲵得其便，张口欲吞舟。
万里无活鳞，百川多倒流。遂使江汉水，朝宗意亦休。
苍然屏风上，此画良有由。

苏利耶认为，在白居易的诗里经常能找到一种十分独特的探求，这在同时代诗人中是十分罕见的（On retrouve souvent chez Bai Juyi une recherche de l'extraordinaire assez rare chez les poètes de cette époque），而这首诗能表现这一点。在中国学界，解诗者一般将这首诗作为一首讽喻诗来解读，认为诗人在诗中描写海中大鳌兴风作浪、鲸鲵助威肆虐，从而造成"万里无活鳞，百川多倒流"的景象，是对当时藩镇割据、联合叛唐政治局面的真实写照。尽管苏利耶所称诗中"独特的探求"所指并不明确,但与国内的一般解读显然并不相同。

在苏利耶书中得到介绍的唐代诗人还有王维和温庭筠。作者分别翻译了王维的《与卢员外象过崔处士兴宗林亭》《戏题盘石》以及温庭筠的《早秋山居》。

苏利耶的唐诗翻译,有对唐诗意象的采撷。当这些意象由译者从汉语转换成法语时,意象本身也发生了一定的转化。如《遣闷戏呈路十九曹长》"黄鹂并坐交愁湿,白鹭群飞太剧乾"的翻译,句中"黄鹂"与"白鹭"以法语词"les faisans"和"les cigognes blanches"对应,le faisan 是山鸡、雉鸡——一种昂贵的、为欧洲人所喜爱的山珍,la cigogne blanche 是白鹳——一种在欧洲很常见的鸟。除了这类特例,为中法两国所共同拥有的自然或社会事物,以几乎相同的意象进入法语诗,逐渐形成法语诗中的中国诗意象群。这些意象群构建为一系列符号,成为"中国的""中国诗"的一大标志。如下列词:

  季节、时间名词:printemps(春),automne(秋),hiver(冬),été(夏),nuit(夜);

  事物名词:le lac(湖),la barque(舟),nénuphars(莲),la cœur(心),la lune(月),le givre(霜),le sapin(松),la flûte(笛),le luth(琴),la mer(海),le vin(酒),pétales de fleurs(花瓣)。

另一方面,译者对所译诗歌和译词的选择亦体现译者在译事上的主动性。从某种意义而言,译者的译作不单纯是原诗的翻译,同时是译者本人的代言。苏利耶在本书中仅选译唐诗十首,实际上,这十首诗中,部分诗的主题和内容与译者直接相关。杜甫《水槛》为诗人抒写当他从避难地回到成都草堂后见到破败的水槛时怀念故物的心境,白居易《题海图屏风》描绘海上的危难险阻。苏利耶作为一名长年居留中国的法国人,曾数度于海洋上航行,往返于欧洲大陆与亚洲大陆之间,对海航旅途之艰辛,自有切身体会。白居易《题海图屏风》一诗,或使苏利耶心生共鸣耶?而译诗中出现的语词特征,也颇能说明译者的主体性。这十首译诗中下列表示"悲伤"或"忧郁"心情的语词出现十分频繁:

mélancolie(忧郁); mélancolique(忧郁的)

triste(悲伤的),tristesse(伤悲),tristes pensées(忧思)

gémir(呻吟),gémissements(悲鸣),une plainte attristée(痛苦的呻吟)

une étrange mélancolie(莫名的忧郁); une étrange rêverie(难以名状的幻想)

对苏利耶而言,中国文学并非他专攻和专长的领域(他的专长在于中国针灸),他对唐诗的选择、理解和翻译较多地反映了其作为一名非专业读者的兴趣和眼光。在本书这一章节的最后部分,正如法国耶稣会士钱德明《北京耶稣会士杂记》第五卷、第十五卷和第十六卷对唐代史给予了格外的关注一样,苏利耶也关注了唐代历史,尤其是武则天统治时期。他对武则天的经历多引用一些历史传闻,写她使用手段戴上皇后桂冠的经历,写她劳民伤财、修天枢、铸九鼎等。最后一部分写唐代与西域各国的交往,未涉及诗歌。这跟苏利耶从小曾经受到耶稣会士的教导和熏陶(苏利耶1928年在巴黎出版《在华法国耶稣会士史》)有关,属于由耶稣会士培养起来的汉学家,反映其受到耶稣会士汉学研究传统的影响,对历史尤其是唐史尤为关注。法国当代汉学家克洛德·华称苏利耶跟朱迪特·戈蒂耶相似,他对中国古诗的翻译是一种"柔和的改写"(les molles paraphrases)①,并不专业,但和朱迪特·戈蒂耶一起启发了后来的法国诗人谢阁兰和保尔·克洛岱尔创作出真正得中国精髓的法国诗歌。

二、弗朗兹·图桑(Franz Toussaint,1879—1955)

20世纪初由法国学者完成的第二部包括唐诗在内的中国古诗法译集的作者是东方学家弗朗兹·图桑(Franz Toussaint,1879—1955)。1920年,图桑在巴黎出版了一部中国古诗法译集《玉笛》②。图桑在《玉笛》致辞一

---

① Claude Roy, *Le Voleur de Poèmes Chine*, Paris: Mercure de France,1991, Introduction, p.38.

② Franz Toussaint, *La Flute de Jade. Poésies Chinoises*, Paris: l'Édition d'Art,《Ex Oriente Lux》series,1920.

页中将此书献给"TSAO-CHANG-LING",称此书是为了纪念他的,当时他已经在九泉花园中沉睡了(qui est allé dormer dans le jardin des neuf sources),即指他已经去世。并声称《玉笛》中的诗是由这位 TSAO-CHANG-LING 选择和翻译的。这位 TSAO-CHANG-LING 究竟是什么人或者是否真的存在过,查无可考;一个可行的推测是图桑在主要包括《玉书》在内当时的中国古诗译本的参考下,自行选择并翻译了这些诗歌,或许出于跟朱迪特·戈蒂耶在《玉书》第一版署笔名、并将《玉书》献给她的中文老师丁敦龄相似的心理,图桑也虚拟了一个名叫"TSAO-CHANG-LING"的中国人,作为这部诗集的选诗者和翻译者。因为我们对图桑本人的中文水平并不知情。弗朗兹·图桑是一位东方学家,翻译了大量阿拉伯语、波斯语、梵语和日语作品,他最有名的翻译作品是波斯诗人莪默·伽亚谟(Omar Khayyám,1048—1131)名著《鲁拜集》的法译本(1924)。他的中文翻译作品则只有这本《玉笛》,作者在致辞页表明此书中的诗由 TSAO-CHANG-LING 这位中国人选择和翻译,并且他已经去世,可能是由于图桑本人实际上并不懂中文,故虚拟了这名中国人。实际上,图桑对《玉笛》中的诗所做的并非真正的翻译,而是在前人成果(包括德理文《唐诗》和朱迪特·戈蒂耶《玉书》)基础上的移译和改写。

《玉笛》收入了从《诗经》到清代共 170 首诗,其中唐诗为数最多,共 99 首;唐诗中又以李白诗最多,为 41 首,其次为杜甫诗,共 26 首;其余唐代诗人如白居易、张九龄、王维、韦应物、骆宾王、高适、杨炯、王勃、王昌龄、岑参、王绩等诗人的诗都只收入一至三四首不等,都没有超过五首的。《玉笛》所收入的唐代诗人和诗歌作品跟《唐诗》和《玉书》具有高度的重复性,都以李白和杜甫尤其是李白诗为主旋律;《玉书》所收李白和杜甫诗歌的数量分别是 19 首和 17 首,图桑的《玉笛》可以说是对《玉书》的扩大和增版。但在唐诗以外的中国古诗的选择上,《玉笛》具有异于《唐诗》和《玉书》的特色:它从《礼记》《道德经》《春秋》《论语》等儒家、道家典籍中选录一些字句和篇章进行翻译,这跟《唐诗》和《玉书》完全从诗歌作品中进行选择很不一样。这种情况表明图桑在编译这部《玉笛》时,除了参考过德理文的《唐诗》和朱迪特·戈蒂耶的《玉书》两部中国古诗法译集,很可能同时还参考了 17、18 世纪欧洲耶稣会士的四书五经西文译本。

《玉笛》书影

图桑采用散文化的形式翻译唐诗,译法比较接近德理文,但比德理文的译法更为散文化:《唐诗》中的译文为每个诗句分行,在形式上依然保持诗的形式,而图桑则不然,他的诗歌译文不分行,而是根据自己对诗歌的理解为译诗分段。以王勃的《圣泉宴》为例:

《圣泉宴》原诗:

披襟乘石磴,列籍俯春泉。兰气熏山酌,松声韵野弦。
影飘垂叶外,香度落花前。兴洽林塘晚,重岩起夕烟。

图桑译文如下:

     Partie de plaisir dans la montagne
  La ceinture dénouée, la robe ouverte au vent frais, nous avons gravi le sentier rocailleux qui aboutit à la Source du Printemps.
  Nous nous sommes assis sur les nattes que les serviteurs avaient étendues près de la Source, et nous avons d'abord écouté le

bruissement des pins. L'odeur des lis parfumait le vin qui coulait en abondance.

　　Quand les ombres s'allongèrent et quand la brume du soir commença de flotter parmi les arbres, notre conversation était déjà terminée, car des flûtes de bergers se répondaient dans la montagne.

　　尽管在译文的忠实性上，《玉笛》不能跟德理文的《唐诗》相比，但《玉笛》出版后，却获得了甚至超越朱迪特·戈蒂耶《玉书》的成功，在短短几十年内再版了一百多次，到1926年已是第55个版本，1933年是第70个版本，到1958年已经是第128个版本了。不仅如此，《玉笛》跟《玉书》一样也受到了西方各国诗人的欢迎，被纷纷移译成各种西方文字出版：首先是1924年，Gertrude Laughlin Joerissen将《玉笛》翻译成英语在美国纽约出版；1928年，哥伦比亚诗人瓦连西亚（Valencia Guillermo，1873—1943）将《玉笛》转译成西班牙文，以《震旦》（Catay）为书名出版；1970年，St. Gallen，Erker-Verlag出版社出版了丹麦语—法语和英语版本的《玉笛》。1981年，巴黎的Bièvres：éditions Pierre De Tartas 出版社再版了此书。

　　实际上，图桑本人很可能不懂中文，这造成了《玉笛》中舛误不少。比如他选译了出自《论语·为政》的一句话"知之为知之，不知为不知，是知也"，但他把出处弄错了，误以为是出自《礼记》。又比如他选译了《礼记·聘义》中子贡向孔子问玉的一段话，但将"子贡"误译为"Tsè-Yang"。出现这些错误，很可能跟图桑所参考的那些中国古籍西译本本身存在一些舛误有关。但由于诗歌的翻译相当灵活，那"不忠实"的中国古诗法译却成了西方各国诗人和读者眼里的"美人"，受到广泛的欢迎，在西方广为流传。或许，正如巴黎七大东亚语言文明系卢逸凡（Ivan Ruvidic）博士在其博士论文所引用美国诗人杜德雷·费茨（Dudley Fitts, 1903—1968）的话所说的，"我们需要另一种诗；不是任何一种表面认识的代表，而是一种可供比较的经验"①，西方诗人需要的正是这样一种可供比较、可资借鉴的诗歌形式和艺术。

---

　　① Ivan Ruvidic(卢逸凡), *L'Envers du Brocart, la Traduction de la Poésie Chinoise Classique: des Piges Theoriques aux Obstacles de la Pratique*, 博士论文, Université Paris 7-Denis Diderot UFR Langues & Civilisations de l'Asie Orientale(LCAO), 2006.

三、路易·拉卢瓦(Louis Laloy,1874—1944)

20世纪上半叶对唐诗法国译介和传播做出贡献的第三位汉学家是路易·拉卢瓦(Louis Laloy,1874—1944),拉卢瓦是学者、作家、音乐学家、音乐批评家和巴黎(索邦)大学教授,同时担任巴黎国家剧院的总经理,作为汉学家只是业余的。拉卢瓦是20世纪早期巴黎音乐界的核心人物,与当时法国著名作曲家德彪西是好朋友,曾为德彪西作传,并向法国大众介绍亚洲文化,尤其是中国音乐、舞蹈和戏剧。拉卢瓦于1904年开始在巴黎东方语言学院跟着微席叶(Arnold Jaques Vissiere,1858—1930)学习汉语,并迅速跟一些中国留学生交上了朋友,其中包括李石曾。拉卢瓦还是罗大冈在巴黎大学求学时(1937—1938)的博士论文导师。拉卢瓦并非职业汉学家,却开始研究中国文化,翻译中国戏剧、小说、诗歌等具音乐性质的文学作品,撰写论中国文化的论文。1911年,他翻译了马致远的《汉宫秋》,被搬上法国剧院演出;1912年,拉卢瓦出版《中国音乐》;1925年在巴黎出版了法译本《魔怪集:蒲松龄小说选》(contes magiques,d'après l'ancien texte chinios de P'ou Soung-Lin),共译20篇《聊斋》故事;1933年出版《中国镜》,1934年出版《黄粱梦》法译本;此外,拉卢瓦还参照王国维的《宋元戏曲史》,从文化角度探讨了中国戏剧的起源和特点。1931年,拉卢瓦到访中国。

1944年,拉卢瓦在巴黎出版了《中国诗选》[①],从《老子》《诗经》、屈原诗以及唐宋诗共选译了54首诗。第18—54首共37首为唐诗,占全书所收古诗的三分之二。共选9名唐代诗人,他们分别是:唐玄宗(1首)、刘希夷(2首)、李白(16首)、王维(1首)、常建(1首)、杜甫(5首)、孟浩然(6首)、白居易(3首)、胡令能(1首)。李白选诗是最多的。

在这部诗歌选集的引言中,拉卢瓦盛赞中国古诗的高峰时代:唐代。他说,唐朝时,整个帝国的财富集中于宫廷,是中国历史上最光辉灿烂和最风流高雅的时期之一。在唐代,诗歌通过漫长的发展历程终于找到了合适的规则,成为一种纯粹的文学形式,造就了一种无比灵敏和光芒四射的风格。而唐代最为光辉的时期就是唐明皇玄宗统治时期:玄宗本人是诗人和音乐家,在他的周围聚集了一批十分优秀的诗人:唐玄宗本人、刘庭芝(即

---

① Louis Laloy, *Choix de Poésies Chinoises*, Paris: Fernand Sorlot, 1944.

刘希夷)①、李白、王维、常建、杜甫和孟浩然,将他们喻为"七星"诗人。在这批诗人中,拉卢瓦最看重李白,认为李白拥有卓越的想象力,他的诗歌天才超过了所有人。拉卢瓦对刘希夷、王维、杜甫和孟浩然的诗歌风格分别做出了如下评价:虔敬(la piété)、精确(la précision)、丰富(la plénitude)和感性(la sensibilité)。但不管哪位诗人,都能充分感悟大自然的美丽和人生的快乐,都通过诗歌描绘了各种风貌的休闲人生。在拉卢瓦看来,中国古代诗人的笔调基本上是欢快的,但也不乏深思和忧虑:比如战争给人民带来的不幸,但所有这些威胁或痛苦反而使得眼前始终处于危险中的享乐更加宝贵。但到了中唐,唐王朝逐渐衰落,这时期的代表诗人是白居易。白居易的诗歌思想严肃,反映了他的时代不再像玄宗时期那么无忧无虑。而唐朝之后,中国诗歌逐渐退化成一种文学技巧的训练,而诗歌的感情则在别的文学形式,如宋代的传奇故事和抒情歌曲(即词)中找到了表达方式。因此,拉卢瓦这部《中国诗选》选诗以唐诗为主。

拉卢瓦在《中国诗选》中所收入唐诗人和唐诗如下:刘希夷:《嵩岳闻笙》《采桑》(刘希夷最为脍炙人口的名篇《代悲白头吟》未选)。李白:《月夜江行寄崔员外宗之》《月下独酌》《挂席江上待月有怀》《玉真仙人词》《怨歌行(十五入汉宫)》《长相思(其一)、(其二)》《寄远(十二首其十一:美人在时花满堂)》《战城南》《游南阳清泠泉》《访戴天山道士不遇》《把酒问月》《静夜思》《春夜洛城闻笛》《清平调(三首)》《幽州胡马客歌》《相逢行》《对酒》。王维:《过香积寺》。常建:《题破山寺后禅院》;杜甫:《夜》《春夜喜雨》《重题郑氏东亭》《涪城县香积寺官阁》《兵车行》。除了《春夜喜雨》和《兵车行》,其余三首在杜甫诗中不算最为有名和最有代表性。像《望岳》《春望》等在中国脍炙人口的诗一首也未收。孟浩然:《春情》《寒夜》《宿业师山房,期丁大不至》《耶溪泛舟》《万山潭作》《夏日南亭怀辛大》。白居易:《晚秋夜》《杂曲歌辞·潜别离》《花非花》。白居易关心民生疾苦之《新乐府》《秦中吟》,代表其艺术上最高成就的长篇叙事诗《长恨歌》《琵琶行》,均未收入。胡令能:《小儿垂钓》。胡令能,生卒年不详,圃

---

① 这里拉卢瓦误把"刘庭琦"当成了"刘庭芝"。按开元诗人刘庭琦曾作奉和唐玄宗的诗《奉和圣制瑞雪篇》,而刘庭芝(即刘希夷,约651—680)生活于初唐,比唐玄宗时代早半个多世纪,史书也并无记载其曾进入长安宫廷,此处拉卢瓦当有误。

田(今河南中牟县)人,生活在唐贞元、元和时期。家贫,少为负局镀钉之业(修补锅碗盆缸的手工业者),写诗出名后,远近的人还叫他"胡钉铰"。《唐诗纪事》有记载。《全唐诗》存其诗四首,拉卢瓦选译之《小儿垂钓》为其中第二首。

从拉卢瓦所选唐诗可见,所选诗往往并非或者较少为中国学界已有定论的名作或代表作,这一方面是由于选诗译诗者难免受到前代唐诗法译本的影响,另一方面跟译者本人对唐诗的理解和喜好分不开。

拉卢瓦翻译唐诗以意译为主,同时兼顾形式。如译唐玄宗《温汤对雪》:

北风吹同云,同云飞白雪。白雪乍回散,同云何惨烈。
未见温泉冰,宁知火井灭。表瑞良在兹,庶几可怡悦。

译文如下:

La source chaude sous la neige(雪中温泉)
Le vent du nord accourt sous les nuages monotones,
Sous les nuages monotones vole la neige blanche.
La neige blanche soudain tournoie et se disperse.
En ces nuages monotones réside la tristesse.
La source tiède cependant coule toujours,
Le puits de feu ne s'éteint pas.
N'est-ce pas un heureux présage?
On se reprend à l'espérance.

此诗译文与原文在意义上一一对应,形式亦工整,忠实中也有创新,不失为一首好译诗。有的译诗对原诗则有一些"意外"的处理。如刘希夷《嵩岳闻笙》"真声是何曲,三山鸾鹤情"诗句,译文为:

Des sons harmonieux quelle est la mélodie?
C'est la chant du phénix aux îles Fortunées.

"三山",指渤海之东蓬莱、方丈、瀛洲三座神山;鸾、鹤均为仙禽,乘鸾鹤表示登仙。"三山鸾鹤情"表示乘鸾鹤登仙以游三座神山。译文却将"三山"译成"îles Fortunées"（幸运之岛），将鸾鹤只译成"phénix"（凤凰），将整个诗句译为"是那幸运岛上凤凰在歌唱"，是以简化了的或者新的意象替换了原诗意象。再如刘希夷诗《采桑》中的"灞水""渭桥"，译者分别译为"l'eau"（水）和"le pont"（桥），"使君南陌头"的"使君"译为"Le grand seigneur"（大人，老爷），也是对原诗原本富含中国文化内涵的名词作了简化处理。灞水为流经西安东面之河，从秦汉时期开始，灞水两岸广植河柳，每年春季柳絮随风飘扬，宛若雪花，称为"灞柳"。唐代在此设驿站，亲友出行多于此告别，因此"灞水""灞柳"具有了告别、送行之义。渭桥是渭河上的一座桥，是唐代都城长安城通往渭北的重要通道。而这里仅将这两个词译成"水"和"桥"，这不免使原文在中国文化背景里所能引起人们的美好联想和丰富含义有所缺失。"使君"和"Le grand seigneur"则存在情感色彩的差异：前者尊敬中带有亲切，而后者只有"敬"却缺乏"亲"。又如，《玉真仙人词》中"几时入少室"的"少室"实为嵩山西面的少室山，译文却是"cette maisonnette"（这间小屋），是明显的误译。《长相思》其一"美人如花隔云端"以及《寄远》中"美人在时花满堂"，明明是"美人"（女性），译文中却改变了性别"mon ami beau"、"mon bel ami"（我那漂亮的朋友）、"il"（他）。"鸳鸯"译成"deux cygnes"（两只天鹅），也是对原诗物象的完全"背反"。另外还有"五花马"译成"cheval de guerre"（战马），"五花马"指毛色呈五色花纹的马。拉卢瓦的翻译尽管"不太可靠"，不过在20世纪40年代，这本薄薄的中国古诗选译集中突出了唐诗的重要地位，其"不可靠"的译文仍然推动了唐诗在法国的传播。

四、巴西尔·阿列克谢耶夫（Basil M.Alexéiev,1881—1951）

1937年，巴黎出版了一部中国文学论著《论中国文学》[①]，作者是苏俄汉学家巴西尔·阿列克谢耶夫（Basil M.Alexéiev,1881—1951）。阿列克谢耶夫在20世纪上半叶的苏俄汉学界地位重要，他是巴黎汉学学派的弟子

---

① Basile Alexéiev, *La littérature chinoise, Six conferences au collège de France et au Musée Guimet*, Paris: Librairie orientaliste Paul Geuthner, 1937.

门生,尊法国汉学家沙畹(Édouard Chavannes,1865—1918)为导师,被 20 世纪法国汉学大师戴密微誉为"研究中国诗歌最优秀的西方专家之一"①。1926 年,阿列克谢耶夫应法国汉学家马伯乐(Henri Maspero,1883—1945)的邀请,在法国国家学术院和吉美博物馆就中国文学专题用法文做了六次学术讲座。1937 年,这六次讲座被结集在巴黎出版,题为《论中国文学》,扉页上印有阿列克谢耶夫献给沙畹的题词:"为纪念我亲爱的导师沙畹"。六次讲座的标题如下:

第一讲:中国文学(理论)
第二讲:中国文学及其译者
第三讲:中国文学及其读者
第四讲:中国诗歌(理论)
第五讲:中国诗歌诗学概述
第六讲:改革中的中国诗歌

如这六个标题所显示的,作者讲述的主题虽然是"中国文学",然其重点显然落在中国诗歌上,后面三讲内容均以中国诗歌为主题。第四讲和第五讲主要论述中国古典诗歌,第六讲论及中国诗歌在新文化运动中所经历的改革。

在第一讲论述中国文学时,阿列克谢耶夫认为中国传统文学并存着一种双重倾向,一方面是以不妥协和宗教的方式,传播"真理",另一方面是将读者完全从现实中解放出来从而使读者产生至福的感受。阿列克谢耶夫借用了精神病理学的术语"phantasme(幻想,空想)"或"fantaisie involontaire"(不由自主的想象)②来称呼这种双重倾向,以概括这种浸透着宗教和哲学情感的中国精神。阿列克谢耶夫指出,一部中国文学作品就是发挥儒家理想和道家想象力的作品,中国文学首先是一种古典文学,然后是历史、哲学、道德文学等。阿列克谢耶夫实际上道出了中国文学传统中

---

① Paul Demiéville, *Anthologie de la poésie chinoise classique*, Paris: Éditions Gallimard, 1962, Introduction, p.34.

② "phantasme"和"fantaisie"是精神分析学发现之前存在于法语中的两个词,"phantasme"是"hallucination"(幻觉,错觉)的同义词,而"fantaisie"则指想象的能力。弗洛伊德最早的译者选择了杂糅这两个词的词"fantasme"来翻译德语词"phantasie"。

儒道两家相斥相应、共存互补的特征。虽然阿列克谢耶夫探讨的主题是中国古代文学,但其著作的重点在于论述中国古典诗歌,所以他的这一观点同样可以适用于唐诗。

　　阿列克谢耶夫在第一讲中赞颂中国文学:"中国文学确实从未对欧洲文学产生过太多的影响,然而,反之,她也从未接受过希腊或拉丁文学的影响,比如,其诗歌完全孤立地发展起来……日本文学、韩国文学和安南文学几乎全由中国文学生发出来。""中国文学征服了整个东亚,它不仅仅是中国文学,也是远东文学。就其对其他文学的影响力(这是显示其高超的标志)而言,中国文学和欧洲文学一样,也配得上'世界性'的称号。四千年来,除了极其罕见的例外(除了比较特殊的印度佛教文学),中国文学全靠其种族的天才自我提供养分。她大量输出自己所有的财富,而没有借助于任何暴力或传教士的宣传。""中国文学是亚洲的伟大文学,也是世界上的伟大文学之一。"①阿列克谢耶夫随即指出,中国文学,尤其是中国诗歌,直到当时远未为欧洲人所识。"当中国瓷器、中国绘画和中国雕刻以其高度的艺术水准相继震惊了欧洲,为何中国诗歌的艺术却仍然保持着未被开发和理解的状态?它的价值,竟丝毫未予以探讨,未被感知。"他责怪传教士太晚开始翻译中国的文学作品。同时他又对汉学家的工作提出了质疑:"怎么可能一个孜孜不倦的汉学家,正如已故汉学家考迪的目录学巨著所显示的,这么勤奋的汉学家的工作,竟没能使我们理解和欣赏中国文学作品?"②阿列克谢耶夫批评传教士和外交官从事文学翻译不够专业,他们翻译中国文学作品尤其是诗歌"不具备翻译比如拜伦或其他诗人作品时所必备的才能"③。在第二讲"中国文学及其译者"中,作者极力陈述翻译中国文学作品尤其是诗歌的难度,并提出了对理想诗歌译者的要求:关心翻译,能够在译文中真实地再现原诗的思想和形象,使读者感受到原诗感情的真实和丰富性。具体而言,阿列克谢耶夫认为,中国诗歌的理想译者是欧洲诗人,或至少是个具有诗人天赋的人,虽然不一定是职业诗人。至于翻译什么,阿列克谢耶夫主张除了那些古典名著和比较容易翻译和理解的诗歌之外,还应该注意翻译那些对中国人而言最为珍贵、也最能体现中国特色

---

① Basile Alexéiev, *La littérature chinoise, Six conferences au collège de France et au Musée Guimet*, Paris:Librairie orientaliste Paul Geuthner, 1937.p.37; pp.41-42; p.43.
② 同上,p.44.
③ 同上,p.46.

的诗歌。作者本人试译了李白的《静夜思》和《古风》(第12首)两首诗为例来说明这种诗歌翻译。

在第三讲"中国文学及其读者"中,阿列克谢耶夫从读者的角度出发谈论中国文学及其翻译。作为一名职业汉学家,阿列克谢耶夫揭示了19世纪西方读者试图从中国阅读中寻找"异国情调"这一极为普遍的现象。他指出,读者对异国情调的喜好导致了"虚假"翻译的产生。他认为那些二手译者(les traducteurs de seconde main)写出了完全是异国情调的作品,朱迪特·戈蒂耶的《玉书》被他纳入此种宣扬"异国情调"的作品之列。他说,《玉书》中的作品是"所谓的翻译"(la prétendue *traduction* ①),实际上是对中国诗的改写。经过这种改写,译诗对原诗作了一定的改动,其中有着译者的发挥,而这类作品显然更能投合欧洲读者的喜好,深受他们欢迎。阿列克谢耶夫指出,《玉书》的影响力不仅仅限于西欧,甚至远及俄罗斯:俄罗斯产生了更多对《玉书》"中国"诗歌的拟作和仿作,将这种纯粹的异国情调愈演愈烈。尽管阿列克谢耶夫对类似《玉书》这样的翻译以及欧洲读者对"异国情调"的喜好显然评价不高,但也不得不承认,客观上,这些作品比汉学家忠实于原文的翻译在西方传播得更广、更远,在造成西方读者对中国古诗明显的误读的同时,也将这种经过加工、改造的"中国知识"传播到远方。但事实是,任何人类知识经过长途旅行都不可能不经受一定的曲折和改变的。变形(transformation)是常态。

第四讲专门讲诗,因为诗歌是"中国文学的核心"。"想象和空想的二元性相继支配着中国的历史和思想,这是一个事实,几近于一条法则。"李白、杜甫这两位中国的诗歌"王子"正好反映了这个事实。"理性因素与虚无主义元素之间的永恒斗争很好地解释了中国诗歌的这种二元性。"前者被称为"典型的中国因素"(d'élément chinois typique)。关于唐诗,阿列克谢耶夫认为,很多具有普世意义的唐诗(如风景诗)被翻译成欧洲语言后散文化了,这种散文化的译诗在欧洲语言里"只不过是一种很一般的读本"。他指出白居易的诗就是此类诗的例子。阿列克谢耶夫指出,富于想象(la fantaisie)的宗教诗歌,包括佛教诗歌和道教诗歌,则能得到内行读者的欣赏和理解。阿列克谢耶夫还强调了一些尚未受到欧洲重视、尚未被翻译成欧洲语言的唐代佛

---

① Basile Alexéiev, *La littérature chinoise, Six conferences au collège de France et au Musée Guimet* ,Paris:Librairie orientaliste Paul Geuthner,1937.p.110.

教诗人:"和尚贯休和皎然的诗在皇家修订的唐诗版本中有着显眼的地位,一旦被欣赏和翻译,我毫不惊讶,他们的诗尤其会受到欧洲读者的喜爱,或许会被后者列入最好的中国诗。可惜它们尚未为人所知。"①这是欧洲汉学家较早提到唐代僧人的诗。20世纪下半叶,阿列克谢耶夫的预言变成了现实:自20世纪70年代以来,由于法国汉学家戴密微的努力,唐代佛教诗歌以及受到佛教教义启发的诗歌在法国汉学界受到重视,包括王梵志、寒山等诗人在内的禅诗受到了比较充分的翻译和研究。

在本书第五讲"中国诗歌诗学概述",阿列克谢耶夫综合介绍了中国古代诗歌理论作品,主要是唐司空图的《二十四诗品》,列举了其中的四品"雄浑""流动""旷达"和"绮丽"。阿列克谢耶夫指出,《二十四诗品》由至高无上的"大道"(le Grand Tao)这真正的主宰(le Vrai Seigneur)、万物、万灵之师(maître de toute matière aussi bien que de toute âme),或者说,"最高的和谐"(l'Harmonie Suprême)所统领,这种道家的宇宙观造就了人和诗人之"道",是为中国古代诗歌诗学之纲。第六讲的内容是经历新文化运动改革的中国现代新诗,此处略过不表。

第二节　中国留法学者之作

20世纪上半叶,从事唐诗法国译介的中国学者无论是在人数上,还是在作品数量上都超过了法国学者。这些中国学者主要包括曾仲鸣(1896—1939,1911—1930年在法留学)、梁宗岱(1903—1983,1924—1930年在欧洲游学)、徐仲年(1904—1981,1921—1930年在法留学)、罗大冈(1909—1998,1933—1947年在法留学)和刘金陵等五名。这批中国学者赴法留学的具体原因不一,留学的具体时间和背景也并不完全一致,但他们都不约而同地在法国开始从事唐诗的法译工作,这一领域的工作甚至成为其中一些学者学术生涯中比较重要的部分,比如曾仲鸣、徐仲年和罗大冈先生。他们关于唐诗翻译和唐诗研究的作品大都在欧洲(包括法国和瑞士)出版,也有回国后在中国出版的。这些诗歌选译集包括曾仲鸣的《冬夜之梦:唐绝句百首》(*Rêve d'une nuit d'hiver:Cent quatrains de l'époque Thang*,

---

① Basile Alexéiev, *La littérature chinoise, Six conferences au collège de France et au Musée Guimet*, Paris: Librairie orientaliste Paul Geuthner, 1937. p.151.

1927)、徐仲年的《子夜歌及其他爱情诗》(*Les Chants de Tseu-ye et autres poèmes d´amour*, 1932)、《中国诗文选:自起源至今》(*Anthologie de la littérature chinoise des origines à nos jours*, 1933)、罗大冈的《唐代绝句百首》(*Cent quatrains des Thang*, 1942)和《首先是人,然后是诗人》(*Homme d'abord , poète ensuite* , 1948)等五部,梁宗岱通过与法国诗人合作的方式翻译中国古诗:他跟法国诗人、小说家让·普里沃斯特(Jean Prévost)合作翻译了包括柳宗元《愚溪诗序》在内的五篇诗文,被收入在后者的《各国诗歌译集》①中,同样对唐诗在法国的传播做出了贡献。中国古诗(包括唐诗)研究作品包括曾仲鸣的《中国诗论》(*Essai historique sur la poésie chinoise*, 1922)、《中国诗歌史》(*Histoire de la Poésie chinoise*, 1936)、徐仲年的《中国古代诗人杜甫》(*Tou-Fou, poète classique chinois*, 1929)、《论李白》(*Essai sur Li Po*, 1934)(或《李白的时代、经历和作品》, *Li Thai-po, son temps, sa vie et son œuvre*, 1935)、罗大冈的《诗人白居易的双重灵感》(*La Double inspiration du poète Po Kiu-Yi*, 1939)以及刘金陵的王维研究专著《诗人王维》(*Wang Wei le poète*, 1941)等六部。

一、曾仲鸣(1896—1939)

  曾仲鸣于 1896 年生于福建闽县,为家中幼子,幼年丧父,由母亲和长兄抚养成人。三姐曾醒嫁到福州方家,不久丈夫方声濂病逝,曾醒守寡,后与夫妹方君瑛赴日本留学。在日本,曾醒和方君瑛加入中国同盟会,投身革命,深受孙中山器重。1911 年 10 月武昌起义,清政府被推翻,"中华民国"建立。曾醒等不愿为官,带着 16 岁的十弟曾仲鸣,方君瑛带着 14 岁的十一妹方君璧一起到法国留学。同行的还有新婚的汪精卫和陈璧君夫妇。当时,留法前辈蔡元培、李石曾等以巴黎以南的蒙塔日城(Montargis)为中心,曾、方、汪三家也在蒙城住下。曾仲鸣和方君璧寄读当地中学,周末回家,在蔡元培、李石曾和汪精卫教导下学习中文,培养和训练国学素养。中学毕业以后,曾仲鸣在法国上大学,先在波尔多大

---

① Jean Prévost, *l'Amateur de Poèmes*, Collection Métamorphoses, Paris: Gallimard, 1940.本书最后一章为"关于我对中国的无知"(Essai sur mon ignorance de la Chine),收入了陶渊明《归去来辞》、柳宗元《愚溪诗序》、欧阳修《醉翁亭记》、陆游《Chant du retour》(未找到原诗)和苏轼《赤壁赋》5 篇诗文的译文。

学获化学学士学位,后在里昂大学获文学博士学位。方君璧则进国立巴黎高等美术学校学画。1922 年,曾仲鸣与方君璧在法国安纳湖畔结为夫妇。两人在法国留学历时 14 年后,于 1925 年一起回国,双双任教于广州中山大学。7 月 1 日,国民政府成立,汪精卫担任行政院院长,曾仲鸣随汪从政,担任行政院秘书。此后曾仲鸣在政治上一直跟随汪精卫,跟汪同进退,先后担任行政院秘书长、铁道部次长等职。1935 年 11 月,曾仲鸣辞去铁道部次长之职,翌年二月随汪精卫出国,十二月西安事变后归国。

1937 年日本侵华,中国半壁江山沦陷,国民政府由南京迁都重庆。汪精卫的对日媾和政策宣告失败,逐渐走上叛国之路。1938 年 12 月,汪精卫逃离重庆飞河内,打算在曾仲鸣的陪同下赴欧。1939 年 3 月 21 日凌晨,国民党特务派枪手冲入汪精卫寓所刺杀汪,结果误伤曾仲鸣、方君璧夫妇。曾仲鸣因伤势过重不治身亡,死时年仅 43 岁。

曾仲鸣虽然在政治上跟随汪精卫,本质上却是文人性格,真正热爱的并非权力而是艺术。他在法国留学期间,即以自己之所学,结合国内时政,既积极向法国介绍中国的革命事业,尽力争取获得法国人的理解和支持,同时不忘将中国光辉璀璨的传统文化,努力介绍给法国读者。我们固然不能无视曾仲鸣在政治上因追随汪精卫而犯下的重大过错,但对他在中国文化向西方传播事业上所做出的贡献,同样不能轻易忽视。曾仲鸣用法文写成的著述包括:《中国古诗》(公元前 206—219 年)(里昂勒胡出版社,1923;增订后的新版于 1927 年出版);《冬夜之梦:唐人绝句百首》(勒胡出版社,1927),补充德理文所翻译的唐诗;《法语语法》(图尔,1920);《和平的中国》(里昂勒胡,1924);《一滴水》(里昂勒胡,1925)以及《中国诗歌史》(1936)等。曾仲鸣秉其所学和其所擅长,在向法国介绍中国文学尤其是中国古典诗歌上下了巨大的工夫,功不可没。

《冬夜之梦:唐人绝句百首》(*Rêve d'une nuit d'hiver: Cent quatrains de l'époque Thang*, Paris: Édition Ernest Leroux, 1927)采取图文并茂的形式,呈现王勃、卢照邻、王翰、王维、杜甫、李白、孟浩然、韦应物、刘长卿、柳宗元、刘禹锡、孟郊、贾岛、杜牧、李商隐等诗人的百首绝句。

《中国诗论》(*Essai historique sur la poésie chinoise*, Lyon: J. Deprelle, 1922)是曾仲鸣在里昂大学的博士论文,目录如下:

引言

第一章:中国诗歌的起源

第二章:古典诗歌

第三章:颂歌和诗性描写

第四章:秦代诗歌

第五章:汉代诗歌

第六章:小朝廷的诗

第七章:中国诗歌的黄金时代:唐诗

第八章:宋代诗歌

第九章:元代诗歌

第十章:明代诗歌

第十一章:清代诗歌

第十二章:当代诗歌

转向复兴

《中国诗歌史》(*Histoire de la Poésie chinoise*, Shanghai: China United Press, 1936)有前言,正文十三章目录如下:

第一章 引言

第二章 中国诗歌的起源

第三章 古典诗歌:《诗经》

第四章 颂歌和诗性的描写:《离骚》

第五章 秦代诗歌;项羽《垓下歌》

第六章 汉代诗歌:汉高祖《大风歌》—抒情诗—武帝《秋风辞》—五言新诗—古诗十九首

第七章 小朝廷的诗:曹植—其他诗人—陶潜—子夜—谢灵运、谢朓

第八章 中国诗歌的黄金时代

第一期:王勃—杨炯—卢照邻—骆宾王—陈子昂—晁采

第二期:李太白—《秋登宣城谢朓北楼》—《襄阳歌》—《月下独酌》—《将进酒》—杜甫—《兵车行》—《石壕吏》—《梦李白》—

《黑鹰》《白鹰》—王维—孟浩然

  第三期：韦应物—《幽居》—白居易—张籍

  第四期：李商隐—杜牧

  第九章 宋代诗歌：苏东坡—陆游

  第十章 金元诗歌：金代诗歌—元好问—元代诗歌—《大江东去》—《闲中好》—虞集

  第十一章 明代诗歌：刘其—高启—杨基

  第十二章 清代诗歌：吴伟业—王士祯—清末诗歌的转变

  第十三章 转向复兴：胡适—汪精卫

  实际上，出版于1936年的《中国诗歌史》是在曾仲鸣1922年博士论文《中国诗论》的基础上增订、修改而成的。全书共154页，从第63页至109页共47页为第八章"中国诗歌的黄金时代"即唐代诗歌，占全书的百分之三十多，为全书分量最重的一章，显示这一部分的重要性，可见作者对于唐代诗歌的重视。关于唐代诗歌，作者认为"中国诗歌在这个时代达到了最高点"。"在唐代，古典诗歌开花所必需的所有条件全都具备了：词汇、语言文字、语法、文学传统、文学形式；和平和帝国的繁荣昌盛使得一批文人致力于文学。"同时跟皇帝本人是文学家，热爱文学，并给予他所中意的诗人以极高的官职有关。

  在介绍分析唐诗的主体部分，曾仲鸣按照高棅在《唐诗品汇》里的看法，将唐诗分成初、盛、中、晚四个阶段，第一阶段主要介绍"初唐四杰"王勃、杨炯、卢照邻、骆宾王和陈子昂，比较特别的是在这一阶段的最后，介绍了女诗人晁采，并翻译了晁采的《子夜歌十八首》前十二首。晁采和文茂之间有着一个美丽动人的爱情故事：晁采和文茂自小相互倾慕，私订终身，彼此恋慕、思念多年，在双方家长的理解和感动之下，终成眷属，幸福一生。《子夜歌》就是晁采为倾吐对心上人文茂的思念之情而作的十八首五言情诗。诚如曾仲鸣所言，这个故事"普通，却又十分感人"，而这种恋人之间因离分而产生的对彼此的深切思念则是中西方人们所共通的，所以他把这些诗翻译介绍给西方读者。

  曾仲鸣对唐诗介绍的重点是在唐诗发展的第二期，即盛唐时期。曾仲鸣指出，唐代之所以达到中国古典诗歌发展的高峰是因为这一时期具备了诗歌繁荣所必需的所有条件：词汇、语言文字、语法、文学传统、文学形式。

一方面,宫廷的奢华文明促进了这种诗才的迸发;另一方面,皇帝本人是文学家,给他喜欢的诗人以很高的职位。在这以李杜两位诗人为代表的唐诗全盛期,曾仲鸣首先介绍李白。他较为赞同19世纪蒙太古对唐诗的看法,蒙太古将李白定位为一名醉酒者、享乐主义者,将李白"时不我待""抓紧时间享乐"的思想分别与法国诗人龙萨、拉马丁以及雨果、缪塞的相关诗句联系起来。如龙萨的诗:

Vivez, si m'en croyez, n'attendez à demain;
Cueillez dès aujourd'hui les roses de la vie. (Ronsard)
"生活吧,相信我,别等到明天:
从今天开始,采摘生活的玫瑰。"

又如蒙太古提到,拉马丁在对神的信仰中去追寻可以逃避所有一去不返事物的方法,雨果和缪塞则通过回忆来战胜时间的流逝;而李白的方法则是饮酒,在醉酒中麻醉和遗忘。曾仲鸣欣赏蒙太古将中西诗歌相联系、相沟通而不是对立起来的做法,对蒙太古的这些对比和评论多所引用。尽管"醉酒诗人""享乐主义诗人"这样的定位对李白而言或许并不是很公平,但蒙太古将李白的诗句与法国诗人的诗句对举,表现了中西诗人在面对同样的人生困惑时相同或相似的应对,展现了中西方人共通的人性。

曾仲鸣虽然对李白除了饮酒之外其他主题的诗做了一定的介绍,但与对他饮酒诗的介绍比起来,相对欠缺,致使他所介绍的诗人李白的形象仍然局限为一名酒鬼和享乐主义者,未能超越19世纪末叶法国文学批评家蒙太古的陈见。

谈到杜甫时,曾仲鸣指出,"杜甫是中国最伟大的诗人之一,是唯一能与李白并肩的诗人",并认为"不宜将两人作比较,因为两位诗人都很伟大,但两人的类型是不同的","这两位诗人相互补充,相互完善:其中一位的灵魂拥有千种颜色,而另一位则是其时代灵魂的回声"。将李白和杜甫视为两类截然不同的诗人:前者是酒鬼和享乐主义者,后者则是现实主义者,"诗史"——一位很好的历史家,把自己的生活和感受都写进诗里,他的诗简直可以为官修史书提供资料。杜甫高度的诗歌艺术风格在于用词的简洁以及词语的合理组合。高度思想艺术与形式的完美结合是杜甫诗歌艺术的高明之处。曾仲鸣认为杜甫的两首诗《兵车行》

和《石壕吏》"足以向我们展示中国人之和平精神与西方民族之好战精神的区别。在西方,诗人们经常颂扬为祖国而牺牲的光荣:即使拿破仑被人们称为吃人的妖魔皇帝,可每个人都还是愿意跑到他麾下。相反,中国人则只祈求生活和平。杜甫的诗富含如此深厚的人性,充分显示了和平的精神和安定的愿望"。

曾仲鸣对王维的评价并不高,他认为王维由于受到佛教教义的影响,激情和野心比较欠缺。曾仲鸣所重点介绍的中唐诗人是白居易。他认为白居易像杜甫一样是一名时代社会生活的描摹者,像杜甫一样同情人民的不幸,努力劝谏皇帝改善人民生活。白居易区别于杜甫的地方在于杜甫这位诗史直接陈述他所看到的事实,而白居易则是一位历史批评家,他的诗不是描摹深刻而动人的画面,而是直面君王和权贵的批评,其语调是微妙和隐忍的讽刺。这种区别是由于杜甫和白居易两人实际生活遭际的不同:前者的生活总是穷困潦倒,而后者则一直生活优裕。另外,曾仲鸣在这一阶段还引用了德理文翻译的张籍《节妇吟》,简单提及韩愈和柳宗元,称其为"著名诗人、作家",李贺为"神话诗人"(poète mythologique)、还提到了擅长五言诗的孟郊和僧诗人贾岛。在唐诗发展的第四阶段,即晚唐,曾仲鸣主要介绍了李商隐和杜牧,称杜牧为晚唐"最伟大的诗人"。

曾仲鸣的中国古诗法国译介著作具有鲜明的时代性。他在书中强调了中国诗歌的两个突出特征:和平主义和爱国主义。他说,中国甜美而感性的诗歌,对中国人民不爱战争和征服的和平主义精神起了重要作用;中国人的爱国主义的来源也正是如此富有活力和勇气的诗歌。这种时代性尤其在本书前言中得到了鲜明的体现。前言表现了曾仲鸣努力向西方人尤其是法国读者介绍中国诗歌、希冀中国文学的瑰宝受到西方读者的认识、欣赏乃至理解、进而增进中西双方的了解和沟通的殷切希望。早在曾仲鸣留学法国的时期,即满怀报国抱负与救国治国的热忱;回国从政之后,以更大的热忱投身其中,用法文撰写《中国诗歌史》,是爱国之表现。他在前言中写道:

> 中国文学,尤其是诗歌丰富而富于形象,遗憾的是以世界上现存最难的语言写成的,在欧洲鲜有闻……我们如此喜爱拉马丁和雨果,也许我们的法国朋友也会喜欢我们的李白和杜甫。我们想或许向他们介绍一点儿中国诗歌是有用的……谨将此书献给那些

对中国文学尤其是对一个古老文明的诗歌感兴趣的读者。①

他又写道：

  诗歌在漫长的时期里在中国人的生活中扮演着极其重要的角色……中国人民从来不爱战争和征服,具有和平的精神,是由于那如此甜美(si douce)、如此感性(si sentimentale)的诗歌的影响……中国人从来不抢夺属于别人的东西,但也绝不允许侵略者抢占她的土地。中国人民爱国心的来源也是由于如此富有活力和勇气的诗歌的影响……中国人不爱战争,热爱和平。②

曾仲鸣又告诉读者,中国文明从来不是一个故步自封、顽固不化的文明,相反,她接受了许多外来的影响,比如中国诗歌就受到了来自印度佛教的影响。另外,"在最近时期,中国人开始与欧洲文明接触。学者们研究不同西方国家的文学,并试图使我们的写作变年轻,与欧洲的更加接近"。曾仲鸣最后提出了他的愿望:"我们期待中国诗歌和中国文学新的复兴。"(Nous espérons donc une nouvelle renaissance dans notre poésie ainsi que dans notre littérature.)曾仲鸣一方面希冀中国优秀的传统文化能够得到西方读者的认识和了解;另一方面,也表达了对于战乱已久、文化因素纷呈的当代中国文化的担忧,提出了对于中国文化积极正面的新希望,表达了一位正直、爱国文人的诚挚心愿。从这个意义上说,作为政治家文人的曾仲鸣《中国诗歌史》的这一前言极富时代特色。

二、徐仲年(1904—1981)

  徐仲年,字颂年,1904年出生于江苏无锡。1921年以自费生资格赴法,先在里昂读中学,1926年入里昂大学文学院学习,1930年获文学博

---

① Tsen Tson-Ming(曾仲鸣), *Histoire de la Poésie chinoise*(《中国诗歌史》),上海:联华书报社(China United Press,1936), Préface.
② Tsen Tson-Ming(曾仲鸣), *Histoire de la Poésie chinoise*(《中国诗歌史》),上海:联华书报社(China United Press,1936), Préface.

士学位,当年7月回国①。回国后徐仲年曾在上海江湾劳动大学、中央大学、上海震旦大学、复旦大学等校任教。1949年任南京大学西语系法国文学教授。后又曾担任上海外国语大学法语系教授,编撰法语词典,用法语译介中国文学作品,为中法文化交流事业作出了杰出的贡献。

徐仲年的唐诗研究主要为杜甫和李白研究。1929年他撰写了《中国古代诗人杜甫》,发表在法国杂志 Mercvre de France 上②。文中他将李白和杜甫称为"不朽的诗人"(immortels),李白是"抒情诗人"(poète lyrique),杜甫则是"古典诗人"(poète classique)③,不同于对李杜的一般称呼:诗仙(poète divin)和诗圣(poète sage)。文章以叙述杜甫的生平经历为主,同时译介他的几首诗歌。叙述强调了杜甫所生活时代的社会环境:战争无所不在,重点突出安史之乱给杜甫的人生及其诗歌作品造成的重大影响。徐仲年认为杜甫思想的本质特征是"儒"④,他从杜甫的社会抱负和个人生活两个方面分析杜甫作为儒者的思想和个性特征。杜甫以自己作为"儒者"的身份为豪,他抱负远大,然时局艰难,报国无门。在那个时代,国家的命运前途取决于统治者,人民唯一的希望在于统治者的贤哲。在徐仲年看来,杜甫之所以当得起"古典诗人"的称号,在于他书写和记录了动荡时代人民的苦难:他的三吏三别是经历了安史之乱的人民苦难的见证。杜甫的个人生活也符合儒家道统。他不仅忧国忧民,书写人民的苦难,同时对自己的家庭负责,是一位体贴妻子的好丈夫,疼爱孩子的好父亲,记挂兄弟的好兄长,对友人有着发自真心的友爱,符合儒家的理想道德标准。在文章最后,徐仲年结合当时自己生活的年代——20世纪20年代,指出当时中国正经历一场新文化运动,白话文方兴,追求文学创作的自由。在这场新文学和文化运动中,一些过分讲究形式的古代大师们受到攻击和批评,而杜甫却受到比以前更多的尊重,甚至被尊为"诗人中的完美者"(le

---

① 周永珍《留法纪事》,北京:国家图书馆出版社,2008,第78—79页。
② Sung-Nien Hsu, *Tou-Fou, poète classique chinois* (《中国古代诗人杜甫》), Paris: Extrait du "Mercvre de France", Paginé 78-96;1929.
③ 同上,p.79.
④ 同上,p.84.

《Parfait parmi les poètes》)①。

1933年徐仲年著《中国诗文选:自起源至今》,先对中国自周代开始至"中华民国"的文学史概况进行了总体性的介绍,主体部分即诗文选部分,分诗歌、小说、戏剧、哲学和历史五种体裁,分别译介了中国古典文学经典作品。跟曾仲鸣一样,徐仲年在此书中同样遵循中国学界对唐代四个时期的习惯分法,即将整个唐代分为初、盛、中、晚唐四个时期,对这四个时期的诗人分别进行介绍。中国学者对唐诗的介绍遵循中国学界对唐诗的传统定论,如初唐则介绍初唐四杰等。即将中国学界对唐诗的一般看法介绍给法国读者。但书中也不乏作者本人的意见,如在介绍杨炯时,作者不忘插一句自己的观点,认为杨炯在诗歌艺术上低于王勃。并且参以一些时代信息,如提到当时初唐佛教诗人王梵志的作品在敦煌被发现,并被伯希和带到巴黎。徐仲年提出,盛唐诗人李白和杜甫堪与不朽诗人屈原相媲美。对唐代诗人的生平加以介绍,认为深究李白的生平和作品,可发现李白的祖先可能是外国人,或至少受到了强烈的外国影响。李白的家族有可能有异族血统。他还指出蒙太古将李白视为一个普通酒鬼,并认为李白诗中"女性几乎从不出现""毫无爱情"的观点是明显的误解。(曾仲鸣在1922年《中国诗歌史》中已经指出了这个错误)。徐仲年指出,无聊和死亡的阴影始终追随和折磨着李白。他通过诗歌创作表达了深刻的悲观主义和无力的反抗,其悲怆的语调接近悲吟"痛苦啊!痛苦!时间吞噬生命……"的西方诗人。徐仲年认为杜甫是一位伟大的工作者,没有李白那如翼的天才,杜甫的博学和勤奋为他提供灵感。他的每首诗都经过精心推敲和琢磨。杜甫诗歌的最大优点是描写了时代社会人民的苦难。中唐时期最著名的诗人是韩愈和白居易,但实际上前者是散文家诗人(prosateur-poète),后者是诗人散文家(poète-prosateur),都不能算是真正的诗人。晚唐是唐诗衰退和柔弱的时期,主要诗人包括杜牧、李商隐、温庭筠、罗隐和杜荀鹤。具体唐诗选译,从虞世南的《蝉》到冯延巳的《长相思》,共选78首。其中李白选诗最多,为13首;杜甫6首;白居易5首,以及王梵志诗3首:第一首:"梵志翻着袜,人皆道是错。乍可刺你眼,不可隐我脚。"第二首:"他人骑大马,我独骑驴子。回顾担柴汉,心下较些子。"第三首:"世无百岁人,

---

① Sung-Nien Hsu, *Tou-Fou, poète classique chinois*(《中国古代诗人杜甫》), Paris: Extrait du "Mercvre de France", Paginé 78-96;1929.p.96.

强作千年调。打铁作门槛,鬼见拍手笑。"这是王梵志的诗最早被译成法语。

徐仲年的译文清新自然。如冯延巳《长相思》：
原诗：

红满枝,绿满枝,宿雨厌厌睡起迟。
闲庭花影移。
忆归期,数归期,梦见虽多相见稀。
相逢知几时？

徐仲年法译文如下：

Je pense longuement.

Sur les branches d'arbres surchargées de feuilles vertes, flamboient les fleurs.

Pendant cette période pluvieuse, paresseuse et dolente, je me lève tard.

Déjà l'ombre des fleurs change de place dans le calme jardin.

Je pense à son retour,

Je compte les jours ;

Bien que je le voie souvent dans mes rêves, nos vraies rencontres sont rares.

Ah ! qui peut prédire notre prochain revoir?

徐仲年的《李白研究》(1934)①是他在里昂大学的博士论文,是他中国古典文学法国译介作品中最重要、分量也最重的一部。徐仲年在"李白的时代"一章中指出,李白的作品在法国译介得比较早,很多人,包括汉学家、文学评论家、小说家等都翻译和研究过李白本人及其诗歌。但由于这些作者大都没有很好地掌握汉语尤其是作为文学语言的汉语,对中国文化的理解也不够深入,致使书中产生许多错误,导致李白并没有很好地被介绍,他的真实性格仍然不为人所知。"那些没有很好地掌握中国文学语言的人即使在中国生活了足够长久的时间,但依然隔离于中国人,因此他们歪曲了

---

① Sung-Nien Hsu, *Essai sur Li Po*(《李白研究》), Beijing: Imprimerie de la Politique de Pékin, 1934.

(中国)诗人的作品。"①在徐仲年看来,李白就是这样被"歪曲"了的诗人,因此撰此专著,考察李白的生平和作品,打算"还他一个公道"(de lui rendre justice②)。为了表现特定社会环境下的李白,徐仲年认为必须详细描绘李白所生活的时代。该书第一章"李白的时代"概述了由秦朝至唐朝中国疆域的形成过程,展现了中国历史的演进,尤其强调了中国与边境各国如韩国、安南以及中亚各国之间的关系,表明中国自古并非为一闭关自守的国家,而是非常重视与边境邻国之间的交往和交流。徐仲年通过描写时代背景这一章,主要是为了反对当时西方世界流行的一种观点,即认为中国文明是凝固不变的文明(la civilization chinoise est cristallisée③)。而如死水般停滞不前的文明,实际上代表着死亡,没有出路。我国贤达智慧的古人早就说了:"流水不腐,户枢不蠹。"中国文明从来不是故步自封的,而是始终保持开放和吸收外来先进事物的状态。这跟曾仲鸣在1922年《中国诗歌史》中强调中国文明对外来文明影响的接受和吸收的观点是一致的。

在介绍唐代历史背景这部分,徐仲年同样按照初盛中晚四阶段的历史演进来叙述唐诗的发展。同样强调玄宗对艺术的爱好及其艺术天分,对艺术和艺术家们包括诗人的扶持。有时候,对于这部分的强调显然是理想化了的。比如他描绘玄宗朝廷:

> 玄宗能感受真正的美,他是个完美的音乐家,创建了管弦乐队,制作曲调,并为曲子填词;他在自己周围聚集了数不清的诗人,他们所创作的诗歌适于歌唱。宫廷里一派和平气象:经常举行各种宴会娱乐,君主和贵族们自由地即席创作;在君王和臣下之间毫无芥蒂,全都敞开心扉说话。这种自由和轻松的激情促生了精美的果实,中国诗歌达到了巅峰。④

徐仲年认为,唐代诗人们以古代诗人为模范,但并不抄袭他们的作品;

---

① Sung-Nien Hsu, *Essai sur Li Po*(《李白研究》),Beijing:Imprimerie de la Politique de Pékin,1934,p.1.
② 同上,p.1.
③ 同上,p.2.
④ 同上,p.47.

他们拥有开放的心灵,不仅从被视为经典的学者文学中汲取营养,同时也从经常被不公平地忽略的民间歌曲中汲取营养。他将盛唐时期的李白和杜甫称为"天才诗人",贺知章、高适、岑参、王昌龄、王维、孟浩然等则是拥有"大才能"的诗人。白居易和韩愈是中唐时期最著名的诗人,他们俩都崇拜杜甫,白居易的诗歌以通俗、浅显易懂胜,他创作了"新乐府"诗,描写人民的痛苦,表达简洁,易接近民众,广受欢迎。韩愈的诗歌则胜在富有活力。到了晚唐,随着国力的衰退,诗歌也逐渐衰落。在帝国的最后阶段,全国的诗歌天才们似乎都陷入诗才枯竭的泥淖:他们只能模仿前代诗人,如皮日休、陆龟蒙限于描绘具体的事物;李商隐以无题诗隐晦地表达他的爱情;温廷筠的诗才在于乐府和词;杜牧的诗过于简易,稍嫌平庸,在风格以及思想的原创性上有一定价值。

徐仲年在"时代"这一章的最后感叹道:

> 唐诗的花朵是在隋朝的废墟上费力地盛开出来的,她挣脱了前代诗歌的桎梏,绽放着自己的美丽;一旦达到了巅峰,衰落便慢慢开始了,直至最后的凋谢。她疲倦了,逐渐枯萎了,就像所有的事物一样。转眼十个世纪过去了,诗歌有过几次复兴,但没有一次能与唐诗并肩。唉!这一辉煌永不再来了吗?①

在"李白的诗歌艺术"这一部分,徐仲年论述了李白之前的诗人屈原、曹植、陶渊明、鲍照、谢朓和陈子昂对李白的影响,具体分析了这六名诗人的作品与李白诗歌之间的关联,认为李白在屈原的作品中寻找独立性,从其不幸遭遇中得到启发,并借用了屈原诗中的美人和香草意象;从曹植那里学到了眼光的敏锐和风格的柔美;此外,陶渊明的宁静、鲍照的力度、谢朓的敏感以及陈子昂诗歌以事物的不确定性为主题及其诗中的意象都对李白产生了积极的影响。徐仲年这种从诗歌史的纵向角度探讨李白诗歌的艺术,同时将中国历代几名重要诗人串联起来,以一种巧妙的方式勾勒出了中国古典诗发展的某条脉络。这种匠心独运的研究方法对国外的李白研究也是颇具启发意义的。

---

① Sung-Nien Hsu, *Essai sur Li Po*(《李白研究》),Beijing:Imprimerie de la Politique de Pékin,1934,p.51.

徐仲年对李白逝世后各种李白诗集的出版逐一做了说明,并说明这部《论李白》所采用的李白诗集版本是清人王琦所编的《李太白全集》,向读者尤其是汉学家推荐了这部注释李白诗歌的集大成之作。后来很多法国汉学家选译李白的诗,均使用王琦的版本,如保尔·雅各的《李白选集》(1985)。

在徐仲年看来,李白是个悲观主义者,经常为时间的流逝而伤怀,为青春和美好日子的远逝、为人性的脆弱和最终不可避免的死亡伤怀,他喝酒就是为了驱赶这种愁绪。因为醉酒会带给他幸福的幻觉,但更经常的是,饮酒反而更增添了他的不安。他追求不死,渴望永恒;追求以其诗歌创作而臻不朽。这跟1922年曾仲鸣在《中国诗论》中将李白固定为一名酒鬼形象的论断不可同日而语,对李白个性特征的认识显然更为深刻。

徐仲年认为,李白的诗歌创作富有激情和创造力,仿佛是受天启而成,不着丝毫痕迹,所以他的诗既不能通过认真学习而成,也不能通过博览群书而致。尽管后代大量诗人崇拜和模仿李白,但从诗歌的情感和艺术而言,只有苏轼既是李白的崇拜者,也是他最好的"弟子"。只有苏轼的脾性和情感最接近李白。

徐仲年还介绍过白居易,发表在《里昂大学杂志》上。在文中,他用中国诗歌传统,从《诗经》风雅颂、赋比兴、周代乐府诗以及陶渊明诗对白居易诗歌的影响来分析其作品的诗学传统,并结合老庄的道家思想以及佛教思想分析白居易诗歌的思想艺术。徐仲年认为在白居易的诗中,老子的思辨、庄子的怀疑主义、佛教的悲观主义与陶渊明的智慧交织在一起。诗人灵魂的伟大超越于其物质生活之上。诗人的生活很简朴,有时候甚至可以说是贫穷的,但他保持平静,他的诗歌唱宁静,诗中没有日常生活的纷扰。

三、罗大冈(1909—1998)

罗大冈也是我国著名的法国文学专家。他1933年毕业于北京中法大学文学院,由于在毕业考试中名列前茅而获得公费留法资格,于当年赴法国里昂大学文哲系留学。1939年获巴黎大学文学博士学位,1947年回国。历任天津南开大学外文系法语及法国文学教授、清华大学外文系教授、北京大学文学研究所西方文学组研究员、北京大学西语系教授、中国科学院哲学社会部外国文学研究所西方文学组研究员。罗大冈长期致力于法国文学的研究和翻译,主要译著有罗曼·罗兰的长篇小说《母与子》等。

罗大冈(1909—1998)

30 年代,罗大冈在法国留学时,有一天在书市上发现了梁宗岱和法国作家让·普里沃斯特(Jean Prévost,1901—1944)合译的陶渊明诗选本,由此激发了他将中国古诗译介到法国的愿望①。罗大冈在巴黎大学的博士学位论文是《诗人白居易的双重灵感》(1939)②。罗大冈在该论文的引言中提到,由法国汉学家德理文译介的《唐诗》使李白和杜甫的名字逐渐为对中国诗歌感兴趣的欧洲读者所熟悉,但可惜的是白居易这位重要的唐代诗人,在德理文的《唐诗》中没有受到重视(德理文在《唐诗》中仅选译白居易诗两首)③。在罗大冈之前的中国留法学生(主要是曾仲鸣和徐仲年)的

---

① 杨哲、宋敏著《罗大冈传》,石家庄:河北教育出版社,2000,第 44—45 页。
② Lo Ta-kang, *La Double inspiration du poète Po Kiu-Yi*(772—846), Paris: Éditions Pierre Bossuet,1939.
③ 同上,p.8.

唐诗研究以李白和杜甫为主，罗大冈则选择盛唐之后、中唐代表诗人白居易进行研究。罗大冈在本论文中主要试图证明，白居易是一个拥有双重身份的人，他一方面是一名尽忠职守的行政官员，另一方面是一名崇尚享乐的诗人。他所受的影响也是双重的：一方面是社会的，另一方面则是文学的。白居易在唐代诗人中的特殊性，或者说重要性在于他是诗歌服务于社会这一文学理论的倡导者。白居易的这一文学理论指导他创作出了新乐府诗等讽喻类诗，但同时他又是著名抒情长诗《长恨歌》和《琵琶行》的作者，这是他作为诗人在诗歌创作上双重性的表现。对白居易而言，他的"道"是道德上的双重性，即其生活信条。"行动"(Agir)与"无为"(non-agir)这两条原则同时存在，是白居易双重个性的基础。

罗大冈根据白居易的《与元九书》概括了他从社会和道德角度来运用诗歌的理论，认为这种诗歌理论重视理性、真实和自然，其中蕴含着诗人对美(la Beau)的理想，这种美是理想的尘世之美(ideal terrestre)，没有那么抽象、超越或者神秘，而是十分具有人道主义色彩(humanitaire)①。罗大冈总结认为，崇尚佛教的白居易的宗教默想(méditation)不超越于人和世俗存在物之上。对白居易而言，佛教并非一种宗教，而是一种诗性的默想(une méditation poétique②)。诗歌也是如此。如果说白居易有宗教信仰的话，他的宗教信仰乃是生活。佛教的默想帮助他净化灵魂(purifier son âme)，进而净化他的诗歌艺术(purifier son art③)。白居易诗歌的生命力在于一个有修养灵魂的诗性表达，他那些表达闲暇和寂静的诗在表达上"无味"(sans saveur)、"平淡无起伏"(sans relief)，却具有不可企及的宁静与安详④。

罗大冈的《唐绝句百首》(1942)收入一百首五言或七言绝句，以五言绝句为主。诗歌基本按主题，如山景、音乐、禅师、寄友人、送友人、爱情、闺怨、农家、征战、思乡、思君等编排，但并不拘泥于此。译文比较简洁凝练。

罗大冈1948年的著作《首先是人，然后是诗人》，介绍了七位中国古代

---

① Lo Ta-kang, *La Double inspiration du poète Po Kiu-Yi* (772—846), Paris: Éditions Pierre Bossuet, 1939, p.45.
② 同上, p.146.
③ 同上, p.147.
④ 同上, p.148.

诗人屈原、陶潜、李白、杜甫、白居易、李贺和李清照。其中有四名是唐代诗人。按其介绍的顺序可知对于唐代代表诗人的看法：李、杜的地位无可置疑，且将李白置于杜甫之前；白居易的地位也无可否认，提出李贺是由于其"鬼才"的特殊性。作者先介绍唐代诗歌的概况，在具体介绍诗人时比较侧重于介绍诗人的奇闻逸事，比如叙述李白在玄宗宫中受尽恩宠以及捞月而亡的故事和传说。认为李白的诗歌艺术为：给予读者的第一印象往往表现为无穷无尽和伟大，但接着读者便会被吸入一个有着无法治愈痛楚的灵魂深处。是普遍性、而不是个体性的悲伤将人带入绝望的深渊。这是因为李白具有一种悲剧意识，他通过诗歌考量一个伟大时代的逐渐衰落。而杜甫是一名忠诚的儒家信仰者，他在人生道路上所遇到的每个障碍都使他变得更坚强。杜甫由于其人生遭际塑造了坚定不移的性格和完美无缺的精神，磨炼出永不被不幸压倒的勇气，即传统的儒家思想。杜甫的伟大就在这里，他的诗歌就是这种伟大的表现。杜甫可谓罗大冈此部《首先是人，然后是诗人》意旨的最好传达者。他说：中国人在欣赏了一飞冲天的李白以后，也会折服于杜甫的伟大。他是地上的、人类的深沉的伟大诗人。"李白是伟大的，但他不属于我们，他是从天上被赶下来的，只会回到天上去；而杜甫，他是我们的！"他为李白和杜甫分别选译诗歌12首，表现了译者对两位诗人是同等重视的。白居易选诗10首、李贺选诗9首。罗大冈认为白居易诗歌的一个主导性特点是突出的正直和人道；而他选择李贺诗歌的理由是他认为李贺在中国诗坛上的地位就像法国象征派诗人儒勒·拉福格（Jules Laforgue，1860—1887）、洛特雷阿蒙（Comte de Lautréamont，1846—1870）或兰波（Arthur Rimbaud，1854—1891），都是少年反叛者。他们的诗具有共同特征，就是都有着奇异的美，就像一条热带蛇，身上的彩皮藏有剧毒。这是李贺这位唐代"鬼才"诗人第一次在法语著述中得到重点介绍。

　　罗大冈的翻译旨在尽可能准确地传达原诗意义，译文比较中规中矩，注重诗的形式，没有注释，跟德理文散文化的译法比起来，罗大冈的译法比较简洁；而跟《玉书》和《玉笛》比起来，罗大冈的译文在诗意上或许稍逊一筹。这部著作深受法国读者好评，后来相继被译成德语和意大利语出版。

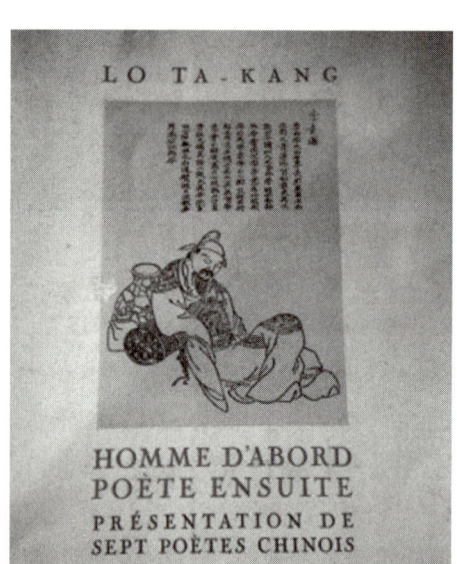

罗大冈《首先是人，然后是诗人》书影(1948)

四、刘金陵(？—？)

刘金陵(Liou Kin-ling)是巴黎大学文学博士，他(她)的博士论文是《诗人王维》[①](1941)。其章节如下：

  引言 唐代的中国诗歌
  第一部分 王维的生平
  第一章 童年。最早的作品
  第二章 第一次做官，贬官济州
  第三章 张九龄的保护。游历
  第四章 王维在宫廷(740—755)
  第五章 从安禄山叛乱到去世

---

① Liou Kin-ling, *Wang Wei le Poète*, Paris: Jouve & C1e, Éditeurs, 1941.

第二部分　王维的作品
第六章　王维传统主题的诗:1 战争主题　2 女性主题
第七章　宫廷诗人王维
第八章　为兄弟和朋友所作的诗
第九章　王维对大自然的情感
第十章　王维诗中的佛教思想
结论　王维在中国诗人中的地位
书目
王维诗歌作品目录

　　在第一部分"王维的生平",作者着重指出了王维母亲对他思想和性格等方面的影响。由于父亲去世较早,王维几乎由母亲一手养大。王维的母亲笃信佛教,是一名十分虔诚的佛教徒,王维的主要性格特征,即审慎,对宁静和大自然的喜好等,以及成为禅宗派,奉行苦行主义,喜欢冥想,超脱于世俗以及怀理想主义等,都跟来自母亲的影响不无关系。王维的性格和佛教信仰深受母亲影响这一点在后来法国汉学家皮埃尔·杜丹的著作《王维作品中的佛教思想》(1968)①中也得以重点介绍了。

　　在第一部分,作者一边叙述王维的生平,一边介绍他在该时期的诗歌创作。第二部分"王维的作品"中每章的安排与第一部分相同,主要译介和引用他相关主题的诗歌作品。其中第十章专门探讨王维诗中的佛教思想。作者认为王维作品所含的真实而深刻的意义主要源自佛教的影响。王维是位诗人、思想家、艺术家,他由佛教和佛教哲学而通达存在的奥秘。他是所有中国诗人中最亲近佛教的一位。是佛教使王维通过提升精神和过纯净的道德生活成为一位近乎圣人的苦行者。佛教赋予他以灵感,培养他对大自然的热爱、对世俗的超脱、对冥想的喜好以及一种高贵的理想主义,这些造就了王维诗歌的秘密维度,使他具备了艺术所必需的伟大和真实的根基。同时,王维既是佛教徒,也是一名儒士。这双重思想在王维身上并不相互排斥或相互矛盾,而是相互调和的:因为儒家满足了王维对于伦理道德和社会秩序的需求,而佛教则满足了他对于形而上学和宗教方面的渴求。

---

① Daudin Pierre, L' Idéalisme bouddhique chez Wang Wei, Saigon: Société des études indochinoises, nouvelle série, tome XVIII, No.2, 1968.

在本书结论中，刘金陵指出，中国批评家们自从宋代至今，将王维视为唐代最重要的诗人之一，并把他与李白和杜甫相提并论。如果说王维诗歌艺术之高超堪与李白、杜甫相媲美的话，那么其诗歌艺术的特征与李白和杜甫完全不同。王维没有李白那强劲的气息，那满溢的雄浑，无拘无束的自由，也没有杜甫那深沉、悲凉、令人心碎的语调以及他的庄重和严肃。作者将王维的诗比作一湾平静而清澈的水，既透明又深沉。他的诗歌艺术是雅致与精妙、是充满魅力与漫不经心的适中与调和，源自一个非激情的哲学灵魂的状态。王维的诗歌艺术是其个性的延续和发展，都摆脱了一切偶然性与短暂性。他的诗不描写人类的激情与苦难，他的笔下没有戏剧性的或悲怆的语调。与李白、杜甫相比，王维诗歌艺术的胜处在于，透过诗歌优雅而宁静的表面，蕴含着深刻的含义。他的艺术在于潜藏在地上世界之下的看不见的世界里，在于表象之下内心光明的领域。王维在诗中所表达的东西表现了诗人灵魂的状态。王维诗歌的主要特征，是"味长"。诗句的味道远远超过其持续的时间；从这个意义上说，王维的诗歌艺术比李白和杜甫更富于启示性。每个经精心选择的词为梦想和记忆打开了无边的想象。王维诗歌风格的另一个重要特征是受到绘画的影响，在他的诗中有中国绘画的基本特征：静止，引导读者欣赏一片风景、一朵花或一个人。王维的诗歌追求形式的完美精致。他的诗歌表达和谐流畅，用《文献通考》上的话来说，是"清逸"。清，即形式的完美，诗句的流动和透明，以及灵感的纯净；逸，是王维的艺术及其精神，摆脱了所有的偶然性。他的诗并不完全是神秘主义的，而是蕴含着深刻的宗教精髓。总之，要真正理解王维的诗歌艺术，就必须深究其所信奉的佛教思想。

然而，作者认为，尽管王维性情宁静，思想上倾向佛教，但他的灵魂仍然并不平静，而是受到深深的忧郁的困扰。在他的诗中，依然能找到唐诗的一大主题：被现世人生万物的非永恒性以及时光飞逝所引发的忧郁。为了追求通向永恒的幸福，为了不被束缚人生的痛苦所困扰，他在佛教的冥想中寻求安慰，这是他的道德避难所。然而这一切都不足以平息诗人在追求完美理想时内心的焦虑。王维正是以其对于人的问题的隐秘苦恼和深沉不满，对读者来说更显得是一位诗人，因为诗人是人。

第三节　法国诗人之笔

法国诗人、戏剧家保尔·克洛岱尔(Paul Claudel,1868—1955)1895年以外交官的身份来到中国,在福州、汉口、天津等地任职和游历,在中国度过了十五年的人生时光。尽管克洛岱尔在中国工作了十余年,但在中国这个国度,他始终保持像一名完全的"陌生人"——不懂中文、不会说汉语的"陌生人"。克洛岱尔曾经向法国诗人维克多·谢阁兰(Victor Segalen,1878—1919)坦言他在中国待了十多年,连一个中文词也不认识,对中国文学更是一点直接的认识也没有①。虽然克洛岱尔对中文毫无感觉,不过在中国的所见所闻和生活经历却成为他日后的创作灵感和源泉。这位热衷于文学创作的诗人在居留中国期间一直笔耕不辍,用母语法语创作出描绘中国地方风情的优美散文诗,后结集为散文诗集《认识东方》(1928)。

Paul Claudel(1868—1955)

---

① Henri Bouillier,*Victor Segalen*,Paris:Mercure de France,1986,p.194.转译自 Lucie Bernier,*La Chine littérarisée:Impressions-expressions allemandes et françaises au tournant du XIXème siècle*,Bruxelles:Peter Lang S.A.,2001,p.95.

除了创作散文诗,克洛岱尔还对中国古代文学产生了兴趣,尤其注意到了以唐诗为主的中国古典诗歌。尽管不懂汉语,他研读由前人译成法文的中国古诗,主要是朱迪特·戈蒂耶的《玉书》,并以这些具有东方风味的诗为灵感的来源,创作了新的法文诗。自 20 世纪 30 年代起,克洛岱尔发表了《拟中国小诗》(Petits poëmes d'après le chinois,1935)和《拟中国诗补》(Autres poëmes d'après le chinois,首版于 1952),后来都被收在 1957 年的集子《诗歌作品》(L'Œuvre Poétique)中。在《拟中国小诗》中,译者在附注中表明这些译文是由中文翻译成法语,再由法语转译成英语。其中有李白的《送孟浩然之广陵》、李频的《渡汉江》、张祜的《瓜洲闻晓角》、卢纶的《塞下曲》三首、刘长卿的《送灵澈上人》、贾岛的《剑客》等。

巴黎—索邦大学文学教授 Dominique Millet-Gérard 研究克洛岱尔,曾指出,克洛岱尔发现翻译的中国古诗后,尤其是读了《玉书》以及曾仲鸣的中国古诗译作后所开始创作的《拟中国小诗》具有形式简短(formes brèves)的特征,这种简洁接近于中文原诗的美学①。如对李白《玉阶怨》的拟作,原诗:"玉阶生白露,夜久侵罗袜。却下水晶帘,玲珑望秋月",英译文诗题为"躺在月光里"("lying in moonshine"),法译文诗题是"白霜"("la gelée blanche"):

J'ai dormi toute la nuit dans les rayons de la lune
Et mes cils au matin sont tout gelés de gelée blanche.

回译成中文:

我整夜睡在月光中
次日清晨,我的睫毛上结了一层白霜。

英译文跟法译文又有所不同:

I am lost in a flood of whiteness I wallow in a pool of sacramental wine
Do not wake for my eyelids are glued with moonshine.

---

① François Cheng et Paul Claudel:Formes brèves:Petits poëmes(d'après le)chinois,2011 年 11 月 22 日在复旦大学外文学院举办的"跨文化的创造:程抱一国际研讨会"上宣读的论文。

第三章　唐诗法国传播的进一步发展：20世纪上半叶

回译成中文：

我迷失在一片白色之中　我沉迷于一池圣酒之中
不要醒来，因为我的眼睑粘着月光。

对卢纶的《塞下曲》也是一种重新创作。《塞下曲》原诗：

林暗草惊风，将军夜引弓。平明寻白羽，没在石棱中。

克洛岱尔拟作如下：
La Flèche
Le héros a tiré une fleche dans la nuit
Et le monde entier devant moi
Et toutes les armées sans nombre derrière moi pendant des siècles
Ne suffiront pas à la retrouver.

回译成中文如下：

《箭》
英雄在夜里引弓射出一箭
几百年来
在我之前的整个世界
以及在我之后数不胜数、所有的部队
都没能找到这根箭。

这首诗的英文版则是这样的：
The Arrow
Far far into the night the arrow
With the hero's great might has left the bow
Neither the whole world ahead of me
Nor countless multitudes behind me
Are able to find it ever.

回译成中文如下：

《箭》

英雄膂力过人 箭离弦而去

射入深远的夜

在我之前的整个世界

以及我之后数不清的人

都没能找到那根箭。

有的诗则很难找到原诗。比如这首无名氏的"double regard"：

A travers les branches devant moi j'ai cru voir des yeux qui me regardaient

Vite, je me suis précipité !

A travers les branches derrière moi je sais qu'il y a des yeux qui me regardent.

穿过前面的树枝，我相信自己看到了正注视着我的眼睛

快，我加快了速度！

穿过后面的树枝，我知道有人在看着我。

《拟中国诗补》只有法译文，不像《拟中国小诗》中有英译文。以张若虚《春江花月夜》为原本拟作，新题为《江上》(sur la rivière)：

Un seul nuage dans le ciel

Seule ma barque sur le fleuve

Voici la lune qui se lève

Dans le ciel, sur le fleuve

Il fait moins sombre dans le ciel

Il fait moins triste dans mon cœur.

空中飘着一片浮云

江上荡着一叶孤舟

月亮升起来了

挂在空中,映在江里

天空不再那么阴沉
我的心中也少了些忧伤

另有一首标明为张若虚的诗,却显然是克洛岱尔自己的创作:
J'ai Voulu Écrire
J'ai voulu écrire des vers
Mais ce saule,qu'il est vert!
J'ai voulu prendre mon pinceau
Mais ce printemps,qu'il est beau!

La métaphore commencée
Se dissout en réalité.

A peine née,cette odeur
D'une inaccessible fleur,

C'est mon amie à l'œil brillant
Qui l'écarte en souriant!

  我想写作
  我想写作诗行
  可这柳树多绿!
  我想拿起毛笔
  可这春天多美!

  隐喻开始了
  却已消散于现实。

  一朵抓不住的花
  还未发出芳香

是我那有着明亮眼睛的女友
微笑着把它挪开了!

对李白《陌上赠美人》的拟作也很特别,原诗:

骏马骄行踏落花,垂鞭直拂五云车。
美人一笑褰珠箔,遥指红楼是妾家。

克洛岱尔的拟作如下:
Jeuness
Ce jeune homme,qu'il est beau
Le voici qui part au galop!

A travers la vie,en avant!
Dans le soleil et dans le vent!

A travers le grand monde vide
En avant à toutes brides!

Sous les sabots de son cheval
Tourbillonnent les pétales!

Ça fait comme de la neige!
Il s'arrête.Où suis-je,où vais-je?

Mais alors il entend rire

Un rire de femme léger
A travers les fleurs de pêcher!

诗题为《青春》或《年轻人》,回译成中文如下:

这个漂亮的年轻人
跨上一匹好马出发了!

超越生活向前进!
在阳光里,在风中!

超越这硕大的虚空世界
风驰电掣一路向前!

四个马蹄
拍打着花瓣!

花瓣如雪花纷飞
年轻人停了下来。我到哪儿了,我要去哪儿?

这时他听到了笑声

一个轻浮女郎的笑声
穿过桃花传来!

再比如对宋词李清照《声声慢》:"寻寻觅觅,冷冷清清,凄凄惨惨戚戚"的拟作:

Désespoir
Appelle! appelle!
Implore! implore!
Attends! attends!
Rêve! rêve! rêve!

Pleure! pleure! pleure!
Souffre! souffre! souffre, mon cœur!
Encore! encore!
Toujours! toujours! toujours!

Cœur！cœur！
Triste！triste！
Existe！Existe！
Meurs！meurs！meurs！meurs！

回译成中文如下：

《绝望》
呼唤！呼唤！
哀求！哀求！
等待！等待！
梦！梦！梦！

哭泣！哭泣！哭泣！
痛苦！痛苦！痛苦，我的心！
还有！还有！
始终！始终！始终！

心！心！
忧伤！忧伤！
存在！存在！
死亡！死亡！死亡！死亡！

原诗仅三句，拟作却是一首独立而完整的诗，其创造和化用境界之高，谓之为纯然的创作并不为过。而这种直抒胸臆的作诗法，原本是受李清照词启发的，跟我国五四新文学运动的新诗创作颇有几分相似。而我国五四时期的新诗运动恰恰是在西方诗歌的影响下应运而生的。中西诗歌影响之交汇，古典与现代之混融，难分彼此，于此可见一斑。

另一位与中国文化深深结缘的法国当代诗人亨利·米修（Henri Michaux，1899—1984）在诗歌的形式上也有类似的创新。比如这首《链条》片段，形式与中国的回文诗有些相像：

孤独在溶洞中
溶洞在鼻子上
鼻子在脸上
脸艰难地打开

他的脸在悲哀中
悲哀在内部
内部、内部；内部在失望
失望在他的成分中

失望在心里
她心里，她内心，她身心
形成，再形成，皱纹
皱纹大量占据

死！还是死！
在外面死！死！死！①

克洛岱尔对中国古诗的拟作有一个共同特征：即其形式是中国的，而内容却依然是西方诗歌的血肉和躯体。在这些诗中，中国古诗的意象隐约可识，然而已经不是原来的那些，西方的思想和理念依然贯穿其中。与《玉书》的作者朱迪特·戈蒂耶和《玉笛》的作者弗朗兹·图桑有些相似的是，作为诗人的克洛岱尔以译成英法文的中国古典诗歌为他创作的灵感源泉，撷取中国诗的意象、故事或场景，以他本人的语言、思想和诗学，创作出了新的诗歌作品。这种诗歌，无论从其内容还是形式而言，都属于法国文学。这种诗歌，如同谢阁兰的《碑》，是融汇了中国文化、具有开创性、富于特色的法国诗。

---

① 转引自刘阳《米修：对中国智慧的追寻》，南京：南京大学出版社，2007，第 100—101 页。

第四节 阶段小结

将以上20世纪上半叶法国汉学家和中国留法学者所从事的唐诗法国传播情况作一比较,有以下特征:

第一,就研究学者的身份而言,20世纪上半叶从事唐诗法国传播工作的中欧学者身份差异显著。在本章第一节所介绍的四名欧洲学者中,有外交官汉学家苏利耶和业余汉学家拉卢瓦,职业汉学家仅来自俄罗斯的汉学家阿列克谢耶夫一名,另外弗朗兹·图桑并不懂汉语。从欧洲学术史的发展来看,这一时期从事唐诗传播研究的欧洲学者所具有的这些各异的特殊身份,反映了该时期欧洲汉学的发展阶段。这时期欧洲汉学家学者的不同身份和背景表现了20世纪上半叶法国汉学的发展情况。20世纪上半叶的法国汉学,承继了上一世纪法国汉学以1814年法国国家学术院(Collège de France)的成立为标志正式建立之后的发展,进一步从17、18世纪以欧洲传教士在中国的传教事业为基础的框架中脱离出来,但仍然没有完全脱离传教士汉学家的影响。如外交官汉学家苏利耶的汉语启蒙老师就是一名耶稣会传教士,属于由传教士培养起来的新一代汉学家。只有俄罗斯汉学家阿列克谢耶夫是职业汉学家,他以法国著名汉学家沙畹为导师,属于由职业法国汉学家培养起来的新一代职业汉学家。弗朗兹·图桑对中国诗歌的兴趣表现了20世纪上半叶法国文学界的"东方转向",他们转译中国古诗的作品弥漫着浓浓的"中国风"或者"东方风",表现了该时期法国读者对于富有东方风味诗歌的鉴赏口味和阅读期待。

与此相应,这一时期从事唐诗法国传播工作的中国学者则均为当时留法学生。从中国历史发展的角度来看,这批中国留法学生的身份和背景反映了这一时期在中国历史,尤其是中国人海外留学史上的特殊性。他们都于辛亥革命之后到法国留学,每个人在法国都有长达数年甚至十数年、数十年的留学经历,反映了辛亥革命尤其是新文化运动之后,在当时"西风美雨"的影响下,在新思想的熏陶下,大量年轻人经历了这场由受过西方教育的人所发起的文化革新运动,对西方和西方的科学知识充满向往,渴望到西方世界接受教育。他们由于各种机缘,纷纷负笈海外,形成了一股赴法"留学潮"。辛亥革命后,年仅16岁的曾仲鸣跟随三姐曾醒赴法留学,先在巴黎以南的蒙塔日城(Montargis)上中学,后进入波尔多大学、里昂大学学习;1921年,17岁的徐仲年以自费生资格赴里昂中法大学留学,先在中学学习,1926年入里昂大学文学院学习;1933年,24岁的罗大冈从北京中法大学文学院毕业,毕业考试成绩名列前茅,因获公费留法资格赴里昂中法大学留学。这批留法中国学生都在法国大学获得文学博士学位,学成回国后大多继续从事中法文学交流的工作,属于由中国和法国教育体制共同培养的从事中法文化研究的专家。就他们的背景与身份而言,他们和同一时期从事唐诗法语翻译和研究的欧洲学者是十分不同的。

第二,由于两者的学术背景和身份各异,他们在唐诗法语翻译和研究上的成果也有着很大的不同,各具特色。苏利耶的《论中国文学》书名为中国文学论集,但实际上书中真正论及中国文学的内容并不多,对唐代诗人和诗歌作品的选译极为零星。图桑的《玉笛》和拉卢瓦的《中国诗选》都是总体性的中国古典诗歌选译集,这两部作品无论在诗歌的选择上,还是在诗歌的翻译上,都尚未完全脱离19世纪几个中国古诗法译本如德理文《唐诗》和朱迪特·戈蒂耶《玉书》的影响;《玉笛》所受《唐诗》和《玉书》的影响尤为显著。跟《玉笛》比起来,克洛岱尔的拟中国诗作更属于法国诗人在中国古诗法译基础上的创作而远非诗歌翻译,是直接归属于法国文学的作品。阿列克谢耶夫的《论中国文学》是唯一专门的中国文学论著,但并非专门的唐诗论著,唐诗在其中只是作为论据为作者所提及和引用。从整体而言,20世纪上半叶欧洲学者的唐诗法语翻译和研究成果表现为零散地分散在中国文学论集、中国古诗选集、诗歌创作等各种类型的作品中,既缺少具体的唐诗选译集,专门的唐诗研究论著也告阙如。这表明20世纪上半叶欧洲学者的唐诗法语翻译和研究作为一个专门的学科研究方向尚未获得独立性,研究成果自然无法系统化。

相形之下,20世纪上半叶中国留学生学者在唐诗法语翻译和研究的成果可谓斐然,呈现了众花齐放的初步繁荣面貌:既有系统的中国诗文选集(徐仲年的《中国诗文选:自起源至今》)、专门的唐代诗选集,包括曾仲鸣的《冬夜之梦:唐人绝句百首》和罗大冈的《唐绝句百首》,也有中国诗歌史论著如曾仲鸣的《中国诗歌史》,还出现了专门的唐代诗人论著。在这批留法学者的努力下,在20世纪上半叶,唐代最著名的四位诗人李白、杜甫、王维和白居易的法语专门论著都已具备:徐仲年的《中国古代诗人杜甫》《论李白》、罗大冈的《诗人白居易的双重灵感》和刘金陵的《诗人王维》。其中后三部以及曾仲鸣的《中国诗歌史》分别是这四位留法学者在法国大学的博士论文,是他们在法国大学多年接受高等学位教育的成果展示,是他们多年中西文化知识和智慧融合的结晶,从而保证了这些专著的高度质量。20世纪上半叶,尽管留法中国学者只是初涉唐诗法语翻译和研究这一事业,却从一开始就表现出了极强的积极性和主动性,他们的研究成果已经粗具规模。

第三,欧洲学者和中国留法学者的研究方法各异。这也是中西学者从事汉学研究一个十分突出和明显的差异。分别表现了各自学术背景的研究方法和特征。由于这方面的研究具有较强的专业性,因此在这个比较分析中,欧洲学者主要以俄罗斯汉学家阿列克谢耶夫为例子,与曾仲鸣等五名留法中国学者的唐诗法译和研究进行比较。阿列克谢耶夫从事中国古代文学的研究,运用了西方的理论和术语,这尤其突出地表现在他以精神病理学理论和术语"phantasme(幻想,空想)"和"fantaisie involontaire"(不由自主的想象)来概括中国传统文学兼具的儒家和道家思想倾向。另外,以哲学和宗教思想为切入点是几位欧洲汉学学者对包括唐诗在内的中国古典文学研究方法上的共同特征。跟阿列克谢耶夫一样,其他几位法国学者包括苏利耶和拉卢瓦同样站在欧洲学者的立场,从欧洲的传统学术理论出发,对包括唐诗在内的中国古典文学进行解读和观照。

中国留法学者的唐诗法语研究在方法上则表现了中国传统治学方法与西方研究方法的适当结合。如曾仲鸣的《中国诗歌史》在体例和内容上都具有明显的中国传统诗歌论著特征,由中国诗歌的起源逐步述及作者所生活年代的当代诗歌,每一章内容以该时代的著名诗人为纲,基本勾勒出了诗歌的演进和发展线索。其中的主要观点,如对唐代诗歌的分期,秉承了中国明代学者高棅在《唐诗品汇》里对唐诗的分期(即初、盛、中、晚四个阶段)标准。徐仲年的《中国诗文选:自起源至今》在体例和唐诗分期上具备相同的特征。同时曾仲鸣也借用了西方的研究方法,如承续了19世纪法国文学评论家蒙太古将中西相同或相似主题诗歌对举的方法,徐仲年则适当借鉴了当时法国汉学家的唐诗研究成果,同时也注意适当以西方诗歌作为他唐诗研究的参照。他的《李白研究》对李白所生活的时代以及自秦朝以来至盛唐疆域的形成作了非常具体而周详的介绍,同时十分注意严密的考证工作,比如对李白出生地的考证等,使得这部《李白研究》逻辑严密,具有很强的说服力,是一部考据扎实、论证严密的学术著作。这些都表明,当时留法中国学者从事唐诗法语研究,在研究方法上有意识地将中国传统治学方法和西方研究方法适当结合起来,表现了这些留法中国学者对在西方所受教育优点和长处的吸收。

第四,研究方法的不同直接导致了两者的研究成果也有明显的不同。阿列克谢耶夫从注重宗教哲学思想的西方角度出发,注意到中国传统文学"幻想"和"想象"的双重性,即儒道两家作为中国本土哲学思想在中国传统文学中的浸透和表现,同时指出源自印度的佛教思想也在中国文学中打上了深深的印记,带有这种宗教思想倾向的中国诗歌,例如僧人诗人贯休和皎然的诗一旦得到翻译,将会受到欧洲读者的喜爱。同样,苏利耶对白居易《题海图屏风》一诗做出了独特解读,认为在他的诗中包含着同时代其他中国诗人所罕见的一种独特探求。拉卢瓦认为李白的诗歌天才在于卓越的想象力,而用虔敬(la piété)、精确(la précision)、丰富(la plénitude)和感性(la sensibilité)来分别概括刘希夷、王维、杜甫和孟浩然的诗歌风格。这都是欧洲学者从其独特的研究理论出发对唐诗和唐诗人所作的独特解读。

当时留法中国学者的唐诗法语研究成果则有着鲜明的特色。首先,20世纪上半叶留法中国学者的唐诗法语研究成果具有鲜明的时代特色。曾仲鸣在《中国诗歌史》中强调了中国诗歌的两个突出特征:和平主义和爱国主义,抒写了那个战乱年代爱国文人对和平与爱国的呼吁。徐仲年的杜甫研究同样具有这个特征。徐仲年认为,杜甫书写和记录了动荡时代人民的苦难,他的三吏三别是经历了安史之乱的人民苦难的见证,因此当得起"古典诗人"的称号;即使在20世纪20年代古典形式受到激烈批判的新文化运动中,杜甫却受到比以前更多的尊重,甚至被尊为"诗人中的完美者",这跟杜甫诗作为"史诗",符合儒家的理想道德标准密切相关。其次,20世纪上半叶留法中国学者的法语唐诗研究成果表现了对中西同类文学的比较观照,得出了一些创造性结论。曾仲鸣通过借用蒙太古将具有相同或相似主题的中西诗歌作品对照的方法,展现了中西诗歌在一些共同人生主题上的相通性,表现了中西诗人在面对相同的人生难题时相同或相似的困惑。罗大冈更是大胆地提出,李贺在中国诗坛上的地位就像法国象征派诗人儒勒·拉福格(Jules Laforgue,1860—1887)、洛特雷阿蒙(Comte de Lautréamont,1846—1870)或兰波(Arthur Rimbaud,1854—1891),都是少年反叛者。他们的诗具有共同特征,即都有着奇异的美,就像一条热带蛇,身上的彩皮藏有剧毒。罗大冈将李贺与法国象征派诗人联系起来的观点受到后来法国汉学家的认可和继承,他们继续在法国推进李贺诗歌的现代性研究。

另外,从对唐诗的选择和翻译来看,20世纪上半叶中法学者的唐诗法译作品也具有明显的区别。上文已经提到,图桑的《玉笛》受德理文《唐诗》和朱迪特·戈蒂耶《玉书》影响明显。苏利耶和拉卢瓦两部作品在对唐诗的选择上,带有作者本人强烈的主观倾向性,他们对唐诗的选择带有较大的选择性。如苏利耶对杜甫、李白、白居易、王维等诗人作品的译介,拉卢瓦对九名唐代诗人作品的译介,很多都不是中国学术界传统所认定的诗人名作、代表作,或中国唐诗选集一般会选入的作品,一些作品对中国大众读者而言甚至是比较陌生的,如胡令能的《小儿垂钓》。而中国学者在唐诗的选择上表现出了遵循国内传统研究公论的特征,他们主要结合诗人的名声和作品的代表性来选择。这种不同主要是由于中法双方学者对中国学术界对于唐诗的传统研究熟悉程度的不同造成的。同时,中国学者在对唐代诗人及其作品的选择上也没有忘记结合当时西方学术界对唐诗发现的动态,如徐仲年对王梵志诗歌的介绍。从翻译的角度而言,这一阶段从事唐诗法译的中国留学生译者,在唐诗的选择上遵循中国学界的传统论定,在翻译上则一般是意义和形式相结合,既重视译文对于原诗意义的忠实呈现,同时在译诗的形式上也重视跟原诗相接近,因此译文显得简洁和中规中矩。他们的译文更近于一种"义释",但可能缺少一种"诗味",也就缺少可发挥的空间。而这一时期那些并非职业汉学家的法国学者,在翻译上却表现出了更多供他们自由发挥的空间,译文呈现出了多样化的特征,也给读者提供了更多想象的余地。例如苏利耶对白居易《松声》一诗的翻译,以及图桑整部《玉笛》,都是这方面极好的例子。

因此,由于20世纪上半叶的中欧学者在唐诗法译和研究的不同层面上做了各自的努力,其所做的贡献也是各个有别,但又是相互补益的。相对而言,这一时期欧洲学者的研究点散而成果面广,分别在唐诗概观、唐代主要诗人作品浏览以及唐诗作为法国诗歌创作的灵感和源泉方面为法国读者贡献了十分优秀的作品。就唐诗在西方的传播而言,唐诗作为法国现代诗歌创作的灵感和源泉如克洛岱尔的中国古诗拟作或许更有利于唐诗在西方大众读者中的传播和影响。朱迪特·戈蒂耶的《玉书》和图桑的《玉笛》已经充分证明了这一点,克洛岱尔的作品更是法国现代诗歌史上的隽永之作。中国留法学者则以更集中和专业的方式,向法国读者贡献了中国诗歌史、某一固定诗体(绝句)的唐诗选以及主要唐代诗人(李白、杜甫、白居易、王维)的专门论著,为20世纪下半叶法国汉学进一步推进对唐诗的研究打下了扎实的基础,提供了比较完备的参考资料。

2006年,法国汉学家、中国古典文学研究专家费迪南·斯多西斯(Ferdinand Stoces)在其中国古诗选集《莲山雪》的引言中指出,"博学的汉学家拉卢瓦、罗大冈……都对推进中国诗在法国的传播做出了贡献"[1],对20世纪上半叶中法学者对唐诗法国传播的贡献做出了肯定。因此,这一时期唐诗法国传播的发展情景由欧洲学者和中国留法学者以相互区别的方式,共同努力和构建;他们的研究成果于唐诗在法国的传播则是相互补益的。他们的优异成绩为20世纪下半叶唐诗法语翻译和研究的进一步繁荣奏响了先声。

---

[1] Ferdinand Stoces, *Neige sur la montagne du Lotus, Chants et vers de la Chine ancienne*, Paris: Éditions Philippe Picquier, 2006. p.11.

第四章
唐诗法国传播的繁荣:20 世纪下半叶

20 世纪下半叶,中华人民共和国成立后,法国戴高乐政府于 1964 年与我国建立外交关系,极大地促进了两国之间政治、经济和文化领域的友好往来,法国的汉学研究也再次获得了生机,蓬勃发展。当时有一批年轻的法国学子来中国学习汉语和中国文化,他们回国后,大都在法国各个汉学教学和研究机构中担任重职,成为法国汉学研究的骨干力量。尤其是 20 世纪 70 年代末中国改革开放政策实施以来,西方再度出现了汉语热、中国热,法国汉学更是取得了长足的发展。在这一时期的法国汉学研究中,中国古典诗歌的翻译占有重要的一席之地,唐诗法国译介和研究呈现出了全新的面貌。各类译著和著述如繁花盛开。根据这一阶段唐诗法国译介和研究作品的丰富类别,对其进行分类,并陈述其概貌如下。

第一节 中国古诗选集和唐诗选集

按照其出版年代的先后略述如下:

1.帕特西亚·吉耶尔马的《中国诗歌:自起源至今》(1957;1966 年重印)①,这是一部历代诗歌集,收入了自舜帝的《南风歌》(片段)直至郭沫若、徐志摩、闻一多和艾青等现代诗人的诗歌。选译了 52 名唐代诗人的 113 首诗。帕特西亚·吉耶尔马十分看重白居易,认为在名扬欧洲的诗人中,除了李白和杜甫以外,白居易有着独特的位置。白居易的独特性在于其诗歌风格的朴实以及诗人对小人物的关爱。在本诗集中,选诗最多的唐

---

① Patricia Guillermaz, *La Poésie Chinoise: Anthologie des origins à nos jours*, Paris: Éditions Seghers, 1957.

代诗人正是白居易：共 26 首，其次是李白：22 首（包括《静夜思》《送友人》《行行游且猎篇》《送孟浩然之广陵》《乌夜啼》《月下独酌》《山中问答》等名篇）。杜甫诗只选 6 首（《悲陈陶》《兵车行》《前出塞》（其三"磨刀呜咽水"）、《石壕吏》《春夜喜雨》《房兵曹胡马》），王维诗 5 首（《送别》《竹里馆》《杂诗》《欹湖》和《渭城曲》）。所选唐诗占本书全部诗选的四分之一。有一些比较少见的诗选入：如梅妃、崔莺莺、李群玉、郭震、曹邺、苏拯、徐凝、刘驾、薛逢、宣宝等诗人的诗。所选的 16 首绝句跟罗大冈的《唐绝句百首》有一些重复。译文跟罗大冈的译文也有几分相似。如贺知章《回乡偶书》：

Retour au pays natal

Jeune, je quitte mon village; vieillard, j'y reviens.

Mon accent n'a pas changé, mes cheveux sur les tempes grisonnent de plus en plus.

Les enfants me voient et ne me connaissent pas.

Ils me demandent, en riant:《D'où viens-tu, voyageur?》（罗大冈译）

Retour au pays

Jeune, j'ai quitté ma maison, vieillard, j'y reviens.

Mon accent est le même mais mes tempes sont grises.

Mes enfants me regardent sans me reconnaître

Et demandent en souriant d'où vient l'étranger.（帕特西亚·吉耶尔马译）

在帕特西亚·吉耶尔马的译文中，"儿童相见不相识"的"儿童"译成了"我的孩子"（mes enfants），加剧了原诗"相见不相识"的悲感。

又如《竹里馆》：

Maison dans l'allée aux bambous

Seul, assis parmi les bambous solitaires,

Je joue du luth et siffle longuement.

Profonde est la forêt, personne ne m'entend,

Vient la lune blanche qui m'éclaire.（罗大冈译）

La demeure dans les bambous

Assis dans les bambous tranquilles,
Je joue du luth et chante à pleine voix.
Au fond du bois, ignoré des hommes,
Seule la lune vient m'éclairer.(帕特西亚·吉耶尔马译)

2.戴密微主编的《中国古典诗集》(1962;1982年出版口袋本)①。法国汉学家戴密微组织了包括桀溺(Jean-Pierre Diény)、帕特西亚·吉耶尔马(Patricia Guillermaz)、吴德明(Yves Hervouet)、安德烈·铎尔孟(Andre d'Hormon)、康德谟夫妇(Odile Kaltenmark and Max Kaltenmark)、梁佩贞、李治华在内的16位法国汉学家和中国学者翻译中国古诗,其中收入了40名唐代诗人的99首诗。李白选诗为数最多,22首(包括《长干行》《蜀道难》《春日行》《对酒》《将进酒》《宣州谢朓楼饯别校书叔云》《黄鹤楼送孟浩然之广陵》《玉阶怨》《早发白帝城》《陌上赠美人》);其次为白居易,选诗10首(《观刈麦》《卖炭翁》《新丰折臂翁》《长恨歌》《红鹦鹉》《夜间歌者》《潜别离》《别元九后咏所怀》《以镜赠别》《醉中对红叶》);杜甫、王维和韦应物并列第三,分别选诗7首(杜甫:《闻官军收河南河北》《梦李白》(二首)、《登高》《茅屋为秋风所破歌》《曲江》(二首)、《旅夜书怀》《自京赴奉先县咏怀五百字》;王维:《送别》《山居秋暝》《洛阳女儿行》《渭川田家》《竹里馆》《鸟鸣涧》《山中》;韦应物:《寄全椒山中道士》《答畅校书当》《有所思》《同越琅琊山》《咏玉》《咏珊瑚》《上方僧》)。选诗精当,翻译规范、严谨(每首诗的译文都先经过第一位译者翻译,再经另一位专家修订),既讲究在意义上尽量与原诗对等,同时也重视译文在形式上尽量保持诗的形式。这部中国古诗法译集是十多位汉学家学者的集体智慧结晶和劳动成果,凝聚着他们的心血,受到法国汉学家的赞许和推崇:费迪南·斯多西斯在《莲山雪》中提到,"汉学家的这种努力随着1962年由戴密微负责编译的《中国古典诗集》的出版到达了一个顶点……这部诗集是一部权威之作"②,堪称中国古诗法译集的一个"范本"。

戴密微在本诗译集中通过一篇序言对中国古诗作了论述。他认为,诗歌之所以在中国拥有优越的地位,原因之一是汉语的固有属性:汉语词的

---

① Paul Demiéville, *Anthologie de la poésie chinoise classique*, Paris: Éditions Gallimard, 1962.
② Ferdinand Stoces, *Neige sur la montagne du Lotus*, *Chants et vers de la Chine ancienne*, Paris: Éditions Philippe Picquier, 2006. p.12.

Paul Demiéville(1894—1979)

单音节性使这种语言富有节奏,本身带有格律,非常适于诗歌的形式①。同时,这种单音节性也使汉字具有模糊而丰富的内涵,这同样有利于诗歌艺术②。他说,一首五言绝句中的"每个音节本身就是一个世界,是一个充满了放射性含义的语言单位",能够"触及美学的敏感性",这是西方的心理学和生理学所无法企及的。中国诗通过一种奇妙的艺术再现了人类的全部生活:这种艺术的表现手法严谨而精巧。透过那些含义具体的词语,读者能够发现从人类心灵深处发出的超越语言的低沉回响,能够在一个宁静、纯朴、悠逸的世界里发现自我。与中国诗歌比起来,其他一切诗歌似乎都有些过于啰唆③。

3.克洛德·华的《中国诗歌宝库》(1967)④。选译从汉代至元代的中国古诗,唐诗选译了:白居易11首,李白8首,杜甫8首,王维5首,杜牧2首,张籍1首(《节妇吟》)、李商隐1首("相见时难别亦难"),李煜1首。

---

① Paul Demiéville, *Anthologie de la poésie chinoise classique*, Paris: Éditions Gallimard, 1962, Introduction, p.12.
② 同上,p.13.
③ 同上,pp.36-37.
④ Claude Roy, *Trésor de la poésie chinoise*, Paris: Le Club du Livre, 1967.

戴密微《中国古典诗集》书影(1962)

克洛德·华通过长达53页的引言"论我对中国诗人的无知"(Essai sur mon ignorance des poètes chinois)表达了他的中国古诗观。作者热烈地表达他对中国诗歌的热爱:"在所有不可能但却明显的爱中,在被精神视为荒唐、而心却明确感受到火焰的爱中,对一个法国人来说,最不可能、最荒唐的或许就是对中国诗歌的热爱。我承认我就是这个疯子,一个荒唐的人,一个好幻想却注定失望的情人,我十分幸福,却又完全不感到满足:我爱她爱了很多年,尽管存在着时间和空间、文化和传统、语言和文字上几乎不可逾越的障碍,我爱最不可翻译(la plus intraduisible)、最不可传达(la plus intransmissible)的诗歌,就是李白、王维、白居易和陆游的诗。"①克洛德·华指出,当李白写下《江上吟》这首诗的时候,法国受到萨拉赞人(les Sarrazins)的侵略,摩洛温王朝的国王宝座在觊觎王位者之间争夺着,罗马

---

① Claude Roy, *Trésor de la poésie chinoise*, Paris: Le Club du Livre, 1967, pp.2-3.

受到蛮族人的包围,拜占庭正经受着剧烈的叛乱,伊斯兰则因叛乱和宫廷斗争而摇摇欲坠。在当时的西方诗歌中,只有用拙劣的拉丁语写成的诗句。直到 881 年才出现第一首由通俗法语写成的诗。在中世纪著名文化学家乔治·洛特(Georges Lote)看来,法国最早的诗歌作品只不过是"勉强拼凑的音节,形式平庸、呆板,没有广度"①,然而同一时代的中国诗却成为古典诗的黄金时代。他以《江上吟》这首被翻译了多遍的李白诗歌为例,说明不同译本在不同时代、不同译者翻译之下的演进:这几个译本包括朱迪特·戈蒂耶的《玉书》(1867)、罗大冈《首先是人,然后是诗人》(1948)、夏尔斯·勒普莱(Charles Leplae)在布鲁塞尔高等研究学院 R. P. Van Durme 教授帮助下的译本(1945)。在这三个译本中,李白原诗从朱迪特·戈蒂耶译文的 53 个法文词,到罗大冈译文的 143 个词,发展到了夏尔斯·勒普莱译文的 196 个词②。除了李白,克洛德·华在引言中还重点介绍了中唐诗人白居易,称其为描写中国农民生活的卓越诗人(le poète par excellence du paysan chinois③)(白居易是本诗集收入诗歌最多的唐代诗人)。

4. 程抱一的《中国诗语言研究——附唐诗选》(1977)④。此书的主体部分为中国诗歌语言研究论文,在论述后面附有 87 首唐诗。程抱一以其对中国诗语言的理论认识指导其翻译,具体方法为首先将中文原诗以逐字对应的方式,找出对应的法语译文,即所谓"mot à mot"(逐字译、直译)的译法,然后再重新用法语组织为诗句。1978 年,艾田伯认为,程抱一的这种译法有益于传达中文原诗的简洁,而这一点尤其吸引"外行"("profanes")的法国读者⑤。

5. 胡品清等人的《中国智慧和诗》(1981)⑥,共选译 17 名唐代诗人的

---

① Claude Roy, *Trésor de la poésie chinoise*, Paris: Le Club du Livre, 1967, p.8.
② 同上,p.12.
③ 同上,p.34.
④ François Cheng, *L'écriture poétique chinoise, suivi d'une anthologie des poèmes des Tang*, Éditions du Seuil, 1977. 该书与程抱一的另一部著作《虚与实:中国画语言研究》已由涂卫群译成中文,合成一部《中国诗画语言研究》,江苏人民出版社,2006。另参见蒋向艳《程抱一的唐诗翻译和唐诗研究》,上海:华东师范大学出版社,2008。
⑤ *Colloque sur la traduction poétique*, Paris: Gallimard, 1978, p.273.
⑥ Pierre Seghers, par 胡品清, M.-T. Lambert et Pierre Seghers, *Sagesse et Poésie chinoises, miroir du monde*, Paris: Éditions Robert Laffont Paris, 1981.

31 首诗。其中李白选诗最多,为 9 首(《送友人》《边城儿》《陌上赠美人》《金陵酒肆留别》《送孟浩然之广陵》《越中览古》《月下独酌》《对酒》《襄阳歌》);杜甫诗仅 2 首(《旅夜书怀》《兵车行》)。除了李杜,还选了张九龄、王翰、孟浩然、王维、玄宗、江妃、岑参、白居易、张籍、柳宗元、李商隐、郑谷、薛逢、刘驾和陈陶等唐代诗人的诗。本书配有来自吉美博物馆亚洲部的敦煌壁画彩图,十分美观。

"中国人或许是世界上最为勇敢的民族。他们的诗闪耀着这种勇敢;它反映了'承受的艰难欲望',但这不是文学!"①在对中国传统文化的看法上,作者认同程抱一的看法,认为每个诗人都是一个既成的书法家。书法是一种跟绘画相同的艺术:完整地画汉字,或者画雪中的竹子。所有的艺术似乎都蕴含在词语中:音乐和声音不可分,寂静、喜剧的一些东西和美的所有来源,能够引起读者想象力的地方。而西方则没有这样一种相互渗透的艺术。一位中国文人是一个阅读和思考的贤者。为了解释中国诗的丰富性,译者举了李商隐《锦瑟》里的两句诗"庄生晓梦迷蝴蝶,望帝春心托杜鹃"。说明中国诗富含的隐喻和意义的丰富性:要理解诗意必须懂得诗句中隐藏的丰富暗喻和典故。象征和主题,对中国人是家常便饭,对西方人却显得神秘。西方人若不懂"红尘"指中国人所生活的这个世界,"东风"是春天感性的微风,就不能理解诗的整体。

6.保尔·雅各的《权力空位:唐诗》(1983)②。译者按照《全唐诗》的年代顺序,介绍了 48 名唐代诗人,共选诗 147 首(李白 24 首,王维 18 首,杜甫 10 首,杜牧 8 首,李商隐 7 首)。作者认为要到每位诗人的诗中、而不是他的生平中去了解每位诗人的真实情况,故对诗人生平的介绍一般比较简略,重在呈现诗人们的诗。

保尔·雅各认为:"在中国文学艺术史上,唐代是古典主义时代。古典主义的现实,处于基础与形式之间的平衡,两者都是受限制的,人们承认它自然地得到了一种语言或人们认为已经确定成熟了的技巧。艺术既不过于年轻,也不过于年老,其物质既不过于富有,也不过于贫乏。这种古典主

---

① Pierre Seghers,par 胡品清,M.-T.Lambert et Pierre Seghers,*Sagesse et Poésie chinoises*,*miroir du monde*,Paris:Éditions Robert Laffont Paris,1981.Préface par M.-T.Lambert,p.10.

② Paul Jacob,*Vacances du pouvoir:Poèmes des Tang*,Paris:Éditions Gallimard,1983.

义到处都存在,能让人想起我们的艺术来。在书法、诗歌和绘画上都是如此。"①

《权力空位:唐诗》书影(1983)

保尔·雅各指出了唐诗语言的突出特征:简洁。中国人对这种简洁十分敏感,而对一名西方读者来说,要读懂中国古诗则必须懂得象征和意象的含义。在大自然、友情和人文主义和伊壁鸠鲁主义这四大主题的唐诗中,都有一种倾向于忧伤(la tristesse)的向度,十分多样化和跌宕起伏。然而快乐来自所有成功的艺术,所有成功的艺术事实上都是生活的消遣。中国诗天然是象征主义的,象征是中国古诗的关键和核心。没有象征,诗歌便失去了力量和效果。象征并不是由诗人创造出来的,而是事先就存在的。

---

① Paul Jacob, *Vacances du pouvoir*: *Poèmes des Tang*, Paris: Éditions Gallimard, 1983, Introduction, p.20.

7.《空山》①(1987)。这是一部中国古诗选集,译者选择了从3—11世纪的中国古典诗歌。与本诗集的主题"空山"以及译者认为诗是一种"瞬间的玄学"相应,译者在书中收入了大量与山有关的诗,包括禅诗和具有玄学倾向的诗。收入了21名唐代诗人的99首诗。在唐代诗歌部分首先选入的诗人就是寒山,选译其诗15首,在选入本诗集的唐代诗人中,寒山的选诗数居第三位。李白是选诗最多的,24首(其中绝句16首,律诗4首,篇幅略长的包括《宿清溪主人》《下终南山过斛斯山人宿置酒》《古风》(其四十一)、《月下独酌》);其次是王维,19首(其中绝句14首,律诗5首)。其他诗人选诗均为十首以下:李贺选诗7首,李商隐选诗4首,而杜甫诗仅选两首:《望岳》和《绝句》。译者在前言中指出,诗之"道"在于唤起在一切

《空山》书影

---

① Patrick Carré et Zéno Bianu, *La Montagne vide*, "Spiritualités vivantes", Série Taoïsme et Bouddhisme, Paris:Éditions Albin Michel S.A.,1987.

逻辑概念化之外的一种真实情感。诗沉思大自然一个简单的瞬间。中国诗是对世界的一种精细反射和描绘。唐代的伟大诗人既不描绘主体,也不描绘客体,而是同时构建风景的存在和存在的风景。译者认为,要读懂异常简洁的中国古诗,就要求读者有充分的感受性。读者需将自我内化到诗中去,听诗人喃喃地言说。加斯东·巴什拉(Gaston Bachelard)说,"诗是一种暂时性的形而上学……在一首短诗中,应该同时展示宇宙的视野和一个灵魂、一种存在和事物的秘密"[1],荷尔德林更是明确地说,"独特的事物和一切形成了一个单一的活动整体"[2]。这种诗经常使用"明月""蓝雾""忘言""远岸"等词,是万花筒里的闪光点,闪着出人意料的光芒。中国诗人将一堆意象组合起来,固定为一种瞬间的独特性。

8.法国汉学家郭幽(Maurice Coyaud)的《向中国告别》(1989)[3]。这部

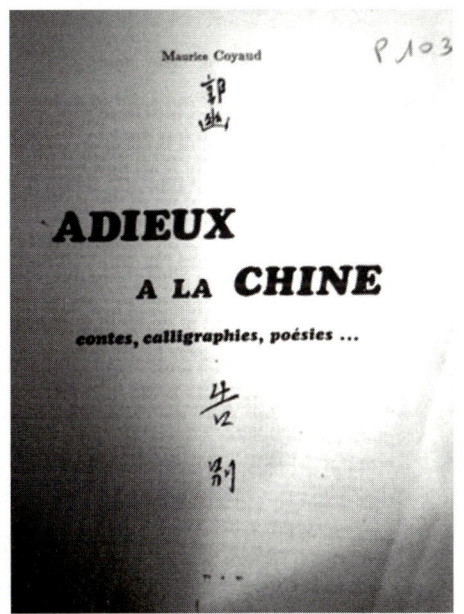

郭幽《向中国告别》书影

---

[1] Patrick Carré et Zéno Bianu, *La Montagne vide*, "Spiritualités vivantes", Série Taoïsme et Bouddhisme, Paris:Éditions Albin Michel S.A., 1987, p.13.

[2] 同上,p.13.

[3] Maurice Coyaud(郭幽), *Adieux à la Chine:contes, calligraphies, poésies…*, Paris:P.A.F. 1989.

集子的主体内容是中国古代故事、传奇和小说,如梁山伯和祝英台、牛郎织女以及一些少数民族(包括苗族等)的传说故事,以及中国四大名著《西游记》和《红楼梦》的片段。作者为这些故事和小说中配上插图,形式颇为活泼生动,如《西游记》配以猪八戒、孙悟空的图像,甚至插入连环画的形式。中国古诗是作为这些主体内容的点缀,且以不同的书法形式、以中法文对照的形式呈现。其中包括唐诗王维的《山居秋暝》《竹里馆》《临湖亭》《鹿砦》《鸟鸣涧》《田乐园(七首之五)》《六言绝句》《息夫人》《白石滩》《山中》、李白的《题峰顶寺》、李贺的《马诗》23首之18、《马诗》之14、《出城寄权琚杨敬之》《巴童答》《昌谷园读书示巴童》、白居易的《醉中对红叶》《登鄂州白雪楼》和李益的《天津桥南山中》。

9.法国著名汉学家、中国古典文学研究专家班文干的《给一名即将去中国的姑娘的一封信》(1990)①。此书以一封给一名即将去中国的姑娘的饶有风趣的书信组成,表面上是在建议她去中国应该采用何种交通工具和方式(作者幽默地提出了坐火车、坐飞机甚至骑驴去中国的建议),最后才揭开作者自设的这个谜语的谜底:要去中国"旅行",并不需要亲自踏上中国的国土,而是可以像英国汉学家亚瑟·韦利那样,在自己的房间里阅读中国的书籍;而阅读中国古诗,则可以帮助人们(西方人)培养智慧,以更好地生活。在信中,他比较详细地译介了孟浩然《春晓》、李白《静夜思》《早发白帝城》《怨情》《题峰顶寺》、张继《枫桥夜泊》、王维《渭城曲》《竹里馆》、王昌龄《宫怨》、王翰《凉州词》、杜牧《赠别》《山行》、贾岛《寻隐者不遇》、杜牧《南陵道中》、孟浩然《宿建德江》、钱起《题崔逸人山亭》、张九龄《自君之出矣》、崔护《题都城南庄》十八首绝句和杜甫《春望》这一首律诗,并在译介后分别为这些诗附上了不同译者的译文,如为《春晓》附上了徐松年、罗大冈、马古礼耶斯、Tch'en Yen-hia、程抱一、帕特里克·卡雷(Patrick Carré)和泽诺·比亚尼(Zénu Bianu)、帕特西亚·吉耶尔马的法译文以及许渊冲英译文等八种译文,为《静夜思》附上了德理文、罗大冈、马古礼耶斯、程抱一、帕特西亚·吉耶尔马的法译文以及宾纳(Witter Bynner,1881—1968)、艾米·洛威尔(Amy Lowell,1874—1925)、阿瑟·库柏(Arthur Cooper)、小畑健(Obata Takeshi)等九种不同的英译文。

---

① Jacques Pimpaneau,*Lettre à une jeune fille qui voudrait partir en Chine*,Paris:Éditions Philippe Picquier,1990,1997.

班文干认为,中国诗人寻找意义最密集的语言,而从不使用虚词;诗句的逻辑联系只能通过词语的位置来确定,使得诗意的模糊性比散文更为普遍,而这正是诗的魅力之一:这使得对诗的多种解读成为可能。比如,李白《静夜思》的前两句诗"床前明月光,疑是地上霜"的主题是含糊的:主题到底是月光还是霜呢? 这种含糊性正是中国诗最主要的活力之一。

10. 程抱一的《水云之间——中国诗再创作》(1990)①,共收入了110首唐诗、14首唐词、8首宋诗、12首宋词和73首现代诗。在这110首唐诗中,有87首已见于《中国诗语言研究》的"唐诗选"部分;14首唐词中,3首已见于《中国诗语言研究》。这些唐诗法译基本上是对程抱一1977年著作《中国诗语言研究——附唐诗选》的延续。

11. 克洛德·华的《窃中国诗者》(1991)②。书中的中国古诗以唐诗为主(也包括古诗十九首和陶渊明诗),具体诗人为六位:王维、李白、杜甫、白居易、李商隐和温庭筠。在唐代诗人中,作者首先译介王维的诗,所译介的唐诗亦以王维选诗为最多,共34首(其中包括《辋川集》二十首,不包括重复翻译的诗),以及一篇散文《山中与裴秀才迪书》。可见作者对这位诗人的重视。李白选诗9首,包括《子夜四时歌》《春日醉起言志》《乌夜啼》《访戴天山道士不遇》《月下独酌》《将进酒》《听蜀僧浚弹琴》。杜甫诗11首,包括《客至》《潜兴("下马古战场")》《茅屋为秋风所破歌》《绝句》《兵车行》《石壕吏》《春夜喜雨》。白居易诗11首,包括《仙游寺独宿》《朱陈村》《花非花》《寄远》《冬夜》。李商隐诗7首,包括《锦瑟》《柳枝五首》《无题》("相见时难别亦难")》《夜雨寄北》《无题》("昨夜星辰昨夜风""来是空言去绝踪""飒飒东风细雨来")。温庭筠诗7首,包括《早秋山居》和《利州南渡》。

有意思的是,不知是有意还是无意,克洛德·华为某些诗提供的译本,有时候不止一种。如他为王维《山居秋暝》这首诗提供了两个不同的译本。《山居秋暝》原诗为:

空山新雨后,天气晚来秋。

---

① François Cheng, *Entre Source et Nuage, La poésie chinoise réinventée*, Paris: Éditions Albin Michel S.A. 1990.

② Claude Roy, *Le Voleur de Poèmes Chine*, Paris: Mercure de France, 1991.

明月松间照,清泉石上流。
竹喧归浣女,莲动下渔舟。
随意春芳歇,王孙自可留。

两种译文分别如下:

译文一:

Un air de printemps

La pluie nouvelle mouille la colline.

Le crépuscule est un petit automne.

La lune brille entre les pins.

Le torrent est clair parmi les rochers.

A travers les bambous

j'entends rire les lavandières

qui reviennent à la maison.

Le parfum du printemps inspire puis expire.

Comment le retenir avant qu'il ne s'échappe?

译文二:

Dans la montagne,l'automne,le soir

Vent qui bat la montagne après l'averse froide.

Air frais d'automne à la tombée du jour.

Lune claire à travers les pins.

L'eau claire sur les galets.

Bambous froissés:les lavandières qui reviennent.

Nénuphars qui dansent sur l'eau:le pêcheur ramène la barque.

Les odeurs du printemps sont évaporées

Qui les retrouvera? Le silence du cœur?

两种译文对原诗最后两句"随意春芳歇,王孙自可留"均采取了转换意义的译法。如将法译文回译成汉语,译文一就是:"春天的香气散发,随即消散。在它消逝之前如何将它留住呢?"译文二:"春天的芳香消散了。谁将它找回来呢? 寂静的心吗?"也就是说,译文忽略了原诗"王孙自可留"中的主人公"王孙",而将关注的重点依然落在前一句的主要事物,即"春芳",春天的芳香上。两种译文对原诗最后一句的翻译均采用了疑问的句式,这种句式本身体现了译者对该诗诗情的主体投入和观照。也可以说,这是一种"移情"的作用:将译者的情感移入他所译的诗中。这样,译诗不仅仅是"译诗"而已,而是译者主动参与这首译诗的完成。不仅仅如此,译者似乎感到他的思绪和情感不足以通过一首译诗体现和反映出来,故慷慨地为读者贡献出了两种译文,似乎这样才能将他对这首唐诗的喜爱与敬意表达一二似的。那么,在这里,原诗的字面本义似乎已经不那么重要了。

不止这首《山居秋暝》,克洛德·华为《欹湖》提供了三个译本。《欹湖》原文:

吹箫凌极浦,日暮送夫君。
湖上一回首,青山卷白云。

译文一:

Au bord du lac

On entend une flûte à la frange de l'eau.

Au coucher du soleil je dis adieu à mon ami.

Pendant un long moment je regarde le lac.

Il n'y a plus qu'un nuage blanc

qui court sur la montagne verte.

译文二:

Au bord du lac Yi

Traverser le lac en jouant de la flûte.

Le soleil se couche. Les amis s'éloignent.

Revenir seul. La montagne est bleue.

Un nuage blanc glisse sur elle.

译文三:

Au bord du lac Yi

Jouer de la flûte à l'extrémité du lac.

Quand vient le soir dire au revoir aux amis.

En revenant se retourner, regarder le lac,

un nuage blanc qui passe sur la montagne bleue.

此外还有两个译本的诗还包括王维《辋川集》之《孟城坳》和《鹿砦》,

李白《春日醉起言志》，李商隐《无题》（"相见时难别亦难"）。同一首诗的多个译本体现了译者对原诗的多样理解，也是对原诗的丰富和发挥。假如克洛德·华效法19世纪朱迪特·戈蒂耶的做法，即在原诗的基础上进一步发挥译者的创造性，使最后完成的诗犹如译者的"新作"，那么这部诗集就几乎不能算是中国古诗译集了；但克洛德·华承认自己是"窃中国诗者"，他的这部译作灵感完全来自中国诗，尽管一首诗可以有多个译本，但基本遵照原诗诗义，不至于离原诗太远，像《玉书》中的很多诗那样与原诗相比"面目全非"。

克洛德·华认为，李白是贺拉斯、莪默·伽亚谟（Omar Kayham）、龙萨和济慈（这几个名字几乎是"诗人"的代名词）的黄皮肤朋友。李白堪与世界诗歌史上的这些不朽名字并列。克洛德·华批评皮埃尔·绿蒂对中国的描绘，认为绿蒂那些充满异国情调的田园诗遮蔽了欧洲人的视线：他所描绘的所有如画风景都是骗局；他强调的只是表面的不同，而在深层次上，所谓不同的文化、文明和社会几乎都是相似的。王维在8世纪写诗绘画，在精神上他比布格罗（William Adolphe Bouguereau）、马西尔·巴斯谢（Marcel Baschet）和达利更接近西方人。中国的神话是西方人的精神所穿不透、不可测和不可逾越的。

克洛德·华对中国古诗有着狂热的爱好，认为中国古诗丰富多彩，能给人带来快乐。克洛德·华研究中国古诗和翻译，注意到了中文异于法语的语法，指出了汉语语法的一些基本特征，如意义的不确定与含糊源于动词的无人称和无形态的变化。他将中文的这种特性跟中国哲学思想联系起来，认为在句子中人称代词的缺失并非中文的弱点，而是代表了在宇宙前的一般态度。一般来说，西方译者在翻译中国古诗时，需要知道站在湖边或山中的人到底是"谁"，是"谁"在聆听大雁的呼唤，是谁的手轻轻掠过琴弦。他想知道这一切发生在什么"时候"：是很久以前，昨天，昨夜，还是今天？他想知道所有这些条件，是为了能够确定诗的感情色彩，诗人的精神状态，这是起决定作用的因素：是思乡，轻松活泼的快乐，还是肃穆的忧郁，痛苦的忧伤？然而中国诗人拒绝做出唯一和单调的回答。诗歌的这种多义性并非在中国是唯一的情况，在各个国家都有。根据英国汉学家葛瑞汉（Angus Charles Graham，1919—1991）的研究，"日本诗在9世纪开始集中于多样的意义，英国诗从16世纪末开始，法国诗是从最近的19世纪，而这种发展步骤的源泉在中国则可以追溯到766年杜甫所作的诗"①。跟程抱一在20世纪70年代的研究一样,各国汉学家都注意到了中国古典诗歌由于汉语语法特征而导致的诗歌意义的含糊性。如美国汉学家、译介寒山诗的华兹生(Burton Watson)认为中文具有"值得赞赏的含糊"(admirables ambiguïté②),他不仅赞美汉语动词无人称代词的"隐蔽",同时还称赞汉语名词不指示任何数量(即名词没有复数形式)。中国古诗诗义的这种模糊性正是克洛德·华为某些诗提供多个译本的重要动因。

12.丹尼尔·吉罗(Daniel Giraud)的《龙睛》(1993)③。本书译诗的格式为:一边为用毛笔书法展示的中文原诗,另一边为译诗。共选唐诗49首,其中禅诗十余首,包括寒山诗8首,神秀诗1首,慧能1首,玄觉诗2首,王梵志1首,临济1首,贯休1首,师甝1首;选诗的宗旨即是超乎政治

《龙睛》书影

---

① Claude Roy,*Le Voleur de Poèmes Chine*,Paris:Mercure de France,1991,p.52.
② 同上,p.52.
③ Daniel Giraud,*Les yeux du dragon*,*Une anthologie de la poésie chinoise*,calligraphie de Long Gue,illustration de Claude Astrachan,l'Isle-sur-la-Sorgue:Le Bois d'Orion,1993.

之外、那些处于社会边缘者("outsider")"忘言"所唱的歌,如郑颋《临刑诗》,陈子昂《登幽州台》,王之涣《登鹳雀楼》、王维《竹里馆》《酬张少府》,孟浩然《春晓》《题大禹寺公山房》,钱起《题崔逸人山亭》,刘长卿《寻南溪常道士》,张继《枫桥夜泊》,柳宗元《江雪》《晨诣超师院读禅经》,刘禹锡《竹枝词》,白居易《醉中对红叶》《花非花》,贾岛《寻隐者不遇》,李贺《公无出门》,杜牧《赠别》《山行》,施肩吾《遇醉道士》;李白诗选最多,共10首,多为李白诗法译的常见名作,如《江上吟》《陌上赠美人》《静夜思》《题峰顶寺》《山中与幽人对酌》《山中问答》。杜甫诗仅选一首《绝句》。译文简洁,无主语,形式上接近于中文原诗。如陈子昂的《登幽州台歌》:

  Montant à la tour Yu Chou
  Sans voir autrefois les hommes anciens
  Sans voir ensuite les hommes à venire
  Songeant au si lointain Ciel-Terre
  Seul, le Coeur brisé et pleurant en silence

如果与另一汉学家班文干的译文相较,显然后者更为详细,按照法语的标准语法,为每句诗补出主语。如下:

  Derrière moi je ne vois pas les anciens,
  Devant moi je ne vois pas ceux qui viendront.
  Pensant au grand vide entre ciel et terre,
  Je suis seul et la tristesse m'arrache des pleurs.

13. 法国汉学家郭幽(上文第七部作品《向中国告别》的同一位作者)的《中国古典诗双语集》(1997)①。本书所收的诗限于从《诗经》直到12世纪的中国古典诗。诗用繁体字印刷,标注以拼音,并配上法文译文。此书的一大特色在于:作者将法国和拉丁诗歌中与所译中国古诗主题相同或相似的诗句,标注在所译中国诗的下方,形成一种对照:"与法国诗歌、有时是拉丁诗的一种对比或对照",以"表现这两种诗歌传统的相似性,但更要表现其差异处"。译者在前言中说明这种做法是一种"革新"(innovation)。诗集共选了14位唐代诗人的作品,译文则追求意义的忠实。

---

① Maurice Coyaud, *Anthologie Bilingue de la Poésie Chinoise Classique*, Paris: Les Belles Lettres, 1997.

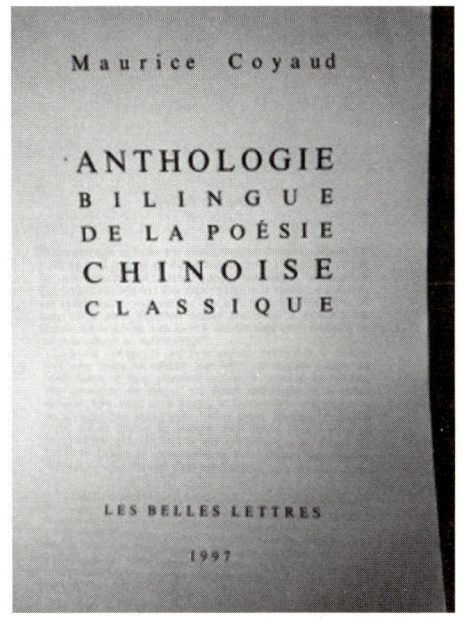

《中国古典诗双语集》书影

比如由李白的《月下独酌》,郭幽想到了波德莱尔的《醉酒的情侣》:
Aujourd'hui l'espace est splendide! /Sans mors, sans éperons, sans bride,
Partons à cheval sur le vin /Pour un ciel féérique et divin!

翻译:

今日的天空多么地壮丽!
不用嚼子,不用缰绳马刺!
骑上酒,就像骑着马一样,
奔向奇妙的、神圣的天上!(郭宏安译)

同样是醉酒诗,同样描写醉酒后诗人的"幻觉",李白诗的描写中突出了"月"这一重要形象,"月"在诗人笔下是一有感觉和感知的感性形象,与诗人及其影子共同组成了可以相亲的"三人",诗的最后出现"云汉"即"宇宙外太空";波德莱尔则着重于"天空"(l'espace; ciel)这一形象,诗的主要内容是一对醉酒情侣面对无限天空的醉意梦想。与李白诗中那个只有与月亮和影子相伴的孤独醉酒诗人不可同日而语。

由李白的《题峰顶寺》:"夜宿峰顶寺,举手扪星辰。不敢高声语,恐惊天上人",联想到了兰波的诗句"天上的星星发出轻微的沙沙声"。两者均将星辰这种宇宙客观物体拟人化,兰波更是运用了通感这种象征派所擅长的诗歌创作手法。

李白的《长干行》"门前迟行迹,一一生绿苔"与拉马丁的《葡萄树和房子》:

　　L'hiver a rongé le ciment
　　Des pierres disjointes la mousse
　　erdit l'humide fondement

　　冬天腐蚀着水泥
　　石子与苔藓分开
　　根基潮湿

两者的共同之处在于时间和"苔藓"这种植物。时间的概念蔓延,犹如绿色的苔藓,逐渐弥漫在门前的石头上;严寒而漫长的冬日腐蚀着坚硬的水泥……

李白的《友人会宿》:"涤荡千古愁,留连百壶饮。良宵宜清谈,皓月未能寝。醉来卧空山,天地即衾枕。"与龙萨的:

　　九次,以卡桑德拉的名义
　　九次,我去取
　　一瓶葡萄酒
　　喝了九次
　　以记住
　　她名字的九个字母(出自龙萨《情歌集》)

尽管中西两首诗都跟"饮酒"相关,但李白诗中,诗人与友人一起饮酒、"清谈"、醉酒并同卧空山,讲的是朋友之间的友情,而龙萨诗则是情诗,诗人喝酒是为了一位名叫卡桑德拉的姑娘,他喝酒全跟这位姑娘有关。友情与爱情在中西这两首诗中的区别十分明显。

再如将《听蜀僧弹琴》与维吉尔的牧歌相联系;将李白《梦游天姥吟留别》最后两句"安能摧眉折腰事权贵,使我不得开心颜"与杜贝莱悲哀自己在罗马服侍红衣主教,在他面前卑躬屈膝的情形相联系:

  沉重地迈开一步,怀着深重的忧虑
  ……
  斟酌语词,以头部动作表示回答
  不,老爷,是,老爷
  ……
  假装老实。

这中西两首诗的相同之处在于两者都是文人反感和反抗"事权贵"的表达,相异之处在于前者以"安能"对"事权贵"这一做法表示了坚决的否定,而后者则委曲求全,在顺服权贵中保全自身。另外,前者所指的权贵朝廷命官——政治意义上的"权贵",后者的权贵——"老爷"指罗马红衣主教,是宗教意义上的"权贵"。

郭幽比较推崇杜甫,认为他的诗事实上是生活现实主义,对客观场景与几乎平淡无奇的细节描写(至少是直接从诗人的日常生活而来的)的"并置"。他对杜甫诗歌艺术的看法是,他的诗歌的第一部分经常是简单的并置(juxtaposition),表现为壮丽的风景;第二部分则极其简洁,突然转回个人的现实。比如《登高》和《江村》体现了"并置"手法的运用。前半首姿态高扬,后半首"虚弱"而谦卑。作者将杜甫的饮酒诗如《遭田父泥饮美严中丞》与贺拉斯的第二书第十一首颂歌作了对照:"我们为何不躺在这棵梧桐树或松树下喝酒,让我们的灰头发弥漫着玫瑰和亚述甘松的香气?"又如《月夜》与勒韦尔迪(P.Reverdy,1889—1960)《劳工》中的诗句:

  月亮望着我笑
  月亮在树上伸出脖子

杜甫《登高》诗句"无边落木萧萧下"与《劳工》中诗句:

树木阴森,树叶伤心。

杜甫《江村》与葡萄牙诗人佩索阿(F. Pessoa,1888—1935)的《作品全集》：

一只海鸥路过/我的柔情滋长。

还有瓦莱里的《才智》：

飞翔的海鸥忧郁
它的思想随着波浪
随风飘荡
当海浪反起,它也倾斜。

杜甫的《客至》"舍南舍北皆春水,但见群鸥日日来"和雅克·鲁博(J. Roubaud,1932—)《全世界的动物们》：

海鸥,你们的嘴巴
在海泡石上停止聒噪吧
还不如给我你们的羽毛
可以浸在堇菜花墨水里
我要完成我的作品
在海边,在海雾中
我所得到的只有感冒
你的叫声使我头痛欲裂
我笑你那唱着陈词滥调的嘴巴
我吐口水,我咳嗽,我……

杜甫《客至》中的"群鸥"与雅克·鲁博诗中的海鸥虽然作为"鸥"这种水鸟的形象是相同的,但它们在诗中的功能有着截然的差异。在前者中,诗人所描摹的人的活动与群鸥相互映衬,群鸥作为来自自然界的动物表现了与人的活动的和谐,在这幕场景中,动物与人是和谐一致的;而在后者中,海鸥则作为诗人观照的外在客观物,是与诗人这一"人"的主体截然相对立的一种客体,体现了西方主体与客体截然对立的论点。

有的诗句中的主题可谓古今中外均同,如杜甫《野望》"不堪人事日萧条"与龙萨《论当今的苦难》:

天上飞着公正和理性
而在位子上,天哪!盗窃横行
武力,戎装,鲜血和屠杀。

后者可谓对前者"人事"的具体阐释。又如白居易《新丰老翁》"儿别爹娘夫别妻"与龙萨的《对和平的告诫》:

老人被杀了,姑娘们被糟蹋了
贫苦的劳工没衣服穿。

两者同样发出了对战乱的谴责。再如杜牧《寄扬州韩绰判官》"玉人何处教吹箫"与维庸的"去年的雪,今在何方?"同样是时移世易、今非昔比的感慨。

王维《鸟鸣涧》"月出惊山鸟"与雨果的诗:

当月亮显示不祥之兆
在黑色的巨大穹顶之后(《占星师》)
月亮从地平线上升起,像巨大的圣体饼
一切都在颤抖,松树、柏树和榆树
还有狼,鹰和翠鸟。(《宗教》)

两者有些不同。同样是月亮,在中国诗人王维这里,月亮是一个富有生命的意象,它在诗中的出现犹如戏剧中人物的登场,仿佛会发出声音,又如一个调皮的角色出现在一幕静谧的场景中,令山中栖息的鸟儿受到惊吓;而在雨果那里,月亮却是个"不祥之兆",可能预示着不好的事情即将发生。

王维《送别》"白云无尽时"(原诗:下马饮君酒,问君何所之。君言不得意，归卧南山陲。但去莫复问，白云无尽时。）与波德莱尔《巴黎的忧郁》第一章"陌生人"："我爱云……过往的浮云……那边……那边……美妙的云！"以及安德烈·迪·布歇（André du Bouchet）的《诗与散文》："云——引人尖叫的云是什么？""凉手的火，都是风的手。"

  陌生人
  ——喂！你这位猜不透的人，你说说你最爱谁呢？父亲还是母亲？姐妹还是兄弟？
  ——哦……我没有父亲也没有母亲，没有姐妹也没有兄弟。
  ——那朋友呢？
  ——这……您说出了一个我至今还一无所知的词儿。
  ——祖国呢？
  ——我甚至不知道她坐落在什么方位。
  ——美呢？
  ——这我会倾心地爱，美是女神和不朽的……
  ——金子呢？
  ——我恨它，就像您恨上帝一样。
  ——哎呀！你究竟爱什么呀？你这个不同寻常的陌生人！
  ——我爱云……过往的浮云……那边……那边……美妙的云！

  在这三首诗中，"云"的意象是相同的，"云"的寓意也有着某种共同之处：世无甚值得爱之物，唯有天上无尽的"白云""浮云"堪为我所好。
  另如一些共同的风景主题诗：王维《柳浪》"分行接绮树，倒影入清漪"与普吕多姆（Sully-Prudhomme，1839—1907）的《天鹅》，表现倒影在一片水中的影子激发了法国诗人的浪漫联想：

  天鹅，头窝在翅膀下面，
  湖面幽暗倒映着绛紫的星空，
  它仿佛一座宝石簇拥的银坛，
  睡了，在这天与水的穹隆之中。（陈中林译）

再如王维《田园乐》七首其四"萋萋芳草春绿,落落长松夏寒"与勒韦迪(Reverdy,1889—1960)的《劳工》:

　　枝繁叶茂,层层叠叠
　　成了林中的一根天鹅绒柱子
　　树枝是太阳的……
　　自然火在木门上燃起
　　树木发狂了。

《田园乐》其七"酌酒会临泉水,抱琴好倚长松。南园露葵朝折,东谷黄粱夜舂"与特里斯坦·勒尔米特(Tristan l'Hermite,1601—1655)的《两位情人的散步》:

　　这朵艳丽花朵的影子
　　和那些耷拉着脑袋的灯心草影子
　　在里面出现了
　　沉睡着的水做的梦
　　忧郁的夜莺
　　不幸的回忆
　　任务在于缓和它的疼痛
　　把它的故事谱成了音乐

王维的《寄崇梵僧》"涧户山窗寂寂闻"与圣博夫的四句诗,同样是关于虚无,诗中没有人,诗人的灵魂融于风景之中:

　　我的灵魂是这个湖,太阳倾斜着照在上面
　　在一个秋天的美好夜晚,来了一即将熄灭的火花
　　水流在痛苦地打战,远处,没有白色的翅膀
　　没有一根桨……

李颀的《古意》("男儿事长征,少小幽燕客。赌胜马蹄下,由来轻七尺。杀人莫敢前,须如猬毛磔。黄云陇底白云飞,未得报恩不得归。辽东

小妇年十五,惯弹琵琶能歌舞。今为羌笛出塞声,使我三军泪如雨。")与雅克·鲁博的《全世界的动物们》:

  它不怕
  睡在抽屉里的鼠
  他不怕月亮
  他的刺
  能引发麻疹的植物
  然而沉重的分量纠缠着
  刺猬刺猬我们死亡我们死亡。

  韩愈的《谒衡岳庙遂宿岳寺题门楼》"星月掩映云曈朦"与雨果的《影子的嘴如是说》:

  那儿,影子淹没在灾祸之流中
  宇宙的水蛇……

  郭幽这种将中西诗歌对举的做法并非首创。在米歇尔·鲁阿(Michelle Loi)出版于1969年的《墙上芦苇:1919至1949年中国的西方主义诗人》①中也有相同的做法。作者在本书第二部分"象征与主题"(symboles et thèmes)的最后,专门设了题为"相遇"的一小节,列举了中西方诗人几首诗的"相遇",如秦观的《浣溪沙》与瓦尔兰的《遗忘的咏叹调》,白居易的《别元九后咏所怀》与拉马丁的《独立与沉思》(L'Isolement, Méditations, I.),江总与阿拉贡的诗,杜甫的《旅夜抒怀》与瓦尔兰的《智慧》(Sagesse),司空图的《诗品》和瓦尔兰的《诗艺》;关汉卿的戏剧与莎士比亚的《麦克白》,陶潜的《杂诗》与帕斯卡尔的《思想录》,列子和帕斯卡尔的《思想录》,庄子与蒙田的作品。中西相似主题文学作品的对照有利于更清晰地体现各自的特征,同时也有益于吸取他者文学的优点和长处,更好地发展各自的文学。

---

① Michelle Loi, *Roseaux sur le mur*, *Les Poètes occidentalistes chinoies*, 1919—1949, Paris: nrf. Éditions Gallimard, 1969.

第二节　唐诗研究论著

20世纪下半叶比较重要的唐诗研究论著主要是法籍华人、法兰西学院院士程抱一出版于70年代的两部汉学著作:《张若虚诗之结构分析》(1970)[①]和《中国诗语言研究——附唐诗选》(1977)[②]。这是法籍华人学者、法兰西学院院士程抱一在20世纪70年代所从事的唐诗研究主要成果。

程抱一对张若虚诗的研究又以其对传世名作《春江花月夜》的结构分析为主。程抱一分析《春江花月夜》，意欲运用一种"严密的"(rigoureuse)、"尽可能详尽"(d'une manière aussi exhaustive que possible)的分析方法，在跟以往研究者"不同的层面上"(à différents niveaux)分析张若虚的诗。程抱一将张若虚归为初唐诗人，认为张若虚在这个唐诗形式渐趋稳定的时期，对张若虚及其诗作进行研究，通过分析张若虚两首截然不同的诗作，有利于掌握七言古体和律诗在萌芽状态的特征，进而认识诗歌创作在初唐时期的一些特征。程抱一分别从诗的形式、诗的类别和形象三方面探讨了张若虚通过《春江花月夜》对诗歌创作所做的探索。通过研究，程抱一认为，在律诗蓬勃发展的初唐时期，张若虚通过《春江花月夜》的创作表现了诗人恢复和发扬七言古体本质特征的努力。是张若虚有意发起了盛唐诗人争相创作古体诗、研究其特点、扩大其表现力的运动。这是一个富有创见性的结论，从唐诗发展的角度，把张若虚的作品提到了唐诗研究界少见的一个高度，也把张若虚在唐代诗人中的地位提到了鲜有的一个高度。在诗的类别上，程抱一的意见与闻一多、王闿运、梁启勋等人的看法相近，认为张若虚并没有完全抛弃宫体诗，但他对这一诗体进行了革新，把它提升到极高的水平。就诗的形象而言，程抱一认为，《春江花月夜》的两个主要形象"江"和"月"虽然早在《诗经》中已被大量运用，但以"如此完美如此独

[①] François Cheng, *Analyse formelle de l'oeuvre poétique d'un auteur des Tang, Zhang Ruo-Xu*, Paris: Mouton, 1970.

[②] François Cheng, *L'écriture poétique chinoise, suivi d'une anthologie des poèmes des Tang*, Paris: Éditions du Seuil, 1977. 该书与程抱一的另一部著作《虚与实:中国画语言研究》已由涂卫群译成中文，合成一部《中国诗画语言研究》，江苏人民出版社，2006。

特的方式"(de façon aussi complete et originale①)描写它们,在《春江花月夜》中是第一次。江和月是这首诗的两大主题,各自按照自身的规律运行,仿佛是具有意志的有生命之物。这种通过在大自然中寻找一些彼此既有联系而又相互对立的因素来解释大自然的方法,在《春江花月夜》中第一次深刻地得到了尝试。在中国诗歌的发展历程中,明月和江被赋予了各种各样的象征含义:流逝的时光、团聚的愿望、难以逾越的空间、无尽的时间,等等;而张若虚在《春江花月夜》中把明月和江的所有这些象征性意蕴都汇集到了一起。他通过巧妙处理诗中两个主体来做到这一点:江水流——宇宙浩瀚——时间无穷——永恒的意念;月亮升起,在宇宙中的运行及其坠落,跟人世间的众多现象联系起来,如新生命的诞生、情人的分离、对团聚的渴望、生命的终结等等。诗人面对这些形象提出关于生命本质的一系列问题,对形象的含义穷根究底,把它们上升到玄学的高度。从而,张若虚大大开拓了江和月这两个形象的象征性内容,使后世的诗人受益无穷。由此,程抱一总结道,《春江花月夜》"理所当然是那些具有决定性意义的作品之一"②,它使唐代诗歌走出了一味模仿六朝风格的贫乏时期,使诗歌在中国诗歌的黄金时代——盛唐时期得到了充分的发展。

  2004年12月,程抱一回顾《春江花月夜》分析论文的写作,对自己的这篇论文作了这样的总结:"60年代是我自己在思想上渐趋成熟的时期。当时既然身逢其胜(指当时席卷法国的结构主义和符号分析法),不可避免地卷入了主要潮流。我开始撰写一篇小型论文时,乃择定了张若虚的《春江花月夜》作为分析对象,尽力采用了一些结构分析的规则。那些规则大致是:面对分析对象时,分清层次,明确视角。在每一层次,辨认出具有表意价值的构成单位,寻觅出它们之间的对比对连,以至对比兼牵连的种种关系,然后穿过这些关系承托出表意义背后的引申寓意(connotation)。引申寓意的最高层次乃是象征。上述规则在分析诗时达到最高度应用。因为在诗中,所有属于形式的成分——这里所指形式是广义的,超过普通理解的'诗式'——都具有特殊含义,都成为'内容'的有机部分"③。

---

  ① François Cheng, *Analyse formelle de l'oeuvre poètique d'un auteur des Tang, Zhang Ruo-Xu*, Paris:Mouton,1970,p.119.
  ② 同上,p.125.
  ③ 程抱一《中国诗语言·中国画语言》中文版序,载《跨文化对话》2005年第17期,第111—112页。

程抱一

  程抱一先生运用结构主义方法论,对诗歌的内部规律进行了充分的揭示,从而达到了更高境界的艺术赏析的效果。从批评方法上看,无疑是个重大突破①。

  如果说,对《春江花月夜》的分析,还只是运用结构主义批评方法探讨一首唐诗的一种尝试,那么,《中国诗语言研究》,则是他更系统地运用这种方法论对中国古典诗歌,特别是对唐诗进行全面艺术探讨的一部精湛之作。②

  在这《中国诗语言研究》中,程抱一运用现代语言学理论、结构主义和符号分析学等现代西方研究方法研究中国古诗。首先是现代语言学理论的运用。程抱一运用了索绪尔关于具体的整体语言(les langues)和抽象的整体语言(la langue)之分的学说,将中国诗视为由整个汉语言体系生发出

---

① 钱林森编《牧女与蚕娘——法国汉学家论中国古诗》,上海:上海古籍出版社,1990,第378页。
② 钱林森编《牧女与蚕娘——法国汉学家论中国古诗》,上海:上海古籍出版社,1990,第379页。

来的一种具体语言,又将书法、绘画、神话和音乐等艺术形式视为由中国诗语言生发出来的不同的具体语言。根据程抱一的论述,书法、绘画等艺术形式语言既从诗语言这个母体中生发出来,又在各个方面丰富了诗语言。它们之间是相互启发、相互丰富的关系,其共同点在于它们本质上都体现了汉语言的整体体系。这就使程抱一以现代语言学理论厘清了各种中国古典文艺形式之间的内在关系,将它们有机地联合起来,共同构成一个有机整体,对于从一个新的角度重新认识各种中国文艺形式具有开创性的意义。其次,程抱一的中国古诗研究对现代语言学的运用,还表现在发挥了雅各布森关于相似和相关的理论:程抱一将中国古诗语言视为一系列义符的串联,构成一个自足的体系;将中国古诗中富含的隐喻形象视为按"相似"原则产生,以诗中一个个隐喻形象的连接视为按"相关"的原则产生;认为中国诗中的名词语汇通过选择而产生,对应于"相似"原则,而名词语汇的连接则通过动词来实现,这些动词对应于雅各布森所说的"相关"原则。程抱一的这种分析同时也是对拉康的"能指连环"理论的发挥。程抱一以此新理论观照中国古典诗歌,既是以对中国古典诗歌的研究验证了他们的理论,又由于这种新理论的观照,对中国古典诗歌做出了崭新的阐释,富有创见性。

程抱一研究中国古诗语言运用了结构主义和符号分析学的方法论。从根本上说,他所运用的拉康和雅各布森的理论分别在精神分析学和语言学两个领域体现了结构主义方法论的精神。程抱一从汉字的表意性出发,表明了一个基本观点。即:表意文字汉字的整体是一套完整的符号体系,内部存在着一些具体规则,是大自然与人类社会构成元素的一个象征性的体系。在这个体系内部,各种构成部分不停地相互渗透,相互补充,做循环运动。汉字与书法、绘画、神话以及音乐等中国传统艺术形式之间的关系,不仅仅在于前者是后者的工具,更本质的关系在于汉字是构成后者体系的行为方式,汉字"形成了一张既复杂又统一的符号网络,服从于象征意义及某些基本的对立法则"①。也就是说,书法、绘画等中国传统艺术形式是分别撷取汉字这个巨大的符号网络的部分而构成其体系的。说得更通俗一些,即汉字是构成这些艺术形式的基本符号。程抱一认为,在这整个由汉

---

① François Cheng, *L'écriture poétique Chinoise, suivi d'une anthologie des poèmes des Tang*(《中国诗语言研究》),Paris:Éditions du Seuil, Octobre 1996, p.15.

程抱一《中国诗语言研究》书影

字构成的符号体系中,中国古典诗歌是其不可缺少的有机组成部分,中国古典诗歌的语言是由汉语言体系生发出来的一种具体语言(un langage spécifique),书法、绘画、神话和音乐等艺术形式也都是不同的具体语言,它们都是从诗语言这个母体生发出来的,同时诗语言也受到这些语言的影响。程抱一的观点,是将中国古诗这种文学形式结构化、符号化了,体现了结构主义和符号分析学者的典型分析方法。结构主义和符号分析学者将语言视为"符号",将文学作品视为符号的排列组合,把文学作品视为一种结构行为,由语言体现这种结构。他们研究文学作品,就是从文学作品的载体——语言出发,考察形成其内在结构的过程、系统和特征。程抱一分析中国古典诗歌,既挖掘出了中国诗的表层结构,又挖掘出了中国诗的深层结构,正是对结构主义和符号分析方法的成功运用。

程抱一认为,中国诗人通过"减缩"的过程("par le processus de réduction"①),在表面上将诗的语言简化到极致,而实际上,则是由于充分利用了名词—动词可相互转化的特点,在诗语言中引入了"虚"的维度(une dimension impliquée qu'est le vide②)。这种"虚",通过人称代词、虚词、动词的省略以及以虚词代动词创造出来,使诗语言产生了互相组合和替代的复杂关系。因此,程抱一认为,中国诗语言是一种动态语言(un langage dynamique③),其中的各个构成元素相互牵连。这种由"虚"而成熟的语言能使诗中产生一股流动的"气"(souffle),这种"气"使诗歌产生了难以言传的"言外之意"(trans-écrire④)。早在20世纪初,并不懂汉语的美国意象派诗人庞德也看出了中国古诗简约的风格特征。他曾详细分析李白的《玉阶怨》,认为中国诗体现了一种"化简诗学"(reductionist poetics):

  我们仔细检查此诗,可以发现一切要说的全都有了,不仅是用暗字、而且是用类似数学的化简过程。⑤

这跟程抱一所说中国诗的"减缩"(réduction)过程实际上是同一个概念。法国汉学家Jacques Pimpaneau 在《给一名即将去中国的姑娘的一封信》(Lettre à une jeune fille qui voudrait partir en Chine, 1990)中也指出,中国诗人使用意义十分集中的语言,从不使用这些虚词,逻辑上的联系只能通过词语的位置来推测。因此,诗中的模糊性比散文中更强,正是这造就了诗的魅力,同时也使得对诗的多种解读成为可能。比如《春晓》一诗,由于中文诗中不出现主语,也许是诗人,但诗中并没有明说。正是由于这种意义的含糊性,使得诗歌具有了一种普遍性的意义。

程抱一分析中国古诗语言,重点分析律诗,着重强调其用词简约的特

---

① François Cheng, L'écriture poétique Chinoise, suivi d'une anthologie des poèmes des Tang(《中国诗语言研究》), Paris: Éditions du Seuil, Octobre 1996, p.55.
② 同上, p.55.
③ 同上, p.55.
④ 同上, p.55.
⑤ 转引自赵毅衡《远游的诗神》,成都:四川人民出版社,1985,第199页。

征，称它为一种"经济简约"（"économique"①）的"最小完成体"（"minimum complet"②），并重点分析了律诗的对仗句。他认为中国诗语言的深层结构，在于充满主观内容的象征性意象（les images symboliques③），或隐喻性形象（figures métaphoriques④）。这种象征性意象或隐喻性形象体现在以自然事物来表现的蕴含人思想感情的语汇和表达之中，即所谓"情景"的交融，诗的"境界"由此产生。程抱一追溯了气、意象、意境、情景等概念在中国传统诗论中的孕育、发展和逐渐成熟的历程，认为这些概念实质上是中国古典诗歌创作的灵魂与核心，体现了宇宙第三元的因素，人与宇宙天地之间的关系由此建立。程抱一进而认为，在中国诗中，这第三元因素的介入，人—地—天三元关系在诗中的构建，是通过"比"、"兴"两种修辞手法来完成的，正是"比"和"兴"的修辞手法造就了中国诗中的隐喻性形象。在程抱一看来，"比"和"兴"不仅仅是一种修辞手段，更是一种语言艺术，在语言中引起了独特的效果，使语言内部产生一种循环运动，将主体与客体联系起来，在两者之间创造对话，从而产生"第三元"，体现了"道"的本质。

程抱一总结认为中国诗是"高度隐喻性"（hautement métaphorique⑤）的诗歌。所谓"高度隐喻性"，首先，普通汉语中存在着大量隐喻性的表达方式，用来表达抽象的思想。程抱一认为每个表意文字在某种程度上都是某种隐喻，自成一个统一体，能非常自由地与其他表意文字进行联合。如"愁"由"秋"加"心"组成，"忠"由"心"加"中"构成，"人""木"为"休"，"人""言"为"信"；"天—地"隐喻"宇宙"，"鼓—舞"隐喻"激励"；由象征性表达形成的意义，如"红尘"表俗世，"青松"表正直，"东流水"表时间飞逝，等等。程抱一认为，以隐喻的形象表现自然事物，比普通的语言符号更富有"隐喻的潜在性"（"virtualités métonymiques"⑥），如"云鬟"的表现力强于"头发"，"朱门"的表现力强于"富家"。而且隐喻的形象能以比普通

---

① François Cheng, L' écriture poétique Chinoise, suivi d' une anthologie des poèmes des Tang（《中国诗语言研究》），Paris：Éditions du Seuil，1996，p.61.
② 同上，p.61.
③ 同上，p.85.
④ 同上，p.95.
⑤ 同上，p.94.
⑥ François Cheng, L' écriture poétique Chinoise, suivi d' une anthologie des poèmes des Tang（《中国诗语言研究》），Paris：Éditions du Seuil，1996，p.105.

符号更节约的用字来表现比普通符号更多的内容:如"朱门"指"在富家里","玉阶"指"妇人滞留之处"。这样,象征性形象构成了一张网络,内部有着四通八达的"通道",将各个形象联系起来。在这张网络中,句法的束缚被降低到最低程度。程抱一认为,这些能使人引起联想的"形象"的汉语词汇往往起源于诗歌,同时中国诗语言又在自身发展的过程中滋养和丰富了普通语言。

程抱一通过分析以唐代律诗为代表的中国古典诗歌的语言,触及到了中国诗语言的深层结构,即中国诗语言隐藏在词汇、句法、诗律形式等表面结构背后的隐形结构——中国诗语言蕴含的丰富的象征性、隐喻性形象,体现了自然事物与人之间建立的关系。用程抱一的话来说,可将中国古典诗歌视为一个集体神话,诗语言的本质就是集体神话形象的构建。这个集体神话,正是建构在人—地—天三元关系基础上的。诗这种文学形式、这种具体语言就其本质而言,反映了人与自然界的本质关系。在程抱一看来,这种关系并不是西方二元论传统的非此即彼的严重对立关系,而是人类面对自然界事物所凝结和升华出来的东西,是二者的精华,超越了人类和自然物本身,是真正的"第三元"。关于程抱一对唐诗的研究,具体可参见蒋向艳著作《程抱一的唐诗翻译和唐诗研究》(2008)①第一、二、三章。

20世纪下半叶,胡若诗(Florence Hu Sterk,现为巴黎四大(索邦大学)远东研究中心研究员)以唐诗为研究中心,发表了多种唐诗研究成果。包括两部博士论文:1985年在巴黎三大(新索邦)攻读比较文学的博士论文《1540—1715年法国诗歌和中国唐诗中的镜子》(*Le miroir dans la poésie française de 1540 à 1715 et dans la poésie chinoise des Tang*)和1991年在巴黎八大东方语言和文明方向的博士论文《音乐美学和唐诗》(*Esthétique musicale et poésie des Tang*)。另外还有多篇论文,如"音乐语义学和中国传统:一场关于韩愈一首诗的千年争论"(1990)、"唐代王宫的哀information:宫女的幽居生活"(1992)、"唐诗与病"(1995)、"唐诗的拟人法:美学意义和世界观"(1996)、"唐诗中的儿童诗人"(1997)等。1985年的博士论文以"镜子"为核心词,将唐诗中的这一形象作为"环视现实的真正眼睛",研究"知

---

① 蒋向艳《程抱一的唐诗翻译和唐诗研究》,上海:华东师范大学出版社,2008。

己或同一性之镜"、"知人或相异性之镜"以及"知心或心灵之镜"①。研究表明,镜子在这三个领域的功能分别是:内省的工具;友谊之镜(以友为鉴);外部客观世界与诗人内心世界的合一。跟程抱一相似,胡若诗以欧洲学养研究唐诗,在研究方法和成果上都表现出了明显的欧洲学术特征。这从她所选择作为研究对象的论题已可看出。比如她研究唐诗与病,认为病会改变诗人的思维和生活方式,从而改变诗人的创作手法和风格。她以三名唐代诗人杜甫、白居易和李贺为例对这一观点进行论证,认为陪伴杜甫的病培育了他坚韧不挠的反抗精神,白居易亲人的去世使他以佛教的归隐法为治疗病痛的药方,而李贺则将诗作为治疗百病的灵药②。这种研究角度独特,研究的结果也从一个新的侧面丰富了我国传统的唐诗研究。

第三节 个体唐代诗人的诗歌选集和研究论著

按照出版作品的多寡排序,这些诗人依次为李白、杜甫、王维、白居易、李商隐和寒山、王梵志。下面分别述之。

一、李白诗歌的译介和研究

1. 多米尼克·赫尔兹(Dominique Hoizey)的《李白:云松之间》(1984)③。译李白诗23首:《江上吟》《望庐山五老峰》《山中与幽人对酌》《越女词(其一和其三)》《金陵酒肆留别》《金乡送韦八之西京》《山中问答》《沙丘城下寄杜甫》《赠孟浩然》《越中览古》《玉阶怨》《上三峡》《西上莲花山》《秦王扫六合》《登锦城散花楼》《下泾县陵阳溪至涩滩》《黄鹤楼送孟浩然之广陵》《苏台览古》《乌栖曲》《上李邕》《望庐山瀑布》《独坐敬亭山》《月下独酌》。

2. 多米尼克·赫尔兹的《李白》。1985年,巴黎 Albédo 出版社出版多

---

① 胡若诗著,余中先译《唐诗中的镜与知》,钱林森编《法国汉学家论中国文学——古典诗词》,北京:外语教学与研究出版社,2007,第315页。
② 胡若诗著,王晶译《唐诗与病》,钱林森编《法国汉学家论中国文学——古典诗词》,北京:外语教学与研究出版社,2007,第327—344页。
③ Dominique Hoizey, *Parmi les nuages et les pins*, Paris: Arfuyen, 1984.

米尼克·赫尔兹的《李白》诗选集,本诗集根据 1978 年上海古籍出版社出版的《李白诗选注》选译 23 首李白诗,这 23 首诗与 1984 年的《李白:云松之间》所选诗无一重复,包括《访戴天山道士不遇》《峨眉山月歌》《渡荆门送别》《秋下荆门》《荆州歌》《长干行》《蜀道难》《送友人入蜀》《乌夜啼》《行路难》《鲁东门观刈蒲》《登金陵凤凰台》《丁都护歌》《闻王昌龄左迁龙标遥有此寄》《北风行》《秋浦歌(其五、其十三和其十四)》《赠汪伦》《与夏十二登岳阳楼》《宣城见杜鹃花》《鹦鹉洲》和《公无渡河》,中法文对照。

3. 法国汉学家保尔·雅各的《李白选集》(1985)①,是由著名法国汉学家艾田伯(Etiemble)指导的"认识东方"系列中的一部。作品由对李白的介绍和诗选两部分组成,第一部分介绍李白的生平和诗歌的数量、体裁(乐府诗、古体诗和近体诗),并将他的诗划分为友情、女人、饮酒、山水和时代(人文主义)五个主题。第二部分是李白诗选集,根据作者在第一部分对李白诗歌五个主题的划分,分别选译。共译 131 首诗,包括《宣州谢朓楼饯别校书叔云》《金陵酒肆留别》《陌上赠美人》《清平调词》《长干行》《玉阶怨》《将进酒》《春日醉起言志》《月下独酌(三首)》《蜀道难》《梦游天姥吟留别》《静夜思》《行路难》《江上吟》等李白名作。诗选后附李白《与韩荆州书》一文。

4. 程英芬和埃尔维·柯莱合译的《谪仙李白:月下独酌》(1988)②,共收诗 119 首,包括《陌上赠美人》《黄鹤楼送孟浩然之广陵》《襄阳歌》《江上吟》《玉阶怨》《月下独酌(三首)》《清平调词》《春日醉起言志》《行路难》《宣州谢朓楼饯别校书叔云》《对酒》《战城南》《乌夜啼》《蜀道难》《静夜思》《临路歌》等。

5. 丹尼尔·吉拉尔德的《道之醉:李白:八世纪中国的旅行者、诗人和哲学家》(1989)③。这部书由论述李白和中国古典诗歌语言的一篇引言及 87 首李白诗选译组成。诗选包括《对酒》《将进酒》《长干行》《月下独酌》《宣州谢朓楼饯别校书叔云》《蜀道难》《梦游天姥吟留别》《春日醉起言

---

① Paul Jacob, *Florilège de Li Bai*, Paris: Éditions Gallimard, 1985.
② Cheng Wing fun & Hervé Collet, *Li Po, l'immortel banni sur terre, buvant seul sous la lune*, calligraphie de Cheng Wing fun, Paris: Moundarren, Mai 1988, Décembre 1999(第四版)。
③ Daniel Giraud, *Ivre de Tao, Li Po, voyageure, poète et philosophe, en Chine, au VIIIe siècle*, Paris: Éditions Albin Michel S.A., 1989.

志》《乌夜啼》《襄阳歌》《江上吟》《陌上赠美人》《宿峰顶寺》《山中问答》等。引言论述李白和中国古典诗歌语言,认为李白的诗中不断出现月亮和酒的形象,说明两者之间存在一种诗性的联系。江、河象征着昙花一现的流动性存在。流水经常与中国诗人的灵感联系在一起。江(阴)山(阳)代表中国不朽者的优越性。"天地相遇",山是神的居所,其上升形象化为向着天的攀升,如同进入与神的关系的方式一样。分析也从汉字的表意性出发,比如分析"仙",将之拆分为"人"和"山"。月亮、酒、江、山……所有这些元素连起来,形成了李白诗中的主导性主题。李白对不朽的迷恋,这一视角既是诗性的又是道家的。

《道之醉》书影

作者论述中国诗歌语言,认为中文不是一种平庸的理性编码,而是如同梵语和希伯来语一样,是一种神圣的语言,一种"超自然的揭示"。中国诗是用简单的语言写成的,包含着深刻的意义。这就是一首诗的魅力。诗人所未表达出来的本质比学者或教士的精确表达更加富有启发意义。中国诗清新和令人愉快。亨利·米肖认为中文的"句法极少,让人猜测,重新创造,给诗歌留出了位置"。跟许多汉学学者一样,作者指出,中国诗语言极为简洁,这种简洁甚至使现代"文人"为难。中国诗是"以简单而形象的语言,十分遵守规则的缪斯"。表意文字"通过语词使事物复活",它打开了无数道大门,为各种翻译提供了可能性。

当代西方诗人对于在远东诗中发现大自然存在的重要性很吃惊。而在当代,人们与天地隔离,自然与人们所生活其中的大自然不再是同一个:大自然已经被科技污染了。在远东的诗歌中则根本不是这样,在那里,诗人的感情与大自然相应。这是丹尼尔·吉拉尔德从李白诗歌中体悟到的中国古代哲学的自然之道。

6. 法国汉学家班文干《长恨歌传:中国名人传记》(1989)[①]法译了明代冯梦龙三言之一《警世通言》第九卷"李谪仙醉草吓蛮书",这是第一次将这篇白话李白传奇翻译成法语出版。其中也包括李白的一些诗,如《清平调》三首以及杜甫的《寄李十二白二十韵》。

7. 多米尼克·赫尔兹的《流放在我们的大地上》(1990)[②],这个译本根据瞿蜕园和朱金城校注的《李白集校注》(上海古籍出版社,1980)编译而成,同时还参考了《李白诗选注》(上海古籍出版社,1978),选诗43首,按年代排列,包括《长干行》(二首)、《静夜思》《黄鹤楼送孟浩然之广陵》《春夜洛城闻笛》《蜀道难》《乌夜啼》《玉阶怨》《月下独酌》《行路难》《乌栖曲》《山中问答》《山中与幽人对酌》《独坐敬亭山》《秋浦歌》(五首)、《赠汪伦》《公无渡河》等。译者小心而认真地对待诗歌翻译,对诗中难以为法国读者理解的特殊地名和专业名词给出注解。他赞同德理文对诗歌翻译的看法:"应该熟读每一句中文,深入其所蕴含的意象或思想,努力抓住主要特征,保存其力度或色彩。这个任务非常重,也很危险,因为人们会发现其中蕴含着任何欧洲语言都无法包含的真实的美。"[③]多米尼克·赫尔兹的译文严谨而准确。

---

① Jacque Pimpaneau, *Biographie des Regrets Eternels*, biographies de chinois illustres, Paris: Éditions Philippe Picquier, 1989. pp.55-83.

② Dominique Hoizey, *Sur Notre Terre Exilé*, Paris: Orphée La Différence, 1990.

③ Dominique Hoizey, *Sur Notre Terre Exilé*, Paris: Orphée La Différence, 1990.

《流放在我们的大地上》书影

    8.Wang Françoise 的《李太白诗中对不朽的追求》(1997)①。分：引言；第一章：李太白生平；第二章：李太白的宗教生活（Réception du registre；"还丹"）；第三章：李太白的道教朋友（吴筠，司马承祯，玉真公主，胡紫阳，元丹丘）；第四章：李太白诗中的女性（李太白的第四位妻子宗氏，褚三清，焦炼师，上元夫人和玉女）；结论。在引言中，作者从文学与宗教的关系出发，探讨诗人与神灵之间的关系——诗人出于跟上帝沟通的意愿，创作带有神话和宗教色彩的诗歌②。同时强调中国诗歌的顶峰时期——盛唐，是儒家、道教和佛教等多种哲学和宗教思想混融（fusion③）的时代。唐代最伟大的两位诗人——李白和杜甫正是在这一时代条件

---

① Wang Françoise, *La Quête de l'immortalité chez Li Taibo*（701—762），Paris：Éd.You-feng，Paris，1997.

② Wang Françoise, *La Quête de l'immortalité chez Li Taibo*（701—762），Paris：Éd.You-feng，Paris，1997，p.3.

③ 同上。

下诞生的。作者研究李白诗中对不朽的追求这个问题,是为了尽可能公正地重建李白的视像(une vision la plus juste possible①)。"不朽并非想象力的凭空创造,它突出了一套哲学和宗教思想的系统,并构成了其一生为之操心的事业。"②作者在结论中归纳了李白对不朽追求的三项根基:第一是为诗人提供思想理论基础的哲学根基;第二是使得李白实践各种仪式的宗教根基;第三是李白的生平经历证明了不朽的概念在其生活中具有重要性③。

9.胡若诗(Florence Hu-Sterk)《中国诗歌高峰:李白和杜甫》(2000)④。这是一部李白和杜甫的比较研究专著。作者以李杜并举的形式,分别叙述了两位诗人的生平、世界观和生活哲学、自画像、交谊,阐述了两者的诗歌风格、诗歌形式、诗歌美学、主题诗歌。作者指出,李白的生活哲学是"不可能的选择"(l'impossible choix),他的诗学主张是回归古代和自然美学,他的诗歌风格如同大江般猛烈。李白所受的传统影响更多的是《楚辞》。李白的诗中有对简单、平易美的追求,与道家哲学相宜。"自然美"是李白诗歌美学的核心。另一方面,李白诗中也有一个充满了虚构之神、闪闪发光的天之世界,来自道教的遗产。李白表现了盛唐美学。李白诗中经常运用的色彩词体现了李白的精神视线,执着于白色的透明和纯洁,他给予色彩真正的自主,达到了审美的目的。

10.Ferdinand Stoces 的《天地即衾枕:李白的生平和作品》(2003)⑤。作者以时间顺序为纲,结合李白的生平叙述其诗歌创作。以富于文学色彩的章节名,将李白的生平和诗歌创作串联起来。如第二章"我梦见了四轮马车丝织软帽高官的荣耀",第三章"小鸟在我们掌心啄食",第四章"峨眉山月半轮秋",第五章"像流星一样跳跃",第十章"我自抬头向天笑",第十一章"他叫我谪仙人",第二十章"我想把整个生命献给皇帝"等。作者指出,李白这位中国诗人在西方十分有名,他的诗歌在法国已经有了不少译介,此书旨在尽可能详细地向法国读者呈现他所能呈现出来的所有资料,

---

① Wang Françoise, *La Quête de l'immortalité chez Li Taibo*(701—762), Paris:Éd. You-feng, Paris,1997,p.7.
② 同上,p.7.
③ 同上,p.333.
④ Florence Hu-Sterk,*l'Apogée de la Poésie Chinoise:Li Bai et Du Fu*,Paris:You Feng,2000.
⑤ Ferdinand Stoces,*Le ciel pour couverture,la terre pour oreiller:la Vie et l'Œuvre de Li Po*(701—762),Paris:Éditions Philippe Picquier,2003.

包括诗歌和注解,以使读者能在阅读这些文本的基础上得出适当的结论。作者通过这部李白的生平和作品,不将这位伟大诗人作为一个评判对象,而是让诗人自己言说和讲述自己,试图在读者中唤起一个"真实"的李白,一个作为其时代诗人、也是一个平凡人、但通过其天才的诗歌创作而不朽的李白。

11. Daniel Giraud 的《谪仙李白》(2004)①,选诗 36 首,包括《峨眉山月歌》《题峰顶寺》《陌上赠美人》《江上吟》《赠孟浩然》《黄鹤楼送孟浩然之广陵》《独坐敬亭山》《玉阶怨》《清平调词》《下终南山过斛斯山人宿置酒》《月下独酌》《蜀道难》《菩萨蛮》《铜官山》《望庐山瀑布》《山中问答》《静夜思》等。

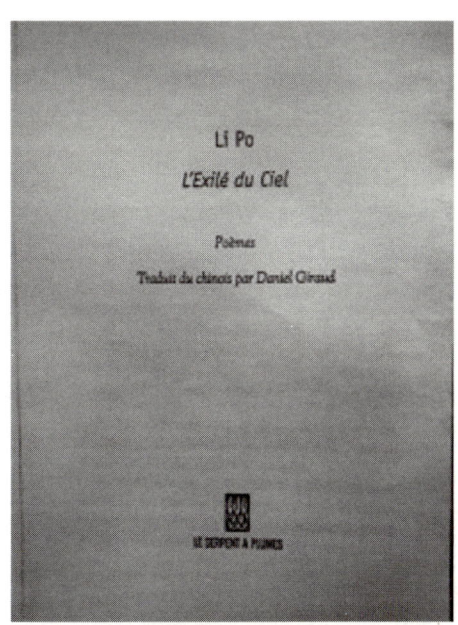

《谪仙李白》书影

---

① Daniel Giraud, Li Po, l'Exilé du Ciel, Paris: le Serpent À Plumes, 2004.

12.德理文《李白》(2004)①,本书编者 Céline Pillon 将 1862 年德理文《唐诗》中所收入的 30 首李白诗,即《金陵》(其三)、《侠客行》《江上吟》《对酒行》《子夜吴歌》(四首)、《采莲曲》《春日行》《清平调(其一、其三)》《宫中行乐词》(其二、其五、其七)、《春日醉起言志》《白头吟》《下终南山过斛斯山人宿置酒》《静夜思》《山鹧鸪词》《将进酒》《行行游且猎篇》《于阗采花》《乌栖曲》《塞下曲(其一、其五)》《秋思》《宣州谢朓楼饯别校书叔云》《乌夜啼》《悲歌行》,整理为一集。在编后李白介绍文中,编者 Céline Pillon 将李白称为"中国文学最怪诞的人物"(le personnage le plus extravagant de la littérature chinoise),是有着自由、原创天才,崇尚快乐和享受的"风流"人物之一②。

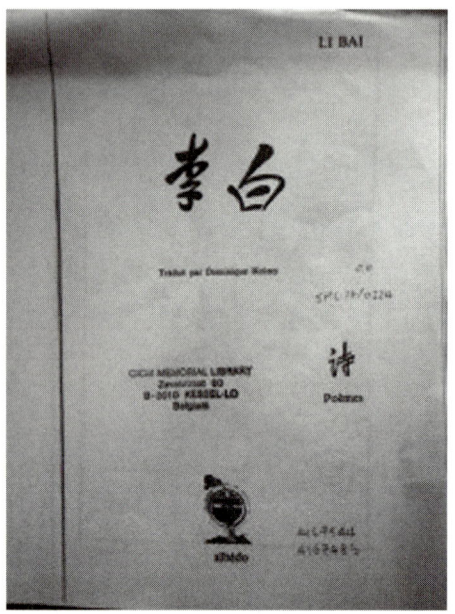

《李白》书影

---

① Le Marquis d'Hervey Saint-Denys, *Li Bai: Écoutez là-bas, sous les rayons de la lune…*, Paris: Mille et une nuits, département de la Librairie Arthème Fayard, 2004.

② 同上,p.67.

二、杜甫诗歌的译介和研究

1.比利时汉学家乔治特·雅热的《杜甫:流浪的人》(1989)①。以一页中文原诗、一页法文译文的形式,译介了61首杜甫的诗,包括《佳人》《奉赠韦左丞文二十二韵》《兵车行》《月夜》《羌村三首》《梦李白》(二首)、《垂老别》《佐还山后寄》《茅屋为秋风所破歌》《登高》《丹青引》等。杜甫的律诗代表作《秋兴八首》没有收入。

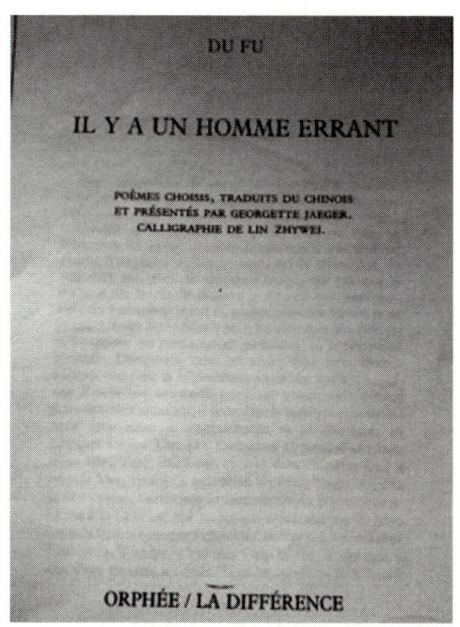

《杜甫:流浪的人》书影

2.程英芬和埃尔维·柯莱合译的《杜甫:天地一沙鸥》(1995)②。一边

---

① Georgette Jaeger,*Du Fu:Il y a un homme errant*,Calligraphie de Lin Zhywei.Paris:Orphée,La Différence,1989.

② Cheng Wing fun & Hervé Collet,*Du Fu:une mouette entre ciel et terre*,calligraphie de Cheng Wing fun,Paris:Moundarren,chemin des bois,Millemont,1995.

叙述杜甫生平，一边选译其诗。共译诗95首，包括《望岳》《游龙门奉先寺》《赠李白》《与李十二白同寻范十隐居》《饮中八仙歌》《渼陂行》《兵车行》《陪郑广文游何将军山林》《重过何氏》（二首）、《奉先刘少府新画山水障歌》《夏日李公见访》《月夜》《遣兴》《春望》《忆幼子》《哀江头》《述怀》《得家书》《羌村三首》《送郑十八虔贬台州司户伤其临老陷贼之故阙为面别情见于诗》《曲江》（二首）、《曲江对酒》《因许八奉寄江宁旻上人》《逼侧行赠毕曜》《酬孟云卿》《早秋苦热堆案相仍》《赠卫八处士》《石壕吏》《乾元中寓居同谷县作歌七首》《卜居》《田舍》《进艇》《屏迹》《南邻》《北邻》《野老》《漫成》《春夜喜雨》《春水》《春水生》《水槛遣心》《江畔独步寻花绝句》《绝句漫兴》《客至》《落日》《晚晴》《楠树为风雨所拔叹》《茅屋为秋风所破歌》《狂夫》《百忧集行》《客亭》《客夜》《天边行》《倦夜》《发阆中》《忆昔》《春归》《绝句》（二首）、《别常征君》《引水》《白帝城最高楼》《白帝》《秋兴》《阁夜》《缚鸡行》《遣闷戏呈路十九曹长》《过客相寻》《竖子至》《秋清》《秋野》《醉为马坠，诸公携酒相看》《观公孙大娘弟子舞剑器行》《自瀼西荆扉且移居东屯茅屋》《暂往白帝复还东屯》《登高》《东屯北崦》《夜归》《复阴》《写怀》《书堂饮既夜复邀李尚书下马月下赋绝句》《暮归》《登舟将适汉阳》《夜闻觱篥》《清明》《江阁卧病走笔寄呈崔卢两侍御》《逃难》《过津口》。

3. 胡若诗（Florence Hu-Sterk）《中国诗歌高峰：李白和杜甫》（2000），如前所述，这是一部李杜比较研究论著。作者对杜甫评价甚高，认为其诗的风格是"集大成"，杜甫在中国诗歌史上的地位如同孔子在中国哲学上的地位。尽管杜甫的思想超过了单一的儒家的范围，反映了唐代社会的折中主义，但他恪守儒家的基本道德，"仁义""公正"，以及"孝慈"和"忠诚"，一句话，即"君子"所具备的所有品质。杜甫对中国诗歌的贡献在于两个方面：一方面，诗人调动了人类所有的感情，打开了公共生活和私人生活的主题，丰富了诗歌的内容；另一方面，杜甫完善了律诗这种诗体。作者指出，与李白"不可能的选择"相对，杜甫的生活哲学是"对不可能的选择"（le choix de l'impossible）。与李白诗歌风格犹如"江的猛烈"相对，杜甫的诗歌风格如"火山的痛苦"。与李白从韵律学大师到拒绝约束相对，杜甫的七律是"手铐之舞"。杜甫以其"瘦"的美学内在地跟唐帝国的衰落联系在一起，代表一个转折点，不仅是文人的也是画家的转折点。

三、白居易诗歌的译介和研究

早在 1892 年,比利时汉学家夏尔斯·约瑟夫·德·哈雷兹(Charles Joseph de Harlez,1832—1899)法译了白居易的《游悟真寺诗一百三十韵》。译者之所以选择白居易的这首诗是由于唐代佛教的盛行。20 世纪上半叶,徐仲年和罗大冈都曾关注白居易并研究过他的诗。罗大冈在巴黎大学的博士论文即以白居易为研究论题:《诗人白居易的双重灵感》(*La Double inspiration du poète Po Kiu-Yi*,Paris:P.Bossuet,1939)。徐仲年也撰有《白居易:唐代诗人》,发表于 20 世纪 30 年代的《里昂大学杂志》。苏俄汉学家阿列克谢耶夫曾经指出,白居易是最具有"国际因素"(l'élément international)的诗人:"数年来,人们选择唐代著名诗人白居易为这个角色,他的诗是唐诗中最为自然天成,对译者和读者来说都是最容易接近的"[1]。20 世纪下半叶,法国又出版了多部白居易诗选集。主要有如下:

1.多米尼克·赫尔兹的白居易诗选小册子《白居易:诗歌》(1985)[2]。译者根据的是上海古籍出版社 1984 年的《白居易诗文选注》。以一页中文一页法文相对照的形式,选译白居易诗 15 首,包括《赠卖松者》《悲哉行》《海漫漫》《道州民》《黑潭龙》《买花》《村居苦寒》《初贬官过望秦岭》《蓝桥驿见元九诗》《问刘十九》《夜雪》《遗爱寺》《暮江吟》《钱塘湖春行》《忆江南》。

2.乔治特·雅热的《白居易〈长恨歌〉及其他诗》(1992)[3]。作者在前言介绍白居易所生活的时代背景,以及他的生平和作品。除了《长恨歌》外,另外选诗 36 首,包括《琵琶行》《草》《大林寺桃花》《登香炉峰顶》《过天门街》《初入太行路》《暮江吟》《夜泊旅望》《舟中夜坐》《题李次云窗竹》《月夜登阁避暑》《江楼夕望招客》《轻肥》《卖炭翁》《缭绫》《纳粟》《悲哉行》《红线毯》《紫毫笔》《两朱阁》《村居苦寒》《太行路》《上阳白发人》《母别子》《池上寓兴》《读老子》《喜陈兄至》《烹葵》《醉中对红叶》《村雪夜坐》《庭松》《闻虫》《夜坐》《梦微之》《洛中偶作》《客路感秋

---

[1] Basile Alexéiev, *La littérature chinoise, Six conferences au collège de France et au Musée Guimet*, Paris:Librairie orientaliste Paul Geuthner,1937.p.150.

[2] Dominique Hoizey, *Bai Juyi*, *Poèmes*, Paris:Albédo,1985.

[3] Georgette Jaeger, *Chant des regrets éternels et autres poèmes*, Paris:Orphée,La Différence,1992.

寄明准上人》。

3.1989年,法国汉学家班文干的《长恨歌传:中国名人传记》(*Biographie des Regrets Eternels*, *biographies de chinois illustres*)法译了明代冯梦龙三言之一《警世通言》第十卷"钱舍人题诗燕子楼"①,这是为白居易而写的白话小传。雷威安(André Lévy)认为白居易诗歌的流行程度堪与雨果相媲美②。

4.雅克·夏丹的《长恨歌及其他诗》(2006)③。译介《长恨歌》和白居易的一些讽喻诗。译文参考了罗大冈博士论文《白居易的双重灵感》(1939)、罗大冈《首先是人,然后是诗人》(1948)、帕特西亚·吉亚尔玛(Patricia Guillermaz)的《中国诗:自起源至今》(*La poésie chinoise des origines à nos jours*,1957)、戴密微《中国古典诗选》(1962)以及保尔·雅各《权力空位》(*Vacances du pouvoir*,1983)中的相关译文。

四、寒山诗歌的译介和研究

寒山(号寒山子)是一位重要的唐代通俗诗人。他的诗流行于一般人民中间,很少为士大夫所齿。寒山的诗,历代都有刻本,至今流传着。但是,寒山这个人,以及他的诗集,还有许多疑问,没有解决。现在通行的《寒山诗集》由署名台州刺史的闾丘胤所编。这部诗集有一篇序言,其中说寒山隐居于天台唐兴县西七十里的寒岩,时常到天台山国清寺去看朋友拾得。拾得是国清寺里一个管食堂的行者,他经常把残菜剩饭储存在竹筒里,寒山来时,就把竹筒背回去。寒山在寺内长廊下徐行漫步,独言独笑,快活叫唤。寺里和尚来干涉他,他就拍手大笑,好久才去。他衣服破旧,形貌枯悴,像一个贫士。戴一顶桦皮帽,脚下拖一双木屐。闾丘胤在长安,分发到台州刺史的官职。在即将离京赴任的时候,忽然患了头痛病。于是请医师治疗,岂知越治越痛。后来碰到一个名叫丰干的和尚,自称是特地从

---

① Jacques Pimpaneau, *Biographie des Regrets Eternels*, *biographies de chinois illustres*(《长恨歌传:中国名人传记》), Paris:Éditions Philippe Picquier, 1989, pp.85—100.

② André Lévy, *La Littérature Chinoise Ancienne et Classique*, Paris:Presses Universitaires de France,1991.p.71.

③ Jacques Chatain, *Chansons des regrets sans fin:et autres poèmes* / Bai Juyi, Paris:l'Harmattan, DL 2006.

天台山国清寺来给他治病的。于是闾丘胤就请他治病。和尚向他推荐了国清寺的寒山和拾得,称寒山是文殊菩萨化身,拾得是普贤菩萨化身。闾丘胤到台州上任之后,便到国清寺去进香,寻找寒山和拾得。寒山和拾得两人却避之不及,离寺出逃。闾丘胤吩咐手下搜寻,在竹木石壁上和人家厅堂上抄得寒山写的诗三百余首,又在土地堂墙壁上抄得拾得写的偈语数十首。遂编集成卷。

闾丘胤究竟为何许人,他任台州刺史在什么时候都没有在《寒山子诗集》中留下记录,诗集序文的末尾也不署撰写年月。寒山、拾得的诗中,也看不出年代。《太平广记》卷五十五有《寒山子》一条。文云:"寒山子者,不知其名氏。大历中,隐居天台翠屏山。其山深邃,当暑有雪,亦名寒岩,因自号寒山子。好为诗,每得一篇、一句,辄题于树间石上。有好事者,随而录之,凡三百余首,多述山林幽隐之兴,或讥讽时态,或警励流俗。桐柏徵君徐灵府序而集之,分为三卷,行于人间。十余年,忽不复见。"记录中没有丰干和拾得,也不提国清寺。不知什么时候,有人托名唐台州刺史闾丘胤,把寒山的诗集重新改编,加上了一篇序文,编造了丰干、拾得和寒山的故事,说他们是弥陀、文殊、普贤的化身。又增入了拾得和丰干的诗偈,于是他们和国清寺发生了关系。《旧唐书·经籍志》中没有《寒山子诗》。《新唐书·艺文志》中著录《寒山诗七卷》,将其编入释家类。北宋的《景德传灯录》将闾丘胤序文中所述遇到的寒山、拾得的故事抄录在内,外加许多禅机问答,并说明他们是唐贞观初人。清初编《全唐诗》,把寒山、拾得和丰干的诗各一卷编在僧诗的卷首。《四库全书总目提要》把《寒山子诗集》编在王绩的《东皋子集》之后,王勃的《王子安集》之前。从此,文学史家一般都把寒山诗列入初唐释家诗歌。

从 12 世纪至 17 世纪,寒山在中国本国并未受到重视,但在日本,宗教诗歌,尤其是受到禅启发的诗则受到了前所未有的重视,寒山的作品阶段性地再版。日本皇家图书馆保存着寒山最为古老的诗集版本(1189 年)。在中国国内,寒山引起中国文学学者的关注始于胡适《白话文学史》(1928)对寒山的发现。

1954 年 9 月,英国汉学家亚瑟·韦利在杂志《遇见》(Encounter)上首先向英国介绍了寒山的 27 首诗;1956 年,美国"垮掉的一代"派诗人施奈德(Gary Snyder,1930—)翻译了寒山诗 24 首,发表在三番市文学杂志《常青藤评论》(Evergreen Review)上;另一位"垮掉派"诗人杰克·凯鲁亚克

(Jack Kerouac，1922—1969)1958 年发表小说《达摩的流浪汉》(*The Dharma Bums*,1958);哥伦比亚大学教授华兹生(Burton Watson)研究了日文版寒山诗的评论后,尤其是读了入矢义高(Iriya Yoshitaka)的评论之后,翻译了 100 首寒山诗,于 1962 年出版诗集《寒山：唐代诗人寒山诗一百首》①。这些作品使很大一批"前卫"的美国人对禅发生兴趣。这是由于厌倦于西方文明的美国青年试图寻找一种"自然的"自由,禅正好适应了他们的需求。在那个时代,寒山像嬉皮士一样,成为美国年轻一代反叛和"垮掉"的表率。

1957 年,《通报》第 45 卷发表了吴其昱的英文论文"寒山研究"②。该论文包括：一、寒山身份的试确定；二、关于寒山诗集序言的传说；闾丘胤的丰干的叙述、杜光庭的寒山子传、Tsan-ning 记载的拾得生平、灵祐向国清寺朝圣、丰干向五台寺朝圣、拾得及其扫地的逸闻、普愿、寒山子和拾得的叙述、姚广孝关于寒山的传说等；三、选译寒山诗 50 首。作者认为寒山可能就是佛教和尚拾遗(577—654)。1978 年加拿大汉学家蒲立本(E.G. Pulleyblank)从语言学角度对寒山的生活年代进行考证,认为寒山的一部分诗明显属于晚唐,而另一部分、也是更为重要的部分作品,则属于初唐甚至是隋朝。他把属于隋末初唐诗的作者称为寒山 I,把属于晚唐诗的作者称为寒山 II,其诗歌押韵的方式与李贺和白居易的诗歌相符。

事实上,法国学者对寒山的关注早于英国汉学家亚瑟·韦利。前中国传教士马古礼耶斯(Georges Margouliès)1951 年的专著《中国文学史：诗歌》③第 17 章"唐代：古典主义的准备"论及初唐时期诗人对诗歌形式的探索时,着重探讨了寒山及其诗歌。他指出,寒山诗大多为五言或七言诗,在技巧上的变化很少,即诗的结构比较一致,但诗的主题丰富多变。哲学在寒山的诗中占据了最为重要的位置,但许多诗同时也描写大自然。尽管寒山是佛家子弟,但他通过这些诗传达了具有普遍意义的哲学思想,这种哲学思想在许多方面与道家思想相通。马古礼耶斯认为,通过诗歌作品,寒山不仅表现为一名佛教的沉思者,同时也是观察者,他描绘了一幅天真而简单、自然而完美的生活画面。寒山诗歌的巨大魅力和独特价值,在于表

---

① Burton Watson, *Cold Mountain, 100 poems by the T'ang poet Han-shan*, New York: Grove Press, 1962.
② 吴其昱"A Study of Han-Shan", T'oung pao, Vol.XLV, Leiden: E.J.Brill, 1957.pp.392-450.
③ Georges Margouliès, *Histoire de la Littérature Chinoise: Poésie*, Paris: Payot, 1951.

达的极度简洁。他的诗歌用语近似闲聊,而其中自有艺术,是一种自信的、完成的艺术。这是目前所见西方最早对寒山及其诗歌比较深入的研究。

  1.寒山诗的第一位法国译者是汉学家班文干。他的寒山诗选译集《达摩的流浪汉:寒山廿五首诗》(1975)①,选译了 25 首寒山诗。班文干在诗集引言中回顾了寒山诗在 20 世纪五六十年代被译介入美国后迅速走红的情况。他的译法与程抱一相近:先列出中文诗,再根据中文原诗将其逐字译成法文,最后再连缀成诗。试举一诗为例:

君看叶里花,能得几时好。
今日畏人攀,明朝待谁扫。
可怜娇艳情,年多转成老。
将世比于花,红颜岂长保。

Vous regarder feuilles milieu fleurs
Pouvoir obtenir combien moments bon
Aujourd'hui jour craindre homme tirer
Demain matin attendre quelqu'un balayer
Qui-attire-la-sympathie charme éclat sentiments
Années beaucoup tourner devenir vieux
Prendre monde comparer à fleurs
Rouge couleur comment longtemps garder.

Vous regardez les fleurs au milieu des feuilles
Elles peuvent obtenir combien de temps bon
Aujourd'hui elles craignent qu'une personne les cueille
Demain matin elles attendront que quelqu'un les balaie
Attachant, les élans du cœur pleins de fraîcheur et de charme
Après plusieurs années se transforment en vieillesse
Si l'on compare le monde aux fleurs

---

 ① Jacques Pimpaneau, *Le Clodo du Dharma*, 25 *Poèmes de Han-Shan*, 李国荣书, Université Paris-VII, Paris: Centre de Publication Asie Orientale, 1975.

L'éclat rouge comment longtemps le préserver.

班文干认为,对西方人来说,寒山为西方引入了中国山水风景,一种看待宇宙的全新视野,一种与众不同的生活方式。寒山是自由的疯子,想彻底地从俗世中解放出来,借用佛教术语来说,就是要"摆脱红尘"。对他来说,诗歌不再是美学的练习,而是摆脱了逻辑的唯一一种语言,能到达理智所到不了的地方。客观和主观最后融为一体:寒山既是他的名字,也是他所生活的山;"坐"既是佛教用语,指冥想的状态,也指坐的动作;山水也是思想;他的诗歌形式努力表达出自我与宇宙的这种统一。

1978年,弗朗索瓦·拉里耶(François Lallier)翻译了寒山的五首诗,发表在诗歌杂志《猴港》(Port-des-Singes)上。对弗朗索瓦·拉里耶来说,寒山如同王维,是一名禅的自然崇拜诗人。他通过翻译寒山的几首诗,对"禅"做出了解读,认为禅不醉心于文学,直接表现心神,在于看到真实的本性以实现佛性(la Bouddhéité①)。这种通过寒山的诗来解读禅宗思想的做法与1932年比利时汉学家布鲁诺·贝佩尔(Bruno Belpaire)通过李白关于道教主题的诗来解读道教思想②异曲同工。

2.《寒山》(1982)③。书中的文字于1981年9月以"山顶之天"(Ciel des Cimes)为题首次发表于《通道》(Passage)杂志。作者以自由体诗的形式,译介(或者不如说是重新创作)了一组以"寒山"为主题的诗歌。译诗集中突出了"寒山"(montagne froide)这一具有处所和诗人寒山双重含义的意象。作为一处处所,作者(译者)将"寒山"解读为"世界的尽头"(au bout du monde),"我的居所"(ma maison④)。在这处居所中,

没有梁木,也没有墙壁

左边 右边
前面 后方

---

① Martin Melkonian, *Montagne froide/Han Shan*, Paris:Passage,1982,p.18.
② Bruno Belpaire, "Le taoisme et Li T'ai Po", *Mélanges chinois et bouddhiques*, Bruxelle: l'Institut Belge des Hautes Etudes Chinoises, Premier volume:1931—1932,1932,pp.1-14.
③ Martin Melkonian, *Montagne froide/Han Shan*, Paris:Passage,1982.
④ 同上,p.28.

敞开着六道大门

天是进口
寒山的各室
总是烟雾缭绕 室中空空

东面高高的城墙(la grande muraille d'est)
正对着西边高高的城墙(fait face à la grande muraille d'ouest)

寒山的居中
什么也没有①

这首寒山诗的原文是：

寒山有一宅，宅中无阑隔。六门左右通，堂中见天碧。
房房虚索索，东壁打西壁。其中一物无，免被人来惜。

译文中"东面高高的城墙"(la grande muraille d'est)和"西边高高的城墙"(la grande muraille d'ouest)或可解读为东方长城(la Grande Muraille d'Est)和西方长城(la Grande Muraille d'Ouest)的隐喻。

"寒山"的另一个含义是作为禅诗人的寒山。寒山隐居于"寒山"之中，以山中的植物和果子为食。他是大自然的"无价之宝"(joyau de la nature; il n'a pas de prix②)。作者通过译介寒山的诗表达了对20世纪60年代美国读者对寒山生活态度的理解——"高蹈"派生活方式的企羡和向往；同时也表达了对佛教的敬意：这种思想意识和生活态度是"佛的珍珠"(la perle du Bouddha)，其本质为"真实"(sa nature réelle)，其疆域"完美无边"(sphère parfaite sans limites③)。对作者(译者)而言，寒山是人生旅途

---

① Martin Melkonian, *Montagne froide/Han Shan*, Paris: Passage, 1982, p.23.
② 同上, p.27.
③ 同上, p.28.

(la marche)中的一名"同行者""伴侣"(un compagnon①);"假如您认识了寒山,您将会是我的兄弟"②。寒山及其生活态度,是一种"姿态",一种"处境"(une posture③)。

3.程英芬和埃尔维·柯莱合译的《寒山:寒山的绝妙道路》(1985;1992)④,选译110首寒山五言诗。有法文和中文对照。以毛笔繁体字书写中文原诗。

4.帕特里克·卡雷(Patrick Carré)的《餐霞子:诗人、流浪汉寒山》(1985)⑤,这是寒山311首诗的全译集。寒山诗的第一位法国译者、汉学家班文干为本书作序。班文干在序言中称这是迄今为止出现的第一部中国作家作品西译文全集⑥。译者首先呈现法文译诗,然后在译诗下面再对它进行进一步的解释,既包括对诗意的阐释,也有对禅法的解释。这也是迄今为止最为全面和完善的寒山诗法译和阐释集。

班文干在序言中称,寒山是古代中国最令人赞赏的作家之一,同时也是现代性的一名创造者。这是指寒山诗被译入美国后对美国"垮掉的一代"(la Beat Generation)所产生的巨大影响。他认为,寒山对于西方读者的意义,跨越语言的界限,跨越文学史及其规则,在于他表达了、并继续表达着一种只有诗歌才能够向我们传达的追求:一种对彻底精神自由的追求,这种追求不可言传,以一种梦想的形式,带读者到达一个在实用(l'utile)和实干(savoir-faire)之外(au-delà)的世界。班文干指出,"禅"渗透着佛教和道家思想,要理解"禅"就应该首先深入理解佛教和道家思想的整体⑦;寒山作为道家大师和佛的继承者,向西方读者透露了中国的精神,这种精神实际上也在西方人的大脑中沉睡,就像森林里的睡美人,等待像寒山这样的王子到来并将她唤醒;而假如旅行者不懂得这个道理,那他们即使行走在现实中国的道路上,他们的寻觅也只会是徒劳的。班文干认为,西方

---

① Martin Melkonian, *Montagne froide/Han Shan*, Paris:Passage,1982,p.31.
② 同上,p.14.
③ 同上,p.30.
④ Cheng Wing fun 和 Hervé Collet, *Han Shan: merveilleux le chemin de Han shan*, 汉字:Cheng Wing fun, Paris:Moundarren:chemin des bois, Millemont,1985,1992.
⑤ Patrick Carré, *Le Mangeur de brumes, l'œuvre de Han-shan poète et vagabond*, Ouvrage publié avec le concours de Centre National des Lettres, Paris:Phébus,1985.
⑥ 同上,p.11.
⑦ 同上,p.12.

读者通过阅读帕特里克·卡雷的这部《餐霞子》，会发现寒山既在阿邦当斯①的斜坡上，也在韦泽尔河②两岸③。

帕特里克·卡雷则称寒山是一个简单而直接的诗人（un poète simple et direct④），他的诗对西方读者具有意义。寒山是一个精神流浪者，他的流浪思想有助于放松那些被滞重精神压垮的人们的心灵。不满于这个时代思想的读者能通过阅读寒山的诗受到鼓舞，使他们坚信始终存在着更美好的事物，并提醒他们思考一个根本性的问题：人的存在为什么以及如何跟人可怜的自由状况不断发生冲突。对西方人来说，寒山好比一种最好的强身剂（补药），尽管会刺到人们的痛处，但"良药苦口利于病"⑤。

在寒山311首诗中，超过三分之二的押韵是同一种十分典型的属于隋朝或初唐的风格，而大约八十首诗的押韵方式完全不同，是晚唐的风格。因此对寒山诗的断代是存疑的。帕特里克·卡雷采用加拿大汉学家蒲立本（Pulleyblank）的假说，认为存在两个寒山，第一个寒山生活于近7世纪，是311首诗中大部分作品的作者；第二个寒山生活于9世纪，是一名禅士、布道者。寒山的诗大部分是五言八行诗，从居中分成两半，词对词、形象对形象，如同一个对另一个的反射。这种形式具有普遍性的寂静和调和，是对这个复杂世界统一性的证明：首联揭示了诗的主题，是一种从普遍到特殊的突然转化；第二联和第三联通常以隐喻的对仗诗句阐明这种独特性；最后一联是结尾诗句，有时候以一种"白色"幽默，但更经常的是一种"黑色"幽默。帕特里克·卡雷评价了胡适对寒山的看法，认为胡适将寒山视为白话文学的一名先驱这一观点既正确又错误。说这种观点正确是因为事实上寒山诗的语言并非"文言"，说它错误是因为这种语言也并非"口语"。在帕特里克·卡雷看来，寒山的诗表达了一种真实，这种真实不是别的，正是不连贯、短暂性、无意义，等等。寒山"耍弄"着他所借用和引用的词句，冷酷无情地揭露了一个事实：诗应该被废止。他发明了一种介于诗

---

① Abondance，阿邦当斯，法国城镇，位于法国东南部。
② Vézère，韦泽尔河，位于法国西南部，峡谷两侧的众多洞穴中布满了旧石器时代史前人类所做的绘画（例如拉斯科洞窟壁画），1979年被联合国教科文组织列入第三批世界文化遗产。
③ Patrick Carré, *Le Mangeur de brumes*, l'œuvre de Han-shan poète et vagabond, Ouvrage publié avec le concours de Centre National des Lettres, Paris: Phébus, 1985, p.13.
④ 同上，p.15.
⑤ 同上。

和歌之间的风格：歌是所经历生活经典而通俗的传载体，而"诗"磨去了棱角，在虚假的理想天空举步维艰。帕特里克·卡雷认为寒山的天才来自于一种单纯的真诚和无拘无束，对于从一般到崇高的"善、美、真"的彻底的不恭敬，直至产生一种"不言而喻"的非二元论，是人们最不合常规的推理永远也不能到达的。这就是寒山。帕特里克·卡雷对寒山深为推崇，甚至拿他跟法国诗歌大师雨果相比。在他翻译寒山诗时，他着意将诗的精神传达出来，而并非仅限于文字层面。寒山以诗反对诗；帕特里克·卡雷则以翻译寒山诗探求着自由之路。

五、王维诗歌的译介和研究

1.《王维作品中的佛教思想》(1968)①。作者皮埃尔·杜丹将苏轼评价王维的话"诗中有画、画中有诗"解读为："在他的诗中始终呈现画家的灵魂，同样，在他的画中诗中则始终表现诗人的灵魂。"②他认为，王维诗所突出表现的东西、即其诗歌灵感的根基是诗人精神的极其高尚(la grande élévation de son esprit)及其道德生活的纯洁(la pureté de sa vie morale③)；而为他提供这种高贵思想意识、对大自然的热爱、对世俗的超脱、对默想的兴味的是佛教，正是佛教造就了王维艺术作品的秘密线索，即其诗歌与绘画的本质。皮埃尔·杜丹剖析王维的佛教思想，强调王维笃信佛教的母亲对他的影响："母亲对王维道德形成的影响是主导性的。"④母亲教导王维要朴素、喜好平静、热爱大自然，奉行苦行和克己的准则，崇尚虔诚的情感，培养美德，这些正是王维个性的基本特征。王维对母亲始终怀有真诚的孝心，一种深厚的感情。王维受到佛教思想意识的启示，并将这种意识用于其职场生涯，对皇帝怀有始终不渝的忠诚。后者对王维过人的诗才及其高尚道德极为尊重。

皮埃尔·杜丹强调了王维对大自然的热爱，认为这是王维诗歌的基本

---

① Daudin Pierre, L'Idéalisme bouddhique chez Wang Wei, Saigon: Société des études indochinoises, nouvelle série, tome XVIII, No.2, 1968.

② 同上，p.86.

③ 同上。

④ Daudin Pierre, L'Idéalisme bouddhique chez Wang Wei, Saigon: Société des études indochinoises, nouvelle série, tome XVIII, No.2, 1968, p.87.

特征之一。他指出,西方大量诗人和艺术家有着与王维相同的对大自然的热爱。比如 16 世纪法国艺术家伯纳德(Bernard Palissy,1510—1589)"以大自然为师"(pour lui la nature fut surtout son maître①)。诗人拜伦在《恰尔德·哈洛尔德游记》中吟唱人能在大自然中找到乐趣和喜悦,与宇宙相融。王维对大自然的热爱与众不同之处,不仅仅在于他以一名画家或诗人的眼光看待大自然,同时也是以一名虔诚佛教徒的精神,以一种纯净的神秘主义去看待大自然,在山的寂静中生活,在高高的山顶默想,超脱于尘世琐事之上,以越来越向精神上的完美提升②。总之,佛教对王维的影响通过他所有的作品表现出来。他的诗歌道德高尚,精神纯洁,充满了高贵的思想意识,向着一个不朽的光明世界提升,在这个世界里,气氛纯洁而宁静,占据道德和智力上的高峰。

皮埃尔·杜丹在文中还分析了王维对死生的看法。"有无断常见,生灭幻梦受",对王维而言,生如同一场幻梦。另一位唐代大诗人李白表达了相同的看法"处世若大梦,胡为劳其生"。王维又说:"聊持数斗米,且救浮生取""色声非彼妄,浮幻是吾真"。这种"浮生"的意识来自《庄子·刻意》:"其生若浮"。至于"死",王维说:"妄识皆心累,浮生定死媒""欲问义心义,遥知空病空""天命无怨色,人生有素风";这种意识同样源自《庄子·刻意》:"圣人之生也天行,其死也物化。"王维对生死问题的彻底了悟使他视"死"为来自上天的一种福分(il considérait la mort comme un bienfait du Ciel③),是为了解救经历了人生浮浮沉沉、在肉体和道德上遭受了所有磨难的灵魂。作者认为,这就是王维宗教玄想的核心。

在本文的第二部分,作者还翻译了王维 17 首佛教主题的诗。这 17 首诗分别为:《胡居士卧病遗米因赠》《与胡居士皆病寄此诗兼示学人二首》《蓝田山石门精舍》《饭覆釜山僧》《谒璿上人(并序)》《燕子龛禅师》《过福禅师兰若》《夏日过青龙寺谒操禅师》《过感化寺昙兴上人山院》《春日上方即事》《游李山人所居因题屋壁》《投道一师兰若宿》《过卢员外宅看饭僧共题》《青龙寺昙壁上人兄院集并序》《游感化寺》《游悟真寺》《大荐福寺大德道光禅师塔铭》。中法文对照,加以注释。释文多为佛教术语。并法译

---

① Daudin Pierre, L'Idéalisme bouddhique chez Wang Wei, Saigon: Société des études indochinoises, nouvelle série, tome XVIII, No.2, 1968, p.90.
② 同上,p.91.
③ 同上,p.91.

《庄子·刻意》篇。

2.汉学家帕特里克·卡雷的《蓝田集:诗人画家王维的作品》(1989)①。选诗363首。此部诗集根据《王右丞集笺注》卷一至卷十四(共432首诗),并根据内容和审美兼重的标准,将这些诗重新编排。作者尤其注意到王维诗集中与季节相关的词汇十分丰富,认为王维这位语言大师表现出了对于春、夏、秋、冬四季的偏爱,并将这种偏向性在法语译诗集中表现出来:选了52首春诗、35首秋诗、6首夏诗和10首冬诗。整部诗集分成八个部分:一、春诗,52首;二、夏诗,6首;三、秋诗,35首;四、冬诗,10首;五、教学,25首;六、中心集(王维最受赏识的诗),77首;七、皇帝的骑士、美人和蛮族的诗,分别是8首、7首和18首;八、宫廷诗,共63首,其中32首是献给高官显贵的,5首丧歌,9首关于个人的政治趣味,17首是献给皇帝的。译者帕特里克·卡雷认为王维诗歌的简洁语言表现了中国式想象的精髓,即运用难以言说的方式,这种方式慎重和十分有效。

《蓝田集》书影

---

① Patrick Carré, *Les Saisons Bleues*, *l'œuvre de Wang Wei poète et peintre*, Paris: Éditions Phébus, 1989.

3. 由 Wei-Pien Chang 和鲁西安·迪佛(Lucien Drivod)共同翻译的《风景:王维的心镜》(1990)①。两位译者是蒙特利尔大学东亚研究中心(Centre d'études de l'Asie de l'Est,Université de Montréal)的成员。法国汉学家桀溺和程抱一对本书提过意见和建议,书籍的出版则受到汉学家艾田伯的关心。引言中介绍王维,认为王维的艺术天才跟与其同时代的李杜一样高,却没他们那么有名。将荷尔德林的诗《生命之一半》(Moitié de la vie)与王维的《辛夷坞》"木末芙蓉花,山中发红萼。涧户寂无人,纷纷开且落"相对照,表现中西两位诗人对大自然相似的感情表达。荷尔德林的诗:

  Avec des poires jaunes

  Et tout fleuri de roses sauvages

  Se suspend

  Le paysage dans le lac.

  Ô cygnes pleins de grâce!

  Et tout ivres de baisers

  Vous plongez votre tête

  Dans les eaux sobres et sacrées

  Malheur à moi,Malheur! Où vais-je prendre

  Quand viendra l'hiver,les fleurs,où

  L'Éclat du Soleil

  Et les Ombres de la Terre?

  Les murs se dressent,

  Silencieux,glacés,et dans le vent

  Les girouettes crient.

在西方诗歌中,大自然的存在始终通过演说、情感或美学和形而上学的反思得以传达,大自然始终不是完全赤裸的。而在唐诗中,关系则近乎相反:情感通过大自然得以传达。诗人描绘大自然,而不表达感情。情感由对大自然的描绘表现出来。因为精神跟世界分不开,而是沉浸在宇宙的生活之中。宇宙的生命在于所有事物之间的相互关系。世界是和谐的。

---

① Wei-Pien Chang,Lucien Drivod,*Paysages：Miroirs du cœur par Wang Wei*(《风景:王维描绘的心之镜》),Paris:Éditions Gallimard,1990.

正是由于这个原因,王维可以不用描绘香积寺本身,而通过描绘寺庙周围的景色来表现寺庙的存在。诗集按主题分为七个部分,分别是:一、青年和战争;二、美和爱;三、文人的生活:官方世界;四、大自然、远离世俗生活;五、友情(又分为家庭、朋友和裴迪);六、居于大自然:光彩与和平(又分为《辋川集》、辋川周围的其他诗、景色与旅行、宇宙安详的美、乡村生活、享受静谧的生活);七、老年。译文以左右页中法文对照的形式呈现,左页中文原诗以繁体字书写。第五关于友情主题,作者写道,友情在王维的生活和诗歌中占据了比爱情更为重要的地位。在一个跟女性的关系被实用性目的(经济的和繁衍子孙后代)以及不平等所支配的社会里,所有人际关系所引起的温情只能由朋友来承担。王维的大部分朋友都是诗人或跟他一样喜好大自然的官员。王维关于友情的大部分诗都带有离别(旅行或死亡)的迹象。在第六部分,作者认为王维最美的诗是那些他表达对大自然以及与宇宙韵律相和谐的简单生活深沉之爱的诗。

王维作为画家诗人的身份使得他尤受西方关注。因为诗画关乎艺术本身——而艺术正是西方向东方所寻求的。王维这位著名的唐代画家、诗人代表了文人的理想,因为他将风景从所有的装饰效用中解放出来,对他而言风景具有一种真正的诗意(…parce qu'il a libéré le paysage de tous les enjolivements don't il se parait encore pour lui conférer une réelle valeur poétique,grace à la technique du monochrome don't il serait l'inventeur[①])。雷威安也将王维视为唐代最伟大的三位诗人之一[②]。

4.Wang Chia-yu 的《王维诗选》(2007)[③]。本书大开本,印有彩页,王维诗中法对照,并有书法家林秉德的书法作品以及摄影家张平的山水摄影作品。选王维山水田园诗62首:《送綦毋潜落第还乡》《送别》《青溪》《渭川田家》《西施咏("艳色天下重")》《老将行》《桃源行》《榆林郡歌》《齐州送祖三》《终南别业》《赠裴十迪》《新晴野望》《献始兴公》《送綦毋校书弃官还江东》《冬夜书怀》《登裴迪秀才小台作》《归嵩山作》《过香

---

① Dictionnaire de la civilisation chinoise, Paris:Albin Michel, Encyclopædia Universalis, 1998, p.34.

② André Lévy, *La Littérature Chinoise Ancienne et Classique*, Paris:Presses Universitaires de France,1991.p.66.

③ Wang Chia-yu, *Poèmes pastoraux*:*Wang Wei*, calligraphies de Lin Bingde;photographies de Chang Ping,Paris:Édtions You feng,2007.

积寺》《终南山》《山居秋暝》《山居即事》《登河北城楼作》《送邱为往唐州》《送友人南归》《泛前陂》《早朝》《过感化寺昙兴上人山院》《辋川闲居赠裴秀才迪》《喜祖三至留宿》《寄荆州张丞相》《观猎》《使至塞上》《登辨觉寺》《汉江临眺》《送梓州李使君》《酬张少府》《秋夜独坐》《待储光羲不至》《送邢桂州》《听宫莺》《田家》《奉和圣制从蓬莱向兴庆阁道中留春雨中春望之作应制》《积雨辋川庄作》《早秋山中作》《酬郭给事》《和贾舍人早朝大明宫之作》《出塞作》《息夫人》《辋川集（其一、其二）》《答裴迪》《山中寄诸弟妹》《别辋川别业》《哭孟浩然》《相思》《杂诗》《鸟鸣涧》《田园乐（一、二）》《九月九日忆山东兄弟》《少年行》《送元二使安西》。

六、李商隐诗歌译介和研究

　　吴德明的《中国古代的爱情和政治：李商隐诗一百首》（1995）①。这本书是作者的一些亲朋好友共同资助出版的。这些朋友包括程抱一、程安娜父女以及法国汉学家皮埃·卡塞（Pierre Kaser）和桀溺（Jean-Pierre Diény）。作者对李商隐的生平、个性与思想以及诗歌艺术作了专门的论述，这使得此部著作不仅仅是一部李商隐诗选集，同时也是一部李商隐诗歌研究论著。吴德明认为，爱情毫无疑问是李商隐诗最为常见的主题，至少是他的诗中最有创意的。跟中国儒家学者对李商隐大量无题诗所做的政治解读不同，吴德明认为这些诗暗示着秘密的爱情。在本诗集所译介的100 首诗中（书后有中文原诗），45 首是关于爱情的，其中有四首是纯粹的夫妇之爱；28 首是政治诗，14 首涉及诗人遭到排斥的处境，剩下来的15 首中有的是关于友情的，其余的主题多变。吴德明认为，李商隐通过这种爱情诗，以含蓄的方式表达了对儒家的批评。在这些诗中，爱情是飘逸的、柏拉图式的。吴德明指出，李商隐的创造性在于他是当时唯一发展了这一主题的诗人。

　　2000 年，由法国汉学家雷威安编辑的《中国文学词典》②收入唐代诗

---

　　① Yves Hervouet, *Amour et Politique dans la Chine Ancienne, cent poèmes de Li Shangyin(812—858)*, Paris, 1995.

　　② André Lévy, *Dictionnaire de littérature chinoise*, Paris: Quadrige/PUF, 2000.

《中国古代的爱情和政治:李商隐诗一百首》书影

人词条,其中包括李商隐。本词典是由倍阿特里丝·迪迪耶(Béatrice Didier)1994年主编的《世界文学词典》①的一部分。作者 F.Martin 对李商隐及其诗歌的评价:李商隐的很多无题诗向来被作为政治隐喻诗予以解读。作者指出,这些诗的基本特征是对浮世的阐释甚或是对梦、想象和现实的复杂交错。他的诗营造出了一种梦幻般的气氛,给人一种无精打采的沉闷印象(现代中国批评者有时候谴责他的诗"不健康"),可能跟身体的一种慢性病有关。在李商隐的诗中,具有中国十分稀少的一种爱情激情,一种无法达到的诱惑力。这方面他最著名的诗是《锦瑟》。正是这种对个人化意象、而不是那些陈词滥调运用的喜好,李商隐在这一方面跟李贺这位诗人联系起来。令人感到奇怪的是,这使他有异于中国传统的奇特正是使他(在表面上)接近于西方诗人的东西。有时候给这种东西贴上一个奇

---

① Béatrice Didier, *Dictionnaire universel des littératures*, Paris: Presses Universitaires de France, 1994.

怪的标签,比如"巴洛克"或者"象征主义"。不管到底是什么,李商隐的作品整体反映了一个具有多方面才能的天才,一种多样化的创作,从古代语言和当代的口语中汲取营养。他的诗中大胆、丰富的形象和表达的热情,使李商隐成为诗歌语言最伟大的探索者之一。① 另一部《中国文明词典》(1998)②介绍了五位唐代诗人(杜甫、韩愈、李白、李商隐、王维),李商隐是其中之一。作者认为,李商隐的诗迥异于中国古典诗的传统,在中国对他的研究比较肤浅。但他的诗一被译介到欧洲(20世纪70年代末期),西方汉学家便开始对他产生兴趣。读了李商隐的诗,就不再能说中国传统诗歌仅限于传统的主题和意象。他的诗以晦涩难懂、含糊不清为基本特征,也正是这种基本特征构成了其诗歌的吸引力。

七、李贺诗歌译介和研究

罗大冈在其1948年的《首先是人,然后是诗人》中已经提到李贺,认为他在中国诗坛上的地位有如法国象征派诗人儒勒·拉福格(Jules Laforgue,1860—1885)、洛特雷阿蒙(Comte de Lautréamont,1846—1870)或兰波,都是少年反叛者。1989年,法国汉学家班文干(Jacques Pimpaneau)的《长恨歌传:中国名人传记》(*Biographie des Regrets Eternels*, *biographies de chinois illustres*)法译了李商隐的《李贺小传》③,这也是对李贺这位特点突出的唐代诗人的关注。尽管班文干的着眼点在于中国文学的特殊类型——传记小说,但李商隐通过这篇传记叙述了这位短命(李贺仅活了27岁)的奇才诗人的坎坷遭际,谓其生时位卑("位不过奉礼太常"),又遭到时人的贬斥("时人亦多排摈毁斥之"),对他的遭遇深表同情和不平,同时也对李贺的文学才华做出了很高的评价,谓其为"才而奇者""不独地上少,即天上亦不多""帝独重之",实在是十分难得而重要的诗人,理应受到世人更多的重视和关注。

---

① André Lévy, *Dictionnaire de littérature chinoise*, Paris: Quadrige/PUF, 2000, pp. 174-175. 作者:F. Martin.

② *Dictionnaire de la civilisation chinoise*, Albin Michel, Encyclopædia Universalis, Paris: 1998.

③ Jacque Pimpaneau, *Biographie des Regrets Eternels*, *biographies de chinois illustres*(《长恨歌传:中国名人传记》), traduites par Jacques Pimpaneau, Paris: Éditions Philippe Picquier, 1989. pp. 101-106.

1994年,巴黎出版了一部李贺诗选集《梦幻和白日》①,译介了《李贺诗全集》(共233首)的前四分之一:58首。其序言反对欧洲读者阅读李贺的诗仅仅联想到波德莱尔、兰波和阿波利奈尔等法国现代派诗人,强调李贺创作的诗歌的丰富性和多样性,希冀人们通过阅读更多的李贺诗歌译作,更多地了解和关注这位具备一种独一无二现代形式的诗人。

李贺也受到法国汉学家雷威安的重视。他认为李贺是晚唐比较出色的诗人,他在中唐诗人白居易之后出现,犹如雨果之后出现了兰波②。雷威安编辑的《中国文学词典》(1994;2000)唐代诗人词条中也包括李贺。作者 F. Martin 对李贺及其诗歌的评论为:李贺是继谢灵运之后最多向《楚辞》的萨满世界汲取灵感的诗人。他的诗句法破碎,对仗不一致,经常诉诸神话,晦涩难懂。他的诗意象大胆、不合常规、超出传统之外,将读者带入一个奇异而不宁静的世界。他的诗表现了前所未有的色彩的重要性,以及十分重要的死亡和衰败的意象。李贺的诗歌中包含了大量多样化的语调,讽刺的、诙谐的,尤其反映了遭受不公正对待的痛苦,一种无法医治病痛的意识,死亡与时间的无情流逝,正是这些在他最好的诗中打上了深深的印记。在诗歌的词句方面,李贺对诗句用语精雕细琢,灵感超越了现实和丑恶,几近完美。通过阅读李贺的诗,往往想象一位瘦骨嶙峋、有着长长的指甲和高雅气质的诗人。李贺诗歌的病态特征使他成为同代诗人中的"鬼才"。作者指出,李贺的诗扰乱了根深蒂固的中国传统诗歌意象,所以在他的时代,除了杜牧和李商隐以外,很少有人称扬他的诗;与此相关,李贺的诗一首也没有被收入《唐诗三百首》。作者认为,假如李贺由于他的颓废主义曾在本国遭到否定,他的形式主义、神秘性和病态表现了他对传统枷锁的反叛并从中解放出来,而今天的中国终于重新发现了这位"不受重视的诗人":人们经常将他与西方的象征主义联系起来。作者预言,李贺很可能在某一天被认为中国最好的诗人之一。就像他自己的诗所写的那样:"恨血千年土中碧。"③

---

① Marie-Thérèse Lambert et Guy Degen, *Li He*, *Les Visions et les jours*, choix, Paris: Orphée La Différence, 1994.

② André Lévy, *La Littérature Chinoise Ancienne et Classique*, Paris: Presses Universitaires de France, 1991. pp. 55-75.

③ André Lévy, *Dictionnaire de littérature chinoise*, Paris: Quadrige/PUF, 2000, pp. 165-166. 作者:F. Martin.

八、王梵志诗歌译介和研究

　　最后值得一提的重要唐代诗人是王梵志。王梵志是寒山之前的一位重要唐代通俗诗人,他的诗从宋代起已经失传,直到敦煌石室中发现了唐人写本,才得以为世人所见。发现王梵志的法国汉学家是戴密微,主要作品是戴密微的《王梵志诗附太公家教》①(1982)。这是一部王梵志诗法译集,也是一部重要的敦煌写本研究文献。戴密微是佛教研究专家,对推动佛教的研究做出了巨大贡献。同时也推进了建立在敦煌发现之材料基础上的相关研究,其中包括佛教诗人王梵志以及敦煌曲子词的研究。跟寒山比起来,王梵志的年代更晚,诗歌的文学性更强,内容更为精炼。由于寒山而使人忘记了王梵志。寒山的诗由印刷而流传下去,但王梵志的作品自从宋代以后就湮没无闻了。这无疑是由于寒山的作品没有王梵志的诗那么"通俗",王梵志作品的语言和思想离"雅"太远。本书所附的《太公家教》也是出自敦煌古籍,是唐代最好的俗文学专著。

　　在本书序言中,戴密微将诗歌的量词"首"(他翻译为"pièce")和"节"(他翻译为"stance")区别开来,他解释"首"与法语的"chapitre"("章")有些类似(一般有"有句无章"的说法,这里的"章"就是"诗章",即一首完整的诗),一首诗是语义和韵律的完整构成,可以由一个或数个诗节组成(*pièce* de poésie formant un tout sémantique et prosodique et qui peuvent comprendre une ou plusieurs *stances*)。如第一卷第一首包括三个 stances:

1 A
遥看世间人,村坊安社邑。
一家有死生,合村相就泣。
1 B
张口哭他尸,不知身去急。
本是长眠鬼,暂来地上立。

---

① Paul Demiéville, *L'Oeuvre de Wang le Zélateur*, suivie des Instructions Domestiques de l'Aïeul, *Poèmes populaires des T'ang*(VIIIe-Xe siècles), Edités, traduits et commentés d'après des manuscrits de Touen-houang, Paris: Collège de France, Institut des Hautes Études Chinoises, 1982.

1 C
欲似养儿甄,回干且就湿。
前死深埋却,后死续即入。

这三"节"诗有一个共同主题,即"死亡"。以相同或相关主题的数节诗为一"首";实际上相当于一般意义上的三首。如第一卷第二首包含四节诗,其主题是"钱财、贫富":

2 A
吾福有钱时,妇儿看我好。
吾若脱衣裳,与吾叠袍袄。
2 B
吾出经求去,送吾即上道。
将钱入舍来,见吾满面笑。
2 C
绕吾白鸽旋,恰似鹦鹉鸟。
邂逅暂时贪,看吾即藐诮。
2 D
人有七贫时,七富还相报。
徒财不顾人,且看来时道。

敦煌手卷所载的王梵志诗很少有标点,也很少以空格隔开,故很难点数诗章的具体数目。戴密微根据自己对"(诗)首"和"诗节"的区分,将敦煌手卷所载的王梵志诗统计如下:有编号的三卷诗《王梵志诗集卷上》含13首59节诗、《王梵志诗集卷中》含51首153节、《王梵志诗卷第三》含65首143节、没有卷号的一卷诗《王梵志诗一卷》含92首、《王梵志诗缺题卷》含39首161节。以上五卷书共计王梵志诗260首,少于后来由我国学者张锡厚校辑的三百多首的辑本[①]。另外还有《辑佚》一卷,包括27首诗,

---

① 1983年10月,中华书局出版了张锡厚校辑的《王梵志诗校辑》。该书依据"敦煌遗书"28种不同写本及散见于唐宋诗话、笔记小说里的王梵志遗诗,经点校、考释,整理汇编而成,收王梵志诗336首(不含附诗12首)。

作品较王梵志一般的诗歌更为精致，戴密微疑为后代批评家、美学家、诗人（寒山、唐代诗人）所作。

本书中法文对照：左侧页为书法繁体字，右侧页为法译文，形式整齐。与用"白话"写成的原诗相应，戴密微的法译文句子精炼，表意清晰，节奏明快，能给读者带来阅读和朗诵的愉悦感。在译文下端，戴密微还添加了少量注释，对诗中的一些专有名词予以解释，这对读者更好地理解王梵志诗的思想内容很有帮助。注释数量适宜（一般为两三个），作为译文的补充材料，而以译文为主。

在这一时期，李白和杜甫受到法国汉学家最多的关注不足为怪。另外，白居易、寒山受到较多关注和译介，一个很大的原因是受到日本的影响。白居易和寒山这两位有佛教倾向或本身即佛教诗人在日本更受关注，由此而引起西方汉学家的关注。这是一个比较突出的现象。法国当代汉学家皮埃·卡塞的中国古代文学课，提到唐诗时论及的几位主要唐代诗人，依次为李白、杜甫、王维、孟浩然、白居易、李贺和李商隐。

第四节　主题诗集

除了以上专门诗人的诗歌选译集和研究论著，20世纪下半叶还有一类作品是根据诗歌的不同主题进行选译的诗歌译集。姑且称之为"主题诗集"。这一类作品主要有：

一、佛教主题诗集

王维是唐代一名重要的佛教诗人。在法国，最早关注诗人王维并对他进行专门研究的是20世纪上半叶的在法留学生。巴黎大学文学博士刘金玲（Liou Kin-ling）1941年的博士论文即以王维为选题①。作者在书中专辟一章讨论王维诗中的佛教思想，认为正是佛教思想使王维诗歌作品具有了真正深刻的含义。这似乎是佛教的重要性最早在唐诗中得以指出。1951年，前中国传教士马古礼耶斯（Georges Margouliès）在其专著《中国文学史：诗歌》②第17章"唐代：古典主义的准备"中对寒山及其诗

---

① Liou Kin-ling,《诗人王维》,Paris:Jouve & C1e,Éditeurs,1941.
② Georges Margouliès, *Histoire de la Littérature Chinoise : Poésie*, Paris : Payot, 1951.

歌予以了探讨。他认为,寒山这名佛教的沉思者通过诗作传达了具有普遍意义的哲学思想,这种哲学思想在许多方面与道家思想相通。20世纪法国汉学大师戴密微是敦煌学专家,也是唐代佛教文学的法国发现者和研究者。1970年,戴密微发表"禅与中国诗歌"(Le Tch'an et la poésie chinoise),文中指出,佛教通常为西方汉学家所忽略,因为他们往往更注重阐明禅在绘画上的美学作用。戴密微简述了从汉代至宋代禅宗与中国诗歌的关系,指出到了唐代,一些僧人的诗歌作品在唐诗的不朽诗选中占了一席之地。在这些诗歌作品中,宗教思想表现为佛教和道教的融合。他列举有代表性的具有佛教倾向的唐代诗人:王维、白居易、刘禹锡、司空图和韦庄。他将僧人诗人所作、具有语录性质的诗称为"禅诗",指出王梵志和寒山发展了这类诗,使它们更为接近中国诗歌传统的主体:抒情诗,直至宋代发展出了以禅的直觉为诗歌灵感来源的美学理论,即严羽《沧浪诗话》"论诗如论禅""羚羊挂角,无迹可求"的主张①。从1975年开始,由法国汉学家班文干开始了对寒山诗歌的译介②。1977年,程抱一(当时使用原名程纪贤)在《中国诗语言研究》所附之唐诗选译中,不仅选译了17首王维诗,还选译了僧人玄觉的四首《证道歌》以及僧人诗人贾岛的五首诗。专门的佛教诗集有:

1:保尔·雅各(即出版唐诗选集《权力空位》(1983)的作者)的《唐代佛教诗人》(1987)③,其主题是佛教和佛教诗人。该部作品所选的唐代诗人中既有僧人诗人丰干、拾得、寒山、灵一、王梵志、皎然、灵澈、贾岛、贯休、清江、齐己,也有创作出佛教诗歌的世俗或居士诗人孟浩然、王维、庞蕴、白居易、李贺等。其中寒山选诗40首,为集中选诗最多的。他认为最重要的僧侣诗人最惊人和最奇特的特征,是他们对这个尘世的眷恋④。

2:吉罗·丹尼尔(Giraud Daniel,1946—)的《天下游荡:四十首中国道和禅诗》(1994)⑤。书以四季分为春、夏、秋、冬四个部分,但以四季为划分

---

① 钱林森编《法国汉学家论中国文学——古典诗词》,北京:外语教学与研究出版社,2007,第242—252页。

② Jacques Pimpaneau, *Le Clodo du Dharma*, 25 *Poèmes de Han-Shan*,李国荣书, Université Paris-VII, Paris: Centre de Publication Asie Orientale, 1975.

③ Paul Jacob, *Poète Bouddhistes des Tang*, Paris: Gallimard, 1987.

④ 同上,p.15.

⑤ Giraud Daniel, *Flânant sous le ciel: ballade autour d'une quarantaine de poèmes chinois du Tao et du Ch'an*, Paris: Ed.Blockhaus,1994.

的依据并不明显;道和禅主题的诗,所译介诗的主要唐代诗人为寒山、王梵志、贯休、贾岛、王维、白居易、柳宗元、刘长卿、杜牧、张继、李贺。诗集突出浸透了佛道思想的唐诗对自然、自然状态和寂静的推崇。

二、山水主题诗集

《古井之水:中国山水诗选》(1996)①。正犹如山水是中国绘画的永恒主题,山水诗在中国诗中占据显著地位。山水主题表达了中国文人对"静"的理想和隐士的精神。最著名的两位山水诗人是陶渊明和王维。诗集中所选的唐代诗人及其诗歌如下:王维的《鸟鸣涧》《无题》《辛夷坞》《竹里馆》《鹿砦》《终南山》《泛前陂》《酬张少府》《终南别业》《山居晚秋》和《川闲居赠裴秀才迪》;孟浩然的《宿建德江》《夜归鹿门歌》和《秋登万山寄张五》;李白的《独坐敬亭山》;杜甫的《绝句》;常建的《题破山寺后禅院》;刘长卿的《逢雪宿芙蓉山主人》和《送灵澈上人》;韦应物的《秋夜寄邱二十二员外》和《滁州西涧》;于良史一首(chunshanyey,未查明原诗);柳宗元的《江雪》和温庭筠的《处士卢岵山居》。

三、爱情主题诗集

1962年,戴密微在《中国古典诗集》的序言中指出,"在中国,女性从来不是人们崇拜的对象;她们不像在我们的文学中那样被理想化"②。在他看来,爱情诗从来不是中国古典诗的主题,爱情这一主题在中国古典文学中得到发挥是通过由职业歌女吟唱的词这种文学体裁③。

1997年,法国汉学家雷威安编译了一部《古代中国爱情诗100首》④。根据译者自序,这里的"爱情诗"主要是指那些表现女性肉体尤其是表现性爱活动的诗。而性爱活动在中国古诗中的表现是非常隐晦的,通常是通

---

① He Qing, *L'eau d'un puits ancien:anthologie de poèmes de paysage en Chine*, Paris:You Feng, 1996.

② Paul Demiéville, *Anthologie de la poésie chinoise classique*, Paris:Éditions Gallimard, 1962, Introduction, pp.29-30.

③ 同上,p.30.

④ André Lévy, *Cent Poèmes d'Amour de la Chine Ancienne*, Paris:Éditions Philippe Picquier, 1997.

过一系列"富有指示性编码的意象"。译者对中国自古至现代的性意识及其在文学中的表现十分感兴趣,赞同乔治·瓦伦森(Georges Valensin)对中西方人性心理的研究,认为中国男性精神雅致,品味和行止高雅,比西方男性更接近女性。他赞同将中国文明纳入"耻感文化",区别于西方的"罪感文化"。他想探求中国古人对肉体的羞耻感。在中国,爱情诗和艳情诗之间没有清晰的区分。他旨在通过中国古代爱情诗探讨中国古人对性和肉体的态度。他认为传统中国的开放并非神话,但西方人对此经常有误解。其中唐诗18首。分别是李白的《菩萨蛮》:

> 平林漠漠烟如织,寒山一带伤心碧。
> 暝色入高楼,有人楼上愁。
> 玉阶空伫立,宿鸟归飞急。
> 何处是归程,长亭更短亭。

《陌上赠美人》:

> 骏马骄行踏落花,垂鞭直拂五云车。
> 美人一笑褰珠箔,遥指红楼是妾家。

《怨情》:

> 美人卷珠帘,深坐颦蛾眉。
> 但见泪痕湿,不知心恨谁?

韦应物的《有所思》:

> 借问堤上柳,青青为谁春。
> 空游昨日地,不见昨日人。
> 缭绕万家井,往来车马尘。
> 莫道无相识,要非心所亲。

薛涛"十离诗"之一《犬离主》:

驯扰朱门四五年,毛香足净主人怜。
无端咬着亲情客,不得红丝毯上眠。

白居易的《潜别离》:

不得哭,潜别离。不得语,暗相思。两心之外无人知。
深笼夜锁独栖鸟,利剑春断连理枝。
河水虽浊有清日,乌头虽黑有白时。
惟有潜离与暗别,彼此甘心无后期。

白居易的《感情》:

中庭晒服玩,忽见故乡履。
昔赠我者谁？东邻婵娟子。
因思赠时语,特用结终始。
永愿如履綦,双行复双止。
自吾谪江郡,漂荡三千里。
为感长情人,提携同到此。
今朝一惆怅,反覆看未已。
人只履犹双,何曾得相似？
可嗟复可惜,锦表绣为里。
况经梅雨来,色暗花草死。

《夜闻歌者》:

夜泊鹦鹉洲,江月秋澄澈。
邻船有歌者,发词堪愁绝。
歌罢继以泣,泣声通复咽。
寻声见其人,有妇颜如雪。
独倚帆樯立,娉婷十七八。
夜泪如真珠,双双堕明月。

借问谁家妇,歌泣何凄切。
一问一沾襟,低眉终不说。

《有感三首》其二:

莫养瘦马驹,莫教小妓女。
后事在目前,不信君看取。
马肥快行走,妓长能歌舞。
三年五岁间,已闻换一主。
借问新旧主,谁乐谁辛苦?
请君大带上,把笔书此语。

刘禹锡的《竹枝词(之二)》:

山桃红花满上头,蜀江春水拍山流。
花红易衰似郎意,水流无限似侬愁。

《竹枝词(之一)》:

杨柳青青江水平,闻郎江上踏歌声。
东边日出西边雨,道是无晴却有晴。

张籍的《节妇吟》:

君知妾有夫,赠妾双明珠;
感君缠绵意,系在红罗襦。
妾家高楼连苑起,良人执戟明光里。
知君用心如日月,事夫誓拟同生死。
还君明珠双泪垂,恨不相逢未嫁时。

韦庄的《女冠人》:

第四章 唐诗法国传播的繁荣:20 世纪下半叶

昨夜夜半,枕上分明梦见,语多时。

依旧桃花面,频低柳叶眉。

半羞还半喜,欲去又依依,觉来知是梦,不胜悲。

韦庄的《菩萨蛮》:

劝君今夜须沉醉,樽前莫话明朝事。

珍重主人心,酒深情亦深。

须愁春漏短,莫诉金杯满。

遇酒且呵呵,人生能几何!

鱼玄机《赠邻女》:

羞日遮罗袖,愁春懒起妆。

易求无价宝,难得有情郎。

枕上潜垂泪,花间暗断肠。

自能窥宋玉,何必恨王昌。

李煜的《菩萨蛮》:

花明月黯笼轻雾,今宵好向郎边去!

衩袜步香阶,手提金缕鞋。

画堂南畔见,一向偎人颤。

奴为出来难,教君恣意怜。

李煜的《长相思》:

云一緺,玉一梭。澹澹衫儿薄薄罗。轻颦双黛螺。

秋风多,雨相和。帘外芭蕉三两窠。夜长人奈何?

李煜的《菩萨蛮》:

蓬莱院闭天台女,画堂昼寝人无语。

抛枕翠云光,绣衣闻异香。
潜来珠锁动,惊觉银屏梦。
脸慢笑盈盈,相看无限情。

　　这些爱情诗或表达思妇的闺怨情,或伤别离、赋相思、抒愁情,或歌颂节妇的坚贞,以及男欢女爱,枕边的卿卿我我。主要选译了男诗人的爱情诗,从男性角度看女性的爱情心理;同时也选了两位女诗人薛涛和鱼玄机的诗,从女性视角看待爱情。而中国诗歌史上广受赞誉的爱情诗高手如李商隐、杜牧、温庭筠等诗人的诗则一首未选。此部"爱情诗"集实际上或可曰"艳情诗"集。

　　2000 年,石波(Shi Bo)撰有《远别吟:中国女性爱情诗选》①一部。其

《远别吟:中国女性爱情诗选》书影

---

①　Shi Bo, *À celui qui voyageait loin... Poèmes d'amour de femmes chinoises*, Paris: Editions Alternatives, 2000.

中录唐代女诗人刘采春《啰唝曲》(其一、其三、其四)、薛涛《牡丹》、李冶《寄校书七兄》、武昌妓《续韦蟾句》、周德华《杨柳枝词》、鱼玄机《江陵愁望有寄》、武则天《如意娘》、杨玉环《赠张云容舞》。中有彩页,并伴以书法,书籍美观。

四、临终主题诗集

戴密微的《中国的临终诗》(1984)①。这个主题跟佛教主题诗有关。这是戴密微最后的著作,尚未完成,在他去世后由汉学家桀溺等整理手稿并出版。分佛教诗(Poèmes Bouddhiques)和世俗诗(Poèmes Laïques)两大类。桀溺为之作序。将佛教临终诗放在第一部分,是为了表明戴密微优先考虑和关注这个主题。在20世纪60年代初,戴密微开始关注信奉禅宗的僧人所作的诗。很遗憾的是此书缺少一个引言。对此桀溺也深以为憾。因为戴密微为《中国古诗选集》、为文学艺术中的山、禅和诗歌等书所作的序是那么精彩。

关于临终诗这个主题,在欧美也有很多学者关注。比如皮耶尔·帕斯卡尔(Pierre Pascal)的《美丽的死亡》(Les belles morts, Gallimard, 1941)、勒孔特(E. S. Le Comte)的《遗言词典》(Dictionary of Last Words, New York, 1955)以及克洛德·阿维林(Claude Aveline)的《遗言》(Les mots de la fin, Hachette, 1957)。然而在中国,文人对这个主题自然地运用了一种诗性的表达。在公元6世纪的《文选》中,有"临终诗""命绝诗""挽歌",都跟佛教没有任何关系。而在佛教时代到来之后,佛教僧人普遍运用这种诗体,几乎稳定为一种固定的诗体,尤其是在禅宗,一般被称为"辞世"或"遗偈"。一般采用《诗经》四言诗体的形式。

在诗集第一部分"佛教诗"所选的44名僧人中,15名僧人是唐代的。他们分别是:智命、道信、弘忍、降魔藏、朱岭、灵默、普愿、德山宣鉴、临济、良价、圆绍、玄泰、匡仁、贯休和仰山慧寂。对每位僧人诗人,译者先介绍这位僧人的生平,然后翻译他的一首临终诗。或者介绍该位僧人的诗歌作品

---

① Paul Demiéville, *Poèmes Chinois d'Avant la Mort*, Ouvrage publié avec le concours du Centre National des Lettres, Paris: L'Asiathèque, 1984.

被收在其他外文著作中的情况。在第二部分"世俗诗"译介了从秦末项羽直到现代诗人瞿秋白共37位诗人的临终诗,其中包括卢照邻、李白、崔玄亮、白居易、许浑和王氏女(王徽的侄女)六位唐代诗人。卢照邻和白居易的诗在唐诗法译集中并不少见,但他们两人收入戴密微这部《中国临终诗》中的诗则是在一般的唐诗法译集中十分少见的:卢照邻的《释疾文三歌》,白居易的《自咏老身示诸家属》;李白的《临终歌》,崔玄亮的《临终诗》、许浑的《王可封临终》以及王氏女的《临化绝句》。戴密微这部诗集由于主题的特殊性,集中所收入的大部分诗,在其他的中国古诗法译集中都是极为少见的,大部分都是第一次得到译介,具有特别而重要的意义。

20世纪80年代以来,程英芬(CHENG Wing fun)和埃尔维·柯莱(Hervé COLLET)合作,在法国蒙达昂出版社(Moundarren)出版了多部中国古诗集,均以中法文相对照的方式,中文书法为繁体字,由程英芬书写。按诗集出版的年代先后兹列举如下:

1985:《寒山诗108首》(*108 poèmes:Han Shan*);

1985:《虚之实:王维》(*Le plein du vide:Wang Wei*)(1986年出版修订版)。选王维诗52首:《偶然作》《送别》《齐州送祖三》《渡河到清河作》《登河北城楼作》《过感化寺昙兴上人山院》《过香积寺》《登辨觉寺》《危径几万转》《青溪》《新晴晚望》《渭川田家》《山居即事》《水即事田园》《田园乐》(二首)、《寄崇梵僧》《投道一师兰若宿》《过福禅师兰若》《过乘如禅师萧居士嵩》《沈十四拾遗新竹生读经处同诸公之作》《饭覆釜山僧》《秋夜独坐》《苦热》《纳凉》《山居秋暝》《泛前陂》《酬张少府》《哭殷遥》《蓝田山石门精舍》《山中》《山中寄诸弟妹》《终南别业》《积雨辋川庄作》《终南山》《答张五弟》《书事》《辋川别集》《辋川闲居赠裴秀才迪》《归辋川作》《春园即事》《酬虞部苏员外遇蓝田别业不见留之作》《答裴迪》《萍池》《鸬鹚堰》《鸟鸣涧》《临湖亭》《辛夷坞》《竹里馆》《欹湖》《栾家濑》《鹿砦》;

1985:《谪仙李白:肖像与诗歌》(*Li Po:l'immortel banni sur terre:portrait et poèmes*)。所选李白诗:《访戴天山道士不遇》《登锦城散花楼》《登峨眉山》《峨眉山月歌》《渡荆门送别》《秋下荆门》《估客行》《陌上赠美人》《对酒》《金陵酒肆留别》《夜下征虏亭》《丁都护歌》《望天门山》《越女词》《早望海霞边》《天台晓望》《寻雍尊师隐居》《白胡桃》《题峰顶寺》《寻山僧不遇作》《山中问答》《赠孟浩然》《黄鹤楼送孟浩然之广陵》《襄阳歌》《江上吟》《望庐山五老峰》《庐山东林寺夜怀》《望庐山瀑布》《夏日山中》《山中与幽人对酌》《春夜洛城闻笛》《邯郸南亭观妓》《行行且游猎篇》《游太山》（三首）、《鲁东门观刈蒲》《客中作》《酬中都小吏携斗酒双鱼于逆旅见赠》《鲁中都东楼醉起作》《南陵别儿童入京》《对酒忆贺监》《重忆一首》《忆崔郎中宗之游南阳遗吾孔子琴抚之潸然感旧》《乌栖曲》《玉阶怨》《大车扬飞尘》《下终南山过斛斯山人置酒》《月下独酌》（三首）、《自遣》《清平调词》《以诗代书答元丹丘》《元丹丘歌》《庄周》《春日醉起言志》《行路难》《登新平楼》《题元丹丘山居》《观元丹丘坐巫山屏风》《沙丘城下寄杜甫》《忆东山二首》《东山吟》《秋登宣城谢朓北楼》《宣州谢朓楼饯别校书叔云》《谢公亭》《谢公宅》《独坐敬亭山》《听蜀僧浚弹琴》《友人会宿》《送友人》《铜官山醉后绝句》《赠汪伦》《夜泊黄山闻殷十四吴吟》《下泾县陵阳溪至涩滩》《入清溪行山中》《清溪行》《秋浦清溪雪夜对酒客有唱鹧鸪者》《宿清溪主人》《金陵》《对酒》《答湖州迦叶司马问白是何人》《战城南》《乌夜啼》《塞下曲》《西上莲花山》《流夜郎赠辛判官》《忆秋浦桃花旧游时窜夜郎》《上三峡》《早发白帝城》《荆门浮舟望蜀江》《陪族叔刑部侍郎晔及中书贾舍人至游洞庭》《陪侍郎叔游洞庭醉后》《与夏十二登岳阳楼》《醉题汉阳厅》《江夏赠韦南陵》《江夏别宋之悌》《题江夏修静寺》《宿五松山下荀媪家》《哭宣城善酿纪叟》《九日》《九日龙山饮》《见野草中有名白头翁者》《静夜思》《临路歌》共 106 首；

1986：《诗意之道：虚空之真诗：中国唐代的官员、僧人和隐士》(*Tao poétique：vrais poèmes du vide parfait：mandarins，moines et ermites dans la Chine des T'ang*)。宋之问：《灵隐寺》；僧景云：《画松》；孟浩然：《春晓》《过故人庄》《秋登万山寄张五》《夜归鹿门歌》《夏日南亭怀辛大》《听郑五愔弹琴》《宿业师山房待丁大不至》《游精思观回王白云在后》《题义公禅房》《疾愈过龙泉寺精舍呈易业二上人》《宿建德江》；王昌龄：《题僧房》《河上老人歌》《题朱炼师山房》；常建：《宿王昌龄隐居》《三日寻李九庄》《题破山寺后禅院》；綦毋潜：《过融上人兰若》；王维：《终南别业》《淇上即事田园》《过香积寺》《酬张少府》；李白：《赠孟浩然》《听蜀僧浚弹琴》《寻雍尊师隐居》《访戴天山道士不遇》《寻山僧不遇作》；杜甫：《漫成一首》《绝句四首（其三："两个黄鹂鸣翠柳"）》《绝句二首（其一："迟日江山丽"）》《水槛潜心二首》（其二）、《绝句漫兴九首（其三："熟知茅斋绝低小"）》《南邻》《江畔独步寻花》《客至》；张旭：《山中留客》；岑参：《细问花门酒家翁》；刘长卿：《送灵澈上人》《酬李穆见寄》《寻南溪常道士》《逢雪宿芙蓉山主人》；

丘为:《寻西山隐者不遇》;刘昚虚:《阙题》;孙逖:《宿云门寺阁》;刘方平:《月夜》;张籍:《枫桥夜泊》;钱起:《题崔逸人山亭》《谷口书斋寄杨补阙》《送僧归日本》;郎士元:《柏林寺南望》;司空曙:《江村即事》;李益:《诣红楼院寻广宣不遇留题》《立秋前一日览镜》;僧皎然:《寻陆鸿渐不遇》;韦应物:《寄全椒山中道士》《秋夜寄邱二十二员外》《同越琅琊山》《滁州西涧》《夕次盱眙县》;王季友:《宿东溪李十五山亭》;于良史:《春山夜月》;崔护:《题都城南庄》;权德舆:《岭上逢久别者又别》;韩愈:《山石》;贾岛:《题李凝幽居》《访隐者不遇》《雪晴晚望》《宿林家亭子》《洛桥晚望》;张籍:《夜到渔家》;柳宗元:《江雪》《渔翁》《溪居》《中夜起望田园值月上》《秋晓行南谷经荒村》《晨诣超师院读禅经》;刘禹锡:《乌衣巷》《望洞庭》;白居易:《西湖晚归回望孤山寺赠诸客》《问刘十九》《村夜》《夜雪》《秋雨夜眠》;王建:《雨过山村》;王播:《题木兰院》;胡令能:《小儿垂钓》;李贺:《南园十三首》(其十三);杜牧:《山行》;雍陶:《访城西友人别墅》;许浑:《谢亭送别》;温庭筠:《处士卢岵山居》;李商隐:《花下醉》《忆住一师》《夜雨寄内》《北青萝》;项斯:《山行》;高骈:《山亭夏日》;韩偓:《深院》;皮日休:《闲夜酒醒》;陆龟蒙:《和袭美春夕酒醒》《怀宛陵旧游》;韦庄:《送日本僧敬龙归》;杜荀鹤:《溪兴》;崔道融:《溪居即事》;杜荀鹤:《赠质上人》;僧贯休:《春晚书山家屋壁》(二首);王驾:《社日》;太上隐者:《答人》;唐温如:《题龙阳县青草湖》。

1987:《杜甫:哭泣的神和魔鬼》(*Tu Fu, Dieux et diables pleurent*)。《望岳》《房兵曹胡马》《画鹰》《赠李白》《与李十二白同寻范十隐居》《饮中八仙歌》《春日忆李白》《渼陂行》《奉赠韦左丞丈二十二韵》《兵车行》《醉时歌 赠广文馆博士郑虔》《奉先刘少府新画山水障歌》《官定后戏赠》《自京赴奉贤县咏怀五百字》《月夜》《对雪》《春望》《忆幼子》《哀江头》《彭衙行》《羌村三首》《送郑十八虔贬台州司户伤其临老陷贼之故阙为面别情见于诗》《曲江二首》《偪侧行赠毕曜》《因许八奉寄江宁旻上人》《石壕吏》《新婚别》《垂老别》《无家别》《赠卫八处士》《早秋苦热堆案相仍》《梦李白二首》《天末怀李白》《佐还山后寄三首(其一)》《秋日阮隐居致韭三十束》《宿赞公房》《乾元中寓居同县作歌数首》《卜居》《堂成》《田舍》《为农》《江村》《进艇》《屏迹》《宾至》《南邻》《野老》《春夜喜雨》《春水》《春水生》《江上值水如海势聊短述》《水槛遣心》《江畔独步寻花绝句》《绝句漫兴》《落日》《客至》《游修觉寺》《后游》《寄李十二白二十韵》《不见》《茅屋为秋风所破歌》《百忧集行》《狂夫》《闻官军收河南河北》《天边行》《倦夜》《发阆中》《春归》《绝句（"迟日江山丽"等7首）》《绝句（"两个黄鹂鸣翠柳"）》《旅夜书怀》《别常征君》《漫成一首》《白帝城最高楼》《白帝》《秋兴》《宿江边阁》《阁夜》《暮春题瀼西新赁草屋》《缚鸡行》《遣闷戏呈路十九曹长》《过客相寻》《竖子至》《秋野（两首）》《登高》《又呈吴郎》《醉为马坠诸公携酒相看》《观公孙大娘弟子舞剑器行》《夜归》《复阴》《暮归》《江汉》《夜闻觱篥》《登岳阳楼》《清明》《小寒食舟中作》《过津口》《江南逢李龟年》共110首。

1988：《醉颂》（*Éloge de l'Ivresse：le tao du vin et ses vertus*）；对中国古代诗人而言，酒是跟笔墨同等重要的事物。共收118首诗，大部分为唐诗，数量为90首，包括杜甫的《酒中八仙歌》《江畔独步寻花绝句》、李白的《客中作》《春日醉起言志》《鲁中都东楼醉起作》、白居易的《宿杨家》《醉后》《同诸客携酒早看樱桃花》、陆龟蒙的《和袭美春夕酒醒》《春思》、李商隐的《花下醉》等。

1988：《白居易》（*Po Chü-yi-un homme sans affaire*）。

1989：《画家与诗人：沉思的艺术》（*Le peintre et le poète：l'art de la contemplation*）。

1993：《生活在夏天的诗歌艺术》（*de l'Art poétique de vivre en Eté*）：《即事》《初夏》《咏九华》《夜雨》《有约》《乡村四月》《新晴晚望》《夏日田园杂兴》《喜晴》《初夏游张园》《池上早夏》《闲居初夏午睡起二绝句》《初夏》《昼寝》《佛日山荣长老方丈》《睡起》《睡起书触目》《青龙寺早夏》《读山海经》《晓雨初霁》《夏日辨玉法师茅斋》《径》《长兴里夏日寄南邻避暑》《夏日对雨》《临湖亭》《次石湖书扇韵》《题自画濂溪卷》《采莲子》《池上》《纳凉》《静夜相思》《临平泊舟》《水轩夏日》《致爽轩》《题自画山水诗》《设色山水图轴题》《山居即事》《题画诗》《胶州道中》《晚凉偶咏》《夏意》《山亭夏日》《深院》《夏日》《题水西轩和》。

1993：《生活在秋天的诗歌艺术》（*de l'Art poétique de vivre en Automne*）。

1993：《生活在冬天的诗歌艺术》（*de l'Art poétique de vivre en Hiver*）。

1994：《生活在春天的诗歌艺术》（*de l'Art poétique de vivre en Printemps*）：《闲卧》《春日偶题》《忆秦娥初春》《十二月二十七日立春夜不寐》《早春独登天宫阁》《早春》《福昌官舍》《雪晴欲出而路泞未通戏作》

《东窗》《晚窗》《晨起复睡》《晚起》《中奢铺》《村夜》《庚子正月五日晓过大皋渡》《田家即事》《丁亥正月新晴晚步》《晚归遇雨》《悟真院》《春园即事》《庚辰岁正月十二日，天门冬酒熟，予自漉之，且漉且尝，遂以大醉》《春日》《初春书事》（三首）、《二月一日雨寒》《月夜》《和子由踏青》《社日》《春日田园杂兴》《春夜洛城闻笛》《溪桥晚兴》《净远亭午望》《次余仲庸松风阁韵》《春日宴徐君池亭》《春书》《春游湖》《钱塘湖春行》《南浦》《钓阁》《春日》（"朝来庭树有鸣禽"）《题画》《访城西友人别墅》《游园不值》《戏问花门酒家翁》《春思》《和袭美春夕酒醒》《月下独酌》《春日郊外》《万安道中书事》《过百家渡》《洗面绝句》《黄鹤楼送孟浩然之广陵》《江行》《春日》《静坐》《溪边》《江畔独步寻花绝句》（四首）、《南亭》《宿杨家》《醒后》《花下醉》《海棠》《又自赞》《南湖雨中》《辋川别业》《雨过山村》《山行》（"百道飞泉喷雨珠"）《春日醉起言志》《宴起》《即席》《钟山即事》《吕校书雨中见访》《己未春日山居杂兴（两首）》《夜投山寺早起》《纵笔》《春山夜月》《春日即事》《落花》《午倦》《即事》《自遣》《鸟鸣涧》《春晓》《田园乐》《寄崇梵僧》《山中问答》《阙题》《南庄春晓》《烟村》《访隐者遇沈醉书其门而归》《题禅院》《佛日山荣长老方丈》《武阳渡》《若耶溪归兴》《江上阻风》《夜过西湖》《汉江》《光口夜雨》《三日寻李九庄》《夜到渔家》《春水至》《写闲舟图寄葛汝敬》《滁州西涧》《溪居即事》《吴门道中》《三月三日雨作遣闷》《劝酒》《春晚村居杂赋绝句》《日高》《送春辞》《戏题盘石》《水槛遣心》《春晚书山家屋壁》《题春晚》《晚春田园杂兴》《喜晴》《春晚》《绝句漫兴》《三月二十九日》《三月三十日题慈恩寺》《暮春即事》《春眠》。

　　1994：《道：诗》（Tao：poèmes）；《寄全椒山中道士》《寄崇梵僧》《寄龙山道士许法稜》《忆住一师》《宫槐柏》《喜鲍禅师自龙山至》《饭覆釜山僧》《听蜀僧浚弹琴》《送灵澈上人》《烟际钟》《夕次盱眙县》《枫桥夜泊》《枫桥》《柏林寺南望》《烟寺晚钟》（两首）、《雪晴晚望》《宿临安净土寺》《灵隐寺》《登峨眉山》《游太山（三首"清斋三千日"和"平明登日观"和"朝饮王母池"）》《重游无相寺》《题峰顶寺》《宿云门寺阁》《望云楼》《山中寄诸弟妹》《宿甘露僧舍》《蓝田山石门精舍》《宿海会寺》《佛日山荣长老方丈》《纵笔》《安国寺浴》《杪秋南山西峰题准上人兰若》《感悟妄缘题如上人壁》《宿灵源寺》《宿水陆寺北山清顺僧》《北青萝》《松寺》《过广爱寺见三学演师观杨惠之塑宝山朱瑶画文殊普贤》《投道一师兰若宿》《青龙寺早夏》《夏日题岫禅师房》《徒步至宝光寺》《游感化寺》《过感化寺云兴上人山院》《登辨觉寺》《谒璿上人》《遗爱寺》《过香积寺》《青龙寺云壁上人兄院集》《过福禅师兰若》《晨谒超师院读禅经》《题水月寺寒秀轩》《病中游祖塔院》《僧房避暑》《夏日过青龙寺谒操禅师》《夏日访贞上人院》《夏日书依上人壁》《苦热题恒寂师禅室》《文殊院避暑》《夏日题悟空上人院》《香山避暑》《精舍纳凉》《书双竹湛师房二首》《宿东林寺》《山中留别佛光和尚》《十一月十三日与几先自竹西来访庆老,不见,独与君卿,供奉蟾知客东阁,道话久之》《寻陆鸿渐不遇》《访隐者不遇》《访戴天山道士不遇》《诣红楼院寻广宣不遇留题》《寻山僧不遇作》《题破山寺后禅院》《寻南溪常道士》《寻雍尊师隐居》《过融上人兰若》《题禅院》《宣州开元寺南楼》《题朱炼师山房》《元丹丘歌》《春日上方即事》《神静师院》《行宽禅师院》《题义公禅房》《终南别业》《崇义院杂题(9首)》《"闲还架山""盖稜境僧"》《题僧房》。

1995:《杜甫:天地一沙鸥》(*Du Fu : une mouette entre ciel et terre*)。一边叙述杜甫生平,一边选译其诗。50页后,开始诗选。共选杜诗95首;

1996:《猫和我》(*le chat et moi*)(清代诗集)。

形式均一,均为中法文对照,中文为书法繁体字,无注释。译文简练。程英芬和埃尔维·柯莱为唐诗的法语翻译成绩显著,两人共同为唐诗在法国的传播做出了突出的贡献。

另外,这一时期唐诗法国译介和研究还有一个非常重要的成果,这就是戴密微和饶宗颐合作的《敦煌曲》(1971)①。20世纪初敦煌曲的发现为中国古典诗词的研究带来了崭新的空间。1950年,王重民根据巴黎和伦敦的手稿编成《敦煌曲词集》,1956年此书再版。任二北扩大和拓深了此项研究,于1955年出版了《敦煌曲校录》为敦煌曲子词研究做出了不可磨灭的贡献,但他并没有接触到手稿原文。从1965年12月到1966年9月,饶宗颐接受法国国家科学研究中心的邀请,到巴黎研究由伯希和带到法国并被保存在法国国家图书馆的敦煌手卷。在饶宗颐居留欧洲期间,他在伦敦过了一两个月,研究保存在英国博物馆的敦煌手卷(斯坦因收藏)。在

---

① Airs de Touen-Houang (Touen-houang k'iu), textes à chanter des VIIIe-Xe Siècles, Manuscrits reproduits en facsimilé, avec une Introduction en chinois par Jao Tsong-Yi, Professeur à l'Université de Singapore, Adapte en français avec la traduction de quelques Textes d'Airs par Paul Demieville, Membre de l'Institut, Professeur honoraire au Collège de France, Paris: Éditions du Centre National de la Recherche Scientifique, 1971.

这部由饶宗颐中文手写体和戴密微法文合作的著作中：

饶著由《引论：敦煌曲与词之起源》与《本编》两大部分组成，《引论》为理论探讨，《本编》为作品校录。《引论》除"弁言""结语"外，又分三篇：上篇为"敦煌曲之探究"，中篇论"词与佛曲之关系"，下篇考"词之异名及长短句之成立"，末附"词与乐府关系之演变表"及"敦煌曲系年"。《本编》由四部分组成：甲.新增曲子资料，乙.《云谣集杂曲子》及其他英法所藏杂曲卷子，丙.新获之佛曲及歌词，丁.联章佛曲集目，末附"敦煌曲韵谱""索引"及"敦煌曲图版"等资料。饶著共校录敦煌曲辞凡318首，戴著则选取其中的193首译成法文，这是本世纪敦煌曲子词(敦煌曲)文献整理研究史上中外学者联袂制作的一项重大成果，于国内和海外都产生了较大影响。就饶著而论，作者不仅大量接触了英法等国所藏敦煌原卷，并将翻拍的许多珍贵影片制成图版予以附录，而且全书皆用中文手写体抄录，随文校注，也十分有利于保存敦煌写卷原貌，因此该书在海内外也都颇具文献价值和学术影响。需要指出的是，饶著用的也是"敦煌曲"的概念名称，尽管其"引论"对"敦煌曲"与"词"的关系和联系有所阐述和认同，但是其"本编"所校录的作品却并不限于"曲子词"一体，也未对所录作品的性质一一加以明确考订，因此，饶著"本编"所录实际上是一部"敦煌歌辞"选集。①

第五节　文学史、文学词典和世界诗集中的唐诗

19世纪下半叶，曾任法国驻华副领事的汉学家C.昂博尔·于阿里（C. imbault-Huart, 1857—1897）1886年在巴黎Ernest Leroux出版《14世纪至19世纪的中国诗》(La poésie chinoise du XIVe au XIX siècle)。这是目前资料所见较早的法语中国诗歌史论著。在本书前言，作者将《诗经》视为"纯粹的古典诗"，唐诗则是"复兴时期的诗歌"。在《诗经》时期，中国诗歌还

---

① 刘尊明"敦煌曲子词整理研究的百年历程"，载《文献》1999年第1期。

是"初放的花朵",其道路"尚未开辟",到了唐朝,中国诗一下得到了发展,并且达到了"难以企及的高度"。唐代的中国诗人已走上一条创新的道路,确定诗歌的发展方向,培育它走上正确的道路,并制定诗歌的规则。中国的李白、杜甫等诗人大师就像法国文学史上的高乃依、拉封丹和莫里哀,均为"经典作家",其作品成为"哺育中国后代诗人的真正典范",不断地被阅读、学习和模仿①。这位外交官汉学家称,如果西方学者想致力于中国诗歌的研究,就得首先从阅读《诗经》、李白和杜甫的诗开始;否则,"我们就将无法确信能理解中国诗歌的奥妙与讽喻的意蕴"②。20世纪下半叶,法语中国文学史著作更多地涌现出来。

第一部:奥迪勒·卡特马克的《中国文学》(1948)③。第四章为"隋唐文学",梳理了隋唐文学的大致发展状况。

第二部是一部中国诗歌史专著:马古礼耶斯(Georges Margouliès)的《中国文学史:诗歌》(1951)④。作者马古礼耶斯在引言中指出,从外国读者的角度出发,中国古典诗是最难欣赏的。诗歌的结构、暗喻和文学引用的数量以及对仗,对一名习惯于多音节语言文字的读者来说很难理解。而自由诗、乐府或古代适于音乐的诗、词有着多样化用韵,在结构和选词上允许有较大的自由,与音乐有着更为直接的关系,对非专业的读者而言更容易接近,是中国抒情诗宝库最有创意的部分,但这些诗歌却几乎完全被欧洲研究者所忽略。本书目录如下:

引言　5
第1章　古代时期:《诗经》　12
第2章　古代时期:口头的赋　28
第3章　秦和汉初　40
第4章　汉武帝与音乐改革　56
第5章　西汉末年　85

---

① C.昂博尔·于阿里《中国古典诗歌的三个时期》,载钱林森编《牧女与蚕娘——法国汉学家论中国古诗》,上海:上海古籍出版社,1990,第36页。
② 同上,第37页。
③ Odile Kaltenmark, *La littérature chinoise*, Paris: Presses Universitaires de France, 1948, 1961, 1977.
④ Georges Margouliès, *Histoire de la Littérature Chinoise: Poésie*, Paris: Payot, 1951.

第6章　后汉　95

第7章　汉末和三国　107

第8章　魏　120

第9章　诗歌发展的规则

第10章　三世纪末

第11章　六朝初　160

第12章　五世纪　175

第13章　梁宣王　190

第14章　梁末　202

第15章　北朝　217

第16章　隋朝　231

第17章　唐朝:古典主义的准备　245

第18章　最早的古典主义之作　258

第19章　李白和杜甫　271

第20章　对古典主义的反应　289

第21章　古典主义的怒放　301

第22章　唐末　316

第23章　五代:词的兴盛　329

第24章　宋初　344

第25章　新古典主义　357

第26章　败落的开始　369

第27章　最后的新类型:曲　385

第28章　突出的衰落　395

第29章　僵化的诗　405

  从本书各章标题即可看出,作者重在为中国古诗的发展描绘出一条清晰的脉络,尤其重在表现诗歌形式的发展。在第十七章"唐朝:古典主义的准备",谈到初唐时期诗人对诗歌形式的探索,着重提到了寒山(具体论述见前)。作者强调了上官仪对中国古诗形式发展所起的重要作用。上官仪在诗歌中引入了对仗原则,形成了完整的诗歌体系,为后来的诗人尽情发挥他们的诗歌才情做好了准备和铺垫。上官仪在中国诗歌发展史上的地位类似于陈子昂在中国古典散文发展中的地位:上官仪标志着古典诗发展决定性的一步,就像陈子昂在古文发展中的地位一样;杜甫和韩愈则为这种诗歌形式找到了完整的表达,通过诗歌创作绽放他们独特的才情。在盛唐,杜甫以其创作稳定了古典诗的形式。而盛唐李白和杜甫两位诗人的出现,为中国古诗的古典主义留下了最好的典范作品。在这两位诗人中,杜甫是中国最伟大的古典主义诗人,是古典主义诗派的领袖,在中国文学史上具有独一无二的地位。他的作品种类多变,运用过所有的律诗类型,数量众多,是古典主义发展的最高点。马古礼耶斯认为,杜甫在中国古诗发展史上所具有的独一无二的地位并非由于其超然过人的才能,而首先是由于他的诗才完美地适应了时代精神和发展趋势。每一种文学发展史都有自己的古典时代,这个古典时代在每种文明的文学史上都是独一无二的。古典派的领袖具有完全独立的地位,并在该国的文学史上扮演着独一无二的角色,甚至形成了划分两个阶段的枢纽,一个将文学史分成两段斜坡的顶峰。杜甫是中国古诗的最佳代表。李白则被作者形容为一位反对古典诗派的诗人,这也符合文学史的一般发展规律。

　　古典主义诗歌的高峰过去之后,到了中唐,诗歌不可避免地出现了衰落。于是诗歌进入后古典时代。这时候诗歌逐渐普及化,而诗人往往只关注诗歌外部形式的完美,而不表现创造性的思想,因为已经没有进步的道路。诗歌的形式已经成为一种模式,类似一个僵硬的框架,只适于技巧性的操练;人们写诗,但不言说新的和个人的东西,而只是热衷于以各种细节描写去适应陈旧的模式,却将创造性排除在外,但只有创造才能成功。中唐时期最重要的诗人是白居易。白居易作品的主要特征是表达的极度简洁和自然。他的诗用词很少,而且往往是最简易的。古典主义的特征主要表现为形式的简短、表达的简洁和主题的明确性。白居易的作品符合这些特征。如果说在欧洲古典主义很快就崩溃了,那么在中国,它则能够在很长的世纪里延续其形式,直至崇尚理性思维的宋代。

　　总之,从《诗经》直到清末中国古典诗歌的"衰落",马古礼耶斯将中国古典诗的发展史按事物从新生、发展、鼎盛、衰落、僵化的过程作了描绘,用"古典主义"来定义唐代——中国古典诗发展的高峰期,而宋诗则被定义为"新古典主义":对"古典主义"唐诗的复兴。这种术语的采用反映了用西方视野研究中国古典文学的独特和新颖,见解独到。

第三部:汉学家班文干的《中国文学史》(1989)①。书中为"诗歌"及"唐代三大诗人"单独列了一章,这三大诗人是李白、杜甫和白居易。在"诗歌"这一章,作者分"诗歌与感情""诗歌与风景""诗歌与社会""诗歌与语言"和"诗歌与歌曲"五个部分,对以唐诗为代表的中国古典诗歌做了专门论述,并以具体的法译唐诗为例,来论证他的观点。班文干认为,中国古典诗歌的一个特征是创造出一定的模糊性,让诗人含蓄地表达感情,并允许读者通过解读建构特殊的意义。这方面最典型和有代表性的诗人是李商隐。他创作了近乎"炼金术"的诗,诗中充满了暗示和哲学隐喻,具有高超的技巧和高度的艺术性,意义经常晦涩不明,充满了悲伤。班文干把李白与杜甫分别比为法国的拉辛和高乃伊,是说两人的诗才不分轩轾,同为伟大的诗人。他称杜甫为儒家圣人,李白为道家思想家,白居易为人文主义者,李贺则是想象主义者。李贺的诗运用古怪的想象来描绘生命的短暂。诗中充斥着幽灵、血、死亡的动物、哭泣的雕像、旋风、不祥的火、坟墓等意象,接近欧洲的威廉·布莱克(William Blake)。

班文干指出,中国古典诗歌,尤其是唐诗在中国的地位犹如媒体在欧洲社会的地位。它创造了公共的观点,同时,又是公众最为有力的表达。这些优秀的诗成为一种媒体。在法国,只有雨果可以扮演相同的角色。在当时儒家伦理道德异常严格的文明里,它歌唱自由的爱情,为响应征召、守卫边疆的士兵提出了抗议的声音,为饱受赋税之苦的农民说话,揭发滥用职权、官吏不作为以及自然灾害给农民带来的灾难等等。但唐诗并非只是一种表达抗议的诗,并不仅仅包含对丑恶现实的谴责,但它确实形成了与官方不同的观点。它通过艺术的力量表达了游离于公众之外的人的态度,他们不能用武力跟社会进行对抗,而是选择了退隐,过着隐居生活。但不管人们怎么批评李白歌唱饮酒和不受任何束缚的自由生活,也很难禁止诗歌,就跟很难禁止莫扎特的音乐一样,诗歌或音乐是不可能减少的。诗歌的这种角色可能从来没有像在唐代那样占据主导地位,这部分地解释了为什么这一时代始终被视为中国诗歌的黄金时代。

除了专门的中国文学史著作,还有一些词典类作品,收入唐代诗人词

---

① Jacques Pimpaneau, *Histoire de la Littérature Chinoise*, Paris: Éditions Philippe Picquier, 1989, 2004.

班文干《中国文学史》书影

条。如法国汉学家雷威安所编的《中国文学词典》(2000)①,本书是由倍阿特里丝·迪迪耶主编的《世界文学词典》(1994)②的一部分。编者雷威安组织46位中法学者、作家(包括汉学家桀溺、侯思孟、旅法华人学者张馥蕊Chang Fu-Jui、中国作家阿城等)编写"中国文学词典",旨在通过这项工作,对中国文学在世界文学中的地位做一番考量。本书以中国古今文学家姓名的拼音为序对词条进行编排,对这些文学家的生平、主要作品及其作品被译介成英语和法语的情况作了介绍。同时也将一些文学上的专有名词收在内,比如字母B开头的,收入"变文"词条(跟欧洲对敦煌手本的发现和关注有关),字母C开头的,收入"才子佳人小说""传奇""楚辞"词条,"唐诗三百首"也被收在字母T开头的部分。作者对中国文学家的评价主

---

① André Lévy, *Dictionnaire de littérature chinoise*, Paris: Quadrige/PUF, 2000.
② Béatrice Didier, *Dictionnaire universel des littératures*, Paris: Presses Universitaires de France, 1995.

要依据中国传统学界的一般定论。比如杜甫、李白被视为最杰出的中国诗人。提到杜甫时,编者认为对杜甫生平及其作品的研究本身构成了"一门科学"(l'étude de sa vie et de ses œuvres constitue une science en soi①)。杜甫被视为"如同雨果一般高尚",因为没有其他唐代诗人,甚至没有其他中国诗人,能像杜甫那样,以高度的激情关心时代事件,这使得他的作品成为"诗史"。从宋代开始,杜甫被看作中国最伟大的诗人,李白无法与之比肩。编者认为,杜甫诗歌严肃、富有激情而谨慎,相比之下,李白的诗歌显得虚弱无力。杜甫的严肃、忠诚、爱国主义及其对人民的同情,使他成为当之无愧的"诗圣"②。李白和杜甫的名字经常被连在一起,事实上他们两者形成一种互补:杜甫的严肃、现实主义和情感的能力满足了中国人的某些倾向,包括真实的意义、对现世时代的投入和个人对社会的服从等。而李白则满足了另一种倾向:即对个人自由的渴望,故李白被称为"诗仙"。李杜代表了作为模范的二重性。李白的天才仅在于他的自发性(la spontanéité),这种潜质只有在理想的条件下才能得到发展,而能实现的概率是极低的。李白的天才激发他创作出了最美的作品,但同时也导致他的大部分作品只是平庸之作:传统的诗和授命之作。作者认为,李白的"中等"诗才并不难模仿。与其说李白是一位诗人,他更是一个神话③。可见在这里,西方汉学家已经不再将李白的形象局限于一位"酒鬼诗人",而是有了更为客观、全面和理性的评价,表明西方的李白研究取得了一定的进展。

除了李杜,被列为词条的唐代诗人还有白居易(强调白居易的佛教倾向和他的主要作品《长恨歌》和《琵琶行》。作者:F.Martin)、岑参(岑参诗歌的风格优美、雅致、刚劲、富有活力和感染力;他的语言明晰生动,深受通俗歌曲的影响;很好地运用了隐喻、象征和双关语手法。)、杜牧、韩愈、寒山、李贺、李后主、李商隐、刘禹锡、柳宗元、骆宾王(受到关注,一个很大的原因是他跟随徐敬业反对武则天的经历,他著名的《讨武曌檄》。此外,作者还认为骆宾王作为诗人的重要性在于他是唐诗革新的先驱。他的诗由于艰难的生活遭遇而变得丰富,包含着社会批判的成分,这一点被杜甫所

---

① André Lévy, *Dictionnaire de littérature chinoise*, Paris: Quadrige/PUF, 2000, p.64.
② 同上, pp.62-64. 作者:F.Martin.
③ 同上, pp.159-161. 作者:F.Martin.

继承。他的主要功绩在于使七言诗流传开来,并创作了长达两百行的长篇叙事诗。他的诗对后来的李白、杜甫和白居易的乐府诗尤其是白居易的叙事诗《长恨歌》和《琵琶行》产生了影响。作者:F.Martin)、罗隐、孟浩然(和王维作为田园诗诗人而受重视)、孟郊(在他的诗中,有意地运用了隐喻、比喻和双关语)、皮日休、王梵志(见"敦煌文学"词条)、王维、韦应物、韦庄、温庭筠、薛涛(唯一入选的唐代女诗人;她跟白居易、元稹等诗人结交;她的诗歌主题多为表达爱情的忧伤,为大部分按儒家道德尺度衡量的古诗选集所不屑选入,但作者认为这些诗通常具有一种真实的美。作者:雷威安)、元结、元稹、张籍共26名。还为横塘居士所编的《唐诗三百首》专列一词条,并提及沈德潜的《唐诗别裁集》,提到诗集中所收唐诗数量前三的分别是杜甫、李白和王维(这一词条由雷威安本人撰写)。可见这两部重要的唐诗集对唐代重要诗人的认可也是西方汉学家选诗并且评论唐代诗人的重要判断依据之一。此外,由于戴密微的贡献,对寒山、王梵志白话诗人的关注也在其内,还为"敦煌文学"(以及"变文";新资料的发现为学术研究提供新的天地;比如1899年敦煌洞窟壁画等珍贵资料的发现。英国人斯坦因和法国人伯希和将这些资料带到欧洲,直接为建立敦煌学打下了基础。这门建立在新出土资料基础上的学科丰富了学术研究领域,也填补了很多空白,并推动了学术的发展。在西方很多中国文学、中国文明词典里,"敦煌"是一个不可缺少的重要词条①。西方汉学家对新出现的文学体裁十分感兴趣,对其关注尤烈;另外,从汉学、东方学的角度出发,由日本的影响也大。像白居易、寒山等都是在日本比较受关注和欢迎的诗人,有的汉学家是先从日本开始对这些诗人感兴趣,进而进行研究。比如寒山就走了日本—美国—欧洲这样一条路线)专列一词条。

雷威安《中国文学词典》中被重点加以介绍的诗人还有李贺和李商隐。具体论述见前。

《中国文明字典》(1996)②收入白居易、陈子昂、杜甫、杜牧、韩愈、寒山、李白、李商隐、柳宗元、卢照邻、骆宾王、孟浩然、王勃、杨炯共14名唐代诗人。

---

① *Dictionnaire de la civilisation chinoise*, Paris: Albin Michel, Encyclopædia Universalis, Paris: 1998, p.279.

② Eulalie Steens, *Dictionnaire de la Civilisation Chinoise* (Du néolithique au début de la dynastie Qing, XVIIe siècle), Paris: Éditions du Rocher, 1996.

《中国文明词典》(1998)①收入杜甫、韩愈、李白、李商隐、王维(按姓氏第一位字母秩序排列)这五位唐代诗人的专门词条。将杜甫类比为西方的但丁、莎士比亚或歌德,称他是一名无可争辩地超越了所有其他诗人的诗人。但同时又指出,中国人在视杜甫为"最伟大"诗人的同时,马上又增加比杜甫年长的李白作为堪与他比肩的诗人。这两位朋友诗人代表了中国人灵魂的两个趋向:李白代表无政府主义的道家,类似于西方的迪奥尼索斯倾向,追寻在大自然中沉醉;而杜甫则相反,是一个入世者,秉持正统的儒家教义。他的诗最不具备浪漫主义特征。在他留存于世的1450多首诗中,一千多首是律诗,古诗不到500首。律诗十分接近欧洲的十四行诗,杜甫正是在这种诗体上发挥了他的杰出才华。李白与杜甫在中国地位之争犹如高乃依和拉辛在法国、或歌德和席勒在德国地位之辩。认为将李白与司马相如和阮籍相比尚不够,李白的地位堪与屈原和庄子相媲美,同属不朽之列。本词典尤其重视李商隐,指出李商隐在中国的研究比较肤浅,他的诗译介入西方后,却受到西方汉学家的喜爱和研究注意(具体论述见前)。在"唐代"词条,分设"诗歌"一词,提到最主要的唐代诗人为李白、杜甫、王维、白居易和李商隐。李商隐是晚唐的伟大诗人。认为唐诗一个最突出的特征是坚定、紧密和平衡。唐代律诗讲究句法的对称。唐诗跟整个中国诗歌一样,基本上是印象主义的。

20世纪下半叶,唐诗不仅更广泛地走进了专门的中国文学史法语论著,而且还出现在世界性的诗集中。比如由罗杰·凯洛依斯(Roger Caillois)和朗柏(Jean-Clarence Lambert)主编的《世界诗歌宝库》(1958)②。这部世界诗歌选集分三卷书,第一卷:"圣书"(Le Livre Sacré),包括美洲、非洲、北极圈、波利尼西亚、梅拉尼西亚、中亚、马来西亚等地;第二卷为"传统与智慧"(Tradition et sagesse),包括四种,在第一种"寓言诗、神秘诗和玄学诗"中,收入老子《道德经》(译文出自拉卢瓦的《中国诗选》)、屈原《离骚》(译文出自德理文的《离骚》)以及屈原《山女神》(译文出自拉卢瓦的《中国诗选》)等作品;另一方面也可见德理文和拉卢瓦译著的影响力。《世界诗歌宝库》第三卷为"抒情书"(Le Livre Lyrique),按国家和地区分成十部分:第一部分为古代埃及和古代中国,收入法国汉学家葛兰言

---

① *Dictionnaire de la civilisation chinoise*,Paris:Albin Michel,Encyclopædia Universalis,1998.
② Roger Caillois,Jean-Clarence Lambert,*Trésor de la Poésie Universelle*,Paris:Gallimard,1958.

（Marcel Granet, 1884—1940）名著《中国的古老节日和歌谣》(*Fêtes et Chansons anciennes de la Chine*, Leroux, 1919—1929) 里的一些作品，选了《诗经》里的一些诗，如《陈风·东门之杨》《采葛》《七月》《蒹葭》《车辖》《木瓜》《静女》《野有死麕》等。第二至第七部分分别为：古代希腊、罗马、阿拉伯、中世纪西方、波斯、土耳其和印度。在第八部分"中国"，作者收入了大量中国古典诗歌作品，其中唐诗有：

王勃《寒夜思友》三首其一、《滕王阁》（选自罗大冈《唐绝句百首》）。

李白《月夜江行寄崔员外宗之》《月下独酌》《玉真仙人词》《怨歌行》《游南阳清冷泉》《把酒问月》《清平调》《幽州胡马客歌》（选自拉卢瓦《中国诗选》）、《访戴天山道士不遇》《杨叛儿》（选自徐仲年）、《临终诗》(dernier poème)（选自 Tran Van Tung, *Poésie d'Extrême-Orient*, Grasset）；

杜甫《夜》《春夜喜雨》《重题郑氏东亭》《涪城县香积寺官阁》《兵车行》（选自拉卢瓦《中国诗选》），《心中的房子》(La maison dans le cœur)（选自 Tran Van Tung, *Poésie d'Extrême-Orient*, Grasset）、《梦李白》二首（选自徐仲年《论李白》）。

孟浩然《春情》《寒夜》《耶溪泛舟》《万山潭作》《夏日南亭怀辛大》（选自拉卢瓦《中国诗选》）。

王维《竹里馆》《送别》《杂诗》《相思》（选自罗大冈《唐绝句百首》），《过香积寺》（选自拉卢瓦《中国诗选》）、《苦热行》（选自 Tchou Kia Kien-A. Gandon, *Ombres de fleurs*,《花之影》, Pékin, 1930）；

可见在当时，徐仲年、罗大冈和拉卢瓦的中国古诗法国译介工作产生了比较大的影响，他们的中国古诗译集备受关注。

除了第三卷第八部分为中国古典诗专辑，诗集最后一部分即第十部分"日本"也收入了一些中国古诗，其中唐诗有：

白居易《长恨歌》（Tchou Kia Kien-A. Gandon, *Ombres de fleurs*,《花之影》, Pékin, 1930）,《琴》《夜坐（其一）》《花非花》（选自罗大冈《唐绝句百首》）。

元稹《听庾及之弹乌夜啼引》（选自徐仲年）。

刘禹锡《唐郎中宅与诸公同饮酒看牡丹》《秋风引》（选自罗大冈《唐绝句百首》）。

韩愈《履霜操》（选自徐仲年）。

杜牧《寄扬州韩绰判官》《遣怀》《泊秦淮》《赠别》之二（选自罗大冈

《唐绝句百首》)。

  尽管 20 世纪下半叶以来,各种各样的中国古诗法译集在法国出版,越来越多唐代诗人的作品得到译介,对诗人及其诗歌的研究也日益深化和多样化;尽管像《世界诗歌宝库》这样的世界性诗歌选集中出现了中国诗歌,并且中国诗歌占有相当的分量和地位,但总体而言,中国古典诗歌在法国的译介是部分的,对它的研究更有待继续推进。即以杜甫而言,至 20 世纪末,尚未出现杜甫诗歌的法文全译本。唐代诗人中,只有寒山诗得到了比较完整的译介(帕特里克·卡雷的《餐霞子:诗人、流浪汉寒山》,1985)。这跟诗人身份的独特性、作品的多寡、翻译的相对难度均有着密切关系。有理由坚信:在中外学者、翻译家的努力下,难以穷尽的唐诗,必将继续在同样魅力无穷的异域法国散发夺目光彩,永久传响。

第五章
李杜诗歌在法国的译介和研究

第一节 李白在法国

一、18世纪传教士时代:法国李白译介和研究的开始

1735年,法国学者、耶稣会神父杜赫德(J.B.Du Halde,1674—1743)编纂的《中华帝国全志》在巴黎刊行。杜赫德采用意大利耶稣会士利玛窦的归化传教政策,调和基督教和儒家之间的矛盾,使《中华帝国全志》成为一部关于中国和中国文化的普及性著作,从出版直至19世纪末一直是西方读者借以了解中国的重要参考书。18世纪包括法国启蒙哲学家伏尔泰、德国哲学家莱布尼兹在内的许多欧洲学者都借《中华帝国全志》了解中国和中国文化。在这部四卷本著作的第二卷书中,杜赫德专辟一章谈论"中国文学"(de la Littérature Chinoise);其中谈及中国诗歌时,特别提到了三位诗人:"屈原的诗格外精致和柔美。唐代的李太白和杜子美丝毫不逊于阿那克里翁和贺拉斯。"①希腊诗人阿那克里翁的诗多歌颂爱情和美酒,罗马诗人贺拉斯重视诗歌的教育功能。这是诗人李白的名字最早为法国读者所知,可见最初李白是以一位颂扬"美酒加爱情"的诗人形象进入法国

---

① Du Halde,J.-B.(Jean-Baptiste),*Description géographique,historique,chronologique,politique,et physique de l'empire de la Chine et de la Tartarie chinoise*.À Paris,1735,volume 2.p.285:《Les poëmes de Kiu yuen font d'une délicatesse & d'une douceur extrême.Sous la Dynastie des Tang,Li tsao pé,& Tou te moëi,ne le cédent gueres aux Anacréons & aux Horaces.》

读者的视野的。

  1776 至 1814 年，法国来华传教士钱德明（Jean-Joseph-Marie Amiot，1718—1793）等所编《北京耶稣会士杂记》①在法国陆续出版，共 16 卷。这是继杜赫德《中华帝国全志》之后又一部对中国文化西传和欧洲汉学影响巨大的著作。该套书第五卷（出版于 1779 年）的"诗人"部分，作者介绍了李白、杜甫、白居易、柳宗元、韩愈、孟郊、贾岛等七位诗人。对杜甫和李白两位诗人的介绍是最为详细的：介绍杜甫的一节整整占了十页篇幅（第 386—396 页），介绍李白的一节占了八页（第 396—404 页）。尽管对李白生平的介绍存在谬误，但在西方人的著述中，对李杜两位诗人作如此长篇介绍，这是最早的。文中认为李白自觉为诗而生（pour laquelle il se sentoit né②），李白与杜甫"与其他的名诗人相比，就像光焰万丈的火炬与一般的火把相比"③。唐代韩愈《调张籍》有云"李杜文章在，光焰万丈长"，与钱德明同时的清代学者钱大昕《随园灯词》其七有云"寻常灯火休相比，李杜光芒万丈长"，钱德明或取其意。这篇李白传表明 18 世纪欧洲在华耶稣会士逐渐开始关注以诗歌为代表的中国古典文学，而在中国古典诗人中，李白（和杜甫）首先被给予了最多的关注。但此时法国的李白研究尚停留在介绍其在中国诗人中的隆重诗名及其生平介绍。

二、19 世纪：法国李白译介和研究的发展

  19 世纪是东方学获得重大发展的时期，一方面，由于科学的进步，语言学、历史学、人类学都形成了新的研究方法和科学体系，尤其是比较语言学对东方学的推动最大。汉学作为东方学的分支之一也在这个时期正式拉开序幕。1814 年，法国国家学术院（Collège de France）设立汉语和鞑靼—满语语言和文学讲座，为法国汉学掀开了序幕。第一任主讲教授为汉

---

① Jean-Joseph-Marie Amiot, *Mémoires concernant l'histoire, les sciences, les arts, les moeurs, les usages, etc. des chinois par les missionnaires de Pékin*. Paris: Chez Nyon l'aîné, 16 volumes, 1776—1814.

② Jean-Joseph-Marie Amiot, "Ly-Pe, Poëte", *Mémoires concernant l'histoire, les sciences, les arts, les moeurs, les usages, etc. des chinois par les missionnaires de Pékin*. Paris: Chez Nyon l'aîné, Tome Cinquième, p.397.

③ Jean-Joseph-Marie Amiot, "Ly-Pe, Poëte", *Mémoires concernant l'histoire, les sciences, les arts, les moeurs, les usages, etc. des chinois par les missionnaires de Pékin*. Paris: Chez Nyon l'aîné, Tome Cinquième, p.396.

学家雷慕沙(Jean Pierre Abel Rémusat,1788—1832)。1822年,雷慕沙创立法国亚洲学会并担任学会刊物《亚洲学报》(Journal Asiatique)主编,主要刊发汉学研究成果。同年,雷慕沙在致《亚洲学报》编辑"关于中国文学在欧洲的状态和进步的一封信"①中,鼓励和希望欧洲汉学家在打好中文语言基础的前提下,加强对中国文学的关注和研究。他本人则于1826年翻译了小说《玉娇梨》。1843年,巴黎东方语言学院设立了汉语讲座,开始了现代汉语在法国高等院校的教学,巴赞为第一任主讲教授。语言已经先行,对中国文学的关注和译介同时在进行之中。法国国家学术院第二任汉学教授儒莲(Stanislas Julien,1797—1873)根据耶稣会士留下的文本翻译了《西厢记》。儒莲鼓励他同时代的汉学家们"到中国古代作家中去寻找真正隐藏在作品中的东西"②。欧洲的中国学由欧洲传教士开创的对中国哲学古籍的译介和研究过渡到汉学家对中国古典文学的关注和研究。

1862年,法国汉学家、法国国家学术院第三任汉学教授(1874年就任)德理文(Le Marquis d'Hervey de Saint Denys,1822—1892)选译唐诗,出版唐诗法译集:《唐诗》。他选译唐诗时参考了王尧衢《唐诗合解》、刘文蔚《唐诗合选详解》《李太白文集》和《杜甫全集详注》这四部唐诗集。德理文的《唐诗》分四个部分,分别为"李白诗"、"杜甫诗"、"其他著名诗人的诗"以及"名气略逊诗人的诗",共收入三十五位唐代诗人的九十七首诗。在这些诗中,以李杜选诗最多:李白诗二十四首,杜甫诗二十三首(包括误为崔颢作的《前出塞》一首),两人的诗合计四十七首,约占全书的一半。李白和杜甫的诗在诗集中出现的顺序分别为第一和第二位,译诗前附有诗人的生平和创作介绍,也以对李杜的介绍最为详细。可见在汉学家德理文看来,李白是最有名的唐代诗人。在《唐诗》序言中,德理文表明,他选译唐诗的目的是通过唐诗观察中国社会,考察特定时代中国人的民风民俗。德理文眼里的李白诗歌是反映盛唐时代中国社会风俗风貌的一面"镜子"。他在诗集中所选的许多李白诗,如《子夜吴歌》《采莲曲》等都带有鲜明的民俗色彩。他还认为李白的一些诗,格调完全不同于《诗经》中的诗(如《魏风·陟岵》)所表现出来的反战风格,认为李白《侠客行》中的"侠客"

---

① Jean Pierre Abel Rémusat,*Lettre sur l'État et les Progrès de la Littérature Chinoise en Europe*,Paris:Imprimerie de Dondey-Dupré,1822.pp.3-16.

② Stanislas Julien,*Le Livre de la voie et de la vertu*,Paris:s.n.,1842,p.XIII.

兼有刺客和中世纪意大利雇佣兵的特征,《行行游且猎篇》歌颂佩剑武士,贬抑文人,表现李白所处的盛唐时代具有一定的尚武精神。由此可见,汉学家德理文的研究重点并非李白或者其诗歌艺术,而是产生李白诗歌那个时代的中国社会风貌。

19 世纪法国学者埃米尔·蒙太古(Émile Montégut,1825—1895)由德理文的《唐诗》认识唐代诗歌和中国文学,他本人不懂中文,但在德理文法译的唐诗中读到了跟欧洲诗歌相似的影子:

> 要是在某些文学形式中找到了中国和欧洲特性的相似之处,也不用太惊讶……读到李白的一首小诗《静夜思》时,一些人大叫起来:"多么像一首德国的浪漫曲!""多么像海涅的诗!"①

蒙太古认为戏剧、小说、寓言和俗语等文学类型只表达生活中最物质、最平淡和最表层的部分,而这种平淡的现实在各个国家都是十分相似的;在各种文学体裁中,只有抒情诗是表达"诗性、内心和灵魂的主观生活"的,只有在这种具有原创性的文学形式中找到与欧洲文学的相似性,找到中国人与欧洲人心智的相似性,才更能证明中西异质文明之间的共通性。蒙太古的这个出发点指导着他的唐诗解读,并使他从李白的诗中读到了海涅。此外,蒙太古由德理文所选译李白诗解读诗人的精神气质,由于有几首诗(《春日醉起言志》《下终南山过斛斯山人宿置酒》《将近酒》《悲歌行》等)的主题为饮酒,因此他把李白视为一名酒鬼,将李白的精神气质解读为西方的伊壁鸠鲁主义,即及时享乐主义。这可视为对 1735 年杜赫德的李白观"美酒加爱情"诗人第一点即"美酒"诗人的继承。与此同时,蒙太古对李白是"爱情"诗人这一点不予认同。相反,他认为女性在李白的诗中"几乎从不出现"。这跟实际情况不相符。不说李白的《清平调》三首是为唐玄宗和杨贵妃而作,还有《陌上赠美人》、为太平公主而作的《玉真仙人词》以及为李腾空、褚三清、焦炼师等女道士所做的诗。20 世纪 30 年代,留法学者徐仲年和罗大冈都在他们的唐诗法译作品中对蒙太古对李白的这个误读予以指正。蒙太古由阅读翻译的李白诗歌作品进而解读李白的精神气质,并有意识地在中国古典文学中寻找和探求中西两种文明的共通

---

① Émile Montégut, *Livres et Âmes des Pays d'Orient*, Paris: Librairie Hachette et Cie, 1885.

性,既是对 18 世纪法国传教士李白观有选择性的继承,也是对 18 世纪李白生平介绍的推进,显示了法国李白研究的进步。

三、19 世纪上半叶:中法学者的李白译介和研究

在 20 世纪上半叶这一特殊的时代,由于不同的背景和原因,一批中国学者赴法留学。这批学者包括曾仲鸣(1896—1939,1911—1930 年在法留学)、梁宗岱(1903—1983,1924—1930 年在欧洲游学)、徐仲年(1904—1981,1921—1930 年在法留学)和罗大冈(1909—1998,1933—1947 年在法留学)等。他们在法留学的具体原因不一,留学的具体时间和背景也并不完全一致,但他们都不约而同地在法国开始从事唐诗的法译工作,这一领域的工作甚至成为其中一些学者学术生涯中比较重要的部分,比如曾仲鸣、徐仲年和罗大冈。他们关于唐诗翻译和唐诗研究的作品大都在欧洲(包括法国和瑞士)出版,也有回国后在中国出版的。其中徐仲年以李白研究为其在里昂大学博士论文的题目,1934 年他的法语专著《论李白》出版于北京。这也是徐仲年中国古典文学法国译介作品中最重要的一部。徐仲年认为,尽管李白的作品在法国译介得比较早,法国汉学家、文学评论家和小说家都翻译和研究过李白及其诗歌,但由于这些作者大都没有很好地掌握汉语尤其是作为文学语言的汉语,对中国文化的理解不够深入,致使他们的翻译和研究存在许多错误,李白的真实个性仍然不为人所知。"那些没有很好地掌握中国文学语言的人即使在中国生活了足够长久的时间,却依然隔离于中国人,因此歪曲了(中国)诗人的作品。"①在徐仲年看来,李白就是这样一个被"歪曲"了的诗人,因此他撰写此书,考察李白的生平和诗歌,打算"还他一个公道"。徐仲年的这部《论李白》主要在以下三方面对法国的李白研究做出了独特贡献:

第一,详尽地叙述了李白的时代和生平。为了表现特定社会环境下的李白,徐仲年细致地描绘了李白所生活的时代,在本书第一部分"李白的时代"概述了由秦朝至唐朝中国疆域的形成过程,展现了中国历史的演进,尤其强调了中国与边境各国如韩国、安南以及中亚各国之间的关系,表明中国自古并非为一闭关自守的国家,而是非常重视与边境邻国之间的交往和

---

① Sung-Nien Hsu, *Essai sur Li Po*, Beijing: Imprimerie de la Politique de Pékin, 1934. p.1.

交流。他详细地叙述了李白生平,引用了有关李白生平的大量传说和逸闻,比如玄宗亲自为李白倒酒、高力士为他脱鞋、杨贵妃为他磨墨、最后捞月落水而亡的传说等。徐仲年认为,引用这些关于李白的离奇传说是为了使李白这位人们所崇拜和仰慕的伟大人物的生平更加"完整",从而加倍说明李白的伟大和不朽。不仅如此,他还介绍了四川、湖北、陕西、安徽等地所建的李白纪念寺庙,以示后人对李白的景仰和怀念。对李白生平的叙述可以说是当时法语李白研究中最为详尽的。

第二,对李白的个性和精神气质做出了迥异于19世纪法国学者的解读。蒙太古将李白视为一个及时享乐主义者,而徐仲年认为李白是一个悲观主义者,经常为时间的流逝而伤怀,为青春和美好日子的远逝、人性的脆弱以及最终不可避免的死亡命运感伤;他喝酒就是为了驱赶这种愁绪。因为醉酒会带给他幸福的幻觉,但更经常的是,饮酒反而更增添了他的不安。他追求不死,渴望永恒;而只有艺术和宗教才能使人永恒。李白通过他所创作的诗歌营造出了一片希望的梦幻天空,从中得到暂时的安慰。李白是一个因其诗歌创作而不朽的人物。如果说蒙太古建立在德理文《唐诗》法译文基础上、因对照欧洲精神对李白及时享乐主义的判定具有一定的表面性,徐仲年则是穿透这种表面性看到了李白个性中更深层次的东西。

第三,探讨前代诗人对李白的影响,从中国古代诗歌史的纵向角度探讨李白诗歌的艺术,避免了孤立地论述李白的诗歌艺术。在"李白的诗歌艺术"这一部分,徐仲年论述了李白之前的诗人屈原、曹植、陶渊明、鲍照、谢朓和陈子昂对李白的影响,具体分析了这六名诗人的作品与李白诗歌之间的关联,认为李白在屈原的作品中寻找独立性,从其不幸遭遇中得到启发,并借用了屈原诗中的美人和香草意象;从曹植那里学到了眼光的敏锐和风格的柔美;此外,陶渊明的宁静、鲍照的力度、谢朓的敏感以及陈子昂诗歌以事物的不确定性为主题、诗中的意象都对李白产生了积极的影响。徐仲年用这种方式将李白之前中国历代一些重要诗人串联起来,巧妙地勾勒出了中国古典诗歌发展的脉络。

在书中,徐仲年向读者尤其是汉学家推荐了注释李白诗歌的集大成之作——清人王琦所编的《李太白全集》,正是徐仲年这部《论李白》所采用的李白诗集版本。后来很多法国汉学家选译李白的诗,如保尔·雅各的《李白选集》(1985),均采用王琦的版本。

徐仲年的《论李白》全面探讨了李白的时代、生平、个性及其诗歌艺术,是当时最为综合和全面的李白研究专著。他关于李白个性的观点,纠正或者补充了前人的研究,为后来的西方汉学家(比英国汉学家亚瑟·韦利出版于1950年的英文李白研究专著《李白的诗歌和生平》早16年)提供了有益的启示,为深入李白研究打下了扎实的基础。

20世纪上半叶,在继法国国家学术院前三任汉学教授后,第四任汉学教授戴密微将法国汉学推至一个高峰。戴密微重视佛教和佛教文化的研究,中国文学一开始尚未成为其关注和研究的重点。研究或者关注中国文学文化研究的法国学者依然零星、力量分散,很多并非职业汉学家。如外交官汉学家苏利耶(George Soulié de Morant,1878—1955)在耶稣会士的教导下成长起来;东方学家弗朗兹·图桑(Toussaint Franz,1879—1955)精通阿拉伯语、波斯语、梵语和日语,出版了一部与朱迪特·戈蒂耶《玉书》(1867)十分类似的中国古诗法译作品《玉笛》;法国诗人、戏剧家保尔·克洛岱尔(Paul Claudel,1868—1955)1895年以外交官的身份来到中国,尽管在中国住了十多年,却对汉语一字不识;但这位对文学创作有着热情嗜好的诗人以他在中国的所见所闻和生活经历为重要的创作灵感和源泉,不仅创作出散文诗集《认识东方》(1928),还研读由前人翻译成法文的中国古诗,并以这些具有东方风味的诗为灵感的来源,创作了新的法文诗:《拟中国小诗》(Petits poëmes d'après le chinois,1935)和《拟中国诗补》(Autres poëmes d'après le chinois,1952)。就李白研究而言,这批法国学者或汉学家虽然尚未像中国留法学者那样著有李白专论,但已经开始自觉而深入地探讨李白诗歌的艺术特征。被20世纪法国汉学大师戴密微誉为"研究中国诗歌最优秀的西方专家之一"①的俄罗斯汉学家阿列克谢耶夫(Basile Alexéiev,1881—1951),1926年应法国汉学家马伯乐(Henri Maspero)之邀,在法兰西学院和吉美博物馆就中国文学问题用法文做了六次学术讲座。1937年,这六次讲座结集为《论中国文学》在巴黎出版。在书中,阿列克谢耶夫指出李白诗歌的根本特征为"想象"。无独有偶,法国学者拉卢瓦(Louis Laloy,1874—1944)在其出版于1944年的《中国诗选》中也认为,李白的诗歌天才在于他那卓越的想象力,他的诗才超过了所有其他唐代诗人。

---

① Paul Demiéville, *Anthologie de la poésie chinoise classique*, Paris: Éditions Gallimard, 1962, Introduction, p.34.

四、20 世纪下半叶:法国的李白译介和研究的繁荣

20 世纪下半叶以来,随着中华人民共和国的建立以及与西方各国建立正式外交关系,尤其是 20 世纪 70、80 年代中国实行改革开放以来,中国与西方各国在各界的交流日趋增多,文化领域的交流活动也不例外,越来越开放和活跃。包括诗歌在内的各国文学领域的交流在不知不觉间活跃起来,翻译在其中占据了重要的位置。在这样一个史无前例的时代,似乎任何一个国家和地区都无法将自己置身于这国际化和世界化的趋势之外。唐诗法国译介和研究也随之呈现出了全新的面貌,各类译著和著述如繁花盛开。在这片胜景中,对李白及其诗歌的研究无疑是最为夺目的。

(一)中国古诗选集中的李白

20 世纪下半叶,一些法国汉学家研究李白和唐诗,跟 19 世纪法国学者蒙太古相似,都强调不同文化、文明和社会在深层次上的相似性,强调中国诗歌和欧洲诗歌传统的相似和共通之处。如克洛德·华在《窃中国诗者》(1991)中指出,时间流逝和醉酒是中欧诗歌的共同主题。同时,克洛德·华以李白《江上吟》一诗与同时期欧洲诗歌发展状况的对照突出了中国古典诗歌发展的成熟和整个中国文明的早熟。法国汉学家郭幽在《中国古典诗双语集》(1997)中谈到中国诗与拉丁诗,同样指出,这两种诗歌在主题上表现出了惊人的相似性。这很大程度上是由于人类在情感的表达上存在着普遍的相似性。比如,同为饮酒主题的李白《月下独酌》和波德莱尔《醉酒的情侣》:

Aujour'hui l'espace est splendide! /Sans mors,sans éperons,sans bride, Partons à cheval sur le vin/ Pour un ciel féérique et divin!

翻译:

今天,宇宙多么壮丽!
不用马衔,也不用马刺缰绳,
携酒上马
奔向那美妙而神圣的天空!

再如李白的《友人会宿》与龙萨的《情歌集》等。

郭幽在《中国古典诗双语集》中罗列的李白诗和欧洲诗歌的共同点或者说相似性大部分表现在诗歌的主题（"饮酒"是最大的共同点）和意象上，但若细究两者的表达方式和习惯，则会发现其中的不同，比如波德莱尔《醉酒的情侣》直抒胸臆式的表达与李白《月下独酌》委婉曲折、一波三折的表达，表现了两者相同中更多更大的相异之处。

（二）中国文学史和文学词典中的李白

传教士汉学家马古礼耶斯（Georges Margouliès）在《中国文学史：诗歌》（1951）中，将李白刻画为一名"反古典主义"的诗人。这位前传教士以法国文学的理论体系为中国古典诗歌构建体系，将中国的唐代描绘为如法国太阳王路易十四古典主义盛行的 17 世纪，唐代是中国诗歌的古典主义时代，杜甫是古典主义诗歌的代表诗人。也即杜甫是"正统"、符合官方审美理想和标准的诗人代表，而李白则是反正统、反古典主义的代表诗人。言词之下，对李白评价不高。

在 20 世纪下半叶更多的法语中国文学史和中国文明、文学词典中，法国汉学家对李白的思想倾向予以了更多的关注。比如汉学家班文干在其 1989 年的《中国文学史》中称李白为道家思想家；《中国文明词典》（1998）认为李白代表中国人灵魂的两种趋向之一：道家的无政府主义，类似于西方的酒神迪奥尼索斯倾向，追寻在大自然中沉醉；雷威安编《中国文学词典》(*Dictionnaire de littérature chinoise*, Paris: Quadrige/PUF, 2000, 本书是由倍阿特里丝·迪迪耶（Béatrice Didier）主编的《世界文学词典》的一部分），称李白满足了对个人自由的渴望，因此被称为"诗仙"。这些中国文学史、中国文明和文学词典都强调了李白的道家思想倾向及其对自由的渴望和追求，开始将诗人李白视为一个"人"，透过他的诗歌创作，对其灵魂中的意识和个性特征予以了关怀和探求。

（三）李白专论

20 世纪下半叶尤其是 20 世纪晚期以来，法国出版了多部李白专论。其要者为如下四部：丹尼尔·吉罗《道之醉：李白：八世纪中国的旅行者、诗人和哲学家》（1989）、Wang Françoise《李太白诗中对不朽的追求》（1997）、胡若诗《中国诗的高峰：李白和杜甫》（2000）和费迪南·斯多西斯《天地即衾枕:李白的生平和作品》(2003)。这些专论或译诗、论人相结合,或主要分析李白的诗歌艺术,或结合李白的生平探讨其人其诗,都不约而同表现了一个共同的倾向:即对李白及其诗歌的宗教性主题关怀日益明显。比如丹尼尔·吉罗的《道之醉》结合李白的宗教信仰——道教探讨他的诗歌艺术。作者紧扣书名"道之醉"之"道",即道教之"道",结合中国古典诗歌的语言探讨李白诗歌中不断出现的意象,认为月亮、酒、江、山等形象构成了李白诗歌的主导性主题:月落和酒之间存在着一种诗性联系;江、河则象征昙花一现的流动性存在——流水,这个形象经常与中国诗人的灵感相联系;山是"天地相遇"的地方,是神的居所,代表中国不朽者的优越性。这些主题均包含着"不朽"这层含义,体现了李白对不朽的迷恋和主动追求。Wang Françoise 在《李太白诗中对不朽的追求》一书引言中,从文学与宗教的关系出发,探讨诗人与神灵之间的关系——诗人出于跟上帝沟通的意愿,创作带有神话和宗教色彩的诗歌。同时强调中国诗歌的顶峰时期——盛唐,是儒家、道教和佛教等多种哲学和宗教思想混融(fusion)的时代。作者研究李白诗中对不朽的追求这个问题,是为了尽可能公正地重建李白的视像(une vision la plus juste possible:"不朽并非想象力的凭空创造,它突出了一套哲学和宗教思想的系统,并构成了其一生为之操心的事业。"[①]论著以李白的宗教——道教为中心,分述李白的宗教生活、他的道教朋友及其诗中的女性,并在结论中归纳了李白追求不朽的三项根基:第一是为诗人提供思想理论基础的哲学根基(道家哲学);第二是李白实践各种仪式的宗教根基(道教);第三是李白的生平经历证明了"不朽"这一概念在其生活中具有重要性。

　　胡若诗《中国诗的高峰:李白和杜甫》这部李杜研究专著从李白其人、其诗及其诗歌美学三方面,分析而综合地探讨和研究李白其人其诗的整体。作者胡若诗现为巴黎四大(索邦大学)远东研究中心研究员。胡若诗考察李白的世界观和人生观,认为李白的基本哲学倾向是道家,他的世界观的主导因素是理想主义和自由精神。同时,儒家思想在李白的思想意识中同样占据十分重要的位置。李白的思想综合了各种学派,表现为各种不同影响的混合,是一个充满了矛盾和冲突的统一体。作者根据李白的诗歌

---

① Wang Françoise, *La Quête de l' immortalité chez Li Taibo* (701—762), Paris: Éd. You-feng, Paris,1997,p.7.

为他描绘出了自画像：从"大鹏"到"孤雁"，到《临终诗》对大鹏形象的回归。作者指出，大鹏和道家思想（庄子的《逍遥游》）密不可分，代表自由，是李白世界观的主导因素之一。

胡若诗结合绘画艺术，对李白的诗歌美学作了饶有新意的分析。她注意到诗画结合的艺术对风景画和画家带来影响，同时反映了唐代美学的变化。胡若诗发展了林庚在《唐诗综论》中对李白诗歌色彩词的研究，指出，《诗经》中的诗色彩词贫乏，《楚辞》色彩丰富；唐代诗人更全面地探索风景和感情，色彩的运用才得到真正的发扬光大。根据胡若诗的统计，在唐代诗人中，李白诗中色彩词的运用是最多的，为2346个；在李白诗丰富的色彩中，最重要的颜色是白色：云、水、鸟、海鸥、浪、雨等都是白色的；"白日"更是李白诗最经常出现的意象。胡若诗指出，"白"对于诗人而言不只是一种颜色，更是"纯洁""清澈""光芒"的同义词，直接与"清""明""光"联系在一起，也与一个具有浓烈道家色彩的精神世界密切联系在一起。李白对白色的喜爱并不仅仅是跟其对道家的兴趣有关，也跟他自己对一个纯净而清澈的理想世界的追求有关。胡若诗的统计表明，李白最经常用的第二个色彩词是"金"。同白色一样，金色也跟道家世界联系在一起。李白以诗歌创作道出了自己对色彩的认知，通过想象将现实生活中的真实色彩变成了精神的色彩，具有明显的象征意义。胡若诗虽然并未直接论及宗教主题，但已充分论述道家哲学在李白诗中的深深浸淫，和李白本人对这种哲学的体认及由这种哲学所映照的一个明净如水、金澄透明的理想世界。此外，胡若诗对李白诗歌色彩词的探讨是本书最富创见性的一部分，体现了作者新颖、敏锐的独特视角和鞭辟入里的分析，对我国传统的古典文学研究不无启发。

费迪南·斯多西斯试图全面展现李白，让西方读者了解李白的真实个性。他指出，让西方读者了解这位诗人的最佳方法是尽可能全面地向读者呈现关于李白的所有资料，包括李白的诗歌及注释，由读者自己阅读并做出恰当的评论；应该由诗人本人穿越时空，向读者讲述他自己，向读者倾诉，跟读者对话。费迪南·斯多西斯认为李白具有双重性格：他渴望荣誉，期待社会和文学圈子对他的认可，同时又有对孤独和退隐、精神提升的深层次渴求；他好斗，野心勃勃，同时无忧无虑，表面轻浮；他好表现，讲究服饰、穿戴，同时也很谦虚，能低调地生活。作为诗人，李白的诗才是天生的，他从来不受传统的沉重束缚，在永恒的大自然中汲取灵感；他的诗歌创作如有天助，自发而成，以美丽的意象、神秘的隐喻和迷人的异域风情，穿越遥远的时空，打动西方读者，激起他们的梦。1997 年，Wang Françoise 探讨李太白诗中对不朽的追求；2003 年，费迪南·斯多西斯认为，李白其人因其天才的诗歌创作而被"放大"，他对不朽的渴望因其作品真正得以实现。

  20 世纪下半叶以来，法国的李白研究日趋深入，李白作为诗人的形象日趋丰满和生动，已不再是 18、19 世纪法国读者眼里那个宣扬美酒加爱情和及时享乐主义、形象固定而刻板的诗人；李白正随着其作品译介的增多而得到更为全面的解读，他作为人的真实个性正逐渐得到"还原"：这既是一种"还原"，同时也是后人对李白个性一定程度的发挥，丰富了李白个性的研究。在越来越多汉学家的阐释下，李白作为诗人的才华得到一致的公认，对其诗歌不朽和难以穷尽的艺术价值的探讨则从各个角度进一步得到拓展，透过其诗歌作品对李白宗教哲学的探析也日益深入。李白这位最多在法国得到译介和研究的唐代诗人，对他在法国学界研究情况的整理和再研究昭示着一定的现实意义。

第二节　杜甫在法国

  由于 William Hung 的《中国最伟大的诗人杜甫》(*Du Fu, China's Greatest Poet*,1952)，杜甫在西方英语国家比李白更加有名。但在法国的情况却并非如此。至少对杜甫诗歌的翻译和研究作品在数量上远远少于对李白诗歌的翻译和研究。跟李白一样，杜甫也由法国耶稣会学者杜赫德在其所编纂的《中华帝国全志》(1735)中最先被介绍给法国读者。1776 至 1814 年，法国来华传教士钱德明等编纂的《北京耶稣会士杂记》在法国陆续出版。在该书第五卷(出版于 1780 年)中，杜甫与李白得到了专门的介绍。无论是文化的传播还是学术的研究，其方向都是逐渐由宽泛走向专门化。杜赫德偶及李白杜甫；钱德明对李白杜甫作专章介绍，但重在生平。法国汉学家德理文则开创了对断代诗歌——唐诗的研究。1862 年，德理文的译著《唐诗》(*Poésies de l'époque des Thang*)出版。全书收入了 35 位唐代诗人的 97 首诗，其中以李杜选诗最多，李白诗 24 首，杜甫诗 23 首(包括误为崔颢作的《前出塞》一首)，两人的诗合计共 47 首，约占全书二分之一之强。李白和杜甫的诗在诗集中出现的顺序分别为第一位和第二位，可见李杜两位诗人在本诗集中所占的分量和地位。译诗前附有诗人的生平和创作介绍,也以对于李杜的介绍最为详细。将杜甫视为"唯一堪与李白比肩的"诗人。认为不应讨论李白或杜甫谁比谁更优秀,他们各自有其风格特色。在李杜两位诗人之中,德理文本人比较推重杜甫。他说:"要不是我遵照中国编者的顺序,我应该把杜甫放在李白之前的。"

1867年,朱迪特·戈蒂耶的中国诗译集《玉书》(Le Livre de Jade)出版。在该书后来的增订版的前言中,她评杜甫诗:"杜甫的崇拜者不仅认为他与李白比肩,而且甚或认为他超过李白。他的诗,虽短少奇异意外之处,但逼真如绘,适如他视之为师长和朋友的李白的作品一样。这些诗,因其更真率、更清晰、更富于温和的情感和对被悲苦所袭的人的怜悯,故更易于翻译。"(1928年版第5页)评李白诗则云:"李白的诗采用一种简练和独特的形式,择难而行,举重若轻,风格奇异多彩,精于选择意象,富于引喻、暗示和反讽。就像欧玛尔·海亚姆(笔者按:Omar Khayyam,波斯诗人,以四行诗称,有《鲁拜集》),他任情醉饮,视酒为唯一的安慰。"(1928年版第3页)1867年初版的《玉书》收入24名诗人,共71首诗,包括李白诗13首,杜甫诗14首;1902年第二版时增添了39首,共计110首,书中收李白诗19首,居第一,杜甫17首,包括《佳人》《秋兴八首》《饮中八仙歌》《玉华宫》《春日忆李白》《野望》《寄李十二白二十韵》《紫宸殿退朝口号》《城西陂泛舟》等。

在德理文的《唐诗》中,李白和杜甫是重点译介的唐代诗人;19世纪法国文艺批评家蒙太古(Émile Montégut,1825—1895)在其对德理文《唐诗》的书评文章"一个古老文明的诗歌"(La Poésie d'une Vieille Civilisation)中重点探讨了李白和杜甫。他认为,杜甫的《春夜喜雨》风格接近苏格兰农民诗人罗伯特·彭斯(Robert Burns,1759—1796),或者德国诗人埃贝尔(Johann Peter Hébel,1760—1826)。"我知道李太白叫做贺拉斯,杜甫是我们的罗伯特·彭斯或贝朗吉(Pierre-Jean de Béranger,1780—1857)。"他认为在唐代诗人中,杜甫以其爱国主义具有更为高尚的格调:他的《江村》令人联想到罗伯特·彭斯,《兵车行》和《石壕吏》则让人联想到法国流行歌曲作词诗人贝朗吉。与唐代一般诗人热衷于抒情地表达微妙而细致的个人感情不同,杜甫更为非个人化,他懂得从自我出发表达中国社会老百姓的悲伤,对这一切感同身受。他叙述出身高贵、遭受家族衰败重负的姑娘的痛苦;他悲叹战争所造成的破坏;他描绘老兵在对过去的怨恨中死去。甚至在纯粹的抒情诗中,杜甫也以一种戏剧性的形式叙述了中国社会的疼痛。蒙太古认为,在德理文《唐诗》所收入的诗作中,杜甫的诗是最具规模,也是最雄浑有力的。他的诗具有一种真实而真诚的、足以感动至纯人性的情感,这种情感能够跟生活在如此遥远的欧洲读者心中发生共鸣。德理文指出,跟李白的伊壁鸠鲁主义一样,杜甫的这种中国式的爱国主义在变幻无常的人世中具有普遍性。

富于浪漫主义色彩的《玉书》更多揄扬和推介了李白,由于《玉书》在欧洲各国的反响远远超过了德理文的《唐诗》,在一定程度上致使杜甫诗在法国及其他欧洲国家的传播度不如李白。这种趋势影响到整个20世纪。在20世纪的一些中国诗选集中,李白和杜甫在诗集所选唐诗中的数量,普遍为杜甫诗选数量少于李白诗,杜甫诗选在所选唐诗中的比率普遍低于李白诗选。如《玉笛》(1920)收入李白诗41首,杜甫诗26首;拉卢瓦的《中国诗选》(1944),在所选54首诗中,18—53共36首为唐诗;其中李白选诗16首,杜甫5首。

在20世纪上半叶,只有在苏利耶的《论中国文学》(*Essai sur la Littérature Chinoise*,1912)中,认为杜甫是唐代诗人中位居第一的,因为他那好沉思的敏感、朴素和诗歌形象的力度使他格外引人注目。但同时又说李白是和杜甫一样最为著名的诗人。曾仲鸣的《中国诗歌史》(*Histoire de la Poésie chinoise*,1936)中也将李白杜甫并举。他还认为,杜甫的《兵车行》和《石壕吏》向读者展示了存在于中国人之和平精神与西方民族之好战精神的区别。在西方,诗人们经常颂扬为祖国而牺牲的光荣:即使拿破仑在生命结束之际不得不求助于从年轻人直到老人的大众,人们把他叫做吃人妖魔皇帝,可每个人都始终愿意跑到他麾下。相反,中国人只求生活和平,杜甫的诗有着如此深厚的人性,充分显示了中国人的和平精神以及对安定生活的强烈愿望。杜甫诗以其深厚的品质和形式成为中国最伟大的诗人之一。阿列克谢耶夫(Basile Alexéiev)在《论中国文学:在法兰西学院和吉美博物馆的六次演讲》(*La littérature chinoise:Six conferences au college de France et au Musée Guimet*,1937)中认为,自刘勰之后,"想象"(fantaisie)和"空想"(phantasme)的二元性相继支配着中国历史和中国思想,这种二元性体现在中国的两位诗歌"王子"李白和杜甫身上,李白倾向于其无拘无束的想象,而杜甫则具有严峻的儒家思想。

2000年,法国出版了一部李白和杜甫的研究专著,即胡若诗(Florence Hu-Sterk)的《中国诗的巅峰李白和杜甫》(*L'apogée de la Poésie Chinoise Li*

Bai et Du Fu,友丰,2000),将李杜的诗歌实践、美学观点和思想状况进行了对照式的比较研究。第一部分"从人到诗人",首先介绍他们的生平、个性、世界观,以及他们传奇般的相遇。第二部分"从诗学到诗歌"系统地表现李白和杜甫的诗学观念。运用中国评论家他们诗歌的传统评价来说,李白的诗"豪放飘逸",杜甫的诗则"沉郁顿挫"。第三部分"从诗歌到美学",将李白和杜甫的诗联系到美学思考更广的层面上。第八章分析李白和杜甫的题画诗。在这一章最后认为李白表现了盛唐美学,而杜甫以其"瘦"的美学内在地跟帝国的衰落联系在一起,代表了文人和画家的转折点。在第九章探讨李白诗中对于色彩的运用,作者用统计学的方法探求两位诗人对于颜色的表达,指出他们改革性地在中国诗中运用了有颜色的词语。这个分析同样表现了两位诗人不同的世界观:李白的精神视线执着于白色的透明和纯洁,而杜甫的视角则更加富于现实性。第四部分研究两位诗人一些主要的诗歌主题。认为李白在离别诗这一题材上具有优越性。两人的妇女诗也证明了两位诗人的不同态度:杜甫对唯一的妻子是忠诚和奉献的态度,李白则与他的妻子和妓女们有着复杂的关系。关于酒的主题:如果说李白快乐地喝酒,那么杜甫则是痛苦地喝酒。至于两位诗人的自然观,李白的视角更加象征性,而杜甫则更加具体。书中李杜并举、并重,对两者没有高下之分。

　　当然,也有一些研究将杜甫排在李白之前,对杜甫的评价高于李白。如《中国古典诗双语集》(*Anthologie Bilingue de la Poésie Chinoise Classique*,Maurice Coyaud,1997),在评论中表现出尤其喜欢杜甫诗的现实主义。又如马古礼耶斯(Georges Margouliès)的《中国文学史·诗歌》(*Histoire de la Littérature Chinoise: Poésie*,Payot,Paris,1951),作者以西方文艺理论观照中国古典文学,将源自西欧尤其是法国的"古典主义"概念套用在中国文学上,将唐代视为中国诗歌发展史上的古典主义时代,将唐诗视为古典主义诗歌。他所说的中国"古典主义"诗歌,是指唐代诗歌在形式上经过上官仪、沈约等诗人的探索,最终得以确立、精确,然后通过杜甫、李白两位"天才"诗人才情的释放成为古典主义诗歌的代表作,也开创了唐诗的黄金时代。他将杜甫视为中国古典主义诗歌最为完美的体现者。"杜甫是中国古典诗歌的最佳代表。""杜甫诗歌的性质就是古典诗派达到全盛时所表现出来的特征。"(这些特征包括风格的简洁、对细节的注重以及选词的准确等)一个方面的原因可能是由于杜甫的思想与作者所认为的"古典主义"

思想——儒家思想相应的缘故（他说"儒家的精神仅仅属于古典主义时代"，古典主义形式成为文学作品的本质）。相反，他认为李白的诗风接近于较受音乐影响的六朝诗歌，代表了与杜甫所代表的古典诗派相反的方向——而这是为了"保护艺术的平衡，反对杜甫所带来的古典派的胜利"，"这在文学史上是多么自然和不可避免的事情"。在书中不管李杜生活年代的先后，先介绍杜甫，再介绍李白。他认为李白代表了古典诗歌的对立面，其诗风与六朝诗风极为接近。李白的古体自由诗是其作品中数量最多、最重要，也是受到最高评价的。在这个领域他对杜甫的优越性是无可争议的，因为后者的领域在于古典派诗。两者所选择的艺术形式也能表现他们的特征。杜甫采用了非人称的、不动声色的表达，正反映了古典诗的基本特征；而李白则相反，充满了张力、原动力和个人的声音，他公开表达自己的感情，吸引读者。这更接近于古体诗——前古典主义的表达方式。马古礼耶斯从法国文学发展史的角度，考察出了杜甫诗歌的独特性。

  总之，由法国研究者所考察的杜甫诗歌的独异性正是杜甫之所以能被法国读者接受的原因。第一个独异性，即从国别文学发展史的角度而言，犹如法国文学经历"中世纪""古典主义""启蒙运动"等时期，就中国诗歌发展史而言，在一定意义上，唐代是中国古典诗的"古典"时期，而杜甫正是这一时期的代表诗人，他是最为典型的"古典主义"诗人，他的诗代表了理性和正统思想的诗性表达，诗歌的结构组织完美，诗歌的情感表达冷静、客观、有节制、平衡，是中国古典诗的理想代表。换言之，杜诗完美地体现了"节制"与"平衡"，这正是法国17世纪古典主义文学的审美特征。杜甫作为"古典主义"诗人与法国古典主义时期文学的正统相应，在这一点上很容易与法国文学获得沟通，因而受到法国研究者关注。第二，从更广阔的阅读层面即普通法国读者的层面而言，杜甫作为平民诗人的身份、他的诗抒写人民生活和苦难更容易接近大众读者，能引起法国读者的共鸣。有法国汉学家指出，杜甫的诗表达了不受时空阻隔、不受民族局限的真正的人性情感，这种人性情感包括爱国主义、热爱和平、注重人伦、仁爱思想等一系列非个人化的、富有思想和力量、真诚而高贵的情感。直言之，杜甫诗歌是儒家思想和伦理在中国诗歌创作中的完美代言，其在法国研究者和普通读者中的接受说明了儒家思想对于当代法国读者的吸引力和意义。

《杜甫的诗》书影

第三节 李白诗歌在法国译介和研究较多原因探析

"比较文学自诞生以来,它的一个主要研究对象就是不同民族、不同国家之间的文学交流、文学关系。"自 1736 年法国耶稣会学者杜赫德(J. B. Du Halde,1674—1743)在《中华帝国全志》(Description de l'empire de la Chine et de la Tartary chinoise)第二卷中述及中国诗歌时首次提到李白,将他比为古希腊诗人阿那克里翁(Anacreon),至 20 世纪末,李白的名字及其诗歌传入法国已经有 260 多年的历史。从自 19 世纪至 20 世纪末法国出版的中国古诗选译和研究论集来看,李白及其诗歌是中国古代诗人在法国译介和研究最多、最为频繁和深入的,可以说李白是中国古代诗人在法国当仁不让的代表。以 20 世纪下半叶为例,这一时期法国出版的李白诗歌选译集和研究论著主要有七种(包括四种诗选集、两部研究论著和一部李白部分诗文选)①，而同一时期杜甫诗歌译集和研究论著主要只有两种,其中之一《杜甫:流浪的人》(1989)的作者为比利时汉学家乔治特·雅热。但当欧洲读者于18世纪开始接触中国诗时,李白和杜甫是同时进入他们的视野的,甚至在第一部唐诗法译集的译者德理文看来,杜甫应该比李白更符合欧洲读者的口味,更受他们的欢迎:"要不是我遵照中国编者的顺序,我应该把杜甫放在李白之前的。"但事实表明李白及其诗歌在法国比杜甫译介和研究得更多和深入,李白及其诗歌显然更受法国译者和研究者关注,这是一个值得探讨的问题。本文试从哲学思潮(结合中国古代哲学经籍与文学作品在欧洲的译介与传播)、文学思潮(结合对李白在法国译介和研究至关重要的中国古诗法译集、浪漫主义诗歌文本《玉书》)和中西方共同关心的人文主义主题三方面,对这个问题作历史性的考察,以求得某些解答。

一、哲学思潮:道家

从哲学思潮考量,李白诗歌所浸淫和体现的道家哲学内涵与19世纪末以来现代法国的哲学思潮较相合拍。从历史上看,中国文学在西方的译介和传播远远落后于中国哲学典籍在西方的移译和研究。中国哲学典籍在西方的移译始于16世纪欧洲传教士入华传教。"一个世纪的航海和商业,传教会的旅行和书信,地理学家的描述和天文学家的观察,向欧洲宣告发现了一个幅员辽阔、物产丰富、土地肥沃、文明开化、有着四千多年历史的亚洲帝国。"16世纪欧洲传教士开始到中国传教,这批最早期的耶稣会士为在中国开辟一片传教事业的天地,认为有必要先熟悉中国的主流思想,这就必须认真研读作为中国封建王朝统治思想的儒家典籍;研读之余,他们着手将这些典籍翻译成西文。16世纪西方传教士开始在中国传教的时代,就是儒家典籍"四书""五经"的西文翻译开始的时代。其中如比利

---

① 这七种作品分别是: Dominique Hoizey, *Parmi les nuages et les pins*, Paris: Arfuyen, 1984; Paul Jacob, *Florilège de Li Bai*, Paris: Éditions Gallimard, 1985; Cheng Wing fun & Hervé Collet, *Li Po, l'immortel banni sur terre, buvant seul sous la lune*, calligraphie de Cheng Wing fun, Paris: Moundarren, Hervé Collet, Mai 1988; Daniel Giraud, *Ivre de Tao, Li Po, voyageure, poète et philosophe, en Chine, au VIIIe siècle*, Paris: Éditions Albin Michel S.A., 1989; Jacque Pimpaneau, *Biographie des Regrets Eternels, biographies de chinois illustres*, Paris: Éditions Philippe Picquier, 1989. pp. 55-83; Dominique Hoizey, *Sur Notre Terre Exilé*, Paris: Orphée La Différence, 1990; Wang Françoise, *La Quête de l'immortalité chez Li Taibo*(701—762), Paris: Éd. You-feng, Paris, 1997.

时耶稣会士柏应理(Philippe Couplet,1623—1692)的拉丁文《中国哲学家孔子》(*Confucius Sinarum Philosophus*,1687),包括《大学》《中庸》《论语》的拉丁译文,是17世纪欧洲人对孔子形象及其著述介绍得最为详备的书籍,对孔子学说在欧洲的广泛传播起了非常重要的作用。当1720年康熙帝由于"礼仪之争"下令禁止欧洲传教士在中国传教时,四书五经的内容已经全部或部分地在欧洲得到了译介。18世纪下半叶,在华耶稣会士主要研读的依然是四书五经这些儒家经典。相对而言,从16至18世纪,道家哲学并未引起在华欧洲传教士足够的注意和重视。直至1814年法国国家学术院(Collège de France)设立汉语和鞑靼—满语语言和文学讲座,"正式"揭开法国汉学的序幕,道家典籍的西文译介才真正开始。第一任汉学主讲教授雷慕沙(Jean Pierre Abel Rémusat,1788—1832)1823年节译《老子》数章(第一、二十五、四十一、四十二章),发表于《亚洲丛刊》(*Mélanges Asiatques*);雷慕沙的弟子、法国国家学术院第二任汉学教授儒莲(Stanislas Julien,1797—1873)1842年出版《道德经》(*Lao Tseu*,*Tao-Te King*,*le livre de la Voie et de la Vertu*)法文全译本。这是《道德经》的第一个西文全译本。儒道两家经籍西文翻译呈现出巨大的时间差这一客观事实直接导致19世纪之前欧洲人所认识的中国文化以儒家文化为主,而对道家保持陌生。如果在那时候中国诗得以与中国儒家典籍同时译介和传入欧洲,那时欧洲的前沿知识分子或许比较容易接受儒家诗人杜甫,而不是道家诗人李白,那么杜甫在欧洲的声名或许会超过李白。18世纪法国启蒙思想家伏尔泰就激赏孔子,并通过对元杂剧《赵氏孤儿》的改编表达了对中国传统伦理道德的赞颂和揄扬①。

然而历史造成了文学的传播与哲学思想并不同步。与中国哲学典籍在西方的移译相较,诗歌远远滞后。当第一部唐诗法译集——德理文《唐诗》在法国出版,已经是19世纪下半叶了(1862年);自此之后,李白诗歌得到了更多、更广的译介和研究。这一时期欧洲由于本身经历了复杂的社会动荡,对中国这一东方古国在文化上的期许和期待已经发生了较大的变化。整个19世纪,法国社会发生了巨大变革:在政体上,法国先后经历了

---

① 参见北京大学孟华教授1993年在法国巴黎高等师范学院的讲演:"伏尔泰的《中国孤儿》与《赵氏孤儿》之研究",MENG Hua,*Visions de l'autre:Chine,France-Textes extraits des conférences et des séminaires prononcés à l'étranger*(《他者的镜像:中国与法兰西——孟华海外讲演录》),北京:北京大学出版社,2004,第116-135页。

法兰西第一共和国（1792—1804）、第一帝国（1804—1814）、复辟王朝（1814—1830）、七月王朝（1830—1848）、第二共和国（1848—1852）、第二帝国（1852—1870）和第三共和国（1870—1940）七个政治时期；政治上的动荡导致法国人心理上产生相应的动荡，对由传教士的翻译作品所呈现的那个完美儒家中国疑虑重重，开始与伏尔泰所极力宣扬的儒家政治学说拉开距离，18世纪启蒙思想家对中国的热度一时成为过去。在哲学上，在19世纪以理性、科学和进步为口号的孔德实证主义之后，柏格森的生命哲学成为20世纪上半叶法国影响最大的哲学。柏格森提出"绵延"的概念，将"绵延"等同于"自我""自我意识形态"，认为绵延和自我是最基本的存在。这种自我是发展的、经常变化的，是一切的本源；自我是完全自由的，不服从任何必然性或规律性。柏格森的绵延进化论、绵延创新论、"生命冲动"论、神秘的直觉主义等属于非理性主义的认识论，与道家哲学在多方面有着异曲同工之处，与儒家的理性主义则可谓背道而驰。柏格森的生命哲学和弗洛伊德的精神分析学开启了现代欧洲，尤其在法国思想界和文艺界产生了震撼性的影响力。这一时代背景同样可以解释19世纪中叶《道德经》在法国产生全文西文翻译的深层内趋动因。从这一点来看，李白之所以远远超过杜甫，成为在法国最多得到译介和研究的唐代诗人，是由于与体现儒家理性主义的杜甫相比，体现道家虚无主义、崇尚自由精神的李白与19世纪末20世纪初现代法国的主导哲学内涵更相合拍，因而更容易为法国读者所接受和欣赏，他的诗歌作品更多地为法国读者所阅读。

二、文学思潮：浪漫主义

从文学思潮考量，李白成为最受法国学界青睐的唐代诗人跟19世纪浪漫主义文艺思潮在欧洲兴起密不可分。与政治上的动荡相应，19世纪的法国多种文艺思潮涌现，营造了一片光辉灿烂的文学胜景。19世纪初期，在卢梭标举感情、个性解放的文学作品和英、德浪漫主义文学思潮的影响下，法国浪漫主义文学逐渐形成和发展起来，成为19世纪上半叶法国的主要文学现象。夏多布里昂、斯达尔夫人写下了浪漫主义文学的重要篇章，雨果则将法国浪漫主义文学推至高峰。美国唐学会的秦寰明认为："中近东文学在情感上对于生命的叹息和艺术上富于色彩、幻想、激情乃至神秘的特点，易于吸引西方人的视野，尤其当19世纪浪漫主义思潮在西方兴起时。当他们在这样的思想和艺术框架下进而接触中国文化时,思想上,道家思想较前受到青睐;艺术上,追求异国情调、色彩、激情、幻想这样一些审美要求在相当程度上支配着西方人的选择。在这样的审视下,李白显然较杜甫更易于为西方所选中。"

在法国19世纪浪漫主义文艺思潮中,为在法国传播李白及其诗歌扮演至关重要角色的是法国女诗人朱迪特·戈蒂耶(Judith Gautier,1845—1917)及其中国古诗集《玉书》(Le Livre de Jade,首版1867;第二版1902)。

朱迪特·戈蒂耶是法国诗人特奥菲尔·戈蒂耶(Théophile Gautier,1811—1872)的女儿。作为帕纳斯派的前驱,特奥菲尔·戈蒂耶提出"为艺术而艺术"的理论,被视为唯美诗歌的理论基础。19世纪下半叶,帕纳斯派兴起于法国诗坛。帕纳斯诗人邦维尔(1823—1891)、勒孔特·德·利尔(1818—1894)等追求诗歌形式上的完美,在内容上反对诗歌反映现实,关注古代和异国题材,主张保持客观冷漠的态度,反对浪漫派的感情抒发。朱迪特·戈蒂耶与帕纳斯派诗人结交甚密,深受帕纳斯诗派影响。与勒孔特·德·利尔一样,朱迪特·戈蒂耶接近中国古典诗歌是为了回到诗的本源,她认为这一源泉在中国远远早于古代西方。帕纳斯诗派主张描写古代的、异国的题材,将诗歌与社会现实分离;《玉书》也对现实采取了一种超然的姿态。在《玉书》中,朱迪特选译的很多中国古典诗表现了诗人对世俗世界的疏离、对现实的漠不关心:诗人往往远离世俗和人群,漫步于云雾弥漫的山间。但朱迪特·戈蒂耶本质上是个浪漫主义者,与帕纳斯派相较,《玉书》在精神上更接近于浪漫主义。首先,从所选诗歌的主题上看,《玉书》(1902年第二版)集中关注爱情、咏月、行旅、宫廷、战争、饮酒、秋、诗人八个主题,其中爱情诗共选诗42首,占全书诗篇38%以上;大量诗歌表达了忧郁、大自然对诗人痛苦的无动于衷等,而这些正好是浪漫派诗人所着重探索的几种精神状态。其次,从诗歌的表达上看,帕纳斯派主张客观、冷漠的表达,反对浪漫派激情澎湃的感情抒发。朱迪特·戈蒂耶的精神和趣味则倾向于抒情的浪漫主义。她为《诗经》中抒情诗和激情的缺失感到遗憾,因而到比《诗经》更为注重个人心灵和精神表达的唐诗中去寻找灵感,甚至不惜改变原诗,以丰富的想象力"重新创作"出了一首首极富浪漫主义色彩的"新诗"。北京大学孟华教授指出,朱迪特·戈蒂耶以"运用意象直接抒情的方式,使译诗具有强烈的浪漫主义色彩"。

在《玉书》所选的目前能够判明原诗的诗中,李白选诗 19 首,是全书选诗最多的,可以说是全书的主角诗人。这些诗包括如《陌上赠美人》《乌栖曲》《乌夜啼》《采莲曲》《渌水曲》《少年行》《清平调词》《玉阶怨》《送友人》《静夜思》《江上吟》《春夜洛城闻笛》等篇幅较短而富于色彩感、韵律美、极富浪漫主义色彩的诗,也是最能体现《玉书》的旨趣和特色的。

洋溢着浪漫主义精神的《玉书》获得了巨大的成功。1867 年首版,1902 年再版,之后仅在法国又连续印刷了四次(1908,1923,1928,1933)。《玉书》的影响力广及欧洲各国:它被作为源本转译成英文、葡萄牙文、德文等多国语言,后于 1908 年由奥地利作曲家、指挥家古斯塔夫·马勒(Gustav Mahler,1860—1911)根据转译的中国古诗谱成交响曲《大地之歌》(*Das Lied von der Erde*),其中李白诗五首。《玉书》成为李白和法国及浪漫主义结缘的一个重要媒介;可以说李白的名字是随着朱迪特·戈蒂耶的《玉书》传遍欧洲大陆的。《玉书》的"成功"为法国学界日益形成"尊"李、"重"李和"崇"李的局面打下了基调。

三、中西方共通的人文主义关怀

从诗歌的主题和内容考量,西方汉学家认为唐诗更容易接近西方人,是因为它们包含了具有普遍性的人文主义情感。在这些普遍性的"人文主义"情感中,包括堪称永恒的生命旋律如忧郁、虚无、伤时、孤独感、隐居出世、及时行乐主义等,唐诗中那些歌咏古都废墟、表达反战情绪、感叹时光飞逝、称颂饮酒等题材的诗备受西方人关注和喜爱(尤其在李白初传欧洲的 18、19 世纪)。在唐代诗人中,李白显然是书写这些题材最有代表性的诗人。西方人认为唐诗中体现的"忧郁"源自道家和佛教,诗人试图通过对道家和佛教的宗教性诉求排遣这种情绪,同时又不得不服从于儒家的理性主义。西方汉学家对此非常感兴趣,试图透过这种诗歌精微言词的表面去追寻东方思维中的精妙之处。在 20 世纪以来出版的中国古诗选集中,有一部分诗集具有鲜明的主题倾向:比如《空山》(*La Montagne vide*,1987)、《龙睛》(*Les yeux du dragon, Une anthologie de la poésie chinoise*,1993)和《山水游戏:中国的绝句和律诗》(*Jeux de montagnes et d'eaux, quatrains et huitains de chine*,2001)等中国古诗选集,诗集题名已经揭示其中主要收录主题为吟咏山水、隐居出世的诗,在这部分诗集中,普遍以李白诗选为最多。这种在中国古典诗歌题材和内容选择上的倾向也解释了李白及其诗歌在法国译介和研究得更多的一个重要原因。

20世纪晚期,法国出版了两部李白专论:丹尼尔·吉罗《道之醉:李白:8世纪中国的旅行者、诗人和哲学家》(1989)和Wang Françoise《李太白诗中对不朽的追求》(1997)。这两部论著不约而同表现了一个共同的倾向:对李白及其诗歌的宗教性主题关怀日益明显。丹尼尔·吉罗的《道之醉》结合李白的宗教信仰——道教探讨他的诗歌艺术。作者紧扣书名"道之醉"之"道",即道教之"道",结合中国古典诗歌的语言探讨李白诗歌中不断出现的意象,认为月亮、酒、江、山等形象构成了李白诗歌的主导性主题:月落和酒之间存在着一种诗性联系;江、河则象征昙花一现的流动性存在——流水,这个形象经常与中国诗人的灵感相联系;山是"天地相遇"的地方,是神的居所,代表中国不朽者的优越性。这些主题均包含着"不朽"这层含义,体现了李白对不朽的迷恋和主动追求。Wang Françoise在《李太白诗中对不朽的追求》一书引言中,从文学与宗教的关系出发,探讨诗人与神灵之间的关系:诗人出于跟上帝沟通的意愿,创作带有神话和宗教色彩的诗歌。同时强调中国诗歌的顶峰时期盛唐,是儒家、道教和佛教等多种哲学和宗教思想混融(fusion)的时代。作者研究李白诗中对不朽的追求这个问题,是为了尽可能公正地重建李白的视像(une vision la plus juste possible):"不朽并非想象力的凭空创造,它突出了一套哲学和宗教思想的系统,并构成了其一生为之操心的事业。"论著以李白的宗教——道教为中心,详细论述李白的宗教生活、他的道教朋友及其诗中的女性,并在结论中归纳了李白追求不朽的三项根基:第一是为诗人提供思想理论基础的哲学根基(道家哲学);第二是李白实践各种仪式的宗教根基(道教);第三是李白的生平经历证明了"不朽"这一概念在其生活中具有重要性。李白及其诗歌饱含的丰富而深刻的人文主义和宗教哲学内涵,引得法国汉学家学者孜孜探索和追问,是李白其人其诗能够在唐代诗人中"脱颖而出",自始至今保持为在法国译介和研究最多的唐代诗人的最主要原因。

自1735年杜赫德首次将李白介绍给西方,到20世纪下半叶七种李白诗歌法译集和研究论著的出版以来,法国的李白诗歌译介和李白研究取得了巨大的进展。总体而言,李白诗歌的选译集出版的较多,专门的研究性论著相对较少。外国文学研究的一个自然过程是首先需要翻译一名文学家的作品全集，对这名文学家及其作品的全面研究才有可能展开。尽管李白是在法国得到最多译介和研究的唐代诗人，但遗憾的是，李白诗歌的法文全译集至今尚未出现，这为法国汉学的李白研究留下了可待探索的广阔空间。

第六章
其他唐代诗人在法国的译介和研究

第一节 白居易、王维在法国

在法国来华传教士钱德明等编纂的《北京耶稣会士杂记》第五卷(出版于 1780 年)"中国名人肖像"部分,白居易作为"博学者"(savant),得到了介绍。对白居易的生平介绍比较关注其佛教倾向。德理文的《唐诗》选译了白居易两首描写友情的诗:《草》和《欲与元八卜邻,先有是赠》。1912年,苏利耶的《论中国文学》选译了白居易的《松声》(修行里张家宅南亭作)和《题海图屏风》,白居易是苏利耶在本书中选译的五位唐代诗人之一(其余四位分别是杜甫、李白、王维和温庭筠)。拉卢瓦的《中国诗选》(1944)选译白居易诗 3 首:《晚秋夜》《杂曲歌辞·潜别离》和《花非花》。民国时代,曾仲鸣和徐仲年在法国留学期间都翻译过或研究过白居易,罗大冈更以白居易研究为其在巴黎大学的博士学位论文题目,1939 年在巴黎出版其博士论文《诗人白居易的双重灵感》。这是第一部法语白居易研究专著。白居易的双重灵感既指其作为社会行政官员与诗人的双重身份,又指其"行动"(Agir)和"无为"(non-agir)的双重个性。罗大冈 1948 年的著作《首先是人,然后是诗人:七名中国诗人》,白居易是其中四位唐代诗人之一(其他几位分别是李白、杜甫和李贺)。

罗大冈的白居易研究及其对白居易诗歌的重视显然在法国汉学界产生了影响。20 世纪下半叶,白居易的诗日益受到法国汉学家的青睐,翻译得越来越频繁,数量日趋增多。在帕特西亚·吉耶尔马的《中国诗歌:自起源至今》(1957、1966)中,白居易受到格外的重视。帕特西亚·吉耶尔马认为,在名扬欧洲的诗人中,除了李白和杜甫以外,白居易有着独特的位置。白居易的独特性在于诗歌风格的朴实以及诗人对小人物的友爱。在本诗集中,选诗最多的唐代诗人正是白居易,共 26 首。戴密微主编的《中国古典诗集》(1962;1982)中,白居易选诗 10 首,数量仅次于李白。克洛德·华在《中国诗歌宝库》(1967)一书的引言中重点介绍了白居易,称其为描写中国农民生活的卓越诗人。书中的唐诗选译部分,白居易译诗 11 首,是数量最多的,超过李白(8 首)。程抱一的《中国诗语言研究——附唐诗选》(1977)选译白居易诗 3 首:《赋得古原草送别》《花非花》《卖炭翁》。在一些更为大众化、具有泛读功能的中国古诗选译集,比如胡品清等人的《中国智慧和诗》(1981)、郭幽(Maurice Coyaud)的《向中国告别》(1989)、丹尼尔·吉罗(Daniel Giraud)的《龙睛》(1993)等中,白居易的诗是理所当然的选择。白居易的长诗《长恨歌》两度得到翻译,其一是乔治特·雅热的《白居易〈长恨歌〉及其他诗》(1992),其二是雅克·夏丹的《长恨歌及其他诗》(2006)。但在这一时期,白居易诗在法国重点在于其诗歌的翻译,对其诗歌的研究论著则比较欠缺。

　　王维并不由法国耶稣会士首先发现并介绍入法国。首先译介王维诗歌的是德理文。1862 年出版的《唐诗》收入王维诗 4 首:《赠祖三咏(济州官舍作)》《送别》《送元二使安西》《送友人归山歌》,都是描绘友情的,其中三首是送别诗。这跟德理文透过唐诗考察中国古代文人社会生活、人际交往的旨趣密切相关。朱迪特·戈蒂耶的《玉书》对王维诗歌并无特别的着意。1912 年,苏利耶的《论中国文学》中,王维是作者选译的五位唐代诗人之一(其余四位分别是杜甫、李白、白居易和温庭筠),选译了王维的《与卢员外象过崔处士兴宗林亭》和《戏题盘石》。图桑的《玉笛》(1920)将王维诗收在内。拉卢瓦的《中国诗选》(1944)选译王维诗 1 首:《过香积寺》,并将王维列入聚集在玄宗周围的七名"七星诗人"之一,其诗歌风格是"精确"(la précision)。民国年间,除了曾仲鸣、徐仲年、罗大冈都曾翻译过王维的诗歌以外,1941 年,巴黎大学文学博士刘金陵(Liou Kin-ling)在巴黎出版博士论文《诗人王维》,是为第一部法语王维研究专著。此部论著着重探讨了王维的佛教思想以及由此而达至的异于李白、杜甫两位公认的唐代诗人高峰的诗歌艺术。

　　20 世纪下半叶,对王维诗歌的翻译逐渐增多了,并成为中国古诗选集中主要的唐代诗人之一。帕特西亚·吉耶尔马的《中国诗歌:自起源至今》(1957、1966)选译王维诗 5 首。在戴密微主编的《中国古典诗集》

(1962、1982)中,王维选诗7首,和杜甫、韦应物并列第三(前两位分别是李白和白居易)。在程抱一的《中国诗语言研究——附唐诗选》(1977)中,王维是所选主要的唐代诗人之一,选译诗17首。保尔·雅各的《权力空位:唐诗》(1983)选译李白24首,王维18首,多于杜甫(10首)。同样,在 Patrick Carré 和 Zéno Bianu 合译的《空山》(1987)中,王维诗选译数为19首,也是仅次于李白(24首)。此外,同白居易相似,王维也是这一阶段出版的各种通俗类中国古诗选译集所必选的唐代诗人之一。

王维有一位法国知音,他就是法国诗人克洛德·华(Claude Roy, 1915—1997)。在克洛德·华的《中国诗歌宝库》(1967)中,王维是译者最喜爱的唐代诗人之一。克洛德·华说:"我爱最不可翻译(la plus intraduisible)、最不可传达(la plus intransmissible)的诗歌,就是李白、王维、白居易和陆游的诗。"①书中选译王维诗5首,译诗数量在所选译的唐代诗人中位居第四(前三位分别是白居易,11首,李白和杜甫,都是8首)。在同一位译者出版于1991的《窃中国诗者》中,克洛德·华对王维的喜爱程度明显加深了,在唐代诗人中,作者首先译介王维的诗,所译介的唐诗亦以王维选诗为最多,共34首和一篇散文《山中与裴秀才迪书》。白居易、杜甫和李白的诗歌选译数则并没有发生太多变化。克洛德·华这位诗人译者热爱王维,认为这位公元8世纪的中国画家诗人在精神上比布格罗(William Adolphe Bouguereau)、马西尔·巴斯谢(Marcel Baschet)和达利更接近西方人。克洛德·华对中国古诗的热爱在对王维的喜爱中可见一斑。甚至可以说,王维是克洛德·华心目中中国古诗密码的代言者。他为王维的好几首诗提供好几个不同译本正是对这一点的说明。

20世纪下半叶,出现了一部重要的王维诗歌译集,此即汉学家帕特里克·卡雷的《蓝田集:诗人画家王维的作品》(1989)。根据《王右丞集笺注》卷一至卷十四(共432首诗),选诗363首,是目前最为完整的王维诗法译集。此外还有由 Wei-Pien Chang 和鲁西安·迪佛(Lucien Drivod)共同翻译的《风景:王维的心镜》(1990)。王维诗歌的艺术越来越受到法国汉学家的注意,他逐渐被视为唐代最伟大的三位诗人之一。同时,在翻译王维诗歌的基础上,法国汉学家对王维诗歌的研究也有所进展。有皮埃尔·杜丹的专著《王维作品中的佛教思想》(1968),指出王维艺术作品的秘密

---

① Claude Roy, *Trésor de la poésie chinoise*, Paris: Le Club du Livre, 1967, pp.2-3.

线索,即诗画一体的本质正在于佛教,并认为王维与西方大量诗人、艺术家有着共同的对大自然的热爱,而王维对大自然的热爱与众不同之处,在于他不仅仅以一名画家或诗人的眼光看待大自然,同时也是以一名虔诚佛教徒的精神,以一种纯净的神秘主义去看待大自然,因而使得他的诗歌道德高尚,精神纯洁,充满了高贵的思想意识,向着精神上的完美提升。

王维给予法国汉学家和法国诗人以艺术上的启示,这种启示带来了对王维诗歌法国传播的创新形式。2007年,Wang Chia-yu 的《王维诗选》以书法作品、山水摄影作品(彩页)相伴的形式来呈现中文原文和法文译文相对照的王维诗歌,生动地诠释了"诗中有画"的王维自然山水诗,是王维诗歌在法国传播的新形式,有利于更好地推动王维诗歌进一步走近法国读者大众。

第二节 寒山在法国

一、寒山诗在法国的传播①

我国现存古籍对寒山的最早记载见于北宋李昉等编著《太平广记》。《太平广记》卷55录唐末五代道士杜光庭所撰《仙传拾遗》②"寒山子"条云:"寒山子者,不知其名氏。大历中,隐居天台翠屏山。其山深邃,当暑有雪,亦名寒岩,因自号寒山子。好为诗,每得一篇、一句,辄题于树间石上。有好事者,随而录之,凡三百馀首,多述山林幽隐之兴,或讥讽时态,或警励流俗。桐柏征君徐灵府序而集之,分为三卷,行之人间。十余年,忽不复见。"公元900年左右,曹山本寂禅师以徐编本为依据重新编排寒山子诗成《对寒山子诗》七卷,增托名初唐台州刺史间丘胤序,又附拾得录及其诗若干首。南宋淳熙十六年(1189),天台山国清寺僧志南编刻《寒山子诗集》,录寒山、拾得、丰干诗,又称"三隐诗集"。寒山的名字从此和国清寺联系在一起。《旧唐书·经籍志》中没有《寒山子诗》,《新唐书·艺文志》中著

---

① 本文从"寒山诗在法国的传播及其意义"为题发表于《华东师范大学学报》(哲学社会科学版)2012年第4期。

② 《仙传拾遗》原书已佚,今有严一萍辑佚本五卷,收入《道教研究资料》第一辑,台北:艺文印书馆,1974。

录《寒山诗七卷》,编入释家类,《崇文总目》卷四"释书类"亦著录之,可知在北宋时,寒山子诗已成为佛家典籍。清初编《全唐诗》,把寒山、拾得和丰干的诗各一卷编在僧诗的卷首。寒山诗属于僧诗为定论①。

"由于主体文化规范的制约,寒山诗在中国文学史中千百年的语内文学之旅受尽冷遇"②,而日本、欧美多国却先后掀起了"寒山热"。在日本,宗教诗歌,尤其是受到禅启发的诗受到了前所未有的重视,寒山的作品阶段性地再版。日本皇家图书馆保存着最为古老的寒山诗集版本之一,寒山诗集在日本的收藏和刊印多达数十种。20世纪五六十年代,寒山诗随着西方汉学家和诗人的译介风行于美国。1956年,美国"垮掉的一代"派诗人施奈德(Gary Snyder,1930—)翻译了24首寒山诗,发表在三藩市文学杂志《常青藤评论》(*Evergreen Review*)上;另一位"垮掉派"诗人杰克·凯鲁亚克(Jack Kerouac,1922—1969)1958年发表小说《达摩的流浪汉》(*The Dharma Bums*,1958);哥伦比亚大学教授华兹生(Burton Watson)1962年出版诗集《寒山:唐代诗人寒山诗一百首》(Burton Watson,*Cold Mountain,100 poems by the T'ang poet Han-shan*,New York:Grove Press,1962)。这些作品使很大一批"前卫"的美国人对禅发生兴趣。这是由于厌倦于西方文明的美国青年试图寻找一种"自然的"自由,禅正好适应了他们的需求。在那个时代,寒山像嬉皮士一样,成为美国年轻一代反叛和"垮掉"的表率。

在欧洲,1954年9月,英国汉学家亚瑟·韦利在杂志《遇见》(*Encounter*)上向欧洲读者介绍了寒山的27首诗;事实上,法国学者早在亚瑟·韦利之前开始了对寒山及其诗歌的关注和研究。前中国传教士马古礼耶斯(Georges Margouliès)1951年的专著《中国文学史:诗歌》第17章"唐代:古典主义的准备"论及初唐时期诗人对诗歌形式的探索时,着重探讨了寒山及其诗歌。马古礼耶斯认为,寒山诗歌的巨大魅力和独特价值,在于表达的极度简洁。他的诗歌用语近似闲聊,而其中自有艺术,是一种自信的、完成的艺术③。这是至今所见西方最早对寒山及其诗歌比较深入的研究。

20世纪70年代,法国汉学界的寒山研究有了重要进展。在这个年代,

---

① 寒山诗集版本概况参见陈耀东,《寒山诗集版本研究》,北京:世界知识出版社,2007年。
② 胡安江"绝妙寒山道——寒山诗在法国的传布与接受",载《中国比较文学》2007年第4期,第95页。
③ Georges Margouliès,*Histoire de la Littérature Chinoise:Poésie*,Paris:Payot,1951,pp.251-253.

寒山由于其诗歌创作与佛教文学的关系而进入法国汉学家的视野。20世纪法国汉学大师戴密微是敦煌学专家，也是唐代佛教文学的法国发现者和研究者。1970年，戴密微发表"禅与中国诗歌"（Le Tch'an et la poésie chinoise），文中指出，佛教通常为西方汉学家所忽略，因为他们往往更注重阐明禅在绘画上的美学意义。戴密微考察自汉代至宋代禅宗与中国诗歌的关系，认为一些僧人的诗歌作品堪列入唐诗的不朽之作。在这些诗歌作品中，宗教思想表现为佛教和道教的融合。戴密微将僧人诗人所作、具有语录性质的诗称为"禅诗"，指出王梵志和寒山发展了这类诗，使它们更为接近中国诗歌传统的主体：抒情诗，直至宋代发展出以禅的直觉为诗歌灵感来源的美学理论，即严羽《沧浪诗话》"论诗如论禅""羚羊挂角，无迹可求"的主张①。

在戴密微1970年论文"禅与中国诗歌"提出以王梵志和寒山诗歌为代表的"禅诗"诗歌类别之后，20世纪70年代中期以来，寒山诗以更为直接的方式进入法国读者的视野。寒山诗的第一位法国译者是法国汉学家班文干（Jacques Pimpaneau）。1975年，班文干出版寒山诗选译集《达摩的流浪汉：寒山廿五首诗》（Jacques Pimpaneau, *Le Clodo du Dharma*, 25 *Poèmes de Han-Shan*, 李国荣书, Université Paris-VII, Paris: Centre de Publication Asie Orientale, 1975），选译了25首寒山诗。1978年，弗朗索瓦·拉里耶（François Lallier）翻译了寒山的五首诗，发表在诗歌杂志《猴港》（*Port-des-Singes*）上；1981年，法国作家马尔丹·梅尔柯尼安（Martin Melkonian）以自由体诗的形式，翻译了一组寒山诗，以"山顶之天"（Ciel des Cimes）为题发表于《通道》（*Passage*）杂志；1982年，这些诗结集，以《寒山》为书名出版②；1985年，程英芬和埃尔维·柯莱合译的《寒山：寒山的绝妙道路》③在巴黎出版，选译110首寒山五言诗。以法文和中文对照，并以毛笔繁体字书写中文原诗；该诗集1992年再版。1985年，法国汉学家帕特里克·卡雷（Patrick Carré）出版了寒山311首诗的法语全译集《餐霞子：诗人、流浪者

---

① 钱林森编《法国汉学家论中国文学——古典诗词》，北京：外语教学与研究出版社，2007，第242—252页。

② Martin Melkonian, *Montagne froide/Han Shan*, Paris: Passage, 1982. 此书于1995年再版（Rudra Éditions），1996年出版第三版（Éditions Fourbis）。

③ Cheng Wing fun 和 Hervé Collet, *Han Shan: merveilleux le chemin de Han shan*, 汉字：Cheng Wing fun, Paris: Moundarren; chemin des bois, Millemont, 1985, 1992.

寒山》①。寒山诗的第一位法国译者班文干为本书作序。在序言中,班文干称这是寒山诗的第一部西文全译集②。这也是迄今最为全面和完善的寒山诗法译和阐释集。

二、寒山诗对当代法国哲学思想的意义

二战以后至21世纪初是当代法国哲学蓬勃发展的时期。在这半个多世纪中,各种哲学思潮作为时代精神的理论结晶,先后活跃在法国哲学界。当代法国哲学既是对自古希腊和罗马文化以来西方思想文化传统精髓的包含和继承,同时又表现出"强烈的批判性和创造性"③。首先是萨特的存在主义哲学自二战后至整个20世纪50年代受到法国年轻人的欢迎和追捧。20世纪60年代,存在主义过时,法国学界开始盛行一种新的哲学思潮——结构主义,作为一种研究方法,结构主义被广泛运用于语言学、人类学、社会学、心理学等学科。20世纪70年代,结构主义又逐渐被解构主义,即"后结构主义"所取代。自二战结束至21世纪初,哲学是法国学界最为活跃的科学领域。当代法国哲学极大地推动了当代法国文学艺术的繁荣和发展。与法国哲学界的热闹相较,法国汉学界相对平静,但并非绝缘于学界的热门话题。法国汉学家研究中国,同样表现出了有别于以往的面目,表现出了试图突破自身文化的一种勇敢尝试。寒山及其诗歌于二战后开始传入法国,20世纪70年代至20世纪末在法国得到更多翻译和研究,在时间上与当代法国哲学的发展同步。自二战结束至21世纪初是西方自觉反省其长达近四百年历史的"现代性"文化、并在内部孕育着"后现代性"萌芽的年代④。寒山诗最早的法国译者、法国汉学家班文干在帕特里克·卡雷《餐霞子:诗人、流浪者寒山》一书的序言中指出,寒山是现代性的一名创造者⑤。寒山及其诗歌于当代法国哲学思想至少具有以下三方

---

① Patrick Carré, *Le Mangeur de brumes, l'œuvre de Han-shan poète et vagabond*, Ouvrage publié avec le concours de Centre National des Lettres, Paris: Phébus, 1985.
② 同上,p.11.
③ 高宣扬《当代法国哲学导论》,上海:同济大学出版社,2004,第4页。
④ 同上,第12页。
⑤ Patrick Carré, *Le Mangeur de brumes, l'œuvre de Han-shan poète et vagabond*, Ouvrage publié avec le concours de Centre National des Lettres, Paris: Phébus, 1985, p.13.

面的意义。

其一,寒山其人其诗所体现的对个体独立精神的强调和追求及深刻的批判意识与当代法国哲学的精神相契合。禅宗主张明心见性,即心即佛,高度肯定自我意识和人性的尊严,充分发挥人的主观能动性;另一方面,它对任何偶像权威、佛祖法统、佛经教条等予以了彻底的否定。我国寒山研究学者钱学烈教授指出,寒山诗的一大艺术特点是具有强烈的主观性,浸染着诗人浓重的自我意识,而"禅宗高扬的离经叛道、特立独行的精神,正是寒山诗表现出张扬的个性、大胆的批判和辛辣的讽刺这些艺术特色的根本原因"①。台湾学者赵滋蕃从关于寒山的传说故事中其人行为举止哭笑无常、其诗的"无题"与"极化"(指有些诗表现优异,又有些诗表现蹩脚)现象,认为寒山患有"轻度迷狂症",这种症状与遗忘症助长了寒山的创造性想象力,"从明心见性中游戏人间"②。对个性、特征的一贯追求是法兰西民族的特性,批判精神则是法国哲学最为根本的精神。纵观二战后当代法国哲学思潮的涌现和发展,从存在主义、结构主义到解构主义,后者总是以比前者更为异于甚至颠覆传统的面貌出现;解构主义的代表哲学家德勒兹更以极端反传统和颠覆传统的哲学主张著称。德勒兹试图以反传统哲学来确立哲学本身,以"精神分裂"取代"精神分析"。可以说,二战结束至21世纪初是比以往任何一个时代都更强调颠覆和超越的时代;在这一时代的每个十年,法国哲学界始终处于躁动不安的求"变"状态中,处于对西方长达四百年的哲学传统的批判、"逃离"以及重建哲学理论体系的努力之中。寒山其人及其诗中透露的自我独立意识、批判精神和独绝追求与法国哲学注重对传统的批判、颠覆和超越的精神相契合。

其二,当代法国哲学的主要批判对象是现代性的主体性原则,具体内容包括西方语音中心主义、逻各斯中心主义和种族中心主义③。主体性原则的根基是启蒙运动的理性主义,对主体性原则的批判同时意味着对理性主义的反思和批判。与此相应,当代法国学者对异于西方哲学传统的他者哲学或思想传统给予一定的关注和审视。显然,寒山及其禅诗为当代法国哲学提供了异于西方哲学主体性原则的另一种参照。马古礼耶斯在《中国

---

① 钱学烈《碧潭秋月映寒山——寒山诗解读》,北京:中央编译出版社,2009,第219页。
② 叶珠红《1962—1980年大陆以外地区之寒山研究概况——以〈寒山子传记资料〉为主》,载《寒山诗集论丛》,台北:秀威资讯科技,2006,第53-95页。
③ 高宣扬《当代法国哲学导论》(上卷),上海:同济大学出版社,2004,第24页。

文学史:诗歌》中指出,哲学在寒山的诗中占据了最为重要的位置,佛家子弟寒山通过诗歌创作传达了在许多方面与道家思想相通的哲学思想,具有普遍的意义①。班文干认为,对寒山而言,诗歌不再是单纯的美学上的训练,而是摆脱了逻各斯的唯一一种语言,能到达理性所到不了的地方。在寒山那里,客观和主观最后融为一体:寒山既是他的名字,也是他所生活的山;"坐"既是佛教用语,指冥想的状态,也指坐的动作;寒山的诗歌形式努力表达出自我与宇宙的这种统一。对弗朗索瓦·拉里耶来说,寒山是一名"禅"的自然崇拜诗人。他通过翻译寒山的几首诗,对"禅"做出了解读,认为禅并不醉心于文学,而是旨在直接表现心性,在于看到人的真实本性以实现佛性(la Bouddhéité②)。这种通过寒山的诗来解读禅宗哲学的做法与1932年比利时汉学家布鲁诺·贝佩尔(Bruno Belpaire)通过李白关于道教主题的诗来解读道教思想③异曲同工。这几位西方汉学家所共同关心的东西都是中国本土的宗教哲学,不管是禅宗,还是道教和道家哲学。这正是异于西方理性原则、逻各斯中心主义的来自一个古老而早熟文明的另一种哲学传统。寒山的宗教——禅宗为西方人提供了摆脱西方哲学主体性原则的核心——逻各斯中心主义的一条路径和通道,寒山的禅诗和自由精神是可以弥补西方逻各斯中心主义传统之"不足"的理想事物。

其三,对人的本质的思考是哲学的根本问题,人的自由本质是这一哲学根本问题的核心。当代法国哲学家们试图越出西方传统人文主义的藩篱,为现代人在当代如何追求和实现他们所需求的自由,提供新的理论上的论证。当代法国哲学对自由问题的关注,是寒山诗对法国当代哲学产生意义的重要动因。寒山诗在法国传播,在法国读者中独具的哲学意义在于:以诗歌的形式为法国读者提供了"禅"这种结合了佛教和道家哲学、迥异于西方哲学传统的哲学沉思,为人的状况尤其是精神自由状况提供了来自另一种古老和优秀文明的解答。帕特里克·卡雷在其寒山诗译释集《餐霞子:诗人、流浪者寒山》中指出,寒山诗对西方读者的意义在于,作为一个精神流浪者,寒山的流浪思想有助于放松被滞重精神压垮的西方人的心灵。不满于这个时代思想的西方读者能通过阅读寒山的诗而受鼓舞,使他

---

① Georges Margouliès, *Histoire de la Littérature Chinoise: Poésie*, Paris: Payot, 1951, p.252.
② Martin Melkonian, *Montagne froide/Han Shan*, Paris: Passage, 1982, p.18.
③ Bruno Belpaire, "Le taoisme et Li T'ai Po", *Mélanges chinois et bouddhiques*, Bruxelle: l'Institut Belge des Hautes Etudes Chinoises, Premier volume: 1931—1932, 1932, pp.1-14.

们坚信始终存在着更美好的事物,并提醒他们思考一个根本性的哲学问题:人的存在为什么以及如何跟人可怜的自由状况不断发生冲突①。班文干在帕特里克·卡雷该书的序言中认为,寒山对于西方读者的意义,跨越语言的界限,跨越文学史及其规则,在于他表达了并继续表达着一种只有诗歌才能够向读者传达的追求:一种对彻底精神自由的追求,这种追求不可言传,梦想将读者唤醒,进入一个在实用(l'utile)和实干(savoir-faire)之外(au-delà)的世界。寒山继承了道家哲学和佛学,向西方读者透露了中国的精神,这种精神实际上也在西方人的大脑中沉睡:"寒山"既在阿邦当斯②的斜坡上,也在韦泽尔河③两岸④。

综上所述,寒山其人其诗与当代法国哲学思想在批判精神、对主体性的超越、对人的自由问题的思考均相契合,其自二战后在法国的传播为当代法国哲学思想的发展提供了来自东方一个古老文明传统对这些问题思考和阐释的来源,为当代法国思想文化注入了新的元素和活力。

三、寒山诗对当代法国语言文学的意义

寒山诗对当代法国文学上的意义主要表现在两个层面。第一个层面与二战后发展迅速的法国后现代哲学思潮密切相关。当代法国哲学极大地推动了当代法国文学艺术的繁荣和发展,推动了包括文学创作、文学批评和语言学等学科的新发展,文学艺术各种新思潮的涌现反过来又推进了当代法国哲学的进一步繁荣和发展。高宣扬教授指出,对于语言的批判和解构是当代法国哲学的重大成果之一⑤。当代法国后现代学者纷纷在各自的理论体系内,提出了对语言的新主张和论说。在当代法国哲学的观照下,语言的准确性和可表达性受到质疑、解构甚至颠覆。法国新小说派罗布-格里耶等人的实验性小说因"不可卒读"而受到法国批评界的猛烈抨

---

① Patrick Carré, *Le Mangeur de brumes, l'œuvre de Han-shan poète et vagabond*, Ouvrage publié avec le concours de Centre National des Lettres, Paris: Phébus, 1985, p.15.
② Abondance, 阿邦当斯, 法国城镇, 位于法国东南部。
③ Vézère, 韦泽尔河, 位于法国西南部, 峡谷两侧的众多洞穴中布满了旧石器时代史前人类所做的绘画(例如拉斯科洞窟壁画), 1979 年被联合国教科文组织列入第三批世界文化遗产。
④ Patrick Carré, *Le Mangeur de brumes, l'œuvre de Han-shan poète et vagabond*, Ouvrage publié avec le concours de Centre National des Lettres, Paris: Phébus, 1985, p.13.
⑤ 高宣扬:《当代法国哲学导论》(上卷),上海:同济大学出版社,2004,第 23 页。

击,新批评主张者、结构主义文学批评家罗兰·巴特(1915—1980)支持新小说,认为"不可卒读"向读者的期待心理进行了挑战,体现了文学的最终目的。在《批评与真实》(1966)中,罗兰·巴特强调"批评"的作用应受到充分发挥,言语不再是工具或装饰,而是符号——这唯一的真实;新批评家面对的对象不是作品,而是作品的语言。语言就是主体本身。一切与语言有关的都被以某种方式重新评价①。《S/Z》(1970)是罗兰·巴特通过阅读、解构和重构巴尔扎克中篇小说《萨拉辛》文本试图构建一种新阅读理论的大胆尝试②。在罗兰·巴特看来,《S/Z》不同于传统的"作品",而是一种"可阅读文本"(texte-lecture),是纯粹由语言创造活动的体验。语言的构造铸就了作为主体的"我"的实现。人文科学"思想系统史教授"福柯(1926—1984)也主张语言不再是表达体验的纯粹工具,而变成目的本身。他承认罗布-格里耶的新小说创作具有深刻的哲学意义③。解构主义哲学家德里达(1930—)更是直接对人类文化传播的载体——语言提出了挑战:他不断尝试着解放语言,要打破逻各斯对哲学和人文科学的统治,思想对语言的统治,说话、书、意义对文字的统治,使文字不再成为表达思想和意义、记录说话的工具或奴仆,不再受制于作者的意向,不必遵循严格的逻辑规则和语法。即将语言从逻各斯中心主义中解放出来,成为自己的"主宰",成为主体本身。

寒山诗语言是我国寒山研究学者所重点探讨和研究的内容之一。胡适可谓近现代中国文学史学界发现寒山的第一人。在其1928年的著作《白话文学史》中,胡适将王梵志、王绩和寒山列为"白话大诗人"。20世纪80年代,钱学烈教授研究寒山诗的用韵及语法,重点关注寒山诗中多用的双音词等,认为寒山诗语言为研究汉语史提供了重要材料,寒山诗在汉语史上有一席之地④。钱教授认为寒山诗为唐白话诗的典范,他的诗直白朴野、不避俚俗,亦诗亦偈,不讲对偶、平仄,不合格律,通俗无典,朴素无华,体现了禅家本色⑤。日本寒山研究学者入矢义高指出,寒山诗是一种极其

---

① 罗兰·巴特著,温晋仪译《批评与真实》,上海:上海人民出版社,2009。
② 罗兰·巴特著,屠友祥译《S/Z》,上海:上海人民出版社,2000。
③ 转引自高宣扬《当代法国哲学导论》(上卷),上海:同济大学出版社,2004,第48页。
④ 钱学烈《寒山诗语法初探》(上),载《语言教学与研究》1983年第2期;《寒山诗语法初探》(下),载《语言教学与研究》1983年第3期;"寒山诗韵部研究",载《语文研究》1984年第3期。
⑤ 钱学烈《碧潭秋月映寒山——寒山诗解读》,北京:中央编译出版社,2009,第213—218页。

独特的"异样的用语与表达"①。寒山诗的诗歌语言是其诗的法语全译者帕特里克·卡雷重点关注和探讨的内容之一。在帕特里克·卡雷看来,寒山诗语言尽管简洁,却犹如一个谜(énigme),几乎不可解释(inexplicable)②。首先,寒山的诗歌语言充满了佛教术语和当时的"黑话",表现出强烈的反文学倾向。其次,寒山诗的一些独白出现矛盾、重复、前后不一致的现象③。帕特里克·卡雷认为,寒山通过既非"文言"、更非"口语"的诗歌语言表达了一种"真实",即不连贯(inconsistance)、短暂性(éphémérité)、无意义(non-sens)等等;寒山诗语言的真实正在于它如一切文学语言一般虚假。为解读寒山诗,需要准备所有的辞典、诗集、史书,以及一颗忘记了一切、以便全然投入的空心④。寒山玩弄着他所借用和引用的词句,无情地将其与丑陋而平庸的真实相混合,即"诗"应该被废止⑤。寒山以诗体反对"诗",让其所借用的词句成为真正的"主体",而使文本保持为开放的文本,可以不断地、持续得到诠释。这与罗曼·罗兰、福柯、德里达等法国后现代主义文学批评家的超文本、语言本体论等主张不谋而合。

寒山诗在法国第二个层面的文学意义表现为在某种意义上,寒山诗成为一些法国作家文学创作的源泉。法国作家马尔丹·梅尔柯尼安的《寒山》(1982)对寒山诗的翻译与其说是一种"翻译",不如说是一种改写或者重新创作。如这首:

> 寒山有一宅,宅中无阑隔。六门左右通,堂中见天碧。
> 房房虚索索,东壁打西壁。其中一物无,免被人来惜。

马尔丹·梅尔柯尼安采取自由体诗的形式,通过翻译对作为居所的"寒山"(montagne froide)(这一意象包含处所和诗人寒山双重含义)予以解读和阐释。假如将马尔丹的法译诗回译成汉语,则大致为:

---

① 入矢义高、王顺洪译《寒山诗管窥》,《古籍整理与研究》第四期,北京:中华书局,1989。原载京都大学《东方学报》第 28 册,1958。
② Patrick Carré, *Le Mangeur de brumes, l'œuvre de Han-shan poète et vagabond*, Ouvrage publié avec le concours de Centre National des Lettres, Paris: Phébus, 1985, p.71.
③ 同上,p.73.
④ 同上,p.78.
⑤ 同上,p.77.

寒山是一处
没有梁木,也没有墙壁的居所

左边 右边
前面 后方
敞开着六道大门

天是进口
寒山的各室
总是烟雾缭绕 室中空空

东面高高的城墙(la grande muraille d'est)
正对着西边高高的城墙(fait face à la grande muraille d'ouest)

寒山的居中
什么也没有①

寒山原诗"六门左右通"之"六门"一般被理解为眼、耳、鼻、舌、身、意此"六根"(寒山另一首诗"我有六兄弟"之"六兄弟"亦作此解),"宅中无阑隔"指心中空净明亮。在译诗中,"寒山"被实实在在地翻译成了一处无梁木、无墙壁,六道大门朝四方敞开的空宅。译诗有一处极佳的创造性翻译,即"东面高高的城墙"(la grande muraille d'est)和"西边高高的城墙"(la grande muraille d'ouest):读者或可将其解读为东方长城(la Grande Muraille d'Est)和西方长城(la Grande Muraille d'Ouest)的隐喻。马尔丹·梅尔柯尼安对寒山诗的改写与19世纪法国女诗人朱迪特·戈蒂耶对中国古诗的翻译和改写有着异曲同工之处②。朱迪特·戈蒂耶的《玉书》作为一个独特的诗歌翻译和创作文本,是一部可以归属于法国文学的文学

---

① Martin Melkonian, *Montagne froide/Han Shan*, Paris: Passage, 1982, p.23.
② 可参见蒋向艳《〈玉书〉对中国经典文学海外传播的启示》,载《淮阴师范学院学报(哲学社会科学版)》2009年第2期。

作品;马尔丹·梅尔柯尼安的《寒山》同样是一个兼有诗意想象和哲学沉思、闪耀着作者独特精神和个性、富于创造性的文本。与《玉书》在欧洲获得极大成功、多次再版相似,马尔丹·梅尔柯尼安的《寒山》亦受到法国读者欢迎,分别于 1995 年和 1996 年再版。

最后,对西方读者而言,融合道家哲学和佛教哲理的"禅宗"不仅是中国人独有的宗教哲学,其对自然山水的重视、其中蕴含的深刻而睿智的生活哲理,更使其成为引导中国人平常生活的精神上的指路灯,这对西方读者具有启示意义。马古礼耶斯认为,通过诗歌作品,寒山不仅表现为一名佛教的沉思者,同时也是一名观察者,他描绘了一幅简单、天真、自然和完美的生活画面。班文干认为,对西方人来说,寒山为西方引入了中国的山水风景,一种看待宇宙的全新视野,一种与众不同的生活方式。马尔丹·梅尔柯尼安认为寒山及其生活态度,是一种"姿态",一种"处境"(une posture①)。在他 1982 年的《寒山》中,"寒山"除了是作者文学创作灵感的源泉,同时这一文本也是作者生活理想的表达。作者认为,"禅诗"诗人寒山隐居于"寒山"之中,以山中的植物和果子为食。他是大自然的"无价之宝"(joyau de la nature; il n'a pas de prix②)。作者以此表达了对 20 世纪 60 年代美国读者对寒山生活态度的解读——"高蹈"派生活方式的企羡和向往;对作者(译者)而言,寒山是人生旅途(la marche)中的一名"同伴"(un compagnon③);"假如您认识了寒山,您将会是我的兄弟"④。马尔丹·梅尔柯尼安,或许就是班文干所说那些在阿邦当斯的斜坡或者韦泽尔河谷两岸的法国"寒山"之一。

第三节　李贺、李商隐在法国

——二李诗与法国早期现代派诗跨越时空的对话

　　指明对象无异是把诗的乐趣减去四分之三。诗写出来原就是叫人一点一点地去猜的,这就是暗示,即梦幻。——马拉美

---

① Martin Melkonian, *Montagne froide/Han Shan*, Paris: Passage, 1982, p.30.
② 同上, p.27.
③ 同上, p.31.
④ 同上, p.14.

第六章 其他唐代诗人在法国的译介和研究

此情可待成追忆,只是当时已惘然。——李商隐

在我国本土和欧美汉学界,对中国古典诗歌的研究始终是一块极富生命力的研究领域。中国古典诗歌经由翻译传入欧美各国,西方汉学家,尤其是一批海外华裔学者以西方艺术理论解读唐诗,解读方式和结果均具有异于我国本土学者的独到之处。这批海外学者如刘若愚、高友工、梅祖麟、叶嘉莹、叶维廉、孙康宜等人的研究成果卓著。在当代法国汉学的中国古典诗歌研究中,二李诗歌研究是一大热点,两位诗人部分诗作的法译集已分别在法国出版。我国法国文学专家罗大冈(1909—1998,1933—1947 年在法留学)在其 1948 年出版于瑞士的法语专著《首先是人,然后是诗人》[1]中介绍了 7 位诗人:屈原、陶潜、李白、杜甫、白居易、李贺和李清照,法译了 9 首李贺的诗。1994 年,巴黎出版了一部李贺诗选集《梦幻与白日》[2],翻译了《李贺诗全集》(共 233 首)的前四分之一:58 首。1995 年,法国汉学家吴德明(Yves Hervouet)出版李商隐诗法译集《古代中国的爱情与政治:李商隐诗一百首》[3]。看来,在当代学界,李贺、李商隐的诗歌引起了中西学者共同的研究兴趣,而且法国当代汉学家将二李与法国早期现代派诗人波德莱尔(1821—1867)、兰波(1854—1891)等相联系,认为二李诗具有真正的"现代性"。其实不只是法国学者以法国现代派诗人与二李相譬,中国学者早已这么做了。苏雪林最早将二李诗与欧美象征派诗作比较分析,她在 1933 年的《唐诗概论》中将李商隐称为象征主义诗人,与欧洲象征派诗人梅特林克、魏尔伦等相提并论。而称李贺为"唯美文学启示者"[4]。罗大冈在 1948 年的《首先是人,然后是诗人》中指出,李贺在中国诗坛的角色有如法国象征派诗人儒勒·拉福格(Jules Laforgue,1860—1885)、洛特雷阿蒙(Comte de Lautréamont,1846—1870)或兰波(Arthur Rimbaud,1854—

---

[1] Lo Ta-Kang, *Homme d'abord, poète ensuite*, Neuchâtel: Éditions de la Baconnière, 1948.

[2] Marie-Thérèse Lambert et Guy Degen, *Li He, Les Visions et les jours*, Paris: Orphée La Différence, 1994.

[3] Yves Hervouet, *Amour et Politique dans la Chine Ancienne, cent poèmes de Li Shangyin (812—858)*, Paris: 1995.

[4] 苏雪林《唐诗概论》,上海:上海书店,1992(本书据商务印书馆 1947 年版影印),第 145 页。

1891)之于法国诗坛,都是"叛逆少年"(l'adolescent révolté)①。今天的中国学者继续以西方现代性理论解读二李诗,最近的例子是浙江大学江弱水教授所著《古典诗的现代性》一书,其中有两节分别专论李贺、李商隐的文字:"李贺:颓废的混乱"和"李商隐:互文的奇观"。国内外学界对李贺、李商隐的研究势头可谓旺健。在前辈学者研究成果和收集、分析法国学者二李研究资料的基础上,笔者重提这一话题,对二李诗与法国早期现代派诗予以比较分析,希望有助于补益我国的李贺、李商隐研究,并能为厘清文学研究本身的目的尽绵薄之力。本文所称的法国早期现代派诗人,除了法国象征派前驱波德莱尔和兰波,主要还包括前期象征派诗人马拉美(1842—1898)和后期象征派诗人保尔·瓦莱里(1871—1945)。另外,鉴于波德莱尔和马拉美与帕纳斯诗派有着不可分割的密切关系,早期都曾是帕纳斯诗派的成员,他们的诗歌主张是同一脉络的,因此本文所称的法国早期现代派诗人还包括象征派诗的先驱帕纳斯诗人,尤其是特奥菲尔·戈蒂耶(1811—1872),特此说明。

一、主观、向心的诗歌创作

在诗歌的创作手法上,李贺、李商隐诗与法国早期现代派诗创作具有相同的主观性、向心性特征。袁可嘉指出,主观性、内向性是欧美现代派文学的一个重要标志②。欧美早期现代派文学的主要诗派——象征派诗人"在题材上侧重写个人幻景和内心感受,……较少涉及广阔的社会题材"③。法国象征派诗歌前驱波德莱尔的诗集《恶之花》(1861年再版本)六个部分"忧郁和理想""巴黎风貌""酒""恶之花""反抗"和"死亡"以诗人的精神活动为线索贯穿起来,是"一个孤独忧郁的人在光明与黑暗、灵与肉、堕落与升华之间挣扎求存的极其矛盾痛苦的记录"④。兰波甚至主张诗人是"通灵者",是先知,通过诗歌创作引导读者走向未来。

李贺、李商隐的诗歌创作属于中国古代诗歌创作"诗言志"的传统,同

---

① Lo Ta-Kang, *Homme D'abord*, *Poète Ensuite*, Neuchâtel(Suisse):Éditions de la Baconnière,1948,p.252.
② 袁可嘉《欧美现代派文学概论》,桂林:广西师范大学出版社,2003,第13页。
③ 同上,第95—96页。
④ 同上,第98页。

样是内倾的、向心的,专注于个人主观情志的抒写和内心自我的表现。陈允吉教授指出,李贺的诗可以被视为"一颗不断震荡着的心灵活动轨迹的记录"①,是诗人对自己精神的深切刻画,对自己灵魂的猛力发掘,对内心疼痛的坦言和对藏匿在诗人意识深处幽暗面的充分展露,构成了一个"丰富而充满着骚动的主观感情世界"②。李商隐的诗更是如此。董乃斌教授提出,作家研究的根本目的和核心是探索人类精神世界的奥秘,揭示其中的存在法则和运行规律③。他在其李商隐研究专著《李商隐的心灵世界》中指出,李商隐的全部诗作构成了诗人心灵的宇宙。我们或许可以用"主观化"来形容李贺、李商隐诗相近的基本风格,但与李贺诗表现出突出的病态特征不同,李商隐诗主观化的突出特征在于"导向诗歌抒情之极致"④。

李贺、李商隐诗与法国象征派诗这种相同的主观、向心性诗歌创作有其相异之处。在法国象征派诗那里,诗人对主观世界或者说观念世界、精神世界的表现一般通过对物质世界的表面表现来实现。如《恶之花》中,诗人内心上下而求索的苦闷是通过对一系列外部客观事物,包括太阳、烟斗、音乐、墓地、时钟等事物,信天翁、猫、猫头鹰、天鹅等动物以及巴黎各色人等的描摹来表现的。在诗中,这些客观事物表现为诗人这一审美主体的客体。尽管诗人在诗中抒情,但诗人并不移情。李贺、李商隐也不乏描绘外部环境和客观事物的诗作,但诗人往往在诗中移情,在客观事物中注入自己的内在情感,情、景、物相融。以咏物诗为例,诗人所吟咏的事物一般是其所"借用"之物,诗人的主观情态投射在这具象的所咏之物上。也就是说,此客体并非真正的客体,而是投射着诗人主观意识情态的事物。试以李商隐和波德莱尔的两首诗为例来说明:

小苑华池烂漫通,后门前槛思无穷。宓妃腰细才胜露,赵后身轻欲倚风。
红壁寂寥崖蜜尽,碧檐迢递雾巢空。青陵粉蝶休离恨,长定相逢二月中。(李商隐《蜂》)

---

① 陈允吉,吴海勇《李贺诗选评》,上海:上海古籍出版社,2004,"导言",第3页。
② 同上,第4页。
③ 董乃斌《李商隐的心灵世界》,上海:上海古籍出版社,1992,第6页。
④ 同上,第126页。

李商隐的这首咏物诗实为情诗。表面上,诗人吟咏之物为"蜂",实际上这"蜂"隐喻诗人所思念的对方。"宓妃腰细""赵后身轻"看似对蜜蜂外形的描绘,实则暗寓对方情人曼妙的外形。诗中没有截然的主客体区分:诗人主体在"蜂"这一表面客体之中。同样是抒写对爱人的爱念,波德莱尔则在一首无题诗中如此描绘爱人的外貌:

> 我想起了她那天生的威严,
> 她的眼光具备无限的活力和优美,
> 她的头发成为香气氤氲的头盔,
> 想起来就使我的爱情死灰复燃。(钱春绮译)

波德莱尔笔下的"她"是"我"的对立面,是一独立的客体;一些评价性的用词"威严""活力""优美"是诗人对"她"所做的主观性评论,但诗人并不移情于她。在这里,主体与客体的区分和二元对立是鲜明的。

二、唯美的诗歌艺术追求

特奥菲尔·戈蒂耶是艺术至上论的法国倡导者,1836年在小说《莫班小姐》序言提出"为艺术而艺术"理论,1856年在《艺术家》杂志上再次宣称"艺术的自主权",反对艺术的功利性,主张艺术应当规避政治和庸俗的社会现实。在戈蒂耶看来,艺术本身即目的,而与政治和道德无关。这种唯艺术论必然导致对形式的极度追求,而这正是唯美诗派帕纳斯诗的显著特征之一。波德莱尔尊奉戈蒂耶为自己的导师,也受到艺术至上论的影响,并进而影响到其后的象征派诗人。前后期象征派代表诗人马拉美和瓦莱里都持"纯诗"论,都对诗歌的语言和音乐性苦心经营,孜孜以求,运用象征、意象等各种手法锤炼诗艺。也就是说,从特奥菲尔·戈蒂耶到波德莱尔和象征派诗人马拉美、瓦莱里等,艺术至上论,或曰"唯美"的诗歌艺术追求是一以贯之的。这可以说是法国早期现代派诗的一大特征。李贺、李商隐的诗歌创作也都自觉地避开了以政治题材为创作内容的道路,而以对诗歌艺术本身的追求为皋旨。李贺虽然创作有《雁门太守行》《猛虎行》《吕将军歌》《黄家洞》等现实内容较为充实的诗,但由于诗人涉世未深、阅历浅薄,他的大多数诗作并"没有灌注多少深刻的社会意义"①,相反避开了诗人身处的、为他所厌弃的现实世界,以奇思异想营造出了一个想象和虚拟的幻觉世界。"秋坟鬼唱鲍家诗,恨血千年土中碧",正是李贺对自己心曲的抒发。李贺对诗艺探索程度之深,难怪其母怪曰"是儿要呕出心肝乃已耳"。苏雪林论唐诗,认为元和、长庆以后,诗坛风气由"人生文学"转为"艺术文学",也即唯美文学,因其以"美"为唯一条件,而李贺则是这种唯美文学的"启示者"②。虽然以"唯美文学"规约元和、长庆以后的诗坛未免有失偏颇,但指出李贺诗歌的唯美倾向,则是大致不错的。董乃斌教授指出,唐代是中国文学由抒情时代向叙事时代变化的转折点,中唐时期,以元稹、白居易等为代表的新乐府诗人所写的叙事性诗歌在一定程度上弥补了单纯抒情性诗歌反映客观世界的不足,诗人李商隐身处中晚唐,则致力于诗歌艺术的总结和提炼,为中国古典诗歌艺术达到尽善尽美的境界做出了巨大贡献。就此而言,李商隐可谓唐代诗歌艺术成就,甚或中国古典诗歌艺术的一名"总结者"③。李贺、李商隐对诗歌形式的探索,李贺、李商隐诗歌创作共同的唯美主义倾向,对诗歌艺术的倾力追求,与法国早期现代派诗人极相仿佛。

　　李贺、李商隐诗与法国早期现代派诗具有相同的唯美主义倾向,同时,两者对诗歌艺术的追求也存在着不同之处。法国早期现代派诗对诗歌艺术的追求具有科学化的特征,诗人与诗本身保持一定距离。帕纳斯诗派主张作诗同科学相结合,诗人的态度是客观和冷漠的。在象征派诗人那里,诗歌艺术本身是一门科学,是可以通过科学手段有意识地培育和造就的。而诗人对这门艺术应当有自觉的意识。马拉美主张诗人要从诗中抽离出来,要从诗中"消失","让位于字句本身的积极作用"④。瓦莱里同样认为,所谓纯诗,就是抽取了一切非诗意因素的诗,它们镶嵌在一种语言材料中。也就是说,诗歌的本质就是语言的本质。从这一点出发,瓦莱里同样主张诗人以一种类似科学的方式从事诗歌创作,强调形式、诗歌创作过程的历时性以及诗人对诗艺的反复锤炼。这种诗歌创作主张显然与19世纪欧洲

---

① 陈允吉、吴海勇《李贺诗选评》,上海:上海古籍出版社,2004,"导言",第3页。
② 苏雪林《唐诗概论》,上海:上海书店,1992(本书据商务印书馆1947年版影印),第145页。
③ 董乃斌《李商隐的心灵世界》,上海:上海古籍出版社,1992,第85页。
④ 郑克鲁《法国文学史》(下册),上海:上海外语教育出版社,2003,第896页。

科学所取得的巨大进步(达尔文的进化论、孔德的实证主义哲学、泰纳的实证主义美学等)有着密切关系。尽管马拉美、瓦莱里持这种诗歌创作理论,但在他们自己的诗歌实践中,依然有着诗人的影子。属于中国传统的李贺、李商隐,尽管同样主张对诗歌语言的千锤百炼、诗歌形式的百般探索以及象征手法的大量运用,但并不像法国早期现代派诗人那般对诗歌创作的科学化倾向有那么强烈的自觉意识,更不是像马拉美那般主张诗人从诗中"消失",以语言本身为主。相反,李贺、李商隐的诗尽管试图以各种方式隐蔽诗人自己,实际上诗中却无处不是诗人。诗人将自己的情志与诗作本身融为一体。因为中国传统的诗学观念"特别重视主体在创作过程中的能动作用,强调以我为主的'物我一致',强调内心体验(情)驾驭和改造之下的情境交融和统一"①。李贺、李商隐诗与法国早期现代派诗都有唯美主义倾向,但与前者不同的是,后者的唯美主义具有明显的形式主义倾向。法国后期现代派诗包括达达主义、超现实主义诗歌将这种形式主义愈演愈烈,与李贺、李商隐诗的差异也就越来越大。

三、异于传统的诗歌美学开拓

波德莱尔对法国诗坛的重要贡献首先在于对诗歌美学的挖掘和开拓。他发展了雨果的美丑对照美学原则,树立了以"丑"为美、化丑为美的诗歌美学原则。当雨果说"丑怪就存在于美的旁边,畸形靠近优美"(《〈克伦威尔〉序》,1827),波德莱尔则指着丑、恶的事物理直气壮地说"这就是美"。在《恶之花》中,波德莱尔描写了巴黎这座大城市大量"丑陋"的人、事、物:落魄的女乞丐、孤独的老人、辛勤的农夫、无尽的黑暗中踽踽独行的盲人等底层人民,以及爬满了蛆虫的腐尸、吸血鬼这些令人厌恶的事物。波德莱尔从这些"丑"的人、事、物中寻找和发掘美,要让"恶"开出美的"花",试图在丑的世界中,构建起理想的美的王国。波德莱尔的诗歌风格被当时法国的学院派文学批评家称为"颓废"(Decadence),受到谴责和批评,《恶之花》初版被迫删诗,诗人则被判罚款300法郎。与《恶之花》着力于刻画异于传统之美的丑、恶事物相似,李贺的诗多表现鬼魅世界,充斥着死亡、幽灵、鲜血、旋风、不祥的火、凋零的草木、枯萎的花朵等凄凉衰败的意象,这

---

① 董乃斌《李商隐的心灵世界》,上海:上海古籍出版社,1992,第92页。

些意象的运用不仅大胆,而且不合常规、超出传统之外,"打乱了根深蒂固的中国传统诗歌意象"①。法国当代汉学家班文干(Jacques Pimpaneau,1934—)指出,李贺是一名幻想者(un visionnaire),他通过古怪的想象描绘生命的短暂②。由于其诗歌创作着力于对鬼魅世界的呈现,李贺被称为"鬼才"。或许我们还可以以"奇谲"一词来描绘李贺诗的风格,但这当然不是全面的概括。总起来说,李贺诗同样表现了异于传统的诗歌之美。江弱水认为李贺的诗具有"颓废"的特征,是"颓废的混乱"。与法国学院派文学批评家对波德莱尔诗歌"颓废"风格的批判不同,特奥菲尔·戈蒂耶认为这是一种"新风格",这种新风格适合表现现代事物和现代思想。特奥菲尔·戈蒂耶的观点对我们今天再次解读李贺的诗颇富启发意义。波德莱尔和李贺诗异于传统的诗歌美学原则的孕育和产生很可能具有相同的背景,即都是"迷信的幽灵,怪诞的梦境,夜的恐怖,悄悄出没的悔恨,令人心神不安的模糊的幻象,心灵最深处所隐藏的……一切"③,但两者也有明显的不同:前者对这种诗歌美学原则的开拓是自觉的、有意识的,是基于法国浪漫主义文学发展高峰之上的拓垦和超越,而后者几乎完全是出于诗人自身的特殊状况——李贺的多病之身、死亡意识的常年萦绕致使他"离开了热闹的人境,而跑到凄凉的鬼境"④,构建了一个魑魅魍魉世界的美。

对李商隐而言,他的诗与法国早期现代派诗在异于传统的诗歌美学上的相似点在于"晦涩"。抒情诗情感的表现应曲折而非直接,这对中外诗人是一致的。李商隐与法国早期现代派诗人相一致的异于传统之处在于对晦涩特别着意的追求。李商隐诗的晦涩导致其难懂难解。大量的无题诗,以及诗中曲折隐晦的表达使他的诗如一道道费解的谜,共同构成了一个诗的迷宫。难怪苏雪林称李商隐为"诗谜专家"。马拉美和瓦莱里的诗同样以晦涩难懂著称。马拉美称诗歌本应晦涩难懂,因为"诗写出来就是叫人一点一点地去猜想,这就是暗示,即梦幻……一点一点地把对象暗示出来,用以表现一种心灵状态",而这种东西无疑是隐秘的,"我断然相信

---

① André Lévy, *Dictionnaire de littérature chinoise*, Paris: Quadrige/PUF, 2000, pp.165-166. 作者:F.Martin.
② Jacques Pimpaneau, *Histoire de la Littérature Chinoise*, Paris: Éditions Philippe Picquier, 1989, 2004. pp.190-191.
③ 特奥菲尔·戈蒂耶著,陈圣生译《回忆波德莱尔》,沈阳:辽宁人民出版社,1988,第25页。
④ 苏雪林《唐诗概论》,上海:上海书店,1992(本书据商务印书馆1947年版影印),第154页。

某种晦涩的东西,其意义是密封的、隐藏的,它存在于普通的意义之中"
(《文学的发展》)。瓦莱里发展了马拉美写诗要晦涩的主张,提出了"有味
的困惑",认为诗人并不希望读者通过逻辑的理性的理解,只了解一首诗的
信息提供的惟一意义,而希望读者在自己身上产生另一首诗。因此,诗人
写诗,晦涩是必然之义。与李商隐有所不同的是,马拉美、瓦莱里在追求诗
歌晦涩的同时注意诗歌的哲理性,有意识地在诗歌创作中融入诗人哲理性
的思考。试以李商隐和瓦莱里的两首诗为例来说明。

  锦瑟无端五十弦,一弦一柱思华年。庄生晓梦迷蝴蝶,望帝
春心托杜鹃。
  沧海月明珠有泪,蓝田日暖玉生烟。此情可待成追忆,只是
当时已惘然。

在李商隐的诗中,古今学者对这首《锦瑟》的解释是最多的,最有代表
性的有悼亡说、自伤身世说等。董乃斌教授指出,这首诗的主题,正是"思
华年"三个字。对诗人而言,这首诗或许是自伤身世、人生总结之作,但它
之所以传诵至今,往往引起读者的深切共鸣,在于它的主题,即"思华年",
或曰时间意识,对过去的追忆、思念,是人所共通的普遍情感,对人类具有
普遍意义。这种普遍的人生意识是诗人不自觉地、自然而然地通过诗歌创
作流露和表达出来的,丝毫不着刻意的痕迹。再来看瓦莱里《海滨墓园》
的两节文字:

6
又美又真的蓝天,请看我在老!
曾经如此狂妄,如此莫名其妙、
无所不能的胡思又乱想之后,
无奈我委身这片明亮的空间,
而我的身影经过亡灵的门前,
逼着我习惯凡胎俗身在老朽。
13
能接纳死者安息的这片土地,
给死者温暖,吸尽死者的秘密。

高悬中天的正午,你独自沉思,
你纹丝不动,你万事与己无关……
你是至善的头脑,完美的王冠,
我在阳光下却不免有生有死。(程曾厚译)

瓦莱里这首共有24节的长诗是诗人写得最美、影响最大的诗篇,1920年首次发表后即引得评家和注家蜂起。很明显,这首诗的主题在于探讨生死这一人生哲理命题(诗作发表当年,诗人虚龄五十)。诗中对这一哲理的探讨与宗教意识紧密联系在一起:第13节诗中的"你"指创造世界万物的上帝。在西方基督教传统中,上帝存在的意识使诗人能直接与上帝对话,思考人之生死问题,思量人身后的世界,从而安身立命。这种与上帝直接对话的神学思考传统是这首诗哲理性的动力源。这是跟属于中国传统的李商隐诗极大的相异之处。

四、通感和象征手法的多重运用

在法国现代派诗人中,波德莱尔首先提出了通感理论并在诗歌创作中予以实践。他认为诗人作为自然界和人之间的媒介,可以借助于色彩、声音、词与词的组合等艺术手段,将诗歌和其他艺术相沟通。在《恶之花》中,诗人借助于嗅觉、视觉和听觉等感官,将香气、色彩和声音融合在大自然这座庙宇里,写出了大自然神秘而覆盖万物的气息。这种通感手法的成功运用使得波德莱尔诗歌中人的精神感觉与自然物质世界达到了奇妙而完美的融合与沟通。兰波和象征派诗人发展了波德莱尔的通感理论,更重视象征手法的运用。兰波的名诗《醉舟》象征意味明显:醉舟象征着资本主义社会里被异化了的人,试图在新世界中寻求理想和归宿却到处碰壁,但仍不放弃理想和对未来的向往。马拉美和瓦莱里的诗之所以晦涩难懂,一个重要的原因正在于诗人对象征手法的运用。两位诗人的诗几乎无一首诗无象征,同时这种象征意味经常是很难明确的。如果说马拉美的《窗户》象征诗人对理想的追求,那么《蓝天》所蕴含的象征义则是多重的。瓦莱里《海滨墓园》所使用意象的象征义也很丰富:屋顶象征大海,白鸽象征白帆,等等。以二李的诗歌论,通感和象征是两者都运用的艺术手法,但相较而言,通感在李贺诗中的运用较为突出,而象征手法则在李商隐诗中运用较为突出。对李贺而言,生性敏感尤其是体弱多病、长时间耽于幻觉境界的生活习惯赋予了诗人异常灵敏的各个感官,这种感官的灵敏性体现在诗人的诗歌创作中,便是各种感觉手段在其中的错综交融。如这首《贵公子夜阑曲》:

袅袅沉水烟,乌啼夜阑景。曲沼芙蓉波,腰围白玉冷。

依日本学者川合康三的研究,这首诗分别写了四种感觉:第一句写视觉和嗅觉,第二句写听觉和视觉,第三句写视觉和听觉,第四句写视觉和触觉。整首诗是"纯粹由感觉建构而成的诗的世界"。他还发现,"李贺诗歌内频繁出现的感觉语词中,最引人注目的是芳、香、馨等表现嗅觉和湿、冷、寒等属于触觉的字眼。嗅觉、触觉是日常生活中最为原始的感觉。通过对这些最为原始因而也是最为根本的感觉的尖锐化,李贺实现了对日常生活感觉的超越"①。试比较波德莱尔诗《感应》片段:

有些芳香新鲜得像儿童肌肤一样,
柔和得像双簧管,绿油油像牧场,
——另外一些,腐朽、丰富、得意洋洋(钱春绮译)

这里第一句嗅觉与触觉通感,第二句前半句嗅觉与听觉通感,后半句嗅觉与视觉通感。波德莱尔将大自然视为各种感觉互感的宝库和场所,同时各种感觉的互感也是精神上,甚至同时是感官本身的。在波德莱尔提出通感理论时,他相当自觉地意识到自己作为诗人的身份,即"通灵者",并自觉地在诗歌创作中实践这一理论,以完成诗人的使命。而李贺对通感手法的娴熟运用几乎是信手拈来,是发自他自身的一种需要,全不着刻意的痕迹。

象征可以说是李商隐诗最主要和重要的艺术手法。董乃斌教授指出,李商隐诗的特异性在于他的许多诗已达到"全面象征"②的程度,诗人所吟

---

① 川合康三《李贺其人其诗》,载日本京都大学《中国文学报》23期,1972年10月。转引自陈允吉,吴海勇《李贺诗选评》,上海:上海古籍出版社,2004,第36页。
② 董乃斌《李商隐的心灵世界》,上海:上海古籍出版社,1992,第128页。

咏的风景、事物或历史人物往往是诗人自己灵魂的象征，因此说李商隐的诗作整体即诗人心灵的象征。对于法国象征派诗人而言，象征主要是他们从事诗歌创作的一种艺术手法，但并非目的本身。马拉美后期的诗作较前期更为艰涩难懂，主要是由于诗中语言和意象的象征义难解。如果我们运用解读李商隐诗的方法来解读马拉美的 后期诗作，比如引起读者和评家众说纷纭的《天鹅十四行诗》《十四行自喻诗》等诗，将诗中的主要意象解读为诗人自己心灵的象征，那么这些诗的主题及诗中运用的其他意象的象征义则不难破解。

五、忧郁精神状态的集中表达

二李和法国早期现代派诗人的主观、向心性诗歌创作传达了诗人的同一种精神状态——忧郁，其在各个诗人中的具体名称和表现则各自有别。《恶之花》第一部分以"忧郁和理想"为题，其中有好几首诗标题中包含这一概念，如"忧伤与漂泊""月亮的哀愁""忧郁""虚无的滋味"，集中描写忧郁；诗中与此相关的词汇更是丰富："苦闷""痛苦""哀怨""哀愁""忧愁""悒郁""忧虑""忧伤"、"阴郁的精神"等。波德莱尔的散文诗集《巴黎的忧郁》（1869）同样集中抒写诗人这一精神状态。可以说，波德莱尔诗中的忧郁是一种世纪病，是对 19 世纪中期法国小资产阶级青年精神上巨大苦闷和压抑的集中展示。马拉美诗的忧郁，表现为展示生活和现实的虚无："找到了虚无以后，我找到了美。"与马拉美相较，瓦莱里诗中的忧郁更为乐观，有着为接近理想而不断努力的积极态度。仍以《海滨墓园》为例：

> 起风了！……非要努力活下去不可！
> 浩荡的长风在翻动我的诗册，
> 波涛似卷雪，从危岩喷涌不停！
> 远走高飞吧，深深着迷的诗行！
> 请掀翻，波涛，请以喜悦的激浪，
> 掀翻有白帆啄食的平静屋顶！（程曾厚译）

这是《海滨墓园》结尾一节。前面说过这首诗的主题是诗人对生死问题的思考。诗人面对大海思考这一人生哲理命题,在眼前呈现的一个个幻象中游移,思想一度犹疑、甚至感到万物皆空,但最后在风和浪的运动中,了悟生命的本质,遂扬帆起航,以积极乐观的姿态,从事艺术创造,迎接生命中的种种挑战。

李贺诗中的忧郁表现为一种对无法医治的疾病的忧患意识和无法痊愈的伤痛感,或如法国学者所指出的,李贺的诗具有一种"病态特征"①,这是由于诗人自身的疾病、曾遭受不公正对待的经历,以及对死亡和时间无情流逝的意识等造就的。李贺诗中并不直言忧郁,而频繁使用"啼""泣""死""病""老""血""鬼""神"等词,同样是这种精神状态的曲折表现。罗大冈曾经提出,李贺的诗犹如一条"有着斑驳彩纹的热带蛇,似乎隐藏着某种有害的东西。但李贺当然无意把他的'毒液'喷溅到他人身上,而仅仅是发出一声绝望和反叛的喊叫"②。

对李商隐的诗而言,"感伤"是描绘这种忧郁精神状态比较准确的用词。董乃斌教授认为,感伤——以自我感伤为主,同时也包含对国家、社会的感伤——是李商隐诗歌的主旋律和基调③。这种感伤情绪的表达在李商隐的诗中通常是含蓄的,但通过对特定用词的统计也能比较明显地体现出来。与李贺的诗相似,李商隐的诗也频繁使用"涕""泣""病"等词,同时还喜用"愁""感""怀""伤""悲""恨""惊""寂""怅""悒悒"等词,这是跟李贺诗的不同之处。也有其他说法,如有的法国学者指出,李商隐很多无题诗是对浮世的阐释或者是梦境、想象和现实的复杂交错,营造出了一种梦幻般的气氛,表明诗人的精神状态是"无精打采"和"沉闷"的④。这也是忧郁的表现形态。即使是写景诗如《西溪》"近郭西溪好,谁堪共酒壶?苦吟防柳恽,多泪怯杨朱。野鹤随君子,寒松揖大夫。天涯长病意,岑寂胜欢娱",李商隐也是借景抒情,抒发自己寂清的感伤之意。总之,李贺、李商隐和法国早期现代派诗人分别以各自独特的方式,在自己的诗歌创作集中表达了忧郁这同一种精神状态。

---

① André Lévy, *Dictionnaire de littérature chinoise*, Paris: Quadrige/PUF, 2000, pp.165-166. 作者: F.Martin.

② Lo Ta-Kang, *Homme D' abord, Poète Ensuite*, Neuchâtel (Suisse): Éditions de la Baconnière, 1948, p.252.

③ 董乃斌《李商隐的心灵世界》,上海:上海古籍出版社,1992,第142页。

④ André Lévy, *Dictionnaire de littérature chinoise*, Paris: Quadrige/PUF, 2000, pp.174-175. 作者: F.Martin.

六、结论:李贺、李商隐诗歌的现代性:另一种解读的可能

以上对李贺、李商隐诗与法国早期现代派诗的比较分析为我们提供了解读和研究二李诗的另一种方式和可能,即认识和研究二李诗的现代性。波德莱尔在著述中多次阐述过文艺现代性的概念。在《1846年沙龙》中,他写道:

> 谁说浪漫主义,谁就是说现代艺术,即各种艺术所包含的一切手段表现出来的亲切、灵性、色彩和对无限的向往。①

在波德莱尔发表于1863年的《现代生活的画家》第四章"现代性",波德莱尔再次阐述了"现代性"所包含的时代性(现时性)含义:

> 现代性就是过渡、短暂、偶然,就是艺术的一半,另一半是永恒和不变。②
> 一句话,为了使任何现代性都值得变成古典性,必须把人类生活无意间置于其中的神秘美提炼出来。③

也就是说,波德莱尔所说的现代性实际上既包含时代性或现时性,同时又是历时的,经得起时间的考验,在历史长河中具有永恒性。正如法国现代性研究学者伊夫·瓦岱所说,"正如波德莱尔曾经要求的那样,应该试着把现代性(它在不断地变化并将我们带向没有确定方向的地方)与永恒性(它使我们与所有的时代保持联系)放在一起来考虑"④。我们或可将波德莱尔"现代性"的含义阐发如下:

> 现代性就是各种艺术作品中既充分体现时代性(现时性),同时又具有永恒和不变价值的那部分属性和内容。

---

① 波德莱尔著,郭宏安译《1846年的沙龙》,桂林:广西师范大学出版社,2002,第193页。
② 同上,第424页。
③ 同上,第425页。
④ 伊夫·瓦岱《文学与现代性》,北京:北京大学出版社,2001,第113页。

综合二李诗与法国早期现代派诗的异同分析,可以看出本文所分析的五个方面正是两者既有现时性,又具有永恒意义和价值的那部分属性和内容。李贺、李商隐诗的现代性最根本的一点,与法国早期现代派诗人所共通的地方,乃在于它们是诗人对内心自我的自觉探索,这正是中国古典诗歌能为西方现代诗歌提供营养之处,也正是诗歌这种纯文学体裁真正的使命。

结语
译本与译者和读者——以唐诗法译为例

纵观19世纪至今唐诗通过翻译在法国的传播,至少有以下三种以唐诗为主的中国古典诗歌译本经受时代的考验成为重要译本,它们为法国读者(包括专业汉学家读者和法国民众读者)所阅读、熟悉并记住,在唐诗法国传播史上留下了印记。这三种译本分别是:

法国汉学家、法兰西国家学术院第三任汉学教授德理文(Le Marquis d'Hervey de Saint Denys, 1822—1892)的《唐诗》(Poésies de L'époque des Thang),1862年出版于巴黎,这是唐诗的第一个法文译本;

法国女诗人、作家朱迪特·戈蒂耶(Judith Gautier, 1845—1917)《玉书》(Le Livre de Jade),1867年首版于巴黎,1902年再版;

法兰西学院院士、法籍华人程抱一(François Cheng,原名程纪贤,1929—)的《中国诗语言研究——附唐诗选》(L'écriture poétique chinoise, suivi d'une anthologie des poèmes des Tang)1977年出版于巴黎;1990年,程抱一将1977年著作所附唐诗选修订为唐诗法译集《水云之间——中国诗再创作》(Entre Source et Nuage, La poésie chinoise réinventée),在巴黎出版。

以上三种译本都以自己的鲜明特色,为唐诗在法国的传播做出了重要贡献。翻译学理论家纽马克将翻译视为"人类活动的动态反映"(a dynamic reflection of human activities),译本的生成及其与译者、读者和原作者之间的关系是这种动态反映的突出表现。翻译意味着原文拥有多种可能性,一个译本只是原文多种可能性之一,而经受时间考验的优秀译本则表现了在"均等补偿"或者说"平衡"(equity)原则基础上对翻译理想的追求。在这个意义上,译文有可能超越原文。本文立足于翻译学理论,通过对以上三种译本的对照分析,试图解答以下问题:译本独立于原文本的文本性是如何生成和体现的?在一个比较"成功"的译本中,译者扮演了何种角色？他（她）对译本面貌的形成起了什么作用？原作者和读者在其中的作用又是如何？译本是如何与译者、读者以及原作者相对互动的？在译本与后三者的关系中，与原作者的关系不言而喻，因此不在此赘述①；本文将着重分析译本与译者和读者三者之间的互动关系。

1. 译本与译者

一方面，译本产生以后，原作者"隐身"，译者突显。与对翻译工作的传统看法相反，译介学研究者认为译者在译本中不是隐身的，一个好的译本能让读者感觉到译者的存在。译者的风格有其存在的理由，也有原作无法取代的独特价值。谢天振教授指出，文学翻译是一种带有创造性叛逆的翻译活动，译作中融入了文学翻译家的艺术贡献，译作成为一个相对独立的存在，如同原作的"第二生命形态"。比利时鲁汶大学钟鸣旦（Nicolas Standaert）将翻译视为文化传播最重要的手段之一（One of the most important means of cultural transmission is translation），将翻译者视为文化的"传播者"（transmitter），传播者对译文有着相对自主的选择②。这些观点都强调了译者在翻译活动中的主观能动性及其对译本的影响作用。译者主要从译者的身份、翻译目的和翻译策略这三方面对译本的生成产生影响和作用。一个成功译本中译者的突显主要正是由于这三个原因。下面结合以上所介绍的三种唐诗法译本具体说明和论述。

德理文是法国职业汉学家，他之所以选择唐诗进行翻译，成为法译唐诗的第一位法国人，有着具体而明确的目的。《唐诗》的序言是一篇题为"中国的诗歌艺术和韵律"的论文，在这篇序言中，德理文表明了自己何以要选译唐诗的原因。他认同为《诗经》拉丁文译本作注的法国汉学家毕欧（Biot Edouard Constant,1803—1850）的观点，认为若要探明某一民族在某一特定历史时期的风俗习惯、社会生活以及文明发展的程度，最好去研究该民族这一时期的神话传说传奇故事、诗歌、民谣等，因为这些艺术形式"保存了该时期的特征"。德理文跟毕欧一样，深信每个历史年代汇集的

---

① 上海外国语大学谢天振教授结合解构主义理论审视翻译研究，认为兴起于20世纪60年代的解构主义所宣称文本的写作一旦完成，原作者即"死亡"理论在翻译研究中的意义在于将翻译研究的视角转向译本和译者（而非原作者），从而大大提高了译本和译者的作用和地位。参见谢天振《译介学导论》，北京：北京大学出版社，2007，第187页、196页。

② Nicolas Standaert, "Christianity in Late Ming and Early Qing China as a Case of Cultural Transmission", *China and Christianity: Burdened Past, Hopeful Future*, edited by Stephen Uhalley, Jr. and Xiaoxin Wu, New York: the Ricci Institue for Chinese and Western Cultural History, 2000, p.99.

诗歌是反映一个民族风俗人情最忠实的镜子。正如同《诗经》是"东亚留给我们的最出色的风俗画之一……以其古朴的风格,毫无修饰、毫不夸张地向我们展示了上古中国的民俗风情",德理文认为唐诗是自《诗经》的时代至19世纪下半叶最能代表中国诗歌的文学作品,翻译和研究唐诗是切近地研究中国社会、寻找该时代最突出的社会风貌特征最有效的切入途径。显然,"搜寻时代特色,勾勒社会风貌"是德理文翻译唐诗的主旨,《唐诗》在对所译唐诗在题材和内容的选择以及翻译特色上,都鲜明地体现了这一宗旨。《唐诗》所译诗歌在内容上体现了中国古典诗歌在内容、情感等方面异于西方诗歌传统的特点,体现了写出这些诗歌的唐代诗人的思想情感特征。比如《诗经》体现了中国人热爱和平、普遍厌战的突出性格特征,唐代则一反这种反战情绪,涌现了大量抒发战士豪情的诗。与这种社会时代风貌的变迁相应,德理文在《唐诗》中既选译了杜甫八首表现厌战情绪的诗,同时又选入了抒发战争豪情、渴望建功立业的诗作。此外受到重视的题材还有大量歌颂诗人之间友情的诗、抒发思乡之情的诗,最能展现民风民俗的诗,等等。在译诗的形式上,德理文对译诗是否忠实、详尽地再现原诗意义的关心超过了对译诗形式是否符合诗歌(尤其是法文诗歌)规范的在意。故他的唐诗译文每个句子都比较长,远远超过中文原诗五言或七言的音步数。其次,德理文为译诗附了详尽和充分的注释。有时候,《唐诗》所译诗歌后面的注释所占的篇幅远远超过译文本身,从篇幅上看,似乎注释是主体,译文反而成为次要的了。

《玉书》的作者是法国女诗人、作家朱迪特·戈蒂耶,这位深受帕纳斯派影响并浸淫浪漫主义诗风的女诗人以其对东方的激情和怀想,在家庭教师中国人丁敦龄的帮助下,大胆发挥想象,构想诗性意象,"翻译"或者说重新构造诗人心目中的唐诗。朱迪特·戈蒂耶在翻译唐诗时,所采用的翻译策略显然十分相异于她的前辈汉学家德理文,她不像德理文那样刻意于译诗对原诗意义的忠实转达,而更注重她本人所理解的唐诗意象的诗性表达。在《玉书》中,唐诗原文成为朱迪特·戈蒂耶的"借用体",通过后者的创造性翻译被转化成了一首首富浪漫主义色彩和象征意味的法文诗。

第三部唐诗译本,即程抱一的《中国诗语言研究——附唐诗选》(1977)至《水云之间》(1990)。1977年,当程抱一运用结构主义理论从事中国古诗语言的研究时,唐诗及其结构是他主要的研究对象。当时他的法译唐诗作品既是作为这一研究的过程、也是作为其成果来展示的。这种与原文几乎逐字对应、讲究格式与音律、别具一格的译法给中法读者留下了深刻的印象。20世纪70年代末,我国散文大师徐迟先生读到程抱一中国古诗的译作时,深为这种译法所折服,认为程抱一通过逐字译和意译两个步骤展现了译诗的崇高和优美,令他"为之拍案叫绝,击节叹服"。1978年,法国汉学家艾田伯(René Etiemble,1909—2002)认为,程抱一的这种译法有益于传达中文原诗的简洁,而这一点尤其吸引"外行"("profanes")的法国读者。1990年,根据1977年著作中的唐诗选修订整理而成的《水云之间》作为一部专门的中国古诗再创作作品出版,译者程抱一也即作者,显然程抱一有意识地以中国古诗(主要是唐诗)为基本体,在此基础上更主动和有意识地发挥译者的主观能动性和创造性,完成了一部再创作诗歌文本。

这样,我们所记住的经典文学作品的几位译者,都以各自独特的方式,通过翻译作品而使自己"显"。译作同时是译者个人风貌的表述。优秀的译者必定在译作中留下自己的印记。经典的重写同样是重写作者的表达。优秀的译者并非隐蔽在译作之后那个默不作声的"为他人作嫁衣者",而必定是通过翻译发出自己的声音,并让读者听见。翻译,"是一个作选择的过程";是译者在其翻译目的、翻译策略、所处的翻译环境(包括政治、经济、文化环境)等影响下带有倾向性的选择;译者在翻译活动中的主观能动性与相对独立性已受到原作者的关注和重视,有的作者将自己作品的译者看作"合作者",并积极参与翻译文本的创作。

2.译本与读者

自20世纪80年代翻译研究出现"文化转向"后,翻译研究的重点内容主要包括"译本在做什么?它们怎样在世上流通并引起反响?"(What do translations do, how do they circulate in the world and elicit response?)这实际上道明了,译本具备一定的独立性和"主观能动性",它们随时流转,随世更移,随时都因世人读者对它的反应(包括评论和意见)而在"修改"自己的面貌。也就是说,相对于第一个译本产生之后,原作者隐去,译者突显,从另一方面而言,译本产生以后,译者与原作者一起"隐身",而让读者(包括研究者)突显。这一理论一方面肯定了译本的生命及其所表现的一个动态流转过程,另一方面说明,译本面貌的"修改"有赖于读者对它的反应,突出了读者对译本塑造的特定作用。这里的意思是读者的评论参与译本的塑造。译本如同译者的子女。译者一方面在译本中留下自己的"痕迹",发出自己的声音,另一方面,译本一旦产生,译者随即离开,基本上听任译本在时间的长河中随机生灭。这时候,可以说,译者也"死"了。随生的是译本。译本在流传过程中,不同时代的读者共同参与进来,他们对译本的解读重新塑造了译本。关于读者,费什对它作了一个严格的界定:

> 我的读者是一个构成物,一个理想化的读者;有些像华尔道的"成熟的读者"或弥尔顿的"合适的读者",或者用我自己的话来说,那读者是有学识的读者。这有学识的读者
> 1. 是语言材料所用语言的有能力的说话者。
> 2. 完全拥有"一个成熟的……听者带到理解任务中的语义知识",这包括措词、造句、习惯用语、职业方言和其他方言等方面的知识(即,既作为生产者又作为理解者所应有的经验)。①

用更浅白的语言来说,译本的读者主要包括具备一定听、说、读、写能力的"文化人",以及专业读者或者说评论者、批评者。也包括译者本人。德理文的《唐诗》评论记录了时代对其译本的阅读和接受:19世纪50至70年代,法国正值由金融和工业资产阶级掌权的第二帝国时代,文学沙龙繁荣。德理文侯爵所翻译的中国唐代诗歌为沙龙里介于资产阶级和贵族之间的法国上层社会带来了东方诗歌的独特韵味,投合了当时法国上层阶级的口味,取得了成功。法国当代汉学家皮埃尔·卡赛指出,"中国诗词曲在法国的风行,无疑应归功于法国汉学家最有争议的人物之一德理文侯爵",他的唐诗法译被"奉为脍炙人口的佳作","译文一直流传至今"。罗大冈也强调,正是由于德理文的唐诗法译,"李白和杜甫的名字逐渐为对中国诗歌感兴趣的(欧洲)人所熟悉"。美国汉学家薛爱华(Edward.H.Schafer)则盛赞德理文译本的高明:"他(指德理文)百年前的这些译作,与当今美国学者的唐诗佳译相比,也毫无逊色,甚至要好过许多译本。"这些专业读者的评价确定了德理文《唐诗》在唐诗法国传播史上具有"第一部译作""优秀译作""名译"的重要地位。《玉书》则成为后来欧洲多国中国古诗转译本的母本,作为中国古典诗歌的一个象征体而存在。《玉书》经受了时间的考验,于当代依然焕发其独特魅力,吸引了当代学者的兴趣,尤其成为比

---

① 转引自谢天振《译介学导论》,北京:北京大学出版社,2007,第198页。

较文学研究者所密切关注的一个研究对象,为比较文学研究提供了丰富素材的文本。与《玉书》相较,程抱一的唐诗译本更具个性、创作因素更多、创造性更强,读者群也更为广泛,不仅包括广大的法国读者和研究者,同时包括关注海外华人创作与研究的中国读者和研究者。评论确认了程抱一的唐诗译本是在融合中西文化基础上有所创新的作品,为唐诗法译史上值得重视的重要译本。

3.译者与读者

译者与读者的关系跟译本与读者的关系直接相联系。上文谈到,译本并非被动的、固定不变的,它在历史的长河中,随着读者(尤指研究者)对它的解读和评论在发生着变化;在这一过程中,读者及其评论同时对译者发生作用,它们重塑并确认译者的身份。当代汉学家对《唐诗》的评论将德理文的身份认定为第一位法译唐诗的法国汉学家,使其以唐诗的第一法译者垂名法国汉学史;朱迪特·戈蒂耶《玉书》所获的巨大成功及获得的来自包括雨果、法朗士在内的当时法国诗人、作家的赞誉为作者树立了富创造性诗人的美名:

> 《玉书》是一部精致的作品,我要跟您说,在这个中国我看到了法国,在这座中国瓷器中我看到您的晶莹洁白的灵魂。……您是缪斯。(雨果致朱迪特·戈蒂耶书信)
>
> (她找到了)属于她自己的一种形式,一种恬静而确信、丰富而心平气和的形式,就像特奥菲尔·戈蒂耶那样,稍逊强壮、丰满,但却有别样的流畅和轻盈。她有自己的形式,因为她拥有自己的理想和梦幻的世界。这个世界就是远东……朱笛特·戈蒂耶创造了辽阔的东方,安放着她的梦想。这就是天才!(法朗士)①

中国之外以及中国以内读者和研究者对程抱一两种唐诗法译本的持续关注和研究使程抱一的文化身份并不局限为中西文化的"摆渡者",而成就其主要作为"创造者"的身份。对这一身份的认定同时来自程抱一本

---

① 转引自钱林森《光自东方来——法国作家与中国文化》,银川:宁夏人民出版社,2004,第185页。

人的意愿和确认。程抱一将自己称为一名"探求者和创造者"。在这里译者同时作为读者出现。

当译者完成翻译,译本已经初步生成;经过一段时间,译本接受读者的阅读和反馈意见,译本的面貌会随之发生相应改变。即译本是在原作者、译者和读者的共同作用下更为完整地成形的。在译本、原作者、译者和读者四者中,显然译本是主体;原作者、译者和读者都和译本直接相关。通过译本这一原作的"第二生命形态",对原作者作品的阐释得以丰富,译者个人风貌得以呈现,读者的评论和意见得以表达,译本联结了原作者、译者和读者,将他们统一在译本中。从这个意义上说,译本类似于广义文化的一种媒介体,不仅担负着输送和传递世界各国、各民族文学和文化信息的职责,也具有传递原作者、译者和读者信息的职能。译本是翻译研究的对象和核心。

通过以上分析,我们试将基本结论小结如下:

第一,一个译本是原作者、译者和读者共同的劳动成果。一个优秀的译本,是原作者、译者和读者智慧和劳动的结晶。从这个意义上说,一个优秀的译本是一部由集体完成的作品,它的作者并非单一的个人。

第二,一个优秀的译本保持为一个开放的文本,经得起不同时代读者的阅读考验。可以说,一个优秀译本的"诞生"是一个持续不断的过程,在历史的长河中很难有一个最终的"判定",但可以有一些基本论断的积累。

第三,在译本与译者和读者三者之间的关系中,译本是主体,将译者和读者三者串联起来;其中,译本与译者的关系最为直接和突出。译本与译者是一种动态相互作用、相互影响的关系,译者在很大程度上影响、甚至决定着译本的基本面貌,译本通过在世上的长期流传重塑和确定译者的身份。

唐诗法译和研究书目

一、诗集

1. Le Marquis d'Hervey-Saint-Denys, *Poésies de L'époque des Thang, traduites du Chinois pour la première fois*, Paris：Amyot,1862.

2. Judith Gautier, *Le Livre de Jade*(《玉书》), Paris：Édition d'Yvan Daniel,2004.

3. Franz Toussaint, *La Flute de Jade：Poesie Chinoises*, Paris：l'Édition d'Art, "Ex Oriente Lux" series,1920.

4. Tsen Tsonming(Licencié ès Sciences, Docteur ès lettres, Professeur à l'Université nationale de Koungton), *Rêve d'une nuit d'hiver.(Cent quatrains des Thang.)*(《唐人绝句百首》) Lyon：Joannès Desvigne et Cie；Paris：Édition Ernest Leroux,1927.

5. Sung-nien Hsu(徐颂年), *Les Chants de Tseu-ye et autres poèmes d'amour*,(《子夜歌及其他爱情诗》), Collection de la "Politique de Pékin", Pékin：Imprimerie de la Politique de Pékin,1932.

6. Jean Prévost, *l'Amateur de Poèmes*, Collection Métamorphoses, Paris：Gallimard,1940.

7. Louis Laloy, *Choix de Poésies Chinoises*, Paris：Fernand Sorlot,1944.

8. Paul Claudel, *Œuvre Poétique de Paul Claudel*, Paris：Librairie Gallimard,1957.

9. Patricia Guillermaz, *La Poésie Chinoise：Anthologie des origins à nos jours*, Paris：Éditions Seghers,1957.

10. Paul Demiéville, *Anthologie de la poésie chinoise classique*, Paris：Éditions Gallimard,1962.

11. Claude, Paul, "La poésie française et l'Extrême-Orient" "Le poëte et le vase d'encen", *Œuvres en Prose*, Paris: Gallimard, Bibliothèque de la Pléiade, 1965. "Sous le signe du dragon", *Œuvres Complètes*, tome IV. Paris: Gallimard, 1965.

12. Claude Roy, *Trésor de la poésie chinoise*, Paris: Le Club du Livre, 1967.

13. *Airs de Touen-Houang (Touen-houang k'iu), textes à chanter des VIIIe-Xe Siècles*, Manuscrits reproduits en facsimilé, avec une Introduction en chinois par Jao Tsong-Yi, Professeur à l'Université de Singapore, Adapte en français avec la traduction de quelques Textes d'Airs par Paul Demieville, Membre de l'Institut, Professeur honoraire au Collège de France, Paris: Éditions du Centre National de la Recherche Scientifique, 1971.

14. Jacques Pimpaneau, *Le Clodo du Dharma, 25 Poèmes de Han-Shan*, Université Paris-VII, Paris: Centre de Publication Asie Orientale, 1975.

15. Pierre Seghers, par 胡品清, M.-T. Lambert et Pierre Seghers, *Sagesse et Poésie chinoises, miroir du monde*, Paris: Éditions Robert Laffont Paris, 1981.

16. Martin Melkonian, *Montagne froide/Han Shan*, Paris: Passage, 1982.

17. Par Paul Demiéville, *L'Œuvre de Wang le Zélateur, suivie des Instructions Domestiques de l'Aïeul, Poèmes populaires des T'ang (VIIIe-Xe siècles)*, Edités, traduits et commentés d'après des manuscrits de Touen-houang, Paris: Collège de France, Institut des Hautes Études Chinoises, 1982.

18. Paul Jacob, *Vacances du pouvoir: Poèmes des Tang*, Paris: Éditions Gallimard, 1983.

19. Dominique Hoizey, *Parmi les nuages et les pins*, Paris: Arfuyen, 1984.

20. Paul Demiéville, *Poèmes Chinois d'Avant la Mort*, Ouvrage publié avec le concours du Centre National des Lettres, Paris: L'Asiathèque, 1984.

21. Paul Jacob, *Florilège de Li Bai*, traduit du Chinois, Paris: Éditions Gallimard, 1985.

22. Dominique Hoizey, *Bai Juyi, Poèmes*, Paris: Albédo, 1985.

23. Patrick Carré, *Le Mangeur de brumes, l'œuvre de Han-shan poète et vagabond*, Ouvrage publié avec le concours de Centre National des Lettres, Paris: Phébus, 1985.

24. Cheng Wing fun 和 Hervé Collet, *Han Shan: merveilleux le chemin de*

Han shan, 汉字: Cheng Wing fun, Paris: Moundarren: chemin des bois, Millemont, 1985, 1992.

25. Patrick Carré et Zéno Bianu, *La Montagne vide*, "Spiritualités vivantes", Série Taoïsme et Bouddhisme, Paris: Éditions Albin Michel S. A., 1987.

26. Paul Jacob, *Poète Bouddhistes des Tang*, Paris: Gallimard, 1987.

27. Cheng Wing fun & Hervé Collet, *Li Po, l'immortel banni sur terre, buvant seul sous la lune*, calligraphie de Cheng Wing fun, Paris: Moundarren, Hervé Collet, 1988, 1999.

28. Maurice Coyaud (郭幽), *Adieux à la Chine: contes, calligraphies, poésies…*, Paris: P.A.F. 1989.

29. Daniel Giraud, *Ivre de Tao, Li Po, voyageure, poète et philosophe, en Chine, au VIIIe siècle*, Paris: Éditions Albin Michel S.A., 1989.

30. Georgette Jaeger, *Du Fu: Il y a un homme errant*, Calligraphie de Lin Zhywei. Paris: Orphée, La Différence, 1989.

31. Patrick Carré, *Les Saisons Bleues, l'œuvre de Wang Wei poète et peintre*, Paris: Éditions Phébus, 1989.

32. Wei-Pien Chang, Lucien Drivod, *Paysages: Miroirs du cœur par Wang Wei*(《风景:王维的心镜》), Paris: Éditions Gallimard, 1990.

33. François Cheng, *Entre Source et Nuage, La poésie chinoise réinventée*, Paris: Éditions Albin Michel S.A. 1990.

34. Dominique Hoizey, *Sur Notre Terre Exilé*, Paris: Orphée La Différence, 1990.

35. Claude Roy, *Le Voleur de Poèmes Chine*, Paris: Mercure de France, 1991.

36. Georgette Jaeger, *Chant des regrets éternels et autres poèmes*, Paris: Orphée, La Différence, 1992.

37. Daniel Giraud, *Les yeux du dragon, Une anthologie de la poésie chinoise*, calligraphie de Long Gue, illustration de Claude Astrachan, l'Isle-sur-la-Sorgue: Le Bois d'Orion, 1993.

38. Giraud Daniel, *Flânant sous le ciel: ballade autour d'une quarantaine de poèmes chinois du Tao et du Ch'an*, Paris: Ed. Blockhaus, 1994.

39. Yves Hervouet, *Amour et Politique dans la Chine Ancienne, cent poèmes de Li Shangyin(812—858)*, Paris: Editions Diffusion, 1995.

40. Cheng Wing fun & Hervé Collet, *Du Fu: une mouette entre ciel et terre*, calligraphie de Cheng Wing fun, Paris: Moundarren, chemin des bois, Millemont, 1995.

41. He Qing, *L'eau d'un puits ancien: anthologie de poèmes de paysage en Chine*, Paris: You Feng, 1996.

42. Maurice Coyaud, *Anthologie Bilingue de la Poésie Chinoise Classique*, Paris: Les Belles Lettres, 1997.

43. André Lévy, *Cent Poèmes d'Amour de la Chine Ancienne*, Paris: Éditions Philippe Picquier, 1997.

44. Roger Caillois, Jean-Clarence Lambert, *Trésor de la Poésie Universelle* (《世界诗歌宝库》), Paris: Gallimard, 1958.

二、词典

1. Béatrice Didier, *Dictionnaire universel des littératures*, Paris: Presses Universitaires de France, 1994.

2. Eulalie Steens, *Dictionnaire de la Civilisation Chinoise* (Du néolithique au début de la dynastie Qing, XVIIe siècle), Paris: Éditions du Rocher, 1996.

3. *Dictionnaire de la civilisation chinoise*, Paris: Albin Michel, Encyclopædia Universalis, 1998.

4. André Lévy, *Dictionnaire de littérature chinoise*, Paris: Quadrige/PUF, 2000.

三、研究

1. Du Halde, J.-B. (Jean-Baptiste), *Description géographique, historique, chronologique, politique, et physique de l'empire de la Chine et de la Tartarie chinoise.* À Paris, 1735.

2. *Mémoires concernant l'histoire, les sciences, les arts, les moeurs, les usages, etc. des chinois par les missionnaires de Pékin.* A Paris, 16 volumes,

1776—1814.

3. Jean Pierre Abel Rémusat, *Lettre sur l'État et les Progrès de la Littérature Chinoise en Europe*, Paris：Imprimerie de Dondey-Dupré,1822.

4. Stanislas Julien, *Le Livre de la voie et de la vertu*, Paris：s.n.,1842.

5. Émile Montégut, *Livres et Âmes des Pays d'Orient*, Paris：Librairie Hachette et Cie,1885.

6. Charles de Harlez, *Poésie Chinoises*, Bruxelles：Mémoires du Comité Sinico-Japonais,1892.

7. George Soulié de Morant, *Essai sur la Littérature Chinoise*, Paris：Mercvre de France, Rve de Condé,1912.

8. Tsen Tsonming（Licencié ès Sciences, Docteur ès lettres, Correspondant de l'Université nationale de Pékin）, *Essai historique sur la poésie chinoise*, Lyon：Ancienne Librairie Georg, Joannès Desvigne & Cie,1922.

9. Sung-Nien Hsu, *Tou-Fou, poète classique chinois*（《中国古代诗人杜甫》）, Extrait du "Mercvre de France"（I-X-1929）, Paginé 78-96；1929.

10. Bruno Belpaire,"Le taoisme et Li T'ai Po", *Mélanges chinois et bouddhiques*, Bruxelle：l'Institut Belge des Hautes Etudes Chinoises, Premier volume；1931—1932,1932.

11. Sung-Nien Hsu, *Essai sur Li Po*（《李白研究》）, Beijing：Imprimerie de la Politique de Pékin,1934.

12. Hsu Sung-nien（徐颂年）, Université de Lyon. Faculté des lettres. *Li Thai-po, son temps, sa vie et son oeuvre*, thèse soutenue devant la Faculté des lettres de l'Université de Lyon pour le doctorat d'université, par Hsu Sung-nien, Pensionnaire de l'Institut Franco-Chinois de Lyon… Lyon：Bosc Frères, M.& L.Riou,1935.

13. Tsen Tson-Ming（曾仲鸣）, *Histoire de la Poésie chinoise*（《中国诗歌史》）,上海：联华书报社（China United Press,1936）.

14. Basile Alexéiev, *La littérature chinoise, Six conferences au collège de France et au Musée Guimet*, Paris：Librairie orientaliste Paul Geuthner,1937.

15. Lo Ta-kang, Université de Paris. Faculté des lettres. *La Double inspiration du poète Po Kiu-Yi*（772—846）, thèse pour le doctorat d'Université présentée à la Faculté des lettres de l'Université de Paris par Lo Ta-kang

Licencié es-lettres de l'Université de Lyon, Licencié es-lettres de l'Université franco-chinoise de Peiping, Pensionnaires de l'Institut franco-chinois de Lyon. Paris: Éditions Pierre Bossuet, 1939.

16. Liou Kin-ling,《诗人王维》, Paris: Jouve & C1e, Éditeurs, 1941.

17. Odile Kaltenmark, *La littérature chinoise*, Paris: Presses Universitaires de France, 1948, 1961, 1977.

18. Raymond Schwab, *La Renaissance orientale*, Paris: Payot, 1950.

19. Georges Margouliès, *Histoire de la Littérature Chinoise: Poésie*, Paris: Payot, 1951.

20. Queneau Raymond, *Histoire des littératures*, Gallimard, Encyclopédie de la Pléiade; 1, 3, 7, 1956–1958.

21. Odile Kaltenmark, *La Littérature chinoise*, Paris: Presses Universitaires de France, 1961.

22. Jean Cohen, *Structure du langage poétique*, Paris: Flammarion, coll. Champs, 1966.

23. Daudin Pierre, *L'Idéalisme bouddhique chez Wang Wei*, Saigon: Société des études indochinoises, nouvelle série, tome XVIII, No2, 1968.

24. Michelle Loi, *Roseaux sur le mur*, Les Poètes occidentalistes chinoies, 1919—1949, Paris: nrf. Éditions Gallimard, 1969.

25. Cheng, Chi-Hsien, *Analyse formelle de l'oeuvre poètique d'un auteur des Tang, Zhang Ruo-Xu*, Paris: Mouton, 1970.

26. Paul Demiéville, *Choix d'études sinologiques* 1921—1970, Leiden, E.J. Brill, 1973.

27. Octavio Paz, *Versiones y diversiones*, Joaqufn Mortiz, 1974.

28. François Cheng, *L'écriture poétique chinoise, suivi d'une anthologie des poèmes des Tang*, Éditions du Seuil, 1977 ; 1996.

29. *Colloque sur la traduction poétique*, Paris: Gallimard, 1978.

30. Ebernard Wolfram, *Dictionnaire des symboles chinois*, Seghers, 1984.

31. Jacques Pimpaneau, *Histoire de la Littérature Chinoise*, Paris: Éditions Philippe Picquier, 1989, 2004.

32. Jacques Pimpaneau, *Lettre à une jeune fille qui voudrait partir en Chine*, Paris: Éditions Philippe Picquier, 1990, 1997.

33. André Lévy, *La Littérature Chinoise Ancienne et Classique*, Paris: Presses Universitaires de France, 1991.

34. Yves Hervouet, *Amour et Politique dans la Chine Ancienne, cent poèmes de Li Shangyin(812—858)*, Paris, 1995.

35. Wang Françoise, *La Quête de l'immortalité chez Li Taibo(701—762)*, Paris:Éd.You-feng, Paris, 1997.

36. *Neige d'août: Lyrisme et Extrême-Orient*, Nevers: Lumière d'août, 1999.

37. Lucie Bernier, *La Chine littérarisée: Impressions-expressions allemandes et françaises au tournant du XIXème siècle*, Bruxelles: Peter Lang S.A., 2001.

38. François Jullien, *La valeur allusive*, Paris: Quadrige, 2003.

39. Ivan Ruvidic(卢逸凡), *L'Envers du Brocart, la Traduction de la Poésie Chinoise Classique: des Piges Theoriques aux Obstacles de la Pratique*, 博士论文, Université Paris 7-Denis Diderot UFR Langues & Civilisations de l'Asie Orientale(LCAO), 2006.

参考文献

1. Du Halde, J.-B. (Jean-Baptiste), *Description géographique, historique, chronologique, politique, et physique de l'empire de la Chine et de la Tartarie chinoise*, volume 2, Paris: chez P.G.Le Mercier, 1735.

2. *Mémoires concernant l'histoire, les sciences, les arts, les mœurs, les usages, etc. des chinois par les missionnaires de Pékin.* A Paris, 16 volumes, 1776-1814.

3. Jean Pierre Abel Rémusat, *Lettre sur l'État et les Progrès de la Littérature Chinoise en Europe*, Paris: Imprimerie de Dondey-Dupré, 1822.

4. Stanislas Julien, *Le Livre de la voie et de la vertu*, Paris: s.n., 1842.

5. Émile Montégut, *Livres et Âmes des Pays d'Orient*, Paris: Librairie Hachette et Cie, 1885.

6. Bruno Belpaire, "Le taoisme et Li T'ai Po", *Mélanges chinois et bouddhiques*, Bruxelle: l'Institut Belge des Hautes Etudes Chinoises, Premier volume: 1931—1932.

7. Jean Prévost, *l'Amateur de Poèmes*, Collection Métamorphoses, Paris: Gallimard, 1940.

8. Arthur Waley, *The Poetry and Career of Li Po 701—762 A.D.*, London: George Allen and Unwin LTD; New York: the Macmillan Company. 1950.

9. Raymond Schwab, *La Renaissance orientale*, Paris: Payot, 1950.

10. W.Hung, *Tu Fu, China's Greatest Poet*, Harvard, 1952.

11. 吴其昱, "A Study of Han-Shan", T'oung pao, Vol.XLV, Leiden: E.J. Brill, 1957.

12. Burton Watson, *Cold Mountain, 100 poems by the T'ang poet Han-shan*, New York: Grove Press, 1962.

13. Victor Segalen, Lettre du 06 janvier 1911 à Debussy, *Segalen et*

Debussy.Monaco:Ed.Du Rocher,1962.

14.Jean Cohen,*Structure du langage poétique*,Paris:Flammarion,1966.

15.P.Claudel,*Journal* tome II.Paris:Gallimard,1969.

16.Henri Bouillier,*Victor Segalen*,Paris:Mercure de France,1986.

17.Nicolas Standaert,"Christianity in Late Ming and Early Qing China as a Case of Cultural Transmission",*China and Christianity*:*Burdened Past*,*Hopeful Future*,edited by Stephen Uhalley,Jr.and Xiaoxin Wu,New York:the Ricci Institue for Chinese and Western Cultural History,2000.

18.Lucie Bernier,*La Chine littérarisée*:*Impressions-expressions allemandes et françaises au tournant du XIXème siècle*,Bruxelles:Peter Lang S.A.,2001.

19.François Jullien,*La valeur allusive*,Paris:Quadrige,2003.

20.Ivan Ruvidic(卢逸凡),*L'Envers du Brocart,la Traduction de la Poésie Chinoise Classique:des Piges Theoriques aux Obstacles de la Pratique*,博士论文,Université Paris 7-Denis Diderot UFR Langues & Civilisations de l'Asie Orientale(LCAO),2006.

21.《诗大序》。

22.《论语》。

23.陆机《文赋》。

24.刘勰《文心雕龙》。

25.严羽《沧浪诗话》。

26.吴蠡甫、胡经之主编《西方文艺理论名著选编》(三卷本),北京:北京大学出版社,1985。

27.柏拉图著,王太庆译《柏拉图对话集》,北京:商务印书馆,2005。

28.杜赫德编,郑德弟、吕一民、沈坚、朱静、耿昇译《耶稣会士中国书简集》(精装三卷本),郑州:大象出版社,2005。

29.马祖毅《汉籍外译史》,武汉:湖北教育出版社,2003。

30.马祖毅《中国翻译简史:"五四"以前部分》,北京:中国对外翻译出版社,1998。

31.宋柏年主编《中国古典文学在国外》,北京:北京语言学院出版社,1994。

32.王丽娜《中国古典小说戏曲名著在国外》,上海:学林出版社,1988。

33.黄鸣奋《英语世界中国古典文学之传播》,上海:学林出版社,1997。

34.保尔·克洛岱尔著,徐知免译《认识东方》,上海:世纪出版集团,上海人民出版社,2007。

35.苏雪林《唐诗概论》,上海:上海书店,1992。

36.陈贻焮《杜甫评传》,北京:北京大学出版社,2003。

37.赵毅衡《诗神远游:中国如何改变了美国现代诗》,上海:上海译文出版社,2003。

38.赵毅衡《对岸的诱惑:中西文化交流记》(增编版),上海:上海人民出版社,2007。

39.《法国汉学》第四辑,北京:中华书局,1999。

40.程抱一著,涂卫群译《中国诗画语言研究》,南京:江苏人民出版社,2006。

41.程抱一"《中国诗语言·中国画语言》中文版序",南京:《跨文化对话》第 17 期,2005 年,第 111—112 页。

42.钱林森编《牧女与蚕娘——法国汉学家论中国古诗》,上海:上海古籍出版社,1990。

43.钱林森《中国文学在法国》,广州:花城出版社,1990。

44.钱林森编《光自东方来——法国作家与中国文化》,银川:宁夏人民出版社,2004。

45.钱林森编《法国汉学家论中国文学——古典诗词》,北京:外语教学与研究出版社,2007。

46.许光华《法国汉学史》,北京:学苑出版社,2009。

47. Meng Hua, *Visions de l'autre: Chine, France-Textes extraits des conférences et des séminaires prononcés à l'étranger*(《他者的镜像:中国与法兰西——孟华海外讲演录》),北京:北京大学出版社,2004。

48.刘阳《米修:对中国智慧的追寻》,南京:南京大学出版社,2007。

49.牛竞凡《对话与融合:程抱一创作实践研究》,上海:上海社会科学出版社,2008。

50.蒋向艳《程抱一的唐诗翻译和唐诗研究》,上海:华东师范大学出版社,2008。

51.朱维铮主编《利玛窦中文著译集》,上海:复旦大学出版社,2007。

52.《法国汉学》第四辑,北京:中华书局,1999。

53.周永珍《留法纪事》,北京:国家图书馆出版社,2008。

54. 杨哲，宋敏著《罗大冈传》，郑州：河北教育出版社，2000。
55.《道教研究资料》第一辑，台北：艺文印书馆，1974；1991年再版。
56. 陈耀东《寒山诗集版本研究》，北京：世界知识出版社，2007。
57. 高宣扬《当代法国哲学导论》，上海：同济大学出版社，2004。
58. 钱学烈《碧潭秋月映寒山——寒山诗解读》，北京：中央编译出版社，2009。
59. 钟鸣旦著，洪力行译《传教中的"他者"：中国经验教我们的事》，台北：辅大书坊，2014。
60. 高宣扬《当代法国哲学导论》，上海：同济大学出版社，2004。
61. 罗兰·巴特著，温晋仪译《批评与真实》，上海：上海人民出版社，2009。
62. 罗兰·巴特著，屠友祥译《S/Z》，上海：上海人民出版社，2000。
63. 袁可嘉《欧美现代派文学概论》，桂林：广西师范大学出版社，2003。
64. 陈允吉，吴海勇《李贺诗选评》，上海：上海古籍出版社，2004。
65. 董乃斌《李商隐的心灵世界》，上海：上海古籍出版社，1992。
66. 郑克鲁《法国文学史》（下册），上海：上海外语教育出版社，2003。
67. 波德莱尔著，郭宏安译《1846年的沙龙》，桂林：广西师范大学出版社，2002。
68. 伊夫·瓦岱《文学与现代性》，北京：北京大学出版社，2001。
69. 谢天振《译介学导论》，北京：北京大学出版社，2007。
70. 入矢义高，王顺洪译《寒山诗管窥》，载《古籍整理与研究》第四期，北京：中华书局，1989。原载京都大学《东方学报》第28册，1958。
71. 钱学烈《寒山诗语法初探》（上），载《语言教学与研究》1983年第2期；《寒山诗语法初探》（下），《语言教学与研究》1983年第3期；《寒山诗韵部研究》，载《语文研究》1984年第3期。
72. 刘尊明《敦煌曲子词整理研究的百年历程》，载《文献》1999年第1期。
73. 博拉赫著，范劲译《歌德的世界文学构想》，载《中文自学指导》2005年第4期。
74. 叶珠红《1962—1980年大陆以外地区之寒山研究概况——以〈寒山子传记资料〉为主》，载《寒山诗集论丛》，台北：秀威资讯科技，2006。
75. 阮洁卿《中国古典诗歌在法国的传播史》，载《法国研究》2007年第

1期。

76.胡安江《绝妙寒山道——寒山诗在法国的传布与接受》,载《中国比较文学》2007年第4期。

77.蒋向艳《〈玉书〉对中国经典文学海外传播的启示》,载《淮阴师范学院学报(哲学社会科学版)》2009年第2期。

78.蒋向艳,《寒山诗在法国的传播及其意义》,载《华东师范大学学报》(哲学社会科学版)2011年第4期。

后 记

在《唐诗在法国的译介和研究》脱稿之际,有很多的感谢涌上心头。

首先感谢国家社会科学基金,九年前我申请的课题"唐诗在法语世界的译介和研究"(07CZW021)有幸获得青年课题立项资助,这是今天这部书的直接源起;记得当年学院院长陈勤建教授向我打电话报喜时,我正在家里休产假,欣喜之中尚不知前路的漫长和艰难。同时也感谢国家留学基金委,我获其资助于2010年2月赴比利时鲁汶大学汉学系访学一学年,期间两次前往巴黎法国国家图书馆收集资料,这为顺利完成课题做好了必要的资料准备。

感谢我的导师——复旦大学法语系朱静教授,她一直支持和鼓励我从事本课题的研究。正是在朱老师的直接启发和鼓励下,我的博士论文以《程抱一的唐诗法译和唐诗研究》为选题(我的博士论文《程抱一的唐诗翻译和唐诗研究》于2008年由华东师范大学出版社出版),成为本课题的坚实基础。同时也感谢华东师范大学对外汉语学院许光华教授,他引领我走上法国汉学研究之路,并始终如一地支持我从事法国汉学研究,令我深为感动。

感谢课题组成员——复旦大学法语系张华老师和哈尔滨工业大学深圳研究生院牛竞凡老师不仅帮我购买书籍,提供相关研究资料,她们的才思也不断启发我拓宽视域,深入思考。

感谢华东师范大学社科处各方面的支持。科学和规范的管理不仅鼓励我努力完成本课题,当书稿完成并上交验收时,社科处也及时地反馈给我外审专家们的修改意见,帮助我改进书稿。

感谢比利时鲁汶大学汉学系教授钟鸣旦博士(Dr. Nicolas Standaert),他慷慨接受了我的访学申请并耐心指导我,这使我在从事唐诗法译研究的同时,开始涉足另一个研究领域——明清以来的中西文化交流研究。在鲁汶大学汉学系为期近一年的研修经历使我深深感受到了中西文化交流研

后　记

究、海外汉学研究以及学术研究本身的深切魅力,正是这一魅力吸引各学科的学者在此驻足并埋头钻研。我也会继续在这一学术宝库里探索和钻研,继续领略学问和学术之美。

感谢北京语言大学阎纯德教授,他对学术晚辈的热忱关心和扶持促成了本书的顺利出版。

最后感谢我的家人,是你们一路的支持和陪伴让我成长。

谨以此书纪念我的父亲蒋郁斌——他在今年清明后的一天遽然离深爱他的亲人而逝。相信他在天之灵一定会听到小女儿的祈祷,愿女儿的伤口能给他的灵魂带去一丝慰藉!

蒋向艳

2016 年 5 月 26 日